문학사의 라이벌 의식 2

지은이 | 김윤식

1936년 경남 진영 태생.
문학평론가, 서울대 명예교수.
저서로는 『기하학을 위해 죽은 이상의 글쓰기론』(2010), 『임화와 신남철』(2011), 『혼신의 글쓰기, 혼신의 읽기』(2011), 『한·일 학병세대의 빛과 어둠』(2012), 『내가 읽고 만난 일본』(2012), 『전위의 기원과 행로』(2012), 『내가 읽은 박완서』(2013), 『내가 읽은 우리 소설』(2013), 『문학을 걷다』(2014), 『아비 어미 그림 음악 바다 그리고 신』(2015), 『거울로서의 자전과 일기』(2016) 등이 있음.

## 문학사의 라이벌 의식 2

초판 1쇄 발행 _ 2016년 8월 30일

**지은이** 김윤식
**펴낸곳** (주)그린비출판사 | **주소** 서울시 은평구 증산로1길 6, 2층
**전화** 02-702-2717 | **이메일** editor@greenbee.co.kr | **신고번호** 제25100-2015-000097호

ISBN 978-89-7682-435-6 03800
이 도서의 국립중앙도서관 출판시도서목록(CIP)은 서지정보유통지원시스템 홈페이지(http://seoji.nl.go.kr)와
국가자료공동목록시스템(http://www.nl.go.kr/kolisnet)에서 이용하실 수 있습니다(CIP제어번호: CIP2016019439).

**나를 바꾸는 책, 세상을 바꾸는 책 www.greenbee.co.kr**

문학사의
라이벌 의식
2

김윤식 지음

ㅇB
그린비

# 머리말

2013년 8월 저자는 『문학사의 라이벌 의식 1』을 저술했다. 그 서론에서 이렇게 적었다.

> 문인이란 물론 상상적인 글쓰기를 전문으로 하는 사람이지만, 그도 한 인간인지라 당연히도 인간적 삶의 원칙에서 벗어날 수 없다. 헤겔은 이를 승인욕망 또는 대등욕망이라 규정했다. 한 인간이 자기를 인식하고 자 하면 타자와의 비교 없이는 불가능한데, 그 타자로부터 인식되기 위해서는 최종적으로 '위신을 위한 투쟁'(Prestigekampf)이 불가피하다. 곧 생사를 건 투쟁이 아닐 수 없다. '생사'라는 엄청난 말을 등장시켰지만, 적어도 '의식'상에 있어서는 그러할 터이다. 문인에 있어서도 사정은 같다고 볼 수 있다. 문인에 있어 타자란 기성의 문인들일 경우도 있겠지만, 적어도 '생사' 운운할 만큼 의식을 지배하는 것은 당연히도 동시대의 문인이 아닐 수 없다.
> 이 책에서 내가 다루고자 하는 것은 바로 이 후자이다. 범속하게 '문학사의 라이벌'이라 한 것은, '문학사'에도 동등한 비중을 두었음에서 붙여

진 것이기에 아무래도 설명이 조금은 없을 수 없다.

문학사라 했을 땐 과학적 용어이기에 앞서 하나의 '유기체'라는 통념에서 비껴가기 어렵다. 유기체인 만큼 생명유지를 기본항으로 하면서도 새로운 창조력을 대전제로 하는바, 이 창조력 없이는 생명유지가 사실상 타성에 빠져 조만간 불가능해지기 때문이다. 라이벌이라는 개념은 이 창조력에 관여하는 '문제적 개인'이 아닐 수 없다. 그는 창조적인 것에 관여하는 또 다른 대립적 자아인 만큼 위신을 위한 투쟁을 비껴갈 수 없다.

— 졸저, 「다섯 가지의 유형론」, 『문학사의 라이벌 의식 1』, 그린비출판사, 2013, 8~9쪽

저번 저서에서는 무애와 도남을 제외하면 동시대 문인의 라이벌 의식을 중심으로 다루었다. 『창작과 비평』, 『문학과 지성』 등 백낙청과 김현, 김수영과 이어령의 불온시 논쟁, 김현의 『책읽기의 괴로움』과 저자 자신, 박상륭과 이문구 등의 경우가 그러하다. 그러나 이번 책에서는 조금 위로 올라가 일제 강점기에서 시작하여 6·25 전쟁을 거쳐 80년대까지 다소 폭이 넓은 시기를 다루었다. 그 내용은 다음과 같다.

첫째, 이상과 박태원. 대칭성과 비대칭성으로 이들의 문학을 볼 수 있다.

둘째, 상허 이태준(『문장강화』), 정지용(『문학독본』), 이광수(『문장독본』). 각각 시적 글쓰기, 산문적 글쓰기, 실용적 글쓰기를 대표한다.

셋째, 김동리와 조연현. 종교의 자리에 선 김동리와 문학의 자리에 선 조연현을 동시에 초월하는 글쓰기를 김동리의 「산유화」론에서 읽고자 했다.

넷째, 이병주와 선우휘. 학병 체험을 중심으로 선우휘가 스스로 최고 작이라 일컬은 「외면」과 이병주의 데뷔작인 『소설·알렉산드리아』를 비교하고자 했다.

다섯째, 이태와 이병주. 『남부군』과 『지리산』이라는, 지리산을 둘러싼 두 소설의 대결.

여섯째, 박태영과 이규. 이 둘은 모두 이병주의 『지리산』에 나오는 인물. 박태영은 지리산 빨치산 투쟁에서 가장 치열히 싸운 투사이지만 공산당원이기를 거절했다. 시골 천민 출신인 이규는 일본·프랑스 유학생이지만 박태영과 함께 지리산을 바라보며 자랐다.

일곱째, 이병주와 황용주. 이병주는 끊임없이 황용주를 닮고자 했다. 과연 그 이유는 무엇일까.

여덟째, 소설과 희곡. 『광장』과 『화두』의 작가 최인훈이 미국에서 귀국 직후 「옛날 옛적에 훠어이 훠이」를 썼다. 희곡이 글쓰기의 최고 형태라 하였다.

박태영과 이규의 경우는 대하소설 『지리산』이라는 한 작품 속에서의 라이벌 의식을 다루었고, 최인훈의 경우는 한 작가 내부의 장르상의 라이벌 의식을 다루었다. 기타의 경우는 전작과 같이 인물들 간의 라이벌 의식을 다루었다.

이렇게 보면 이병주가 여러 번 겹쳐 있다. 격동기를 작가로서 온몸으로 살았던 이병주인 만큼 그럴 수밖에 없었다. 그러고 보니 또 많은 문제가 기다리고 있다. 앞으로의 과제가 아닐 수 없다.

2016년 4월 김윤식

# 차례

머리말 5

## 1장_식민지 경성의 빈약한 현실과 이미 배워 버린 모더니즘 12
### 구보 박태원과 이상 김해경

종로 청계천변 약종상 장남의 월북 12 | 동인지 『시와 소설』의 구도 16 | 편집자 이 상의 대칭점 만들기 18 | 「방란장 주인」의 현란한 문체의 신기루 22 | 무대가 도쿄인 까닭 28 | 군중 없는 거리의 산책자: 특정한 벗들과의 봉별기 33 | '유민'과 '환각의 인': 박태원과 이상 40 | 대칭점과 비대칭점의 시각 45 | 한 소설의 탄생: 문학사적 의의 50

## 2장_『문장강화』에서 『산문』까지의 거리 재기 55
### 이태준과 정지용

『상허문학독본』이 놓인 자리 55 | 『문장』지와 『문장강화』 57 | 『문장강화』와 정지 용 63 | 정지용 『문학독본』의 자리 67 | 방법으로서의 '유리창'(안경) 71 | 『소련기 행』과 『산문』 78 | 바위가 모지라지고 바서지기까지 걸린 시간 81 | 보론 _ 『문장강 화』를 가운데 둔 언문일치론의 시대적 의의 84

## 3장_종교와 문학의 동시적 초월 92
### 김동리와 조연현

한국 근대문학의 성립 조건 92 | 근대문학 비판의 무기로서의 '구경적 생의 형식' 94 | 해방공간에서의 김동리의 자기 모순성 97 | 종교와 문학의 분리 문제: 조연현의 비 판 101 | 기적적 완벽성의 정체: 「산유화」 106 | 또 하나의 기적: 평론의 형상화 111

## 4장_학병세대의 원심력과 구심력 114
### 선우휘의 「외면」과 이병주의 『소설·알렉산드리아』

「불꽃」과 어떤 학보병 세대 114 | 입영 이전부터 글쓰기를 목표로 한 경우 117 | 간 접체험: 「불꽃 1」과 「불꽃 2」로서의 「외면」 124 | 『콰이강의 다리』와 조선인 BC급 전 범의 심문 과정 131 | '절대적 가치'로서의 「외면」 134 | 수사학의 세계화: 『소설·알 렉산드리아』와 『지리산』 144 | 다음 단계의 원심점과 구심점 150

**5장**_이태의 『남부군』과 이병주의 『지리산』 155

표절 여부의 문제 155 | 『남부군』의 전모 157 | 『남부군』의 기록 방식 165 | 『관부연락선』과 『남부군』의 관련성 177 | 『지리산』과 『남부군』의 이동점 205

**6장**_『지리산』의 박태영과 이규 220

이규의 성장기 220 | '실록소설'로서의 『지리산』: 하준수와 하준규 228 | 근대의 두 얼굴: 이규와 박태영 231 | 이데올로기의 두 얼굴: 권창혁과 이현상 233 | 허망한 정열 236 | 산천의 울림과 지리산의 울림: 박경리의 『토지』와 이병주의 『지리산』 240

**7장**_황용주의 학병세대 257

이병주≠황용주

학병 이병주와 와세다대학 257 | 『관부연락선』은 황용주의 것인가 259 | 『소설·알렉산드리아』의 주인공, 황용주 267 | 『국제신문』 편집국장, 주필, 논설위원 271 | 『관부연락선』 속의 방법론 273 | 이병주≠황용주 277

**8장**_소설에서 희곡으로 279

「옛날 옛적에 훠어이 훠이」가 던진 충격

『회색의 의자』 뒤에 나온 『소설가 구보 씨의 일일』 279 | DNA의 문제에 육박하기 280 | 희곡으로 변신한 곡절 285 | 희곡 「옛날 옛적에 훠어이 훠이」에 대한 작가의 간섭 291 | 「달아 달아 밝은 달아」의 위상 294 | 오페라 〈심청〉의 위상 297

발문 _ 한국 문학사의 라이벌론 3부작(안경환) 300
찾아보기 321

# 문학사의
# 라이벌 의식
## 2

# 1장_ 식민지 경성의 빈약한 현실과 이미 배워 버린 모더니즘
## 구보 박태원과 이상 김해경

## 1. 종로 청계천변 약종상 장남의 월북

「소설가 구보 씨의 일일」이『조선중앙일보』에 연재(1934년 8월 1일~9월 19일)되었고,『천변풍경』은 그로부터 두 해 뒤『조광』에 발표(1936년 8월) 되었다. 그 중간에 「방란장 주인」(『시와 소설』, 1936년 3월)이 끼어 있음에 주목하지 않는다면 위의 두 작품의 문학사적 의의를 올바로 짚어 내기 어렵다.

'구인회'(九人會, 1933) 회원인 작가 박태원의 필명 중 하나가 '구보' (九甫)이다. 서울서 태어나 경성제일고보를 거쳐 「누님」(『조선문단』, 1926 년 3월)으로 등장한 그는 일본 호세이대학(法政大學) 예과에 입학했으 나 곧바로 귀국한 것으로 되어 있다. 그는 문단의 신세력으로, 쇠진한 카 프에 뒷발길질을 하는 형식으로 등장한 구인회의 정식 멤버였다. 이른바 모더니즘을 지향한 앞잡이였다(조용만,『구인회 만들 무렵』, 정음사, 1984, 36~91쪽).

서울의 상인 계층 출신인 박태원이 자진 월북한 것은 1950년 6월이었다. 6·25가 났을 때 그가 자진 월북했다는 사실은 한동안 필자를 난감케 했다. 이 무렵 루카치를 공부하던 필자로서는 특히 그러할 수밖에 없었다. 해방 직후 임화 중심의 좌익 세력 집결 단체인 조선문학가동맹 중앙집행위원으로 활약한 것은 시국에 민감한 구인회다운 행위로 보여 그대로 넘어갈 수 있었다. 「해방 전후」(『문학』, 1946년 8월 창간호)의 이태준도 그러한 구인회 멤버였던 것이다.

그렇다면 박태원이 자진 월북한 것은 웬 까닭일까. 신분과 계층(중인, 종로의 약종상)을 초월한 행위였기 때문에 더 의문이 든다. 이 의문은 다음 사실을 확인했을 때 비로소 일시 해소될 수 있었다.

그 시대의 장정 삽화계를 풍미하던 면면들인 웅초 김규택, 정현웅, 정종여, 청전, 이승만, 석영 안석주, 또 누구누구 뇌어보다가 이희승의 『박꽃』장정, 정지용의 『백록담』 장정, 설정식의 『제신의 분노』도, 그리고 김기림의 『기상도』의 장정도 맡아 그렸던 아저씨를 생각하며 연전에 찾은 그의 글을 되새기다가 어려서 삼촌 이름에 글월 문(文)자가 들어 있으니 아마 글 잘 쓰실 거라고, 실은 아버지가 글월 문자를 썼어야 하지 않을까 생각했었드랬는데…….
― 박일영, 『구보 박태원의 아들 팔보가 쓰는 아버지의 일생』, 비매품, 63~64쪽

장남 박일영 씨가 여기서 말하는, 장정을 해온 '아저씨'란 누구인가.

그때가 언제쯤이었는지 서대문형무소에 갇혀 있는 신세가 되었기 때문이었으리[1949년도에 약속한 어린이 잡지 『어깨동무』의 삽화를 하지 못

한 것이리라—인용자]. 아버지가 궁금하셨던지 가령 종로통에서 데모를 한다고 가정을 하고 설명을 청했나 어쨌나, 좌우간 귀를 세우고 주위를 떠날 듯 떠날 듯 하면서 얻어들은 바로는 동지들(?) 미리 약속한 시간에 그 근처 책방이고 드팀전이고 가방가게고 좌판을 벌여놓은 근처에서 거래도 하는 척 책도 보는 척 신문도 들고 얼쩡거리다가 호루락지(호루라기) 소리가 나면 순식간에 전찻길 한복판으로 뛰어들어가 가슴에 숨겼던 프라카드를 앞세우고, 대로정연하게 스크럼을 짜고 〈적기가〉나 뭐 그런 걸 목이 터져라 불러대고 구호도 외치다가 사람 많은 데서는 배라도 받쳐가면서 앞으로 나아가다 순사들이 들이닥치면 순식간에 흩어진다고 했던 걸 기억하는데 아마 그러다가 붙잡혀 감옥에 있었기에 『어깨동무』가 우리 손에 들어오지 않았구나 생각하며 아랫입술을 잔뜩 베어 물고 하늘을 쳐다본 일이 생각난다.

—『구보 박태원의 아들 팔보가 쓰는 아버지의 일생』, 64~65쪽


또한 좌익 사상으로 서대문형무소에도 드나든 '아저씨'는 대체 누구인가.


일본 이불이란 삼촌이 미술 공부하러 일본 북해도[실제로는 북해도가 아닌 센다이(仙台)의 도호쿠제대(東北帝大)임—인용자]로 유학 갔을 때 가지고 갔던 아주 두꺼운 이불로, 두께가 자그마치 방석 너댓 장 포갠 폭은 되게 푹신한 이불이었는데 대동아전쟁 말기 징병에 걸려 급히 일본에서 귀국할 때 그 이불을 우리 집에 두고 청량리역으로 나가 온 식구들이 기차 앞에서 환송했던 기억이 있는데, 떠난 지 달포 남짓 만에 해방이

되어 삼촌은 무사히 돌아오고 학업은 전 경성제대 미학과 4학년으로 편입을 해서 이듬해 졸업을 했다.

—『구보 박태원의 아들 팔보가 쓰는 아버지의 일생』, 149쪽

아저씨, 곧 삼촌의 이름은 박문원(朴文遠)이다. 이 삼촌은 6·25전쟁 전에 월북하여 북한 미술계의 거물이 되어 있었다. 해방 직후 박태원은 『태평성대』(『경향신문』, 1946년 11월~12월), 『약산과 의열단』(백양당, 1947), 『임진왜란』(『서울신문』, 1949년 1월~12월), 『군상』(『조선일보』, 1949년 6월 15일부터 193회 연재 후 중단) 등 장편 신문연재소설을 연달아 썼다. 그 중 『군상』은 어째서 193회로 중단되고 말았을까. 실상 구한말 하층민의 반항을 다룬 이 소설은 193회까지도 서설에 불과했다. 북한에서 쓴 대작 『계명산천은 밝아오느냐』(1963), 『갑오농민전쟁』(1977~1986) 등의 전초전이 『군상』이었다. 거기에는 『임꺽정』의 그림자가 어른거렸다. 주인공 오수동(17세)의 성장사를 다룬 이 소설은 『갑오농민전쟁』에 오면 전면적으로 서울 말씨가 되고, 모더니즘 기법이 빛난다.

3부작인 『갑오농민전쟁』(제3부는 그의 두번째 부인이 쓴 것)의 제2부 마지막의 전주성 입성 장면은 모더니즘 수법의 걸출한 장면이라 할 만하다(졸저, 「박태원론」, 『한국 현대 사실주의 소설 연구』, 문학과지성사, 1990). 오상민, 오수동 집안의 묘사에서 그러하다. 서울 중산층의 '천변 풍경'에 익숙한 박태원의 면모가 여실하다고 할 것이다. 이 모더니즘과 서울 토박이의 대칭점에 구보와 이상 김해경이 놓여 있었다. 그 문학사적 의의는 무엇인가. 이 글은 이를 검토하기 위한 것이다.

## 2. 동인지 『시와 소설』의 구도

구인회가 이런저런 곡절을 겪으면서 드디어 동인지 『시와 소설』 제1권 제1호를 낸 것은 1936년 3월이다. '구인회원 편집 월간'이라 밝힌 이 동인지의 회원은 박팔양, 김상용, 정지용, 이태준, 김기림, 박태원, 이상, 김유정, 김환태 등이었으며, 펴낸 곳은 창문사이고, 그 사주 격인 야수파 화가 구본웅의 후원에 힘입은 것이었다. 꼭 40페이지로 된 이 잡지를 두고 편집, 장정 기타를 도맡은 바 있는 「오감도」(『조선중앙일보』, 1934년 7월 24일~8월 8일)의 시인 이상은 "겉표지에서 뒤표지까지 예서 더 할 수 있으랴. 보면 알게다"('편집후기')라고 허풍을 떨었다. 파이프를 입에 문 이상의 초상화도 그린 바 있는 구본웅의 호의로, 다방 '제비'도 카페 '69'도 팽개치고 막연한 상태에 있던 이상이 창문사에 취직하여 편집 및 교정에 종사하면서, 김기림의 시집 『기상도』(1936)를 만들고 있었을 무렵이다. 그해 이상은 이화여전 문과 중퇴의 변동림과 결혼했는데, 이 역시 구본웅의 집안과 관련된 것이었다(졸저, 『이상 연구』, 문학사상사, 1987 참조).

"예서 더 할 수 있으랴. 보면 알게다"라고 큰소리친 이 창간호에는 시 5편, 소설 2편이 실려 있는데, 비회원의 것으로는 백석이 끼어 있다. 「탕약」, 「이두국주가도」(伊豆國湊街道) 두 편이 그것이다. 어째서 백석이 끼어들게 되었는지에 관해서는 아무런 해명이 없고, "회원 밖의 분 것도 물론 실린다"라고 편집후기에 적혀 있을 따름이다. 편집후기가 이상이 쓴 것이고 보면 이상의 생각이 있었을 터이다. 『조선일보』 기자이자 『여성』지 편집자인 백석이 시집 『사슴』(1936)을 낸 바 있고, 또 김기림, 이상 등의 많은 수필이 『여성』에 발표되었음을 염두에 둔다면, 백석의 구인회 등장이란 시간문제였을 터이다. 백석의 창간호 등장에는 또 다른 특별한 것이 함의되어 있는데, 편집자 이상의 치밀한 문학적 계산이 그것이다. 이 문학적 계산이 구인회의 어떤 성격에까지 이어짐과 동시에 이상의 문학적 취향에로 향하고 있다는 사실로 말미암아 이 계산에는 문학사적 개입이 불가피해진다.

먼저 잡지 제목에 주목할 것이다. 『시와 소설』의 단순 이분법이란 무엇인가. 시인과 소설가의 집단인 만큼 시와 소설 중심의 동인지로 될 수밖에 없겠는데, 그렇다면 평론가 김환태의 동인 가입이란 설명되기 어렵다. 동인과의 무슨 친분 관계에 의거한 것이라면 이 동인지의 성격을 해명하기에 난점이 생기지 않을 수 없다. 평론가가 설 자리를 편집자 이상이 끝내 마련할 수 없었음을 보아도 이 점이 확인된다. 또 다른 의문은 김환태와 함께 가입된 소설가 김유정에게서도 볼 수 있다. 김기림, 정지용, 박태원 등 신감각파라 불린 모더니스트와 스타일리스트 이태준 등이 핵심 세력인 이 판에 「산골 나그네」(1933), 「동백꽃」(1936)의 작가 김유정이 끼어듦이란 또 무엇인가. 이렇게 물을 때 비로소 백석이 끼어듦이 그 의의를 빛낸다고 볼 것인데, 곧 김유정과의 균형 감각이 그것이다.

동인지 『시와 소설』에서 시 쪽을 대표하는 것은 단연 정지용, 김기림과 이상 자신이다. 「유선애상」(정지용), 「제야」(김기림), 「가외가전」(이상)의 시들이란 누가 보아도 당대 최고의 모더니즘계에 속한다. 이에 맞서는 소설은 어떠할까. 이 물음에 대해 편집자 이상은 답안을 내놓지 않으면 안 되었는데, 이상 특유의 기하학적 감각, 곧 대칭성(對稱性)이 그 답안의 하나라면, 이에 못지않은 감각, 곧 문학사적 감각이 그 다른 답안이다. 당대 최고의 시문학에 대칭되는 소설 장르는 어떠한가로 이 사정이 정리된다. 적어도 정지용, 김기림, 이상에 맞설 수 있는 소설을 골라 싣지 않는다면 구인회란 한갓 시 동인지로 한정되지 않겠는가. 이를 물리치도록 강요한 힘이 바로 문학사적 개입인데, 편집자 이상은 박태원과 김유정을 그 대칭점으로 고안해 낸 것이다. 그런데 이상이 발견한 것은 「소설가 구보 씨의 일일」로 정평이 나 있는 박태원의 소설만으로는 대칭점이 될 수 없을 만큼 시 쪽이 압도적이라는 사실이었다. 이를 완화하는 방법으로 김유정이 요망되었던 것이 아니었던가. 그러한 추론의 근거로 다음 두 가지 편집상의 기법을 들 수 있는바, 그 하나는 백석을 등장시킴으로써 시 쪽 모더니즘의 지나친 강세를 완화시킴이고, 다른 하나는, 이 점이 중요하거니와, 김유정의 소설 「두꺼비」의 '단일문장화' 편집 수법이다.

이 글은 편집자 이상의 눈높이의 어떠함과 그것이 어째서 문학사적 과제인가를 알아봄에 있다. 더 구체적으로 말해 그것은 「소설가 구보 씨의 일일」과 「오감도」의 대칭구조 및 「소설가 구보 씨의 일일」과 「날개」의 비대칭구조에로의 전환 과정이 갖는 문학사적 의의에 관련된 것들이다. 이 글이 일변으로는 이상론이지만 동시에 박태원론인 것은 이 때문이다.

## 3. 편집자 이상의 대칭점 만들기

편집자 이상의 눈높이를 가늠하는 기본항이 기하학적 대칭점임은 거듭해서 확인된 바 있다. 그의 첫 작품인 중편 『12월 12일』(1930)에서 시 「거울」(1933)에 이르기까지 대칭점이 완강히 자리하고 있어 마침내 그가 이 성채에서 숨이 막혀 왔음도 쉽사리 확인된다. 자화상의 발생적 근거가 이 대칭점에 있음을 고려한다면 어째서 그가 자화상에 그토록 집착하고 이

경성고공 시절의 작가 이상(1910~1937)

를 다방 제비의 유일한 장식품으로 삼았는지도, 나아가 이상 문학 자체의 자의식화도 한층 뚜렷이 이해될 수 있다. 이 대칭적 사고의 표층적 현상으로 먼저 고려된 것이 시와 소설이다. 편집자 이상의 머릿속에 완강히 자리를 차지하고 있는 이 근대적 이분법의 인식의 틀이란, 따지고 보면 일제가 식민지 경영을 위해 만든 '노가다'용 학교인 경성고공(京城高工) 건축과에서 배운 것이지만, 이것이 문학에 적용될 때 시와 소설의 이분법으로 나타났던 것이다. 시와 소설이 본래 대칭적일 수 없다는 점에 대한 회의나 비판에 이르기 위해서라면 먼저 그는 대칭적 인식 자체를 회의, 비판해야 했을 터이며, 그때 그는 이미 「오감도」의 작가일 수 없게 된다. 그가 이 지평이랄까 의식의 성채의 수인이었음은 어쩔 수 없는 그의 한계였으리라. 그가 시와 소설의 '비대칭성'의 인식에 이르기 위해서는 아마도 도일(渡日)이랄까 외부에의 모험이 요망되었으리라. 거기 죽음이 가로놓여 있었다. 동인지 『시와 소설』의 편집마당에서 이상은 여전히 이분법적 성채의 주민이었기에 백석의 소설을 요망하지 않으면 안 되었던 것으로 보인다. 동인지 『시와 소설』의 편집 구조를 살펴보면 시 쪽의 압도적 우위에 직면할 수 있다. 정지용, 김기림, 이상 등 최고의 모더니스트계 작품이 여지없이 동원되었음을 한눈에 볼 수 있기 때문이다. 그 대칭점에 놓인 소설, 곧 산문문학 쪽은 어떠한가. 박태원, 김유정 단 두 명뿐이다. 이 중 신참 김유정이 「따라지」(1937)의 작가임을 염두에 둔다면 박태원만이 남게 되는바, 그가 혼신의 힘으로 모더니즘계 시의 첨병 격인 정지용, 김기림, 이상에 맞선 형국이었다. 이런 형편에서 편집자 이상의 머릿속을 스쳐간 것은 다음 두 가지 사항으로 분석되는바, 그 첫째는 박태원의 강렬성이다. 이상 자신을 포함한 당대 최고의 모더니스트 정지용, 김기림과 족히 혼자서 맞설 만큼의 무게가 박태원에게 주어졌음이란 과연 무엇인가. 또 가당한 일이었을까. 이 의문이 둘째 항인 김유정의 등장을 합리화했던 것으로 볼 것이다. 김유정을 모더니스트계로 승격시키고자 하는 은밀성이 바로 그것인데, 그 은밀성에 보조선을 그은 것이 『사슴』의 시인 백석의 등장이다. 백석은 그러므로 김유정의 대칭점에 다름 아니었음이 판명된다. 김유정을 위해 고안된 장치가 백석이라 함에는 설명이 없을 수 없다. 그것은 시집 『사슴』에 관련되는 감수성의 문제에로 치닫게 마련인데, 왜냐하면 『사슴』의 겉모양과 속살의 차이에 관한 인식론적 전환에 관련된 사항이기 때문이다. 『사슴』의 내용 항목은 가장 토속적이지만, 이를 드러내는 문학적 방식은 매우 선명한 모더니즘계 감수성이다. 편집자 이상은 직감적으로 이 사태를 알아차렸는데, 그것은 모더니스트 이효석의 「메밀꽃 필 무렵」(1936)과 같은 현상으로 볼 것이었다.

내가 학교에 다니는 것은 혹 시험 전날 밤새는 맛에 들렸는지 모른다. 내일이 영어시험이므로 그렇다고 하룻밤에 다 안다는 수도 없고 시험에 날 듯한 놈 몇 대문 새겨나 볼까, 하는 생각으로 책술을 뒤지고 있을 때 절컥, 하고 바깥벽에 자행거 세워놓는 소리가 난다. 그리고 행길로 난 유리창을 두드리며 리상, 하는 것이다. 밤중에 웬놈인가, 하고 찌뿌둥이 고리를 따보니 캡을 모두 눌러붙인 두꺼비눈이 아닌가. 또 무얼, 하고 좀 떠름했으나 그래도 한 달포 만에 만나니 우선 반갑다. 손을 내밀어 악수를 하고 어여 들어슈, 하니까 바빠서 그럴 여유가 없다 하고 오늘 의론할 이야기가 있으니 한 시간쯤 뒤에 즈집으로 꼭 좀 와주십쇼, 한다. 그뿐으로 내가 무슨 의론일까, 해서 얼떨떨할 사이도 없이 허둥지둥 자전거종을 울리며 골목 밖으로 사라진다. 권연 하나를 피워도 멋만 찾는 이놈이 자전거를 타고 나를 찾아왔을 때에는 일도 어지간히 급한 모양이나 그러나 제 말이면 으레히 복종할 걸로 알고 나의 대답도 기다리기 전에 달아나는 건 썩 불쾌하였다. 이것은 놈이 아직도 나에게 대하야 기생오래비로서의 특권을 가지려는 것이 분명하다. 나는 사실 이놈이 필요한 데까지 이용당할 대로 다 당하였다, 더는 싫다, 생각하고 애꿎은 창문을 딱 닫힌 다음 다시 앉아서 책을 뒤지자니 속이 부걱부걱 고인다. 하지만 실상 생각하면 놈만 탓할 것도 아니요 [……]

— 김유정, 「두꺼비」, 『시와 소설』, 1936


백석의 대칭점에 김유정을 올려놓기 위해서는 이에 대한 징표가 요망되었는데, 스타일이 그것이었다. 편집자 이상은 박태원 작품과 김유정 작품의 외형적 스타일(배치)을 꼭 같게 함으로써 독자들의 선입관을 깨고자 도모했다. 그것은 곧 당대 최고의 모더니스트계 작가 박태원의 스타일의 겉모양과 「산골 나그네」의 작가 김유정의 그것을 꼭 같게 함으로써 달성된 것이었다. '단락 없애기'가 바로 그런 장치에 해당된다. 이러한 단락 없애기란, 띄어쓰기 거부로 나선 이상의 글쓰기(시 쪽)의 시선에서 보면 조금도 이상한 조치라 할 수 없다. 「오감도」에서 이상은 띄어쓰기 거부라는 깃발을 표 나게 내세워 '낯섦'의 의도적 표적을, 이른바 충격 효과(소격 효과)의 초보적 단계를 감행했던 것이다. 김유정의 「따라지」계에 이 소격 효과를 적용함으로써 구인회의 빈약한 소설 쪽을 김유정으로 하여금 보강케 만든 것이다. 물론 그것은 김유정의 「따라지」계가 언어의 스타일 면에서 매우 세련된 측면을 가졌음에서 왔는데, 『사슴』의 경우와 그것은 이 점에서 완전히 대칭적이다.

문제는 그러나 홀로 또 전적으로 박태원에게 걸려 있었는데, 편집자 이상의 처지에서 보면 박태원이 스타일 면에서뿐 아니라 내용 자체에서 별종의 출중한 모더니스트계였던 까닭이다. 스타일 면에서는 물론 내용 자체에서 온전히 모더니스트계란 무엇인가. 이 물음에 대한 해답이 동인지 『시와 소설』 속에 들어 있다면, 단연 그것은 박태원에게로 향하게 되어 있다. '성군(星群) 중의 하나'라는 부제를 단 박태원의 소설 「방란장 주인」이 바로 그 실체다.


## 4. 「방란장 주인」의 현란한 문체의 신기루

이 작품의 부제에 먼저 주목할 것이다. 방란장 주인이 성군 중의 하나라 함은 형식논리상으로 보아 뭇 성군 중의 하나임을 가리킴이 아닐 수 없다. 무수한 별 떨기 속의 하나가 방란장 주인이라는 것. 그러니까 만일 성군 9개(동양의 극수[極數])를 문제 삼는다면, 구인회의 쟁쟁한 회원 중의 하나임을 가리킴이 아닐 수 없다. 어쩌다 모임이라도 있을 땐 출석보다 결석이 더 많은 이들 구인회이지만, 저마다 당대 최고수임을 은근히 믿고 있는 처지에 있고 보면 각각 '성군'이 아닐 수 없다. 그 성군 중의 하나가 바로 동인지 『시와 소설』 창간호의 핵심이 아닐 수 없다. 그렇다면 대체 그 방란장 주인이란 구체적으로 누구를 가리킴일까.

1936년 2월 5일에 완성된 소설 「방란장 주인」은 7페이지를 내리 한 문장으로 가득 채운 것으로, 일찍이 이 나라 산문계에서는 처음 선보인 기묘한 글이어서 이를 규정할 만한 어떤 잣대의 실마리도 이 나라 문학 속에서는 찾아낼 수 없다(훗날 『관촌수필』[1977]의 이문구, 그리고 『칠조어론』[1994]의 박상륭이 이 계보를 잇는다). 이러한 황당하기 짝이 없는 스타일에 비해 그 내용인즉 의외로 선명하여 대조적이라 하지 않을 수 없다.

그야 주인의 직업이 직업이라 결코 팔리지 않는 유화 나부랭이는 제법 넉넉하게 사면 벽에 가 걸려 있어도 소위 실내장식이라고는 오직 그뿐으로, 원래가 3백 원 남짓한 돈을 가지고 시작한 장사라 무어 찻집다웁게 꾸며보려야 꾸며질 턱도 없이, 다탁과 의자와 그러한 다방에서의 필수품까지도 전혀 소박한 것을 취지로, 축음기는 자작이 기부한 포터블을 사용하기로 하는 등 모든 것이 그러하였으므로, 물론 그러한 간략한 장치로 무어 어떻게 한 밑천 잡아보겠다든지 하는 그러한 엉뚱한 생각은 꿈에도 먹어본 일이 없었고, 한 동리에 사는 같은 불우한 예술가들에게도, 장사로 하느니보다는 오히려 우리들의 구락부와 같이 이용하고 싶다고 그러한 말을 하여, 그들을 감격시켜주었던 것이요, 그렇길래 자작은 자기가 수삼 년 전 애용하여온 수제형 축음기와 이십여 매의 흑반 레코드를 자진하여 이 다방에 기부하였던 것이요, 만성이는 또 만성이 대로 어디서 어떻게 수집하여두었던 것인지 대소 칠팔 개의 재떨이를 들고 왔던 것이요, 또 한편 수경 선생은 아직도 이 다방의 옥호가 결정되지 않았을 때, 그의 조그만 정원에서 한 분의 난초를 손수 운반하여 가지고 와서 다점의 이름은 방란장이라든 그러한 것이 좋을 것 같다고 제의하여주는 등, 이 다방의 탄생에는 그 이면에 이러한 유의 가화미담이 적지 않으나, 그러한 것이야 어떻든 미술가는 별로 이 장사에 아모러한 자신도 있을 턱 없이, 그저 차 한잔 팔아 담배 한 갑 사먹고 술 한잔 팔아 쌀 한 되 사먹고 어떻게 그렇게라도 지내갈 수 있었으면 하고, 일종 비장한 생각으로 개업을 하였든 것이, 바로 개업한 그날부터 그것은 참말 너무나 뜻밖의 일로 낮으로 밤으로 찾어드는 객들이 결코 적지 않어, 대체 이곳의 주민들은 방란장의 무엇을 보고 반해서들 오는 것인지, 아모렇기로서니 그 조곰도 어여쁘지 않은, 그리고 또 품도 애교도 없는 미사에 하나를 보러 온다든 그러할 리가 만무하여 참말 그들의 속을 알 수 없다고 가난한 예술가들은 새삼스러히 너무나 간소한 점 안을 둘러보기조차 하였든 것이나, 그것은 어쩌면 자작이 지적하였든 바와 같이 이 지나치게 소박한 다방의 분위기가 도리혀 적지 아니 이 시외 주민들의 호상에 맞었는지도 몰으겠다고, 그것도 분명히 일리가 있는 말이라고 모다들 그럴법하게 고개를 끄덕이었고, 하여튼 무엇 때문에 객이 이 다방을 찾어오는 것이든 한 사람이라도 더 차를 팔어주는 데는 아모러한 부평이나 부만이 있을 턱 없이, 만약 참으로 이 동리의 주민들이 질박한 기풍을 애호하는 것이라면 결코 넉넉하지 못한 주머니를 털어서 상보 한 가지라도 장만한다든 할 필요 없다고, 그래 화가는 첫 달에 남은 돈으로 전부터 은근히 생각하였든 것과 같이 다탁에 올려놓을 몇 개의 전기스탠드를 산다든 그러지는 않고, 그날 밤은 다 늦게 가난한 친구들을 이끌어 신숙으로 스끼야끼를 먹으러 갔든 것이나, 그것도 이제 와서 생각하여 보면 역시 한때의 덧없는 꿈으로, 어이된 까닭인지 그다음 달 들어서부터는 날이 지날수록에 영업성적이 점점 불량하여, 장사에 익숙하지 못한 예술가들은 새삼스러히 당황하여가지고, 어쩌면 이 근처에 끽다점이라고는 없다가, 하나 처음으로 생긴 통에 이를테면, 일종 호기심에서들 찾어왔든 것이, 인제는 이미 물리고 만 것인지도 몰으겠다고, 만약 그러하다면 장차 어떻게 하여야 좋을지, 그들이 채 그 대책을 강구할 수 있기 전에, 그곳에서 상거가 이삼십 간이나 그 밖에 더 안 되는 철로 둑 너머에 가, 일금 일천칠백 원야를 들였다는 동업 '모나미'가 생기자 방란장이 받은 타격은 자못 큰 바가 있어, 그 뒤부터는 어떻게 한때의 농담이 그만 진담으로, 그것은 참말 한 개의 끽다점이기보다는 완연 몇 명 불과한 예술가들의 전용 구락부인 것과 같은 감이 없지 않으나, 그렇다고 돈 없는 몸으로서 모나미와 그 호화로움을 다툴 수 없는 일이었고, 그래 세상일이란 결국 되는 대로밖에는 되지 않는 것이라고, 그대로 그래도 이래저래 끌어온 것이 어언간 이 년이나 되여, 속무에 어두운 자작 같은 사람은 하여튼 이 년이나 그대로 어떻게 유지하여온 것이 신통하다고, 이제 그대로만 붙들고 앉었으면 당장 아모 일은 없을 것이라고, 그러한 말을 하기조차 하였던 것이나, [⋯⋯]

— 박태원, 「방란장 주인」, 『시와 소설』 제1권, 1936년 3월

이 첫 대목에서 즉각적으로 제시된 것은 다방 내부이며, 방란장이 이 다방의 명칭이며, 그 주인이 화가라는 사실이다. 곳은 일본의 도쿄. 장사를 하기보다는 일종의 취향으로 다방을 시작했다는 점이 상세히 밝혀지기 시작한다. 이 독신 청년 화가의 밑천이 겨우 300원 정도라는 것, 필수품인 축음기도 '자작'이라 칭하는 친구의 기증품이며, 재떨이는 친구 만성이의 기증이며, 또 다방 명칭은 소설가인 수경(水鏡) 선생의 명명이라는 것 등등의 사실에서 미루어 보면 이 다방 사업이 일종의 한 동리에 살고 있는, 같은 처지의 불우한 예술가들의 '구락부' 구실을 하는 것으로 출발했음을 알 수 있다. 다방인지라 응당 마담이 요망되었는데, 그 역시 예쁘지도 품(品)도 애교도 없는 수경 선생 집 하녀 미사에를 월급 10원으로 고용했던 것이다. 이 '방란장'이 문을 연 지 2년이 지났을 때의 사정은 어떠했던가. 작가 박태원은 다방의 개업에서 만 2년이 경과된 시점, 빚에 쪼들려 거의 망하기 직전까지를 이 작품에서 다루고 있다. 여기서 다루고 있다 함은, 방란장 주인인 독신 청년 화가의 자의식을 그리지 않았다는 것, 그렇다고 다방의 풍경이나 주변의 일을 그린 것도 아님을 가리킴에 관련된다. 굳이 말해 그것은 다방 주인 청년 화가의 '딱한 처지'로 집약되는 세계이며, 이를 초극할 어떤 의지도 상실했지만 아직도 막연히 무슨 방도를 기대함에서 오는 우울증의 일종이다. 우울증이란, 그러니까 일종의 허망감이어서 아직도 낭만적 경향이니 센티멘털리즘을 탈각하지 못한 도시적인 비애의 막연함에 속한다. '딱한 처지'가 그 극한에 이른 것이 '권태'다. 그것은 우울증을 그 자체로 무화시키는 방법으로서의 '우울증 즐김'에 해당되는 만큼 역설적인 극복 방식의 일종이 되는 셈이다. 이상의 「권태」(1937)란 이 점에서 박태원의 우울증과 선명히 구분된다. '방란장 주인'을 상세히 분석함은 이 점의 중요성에서 말미암는다.

'방란장 주인'인 젊은 독신 화가가 「오감도」의 이상임은 한눈에 알 수 있게 되어 있다. 작가 박태원의 다음 글에서 이 사실이 새삼 확인된다.

내가 이상을 안 것은 그가 아직 다방 '제비'를 경영하고 있을 때다. 나는 누구한테선가 그가 고공 건축과 출신이란 말을 들었다. 나는 상시적인 의자나 탁자에 비하야 그 높이가 절반밖에는 안 되는 기형적인 의자에 앉어 점 안을 둘러보며 그를 괴팍한 사나이라 하였다. '제비' 헤멀슥한 벽에는 10호 인물형 초상화가 걸려 있었다. 나는 누구에겐가 그것이 그 집 주인의 자화상임을 배우고 다시 한 번 치어다보았다. 황색 계통의 색채는 지나치게 남용되어 전 화면은 오직 누런 것이 몹시 음울하였다. 나는 그를 '얼치기 화가로군' 하였다.

다음에 또 누구한테선가 그가 시인이란 말을 들었다. [……] 나는 그 무슨 소린지 알 수 없는 시가 보고 싶었다. 이상은 방으로 들어가 건축 잡지를 두어 권 들고 나와 몇 수의 시를 내게 보여 주었다. 나는 쉬르리얼리즘에 흥미를 갖지 않았으나 그의 「운동」 일편은 그 자리에서 구미가 당겼다.

— 박태원, 「이상의 편모」, 『조광』, 1937년 6월, 302쪽

다방 '제비'가 '방란장'으로 바뀐 것을 빼면 둘은 누가 보아도 등가물이라 할 것이다. 다만 다른 것이 있다면 제비의 차 끓이는 소년 수영이가 방란장에서는 없다든가, 제비의 주인이 얼치기 화가이자 알 수 없는 시를 쓰는 시인이라면 방란장 주인은 단지 화가라는 점이다. 물론 여기서

의 문제는 작가 박태원이 관찰하고 있는 이 다방 주인의 '딱한 사정'에 걸려 있다. 처음 다방을 내었을 때는 제법 손님들이 모여들었으나 경쟁점이 생긴 이후로 점점 몰락하기 시작, 두 해째가 되는 지금은 집세 빚에 쪼들릴 뿐 아니라 마담 미사에의 월급조차 지불할 수 없는 지경에 내몰린 처지다. 미사에의 처지에서 보면, 어느새 다방 마담 겸 가정부이자 젊은 독신 주인의 수발까지 들지 않을 수 없는 동반자로 되어 갔다. 한편 주인의 처지에서 보면 미사에에게 월급도 주지 못했을 뿐 아니라 살림조차 맡겨 버린 처지니까 그냥 결혼해서 산다면 어떨까라는 수경 선생의 권유도 고려해 보았으며, 또 예술가의 아내로서 오히려 겨우 소학을 마쳤으며 자기를 정성껏 보살피는 미사에가 적절할 것도 같았으나, 다른 한편 미사에를 자기가 행복하게 만들어 줄 수 있을까를 생각하자 그는 자신이 없다. 집세 독촉도 이제 어쩔 수 없는 현실 문제로 육박해 왔다(제비의 주인 이상을 상대로 집주인이 소송을 제기한 사실과 이상이 이에 응하지 않아 가장 불리한 결석재판을 받았음도 박태원은 지적하고 있다. 「이상의 편모」 참조).

이러지도 저러지도 못한 이러한 상황을 무어라 규정하면 적당할까. '진퇴유곡'(進退維谷)이란 비유가 가능할지는 모르나 그것은 '절망'과는 질적으로 다른 그 무엇이다. 바로 이 '진퇴유곡'에 대한 태도에 작가 박태원과 이상의 기질적 차이, 곧 문학적 변별성이 깃들고 있다.

먼저 박태원의 경우를 검토해 보기로 한다.


## 5. 무대가 도쿄인 까닭

방란장의 젊은 주인이 놓인 진퇴유곡이란, 절망이기에 앞서 고독임이 판명된다. 고독이되 '자기 혼자서는 어떻게도 할 수 없음'으로 규정되는 이 고독이란 새삼 무엇인가. 박태원이 본 방란장 주인의 그것은 '황혼의 빈 벌판의 산책'에 해당되는 것이었다. 진퇴유곡에 놓인 젊은 화가가 할 수 있는 다음 단계의 방도란 "단장을 휘저으며 황혼의 그곳 벌판의 산책"인 바, 이는 박태원이 삶과 예술을 변별하는 장치의 하나로 설정한 것이다. 수경 선생의 삶도 그 속을 들여다보면 방란장 주인의 딱한 사정과 오십 보백보라는 사실이 이를 뒷받침한다. 이는 「권태」에서 보여 준 「날개」의 작가 이상의 초극 방식과는 질적으로 구별된다. 이상의 진퇴유곡 극복 방식이란, 앞에서도 지적했듯, 진퇴유곡 자체를 역설적으로 즐김에 있었던 것이다. 시골 아이들의 똥 싸기 놀음의 생리, 반추하는 소의 생리 닮기로 정리되는 이상의 이 경지는 진퇴유곡을 자조적으로 처리함을 가리킴이며, 마침내 이 자조적 처리 방식의 생리화에 이른 것이었다. 이를 이상 문학의 미학이라 부른다면, 박태원의 산책 방식이란 어떤 미학이라 규정해야 적절할까. 그 실마리는 '산책 방식'에서 찾아낼 성질의 것이어서 생리화의 경우와 구별된다. 그 산책 방식이란 어디까지는 황혼녘이어야 하고, 벌판이어야 하고, 혼자여야 한다는 점이다. 그것은 대상과의 거리감에서 오는 공허감의 일종이 아닐 수 없다. 스스로는 진퇴유곡에 빠져 있지 않으면서 그러한 경지에 빠져 있는 대상을 상정하고, 이를 바라보는 방식에서 이러한 공허의 미학이 도출되었던 것이다. 이런 태도를 일러 스타일이라 부를 것인데, 그것은 현실이 안고 있는 진퇴유곡을 어떻게 하든 허구화(비현실화)시킴에서 말미암았다. 엄연히 버티고 있는 현실을 아예 없는 것으로 무시하기, 이 현실의 비현실화 과정에서 생기는 현실과 비현실 사이의 거리감의 정조(센티멘트)가 고독이다. 고독이란 그러니까 가벼운 우울증의 다른 명칭이 아닐 수 없다.

그렇다면 무엇으로 박태원은 현실을 비현실화할 수 있었을까. 이 물음에 대응되는 것이 박태원이 구사한 스타일이다. 그것은 현실을 가리게하는 발(주렴)과 흡사한 것이어서, 저편의 현실을 깡그리 지울 수는 없다. 현실과의 거리감을 일정하게 유지하되, 그 윤곽을 잃지 않는 방식이 그의문체였던 것이다.

이러지도 저러지도 못하는 딱한 처지에 놓인 방란장 주인 청년 화가가 세수도 안 한 채, 마담으로부터 단장을 달라 하고 그것을 휘저으며 황혼의 벌판을 한참이나 산책하기란 무엇이겠는가. 그의 발길이 현실에 굳건히 뿌리내린 늙은 소설가 수경 선생 댁으로 향함이란 또 무엇이겠는가. 늙은 처의 발악에 꼼짝 못한 수경 선생의 표정을 떠올리며 그 집 문간에서 그가 발을 돌리는 것은 또 무엇인가. 이 모두는 "황혼의 가을벌판 위에서 자기 혼자" 산보하기 위한 방편에 지나지 않았던 것이다. 산책의 스타일, 그것이 박태원의 미학이었다면, 그것은 발이랄까 스크린의 미학이 아닐 수 없다. 박태원의 미학이 이러한 스타일로서의 스크린으로 말미암아'공허의 미학'이라면 남는 문제는 무엇인가. 이 물음의 중요성은 그것이박태원의 미학이자 문학사적 과제라는 점에서 찾아질 성질의 것이다.

'공허의 미학'의 근거를 물을 때 제일 중요한 요인은 방란장이 놓인'장소'에 있다. 앞에서 여러 번 되풀이한 대목 "단장을 휘저으며 황혼의그곳 벌판의 산책"이란 무엇인가. 이 물음의 결정적인 요소는 그 장소가식민지의 수도 '서울'(경성)이 아닌 대일본제국의 수도 도쿄란 사실이다. 작품 「방란장 주인」의 무대가 서울이 아님은 대체 무슨 까닭일까. 이 까닭에 앞서 던져질 질문은, 서울이든 도쿄든 아무런 차이도 없다는 점에 있다. '新宿'이라 쓰고 '신주쿠'라 읽든, '신숙'이라 읊든 아무런 차이를 느끼지 않음이란 새삼 무엇인가. 박태원에게 글쓰기의 원점이 도쿄임을 가리킴이 아니라면 무슨 설명이 가능할까. 박태원에게 글쓰기의 원점이 일본의 당대 문학이며, 그것도 이른바 13인 구락부의 감각파 모더니즘계이며, 바야흐로 조이스(James Joyce)의 『율리시스』(Ulysses, 1922)에 그 최대의 거점을 두고 있음이 아니라면, 서울 종로에 있는 얼치기 화가이자 「오감도」의 시인이 경영하는 다방 제비가 막바로 방란장이 될 이치가 없다. 초라하기 짝이 없는 식민지 서울의 다방 제비를 제국의 수도 도쿄로 옮겨 놓았다고 해서 달라진 점이 전무하다는 사실은, 박태원의 글쓰기의 원점이 서울일 수 없음을 웅변함이 아닐 수 없다. 단장을 짚고 대학노트를 옆에 끼고 종로 거리를 배회하고 있는 구보 씨의 행위란 실상 도쿄의 긴자(銀座) 거리 혹은 황혼의 무사시노(武藏野) 숲을 걷고 있음과 등가이다. 구보에게 서울이라든가 다방 제비란 한갓 곡두(幻)이며 허깨비인 까닭이 여기에서 온다. 이 점에서 박태원은 「날개」의 작가 이상과 더불어 '환각의 인(人)'이 아닐 수 없다. 식민지 서울이란 박태원에게도 이상에게도 한갓 환각이며 헛것이기에 이를 그대로 그려 내기만 한다면 막바로 작품(문학)이 되지 않을 수 없는 형국이었다. 서울(현실)이 환각으로 보이는 곳에 박태원, 이상의 글쓰기의 원점이 있었다는 이 명제의 중요성은 이것이 모더니즘계 미학의 존재 방식에 직결됨이라는 점에서 찾아질 성질의 것이 아닐 수 없다. 제국의 수도 도쿄의 문학, 저 조국을 스스로 탈출하여 파리에서 『율리시스』를 쓴 조이스의 글쓰기의 원점과 박태원의 원점이 등가라 함은 이런 문맥에서다. 대작 『천변풍경』이 조이스의 『율리시스』에 대응된다는 시각은 이에서 말미암는다. T. S. 엘리엇(T. S. Eliot)의

「황무지」("The Waste Land", 1922)와 김기림의 「기상도」(1936)가 대응되는 것도 이런 현상의 일종이다.

현실로서의 서울 그리고 삶이 한갓 환각이며, 진짜의 현실 그리고 삶이 도쿄라면, 환각과 현실의 일치점 모색 방식은 도쿄로 가서 사는 방식이 가장 확실할 것이다. 「날개」의 작가 이상의 도쿄행의 근거도 이로써 설명된다. 그렇다면 박태원은 어떻게 했던가. 다시 도쿄로 가서, 거기서 글쓰기에 나아가야 했으리라. 그렇게 했다면 그는 응당 일본 문단에 큰 얼굴을 드러냈을지도 모르며 적어도 '우울증'이나 '공허함'의 상태에서 유려하게 해방되었을 터이다. 박태원은 그렇게 하지 않았는데, 그 결과물이 「방란장 주인」이자 그 속편 「성군」(1937)이다. 「성군」은 방란장 주인의 몰락 과정을 희화적으로 그린 것이며 대화체 중심으로 엮은 것이지만, 장소가 도쿄란 점을 전면적으로 드러냄으로써 실로 참담한 지경에 떨어지고 만 졸작이다. 「방란장 주인」에서 그토록 은폐하고자 시도했던 장소로서의 도쿄가 전면적으로 노출됨에 따라 분명해지는 것은 바로 환각의 소멸에서 말미암았다. 「방란장 주인」의 미적 달성은, 그러니까 글쓰기의 기원이 도쿄이기에, 서울이 지닌 환각에서 말미암았던 것이다. 제국의 수도 도쿄에다 글쓰기의 원점을 둘 경우, 그것과 서울의 촌스러움의 낙차가 크면 클수록 환각의 증대가 이루어질 수밖에 없다. 이 환각에 대응되는 것, 말을 바꾸면 이 환각으로 서울의 그 낙차를 보상하고자 하는 열정이 솟아오르는 법이다. 무엇으로 이에 대처할까. 상상력(문체)이 그 해답이다. 서울 현실의 빈약함을 상상력(환각)으로 초극, 저 도쿄의 그것과 균형 감각 만들기, 그 결과물의 한 사례가 저토록 높은 「방란장 주인」의 문체인 것이다. 「방란장 주인」의 무대가 도쿄란 사실, 그것이 지닌 문학사

작가 박태원(1909~1986)

적 의의란 이처럼 박태원 미학의 본질이자 모더니즘계 미학의 의의가 아닐 수 없다. 그렇다면 같은 '환각의 인'이면서도 박태원과 이상은 어떻게 같고 또 다른가. 이런 과제가 우리를 기다리고 있다고 할 것이다.

## 6. 군중 없는 거리의 산책자 ─ 특정한 벗들과의 봉별기

『시와 소설』의 편집자 이상이 그 창간호에 박태원의 소설 「방란장 주인」을 실은 것은 그것이 작품이되 최고급 작품임을 전제로 한 것이었다. 「방란장 주인」이란 누가 보아도 「오감도」의 시인 이상을 주인공으로 삼은 작품이지만, 이상 자신이 스스로 작품의 주인공임과 그것이 스타일(미학)임을 동시에 수용한 행위로 이 사정이 정리된다. 좀더 구체적으로 말해 편집자 이상은 실상 작가 이상이기도 했던 것이다. 「방란장 주인」이 따지고 보면 박태원 문학의 핵심인 박태원스러운 창작물임을 직감한 것은 편집자 이상이 아니라 작가 이상이었다. 방란장 주인의 인물 됨됨이, 행적, 모습 등이 아무리 다방 제비의 주인과 방불하게 묘사되었다 할지라도, 그것이 한갓 박태원식 창작이자 스타일임을 이상 자신이 직감한 것은, 방란장 주인이 '단장을 휘두르며 황혼의 거리를 산책함'에서 확인되었다. 딱한 사정에 놓인 자의 대처 방식에 해당되는 것으로, 그것은 일종의 거리감을 지닌 대상 인식의 일환이었던 것이다. 이것이 박태원식 우울증의 본질이거니와, 「오감도」의 시인 이상의 처지에서 보면 진짜 제비의 주인이란 결코 우울증 환자가 아니었던 것이다. 진퇴유곡에 빠졌다는 점에서는 방란장 주인과 제비의 주인이 같으나, 그 절망의 극복 방식이란 차원이 다른 좌표계에 놓여 있었던 까닭에 편집자 이상은 조금도 거리낌 없이 동인지 『시와 소설』에 「방란장 주인」을 실을 수 있었다. 「오감도」의 처지에서 볼 때, 방란장 주인의 절망이란 일종의 스타일(멋)에 해당되는 것. 제비 주인의 생리적 게으름으로 말해질 수 있는 온몸으로 대처하는 절망의 초극 방식과는 질적으로 달랐는데, 그것은 또 다르게 말하면 '자조'(自嘲)의 일종이었다. 그 때문에 절망을 즐기는 방식이 어째서 생리적이자 온몸의 것인가를 밝히는 일은 이상 문학의 본론이 되는 셈이다.

　「오감도」의 시인 이상이 이 사실을 알아차린 것은 언제였을까. 이 물음은 아주 중요한데, 왜냐하면 불후의 작품 「날개」(1936)의 생성 과정을 밝힐 수 있는 실마리가 여기에 숨어 있기 때문이다. 「날개」의 생성 과정을 알아냄이자 동시에 또 그것은 「소설가 구보 씨의 일일」의 본질을 분석하는 방식이기도 한 까닭에, 이 과제는 따라서 일변으로는 박태원론이자 다른 한편으로 이상론이 아닐 수 없다. 문학사적 개입이 불가피한 것은 이런 연유에서다.

「소설가 구보 씨의 일일」(『조선중앙일보』, 1934년 8월 1일~9월 19일)을 작가 박태원 다음으로 가장 먼저 읽은 사람이 「오감도」의 작가인데, 이 점은 크게 강조될 성질의 것이 아닐 수 없다. 그 이유는 박태원의 아래 기록에서 확인된다.

> 그의 「오감도」는 나의 「소설가 구보 씨의 일일」과 거의 동시에 중앙일보 지상에 발표되었다. 나의 소설의 삽화도 '하융'(河戎)이란 이름 아래 이상의 붓으로 그리어졌다. 그러나 예기하였던 바와 같이 「오감도」의 평판은 좋지 못하였다. 나의 소설도 일반 대중에게는 난해하다는 비난을 받았던 것이나 그의 시에 대한 세평은 결코 그러한 정도의 것이 아니었다. 신문사에는 매일같이 투서가 들어왔다. 그들은 「오감도」를 정신이상자의 잠꼬대라 하고 그것을 게재하는 신문사를 욕하였다. 그러나 일반 독자뿐이 아니다. 비난은 오히려 사내에서도 커서 그것을 물리치고 감연히 나가려는 상허의 태도가 내게는 퍽으로 민망스러웠다. 원래 약 1개월을 두고 연재할 예정이었으나 그러한 까닭으로 하여 이상은 나와 상의한 뒤 오즉 십수 편을 발표하였을 뿐으로 단념하여버리지 않으면 안 되었다.
>
> —「이상의 편모」, 303쪽

「소설가 구보 씨의 일일」의 첫 회가 실리는 『조선중앙일보』 1934년 8월 1일 자에 「오감도」 시 제7호가 실렸으니까 이상은 자기의 시와 박태원의 소설 삽화를 동시에 실었음이 확인된다. 뿐만 아니라 "왜 미쳤다고들 그러는지. 대체 우리는 남보다 수십 년씩 떨어져도 마음 놓고 지낼 작정이냐……"로 시작되는 「「오감도」 작가의 말」(미발표)도 박태원의 이 글 속에서 확인된다. 「소설가 구보 씨의 일일」을 문제 삼는 경우 그 소설적 현장성에 가장 가까이 접근한 인물이 이상이었음은 이로써 분명해진 셈이거니와, 그렇다면 대체 이 소설의 체감으로서의 현장 감각이란 어떤 것이었을까.

소설가 구보 씨란 누구인가. 도쿄에서 유학하다 실연하고 귀국하여 소설 쓰는 직업을 가진 청년의 이름이 '구보'이다. 넉넉한 집안의 형과 형수 그리고 모친을 모시고 있으면서 대학노트를 갖고 지팡이를 휘두르며 아침부터 밤중까지 서울 거리 산책을 일과로 삼고 있는 미혼의 청년 구보는 겉으로 보기엔 진퇴유곡이라든가 절망과는 거리가 먼 사람이다. 당장 직장을 구해야 될 절박한 사정에 놓여 있지도 않았고, 거리에는 벗들도 많았으며, 다방도 카페도 줄을 잇고 있었고, 귀에 약간 이상이 생겼을 뿐 몸에는 아무 탈도 없는 멀쩡한 형편에 있었다. 그가 할 수 있고, 또 하는 일이란 서울 거리를 산책함에만 있었는데, 그 산책을 가능케 하는 것은 오직 단장과 대학노트였다. 이 경우 대학노트란 무엇인가. 말할 것도 없이 그것은 '기록'을 가리킴인데, 산책의 기록이 그것이다. 서울 거리를 산책함이 그대로 '작품'이라는 것, 그것도 소설 작품이라는 사실을 처음으로 보여 준 것이 이 작품이 지닌 특이성인 셈이다. 작가 박태원이 보통의 소설을 쓴 것과 이 경우는 매우 다른 방식이 아닐 수 없다. 작중인물인 구보라는 청년이 대학노트를 들고 단장을 휘두르며 서울 거리를 헤매기와 그 기록이 그대로 소설이 되어 버리는 전례 없는 현상이 벌어지는 형국이었다. 군중 없는 거리 산책자의 운명이 거기 있었다.

어째서 이러한 현상이 벌어질 수 있었을까. 이 물음은 매우 중요한 문학사적 사건이 아닐 수 없는데, 이를 가능케 한 것이 단장(산책)과 대학 노트(기록)이다. 그리고 이 단장과 대학노트가 막바로 소설이 되게끔 한 것이 따로 있었는데, 도쿄 유학 시절의 실연 사건과 '환각의 인'인 최후의 '벗'이 그것이었음이 판명된다. 그 벗이 바로 제비의 주인, 시인 이상이었다. 여기에 보이지 않게 은밀히 작동하고 있는 것이 바로 기하학적 대칭점의 인식이다. 이 기하학적 인식(사고)의 추상성에서 생겨나는 것이 공허함 또는 우울증이다. 「소설가 구보 씨의 일일」에서 그 공허함에 이르는 과정을 분석해 보면 다음과 같다.

하루 종일 서울 시내를 헤매는 구보의 무기란 앞에서 이미 지적한 바와 같이 단장과 대학노트다. 거리엔 다방과 카페가 있을 뿐 군중이 없었다. 구보의 고독의 원인이 여기 있었다. 그가 들르는 곳은 거리와 다방과 카페 등인데, 그렇다면 그가 만나는 인물들은 어떤 종류일까.

익명의 군상들과 특정인으로 대별되는바, 이 중 전자는 구체성을 갖지 않는다는 점에서 거리의 풍물과 구별되지 않는다. 거리의 풍물이란 무엇인가. 이 물음에 압도적인 근대의 의미를 이끌어 낸 것이 보들레르(Charles Pierre Baudelaire)임을 간파한 날카로운 독창적 비평가로 발터 벤야민(Walter Benjamin)을 들 것이다. 군중과 대립되는 거리 산책자(flâneur)의 존재와 그것의 내면화 과정을 보들레르의 시를 통해 분석한 벤야민에 따른다면, 문제의 중요성은 전통적 지식인으로서의 거리 산책자가 지닌 고고성과 떼거리로 등장한 군중의 집단성 사이에서 생기는 불안정한 과도기적 위치의 의미 파악에 있었다. 산책자가 경계선의 존재인 것은 이런 문맥에서다. 낡은 것과 새로움의 변증법적 양의성이 거울처럼 보들레르의 파리 도시 풍경 묘사에서 드러났을 때, 벤야민은 근대의 근원적 역사를 거기서 짚어 내고 있었다(발터 벤야민, 반성완 옮김, 「보들레르의 몇 가지 모티브에 관하여」, 『발터 벤야민의 문예이론』, 민음사, 1983). 보들레르의 시를 이러한 산책자의 우울증으로 규정하는 것은 이 때문이다. 도시 군중의 모습을 처음 목격하는 자들에게 환기되는 감정이 불안, 역겨움, 그리고 전율이라는 사실에 주목, 그것을 수공업에서 공장 생산으로 변한 근대의 생산 제도에 각각 대응시킨 것은 벤야민의 명민성이라 할 것이다. "군중 속의 행인이 겪는 충격의 체험에 상응하는 것이 기계에서 노동자가 겪는 체험"이라는 시선을 계속 따라간다면 벤야민의 저 유명한 복제예술론에 닿게 마련이다.

　낡은 것과 새것의 과도기적 상황 속에서 고등유민(高等遊民)에 지나지 않는 존재가 지식인이며 그들이 겪는 감정(경계의식)이 우울증이라면, 구보의 감정이란 이 점에서 단연 문명사적 문맥에 놓이게 된다. 그러나 구보의 시선 속엔 군중은 없고 그 대신 다방, 카페, 극장, 그리고 역사와 화신빌딩 승강기 등이 있을 뿐이다. 「소설가 구보 씨의 일일」이 모더니즘계 문학의 한 징후일 뿐 한 전형으로 놓일 수 없는 것은 이런 문맥에서다. 여기에서 새삼 검토되어야 할 점은 구보 스스로 말하는 모데르놀로지(고현학)이다. 1930년대 초반 서울의 도시화 과정이란 어떠했던가. 승강기, 전차, 다방, 극장, 카페가 생겼으나 아직 군중이 떼 지어 출몰하는 상태에까지 이르기 전의 서울 거리에 우리의 구보가 산책자로 등장하고 있었다. 그렇다면 그가 만나는 벗들이란 어떤 존재들일까. 군중이 없는 대신 특정의 벗들이 있을 뿐이다. 작품상에서 구보가 '벗'이라 부른 인물을 검토해 보면 다음과 같다.

① 구보가 짝사랑한 누이를 가진 벗

② 골동점 주인

③ 옛 동무

④ 중학 시절의 열등생

⑤ 신문사에 근무하는 시인

⑥ 종로경찰서 앞을 지나 하얗고 납작한 조그만 다방의 주인


　　다방에서 구보를 '구포'라 큰 소리로 부르는 사내를 빼면, 이 중 벗다운 벗이란 ⑤와 ⑥이라 할 것이다. 시인이면서도 사회면에 등장하는 온갖 사건 취재에 열중하는 생활인이자 구보의 소설 독자이기도 한 이 벗은 적어도 구보에겐 벗은 벗이되 자기와 동격의 벗은 아니었다. 무엇보다 이 시인은 산책자(유민)가 아니었다. 밤이면 들어가야 할 집이 있는 벗이기에 한갓 생활인이다. 구보 자신은 대체 무엇인가. 물론 소설가이지만, 이것만이라면 위의 시인인 벗과 다를 바 없고 따라서 조이스의 『율리시스』에 대해 의견 일치를 볼 수도 있고 또 보지 않을 수도 있겠으나, 근본적 차이점이 있다면 구보가 '유민'이란 사실에서 왔다. 대체 구보가 말하는 '유민'이란 어떤 종류의 인간일까. 작가 박태원이 정의한 바에 따르면 유민이란 '다섯 개의 능금 문제 풀기'에 알게 모르게 관련된다. 곧 자기가 완전히 소유한 다섯 개의 능금을 어떤 순서로 먹어야만 마땅할까에 관해서라면 우선 세 가지 방법이 있을 수 있다. 맛있는 놈부터 먹기를 한 방법으로 들 수 있는데, 그 장점은 언제든 그 중 맛있는 놈을 먹고 있다는 기쁨을 준다는 것이지만 그 결과는 비참할 것이다. 반대로 그 중 맛없는 놈부터 먹어 가는 방법. 그것은 점입가경이겠으나, 되짚어 보면 그런 방법

으로는 항상 그 중 맛없는 놈만 먹지 않으면 안 되는 셈. 셋째로 아무 계획 없이 아무것이나 먹는 방법. 여기에도 이런저런 문제가 생기게 마련. 어떤 선택(방법)도 불완전하며, 따라서 어느 길을 택해도 만족할 수 없는 무신념의 사고방식을 지닌 자를 두고 '유민'이라 불렀다. 유민이란 그러니까 이러한 삶에 대한 적극성이랄까 의욕을 송두리째 상실한 사람이 아닐 수 없다. 그것은 그가 매달릴 수 있는 '생활'의 없음에서 말미암는다. '사과 다섯 개 먹기'의 문제를 풀 수 있을 만큼 고도의 지식과 안목과 사고를 가진 사람으로서 결국 아무것도 할 수 없는 딱한 처지에 빠져 있는 인간형이 유민이라면, 시인이자 신문기자인 벗⑤는 유민일 수 없다. 다섯 개의 사과 먹기 건을 두고 "그래 그것이 어쨌단 말이야"라고 대들자 구보의 대답은 간단할 수밖에 없었다. "어쩌기는, 무에 어째"가 그것. '생활'을 가진 자와 못 가진 자의 차이가 이로써 분명해졌다.

유민다운 문제를 제기하는 사람이 진정한 유민이라면, 그리고 그런 인물이 구보와 동격의 참된 벗이라면, 그는 과연 누구일까. 벗⑥이 이 물음에 가장 가까운 인물이다.


## 7. '유민'과 '환각의 인' ― 박태원과 이상

벗⑥은 종로경찰서 근처에 있는 "하얗고 납작한 조그만 다료(茶寮)"의 주인이다. 구보가 이 다방에 들르자 주인은 출타 중이었다. 심부름하는 아이가 곧 돌아오리라 했다는 것이다. 구보는 그 다방에서 잠시 기다린다. 다방에는 여자를 동반한 청년이 있었다. "노는 계집 아닌 여성"과 순결한 청년을 대함이란, 모데르놀로지에 몰두해 온 구보로서는 충격이 아닐 수 없었다. 모데르놀로지란 "노는 계집"스러운 현상에 다름 아니었던 까닭이다. 노는 계집스런 현상을 잠시 물리쳤을 때 펼쳐지는 장면은 어떠했을까.

여기는 도쿄. 유학 시절 한 여인을 사랑했던 청년 구보가 진보초(神保町)에 있는 모 다방에 앉아 있다. 구보는 회상한다. 간다(神田)의 한 철물점에서 손톱깎이를 샀고 진보초의 한 다방으로 갔다. 손톱을 깎기 위함이었을까. 문득 구석진 마룻바닥에 한 권의 대학노트가 떨어져 있지 않겠는가. '윤리학' 노트였다. 임자의 이름은 임(姙). 그러니까 여대생이 아니겠는가. 펼쳐 보니 제1장 서론부터 본론으로 가득 차 있었다. 여백엔 연필로 스탕달의 연애론 일절 '수치심은 사랑의 상상 작용에 조력한다'와 느닷없이 '서부전선 이상 없다', '아쿠타가와 류노스케'(芥川龍之介) 등등의 낙서가 있지 않겠는가.

여기까지 회상에 빠졌을 때, 벗⑥이 돌아온 것이다. 구보는 일어나 단장과 대학노트를 집어 들고, "저녁 먹으러 나갑시다"라고 하며 일어선다. 윤리학 노트의 임자 임과의 로맨스를 잇기 위함이었다. 그 윤리학 노트엔 엽서가 한 장 껴 있었다. 임의 주소까지 알아낸 구보는 마침내 그녀의 숙소를 찾는다. 그녀는 조선인 유학생이었고 구보의 중학 동창생을 약혼자로 갖고 있었다. 둘은 어느새 서로 사랑하는 사이가 된다. 그러나 구보는 물러섰다. 왜? 용기가 없었고 정열이 모자랐고 비겁했기 때문이다. 여자가 울며 다음처럼 말한 것은 용기 없음을 가리킴이었다.

구보가 바래다주려도 아니에요, 이대로 내버려두세요, 혼자 가겠어요, 그리고 비에 젖어 눈물에 젖어 황혼의 거리를 전차도 타지 않고 한없이 걸어가던 그의 뒷모양. 그는 약혼한 사내에게로도 가지 않았다. 그가 불행하다면 그것은 오로지 사내의 약한 기질에 근원할 게다. 구보는 때로 그가 어느 다행한 곳에서 그의 행복을 차지하고 있는 것같이 생각하고 싶었어도 그 사상은 너무나 공허하다.

어느 틈엔가 황토 마루 네거리에까지 이르러 구보는 그곳에 충동적으로 우뚝 서며 괴로운 숨을 토하였다. 아아, 그가 보고 싶다. 그의 소식이 알구 싶다. 낮에 거리에 나와 일곱 시간, 그것은, 오직 한 개의 진정이었을지 모른다. 아아, 그가 보고 싶다. 그의 소식이 알구 싶다.

— 박태원, 「소설가 구보 씨의 일일」, 『성탄제』, 을유문화사, 1948, 208쪽


구보의 이러한 외침은 내면성에 다름 아니지만, 이를 직관하고 이를 가장 정확히 읽어 낸 사람이 바로 「오감도」의 시인이자 이 구보의 내면성을 그림으로 옮겨 낸 삽화가 이상이었음에 생각이 미친다면 어째서 걸작 「날개」의 결말이 "날자꾸나, 한 번만 더 날아보자꾸나"로 되었는가에 주목할 것이다. 「날개」가 「소설가 구보 씨의 일일」과 대칭적인가 아닌가의 과제도 여기에 그 해명의 실마리가 놓여 있다.

여기까지 이르면 「오감도」가 「소설가 구보 씨의 일일」과 대칭적임이 확인된다. 실상 작가 박태원의 구보는 서울 시내를 방랑하는 유민이자 산책자가 아니라 여대생 '임'의 꽁무니를 따라다니는 한 조선인 유학생 청년의 내면 풍경이 아닐 수 없다. 도쿄의 간다, 진보초, 그리고 가을의 무사시노 벌판을 헤매고 있는 구보의 일일이었던 까닭이다. 박태원의 우울증이란, 그러니까 서울 거리와 도쿄 거리 사이의 낙차에서 말미암았음이 판명된다. 이 사실을 직감적으로 알아차린 것이 「오감도」의 시인이자 삽화

가 이상이었기에,「오감도」는「소설가 구보 씨의 일일」과 엄밀한 대칭점을 이루게 된다.「날개」가「소설가 구보 씨의 일일」과 비대칭적이라 함은, 이미 거기엔『천변풍경』이 대칭성을 강요하고 있었음에서 말미암는다.

이러한 일련의 보이지 않는 박태원과 이상 사이의 심리적 질서관이란, 구보의 서울 시내 헤매기가 기실 구보의 도쿄 시내 헤매기에 내속(內屬)된다는 사실에 그 근원을 두고 있다.「날개」의 주인공이 골방에서 나와 서울 시내를 헤매고 마침내 미쓰코시 옥상에서 한낮을 맞아 "날개야 솟아라, 날자꾸나, 한 번만 더 날아보자꾸나"라고 외치는 것은, 구보가 도쿄 거리에서 여인을 놓치고 향할 곳 없는 마음으로 공허하게 외치는 그 외침이 아닐 수 없다. 다만 차이가 있다면 도쿄와 서울에 대한 공간적 낙차가 아니라, 여인 놓치기와 여인을 아내로 삼았음의 차이에 있다고 할 것이다. 여인을 놓치고 그녀를 그리워함이 부질없음(공허의 사상)이고, 그리고 우울증(고독)이 여기에서 말미암았다면,「날개」의 그것은 그녀를 아내로 삼았음에서 말미암았다.「날개」쪽의 절망이 훨씬 본질적임은 거기엔 한 푼의 고독, 우울증, 요컨대 센티멘털리즘 따위가 깡그리 제거되었음에서 말미암았다.

도쿄 거리 헤매기의 구보와 서울 거리 헤매기의「날개」의 주인공 '나'의 낙차는 물론 여기에 멈추지 않는다. 구보 쪽이 자기의 행복 찾기보다 어머니의 행복 찾기에로 기울어짐으로써 '비생활'인 유민적 삶에서 벗어났다면,「날개」의 '나'는 '비생활'에서 또 다른 '비생활'(환각)로 향하고 있었던 것이다.「날개」의 '나'가 생리적이자 본질적이라면, 구보의 그것은 우울증의 범주에서 벗어날 수 없는 것이었다. 적어도「날개」의 '나'는 "울창한 삼림 속을 진종일 헤매고 끝끝내 한 나무의 인상을 훔쳐오지 못한 환각의 인(人)"(이상, 「동해」, 김윤식 엮음, 『이상문학전집 2』, 문학사상사, 1991, 271쪽)이었다. 작품 「동해」(1936)가 실상 구보에게 보여 주기 위한 작품이라 함은 이런 문맥에서다. 「날개」의 작가 이상은 「동해」의 주인공 '임'(姙)을 내세워 구보의 내면을 거울처럼 비추었던 것이다. 그것은 영락없는 구보의 패러디였다. 실상 대칭점의 상징물로서의 '거울'에 주목한 쪽은 구보였다. '임'과 흡사한 여인과 자기(구보)와 흡사한 청년이 다방에 앉아 있는 정경을 보고, 지난달 도쿄에서의 자기 자신을 회고하는 장면에서 구보는 그 다방에 거울이 없음을 다행으로 느끼고 있지 않던가.

> 그 사상에는 황홀의 애수와 또 고독이 혼화되어 있었는지도 모른다. 구보는 극히 음울할 제 표정을 깨닫고, 그리고 그 안에 거울이 없음을 다행하여 한다. 일찍이 어느 시인이 구보의 이 심정을 가리켜 독신자의 비애라 하였다. 그러나 그것은 언뜻 그러한 듯싶으면서도 옳지 않았다. 구보가 새로운 사랑을 찾으려 하지 않고 때로 좋은 벗의 우정에 마음을 위탁하려 한 것은 제법 오랜 일이다.
> ―「소설가 구보 씨의 일일」, 201쪽

「오감도」의 시인이 이 경우 거울 노릇을 하고 있었다. 「날개」가 그 증거다. 이 경우 거울 노릇이란 구보를 정확히 파악하고 이에 대응되는 내면을 창출해 내는 그런 존재다. 「날개」의 '나'가 거울을 자화상(실용)과 장난감(비실용)으로 구별 짓는 것도 이 때문이다.

이 장난이 싫증이 나면 나는 또 아내의 손잡이 거울을 가지고 여러 가지로 논다. 거울이란 제 얼굴을 비칠 때만 실용품이다. 그 외의 경우에는 도무지 장난감이다.

— 이상, 「날개」, 김윤식 엮음, 『이상문학전집 2』, 문학사상사, 1991, 332쪽

「날개」의 거울이 지닌 매력은 이 이중성에서 온다. 구보를 비출 수 있는 거울(실용성)이자 이상 자신을 드러내는 빛으로서의 거울인 까닭이다.

## 8. 대칭점과 비대칭점의 시각

지금껏 논의해 온 것은 「오감도」와 「소설가 구보 씨의 일일」이 대칭적이라는 것으로 요약된다. 삽화를 그리면서 「오감도」의 시인이자 다방 제비의 주인, 구보의 진정한 벗인 이상은 구보를 등신대로 관찰하고 또 이를 비추는 거울이 아닐 수 없었다. 그러니까 이 거울은 한편으로는 구보의 초상화이자, 다른 한편으로는 장난감(상상력으로서의 문학)이었다. 이 이중성이 낳은 결과물이 「날개」라고 할 때, 여기에는 상당한 설명이 없을 수 없다.

첫째 고려될 사항은 「오감도」와 「소설가 구보 씨의 일일」이 대칭적이라면, 이를 가능케 한 것은, 그러니까 매개항 또는 거울 몫을 한 것은 이상(하융)이 그린 삽화라는 점. 「오감도」의 시인이 하융이란 표찰을 달고, 「오감도」는 물론 구보의 몸짓과 내면까지 깡그리 그려 내고 있지 않았던가. 하융이 그려 낸 구보의 삽화가 실상 하융 자신의 내면이자 구보의 내면이었음은 그 삽화의 주체성이 보장하고 있다. 삽화가 하융이 이상이자 구보라는 사실이 「날개」를 해명함에 거멀못이라 함은 이런 문맥에서다.

둘째, 「날개」와 「방란장 주인」의 관계가 비대칭적이라는 점. 박태원이 그린 방란장 주인이 다방 제비의 주인을 대상으로 했음은 틀림없지만, 그것은 제비의 주인이 허구임을 전제로 했기 때문에 가능한 일이었다. 방란장 주인이 제비의 주인이자 동시에 허상이란 것은 이런 문맥에서다. 구보가 그려 낸 방란장 주인은 "단장을 휘저으며 그곳 벌판의 산책"하는 인물이었는데, 이는 구보 자신의 모습에 다름 아니었다. 정작 제비의 주인은 그러한 산책자의 한가로운 우울증 정도를 앓고 있는 수준을 저만치 넘어선 지 오래였던 것이다. 이 사실을 분명히 함이야말로 「오감도」에서, 또 삽화가의 자리에서 스스로의 날개를 펴고 비상하는 「날개」의 작가를 바로 인식하는 지름길이다. 그것은 「방란장 주인」의 허구성에 대한 도전이자 제비의 주인에 대한 도전이기도 하다. 「날개」를 문학사적 과제에로 향하게 하는 과제도 이런 것과 분리되지 않는다.

셋째, 「날개」에 대한 구보의 대응 방식이 『천변풍경』이었다는 것. 이 사실은 구보와 이상의 보이지 않는 게임이며 그 내적 긴장력이 문학사적 과제로 된다는 점은 강조될 성질의 것인데, 마침내 그것이 「날개」와 『천변풍경』의 해명에로 향하게 만들기 때문이다. 당대의 평론가 최재서가 「리얼리즘의 확대와 심화: 『천변풍경』과 「날개」에 관하여」(『조선일보』, 1936년 10월 31일~11월 7일)로써 민감히 반응한 것이 이 사실을 웅변하는 것이다. 「날개」를 가능케 한 매개항이 구보였고, 그 연장선상에 「방란장 주인」이 있었다면, 「날개」의 맞은편엔 『천변풍경』이 놓여 있는 형국이 아닐 수 없다.

넷째, 「날개」와 『천변풍경』이 이상과 구보의 게임이며 거기에서 생긴 긴장력이 놀이의 본질이라면 이 놀이의 규칙은 어떠했을까에 관한 점.

'자기 기만'이 그 게임의 규칙인바, 구보에게 그것이 거리감으로 나타났다면 이상에게 그것은 생리화로 드러났다. 이 차이에도 불구하고 '자기 기만'의 이 게임 규칙은 문학사적 과제였던 것이니, 이른바 모더니즘의 미학이 그것이다. 이 '자기 기만'이 문체의 환각으로 눈가림되어 있었던 쪽이 구보라면, 이상의 '자기 기만'은 생리적 차원이어서 일종의 즐김(자연스러움)이 아닐 수 없었다. 전자가 문체의 환각(미학)이라면, 따라서 자각적이라면 후자의 그것은 자조적이자 패러독스의 일종이었다.

모더니즘계 미학이란 과연 무엇인가. 이 나라에서 그것은 절름발이 현실을 환각으로 뛰어넘고자 한 구보와 이상의 게임에서 빚어진 감각으로 규정된다. 무엇이 절름발이인가. '생활'과 '비생활'이 빚는 대칭점의 상실이 그것이다.

1930년대 이 나라 서울의 현실은 생활과 비생활의 깊은 골을 이루어 내고 있었다. 다방, 카페, 극장 등등 거리의 풍경이 비현실이자 환각이라면, 이는 현실적 생활과는 너무도 아득하였다. 이 낙차야말로 위태로운 것이 아닐 수 없었다. 여기에서는 놀이의 규칙을 문제 삼지 않으면 안 되게 되어 있는데, 왜냐하면 환각을 현실로 착각하고 살아가기란 원리적으로 불가능하기 때문이다. 구보는 이 점에서 썩 자각적이다.


어느 틈엔가 구보는 종로 네거리에 서서, 그곳의 황혼과, 또 황혼을 타서 거리로 나온 노는 계집의 무리들을 본다. 노는 계집들은 오늘도 무지를 싸고 거리에 나왔다. 이제 곧 밤은 올 게요 그리고 밤은 분명히 그들의 것이었다. 구보는 포도 위에 눈을 떨어뜨려 그곳에 무수한, 화려한 또는 화려하지 못한 다리를 보며, 그들의 걸음걸이를 가장 위태롭다 생각한다. 그들은, 모두가 숙녀화에 익숙하지 못한 것은 아니었다. 그러나 그러함에도 불구하고, 그들은 모두들 가장 서투르고, 부자연한 걸음걸이를 갖는다. 그것은, 역시, '위태로운 것'이라고밖에 말할 수 없는 것임에 틀림없었다.

그들은, 그러나 물론 그런 것을 그들 자신 깨닫지 못한다. 그들의 세상살이의 걸음걸이가, 얼마나 불안정한 것인가를 깨닫지 못한다. 그들은 누구라도 하나 인생에 확실한 목표를 가지고 있지 않았으나, 무지는 거의 완전히 그 불안에서 그들의 눈을 가리어준다.

— 「소설가 구보 씨의 일일」, 106~107쪽

구보의 논법대로라면 '노는 계집'과 그렇지 않은 계집에 대응되는 것이 '생활 없는 자'와 '생활을 가진 자'이다. 생활을 가지지 않은 자라는 점에서 구보 역시 '노는 계집' 범주에 들지만, '유민적 문제의식'을 가졌다는 점에서 무지한 '노는 계집'과 구보는 구분된다. '노는 계집'의 숙녀화가 위태로운 것은 생활이 없기 때문이며, 그 때문에 '가장 서투르고 부자연스럽'다. 그러나 중요한 것은 이 '노는 계집'이 '가장 서투르고 부자연스러움'과, 거기에서 오는 '위태로운 것'을 깨닫지 못함에 있다. 구보 역시 '가장 서투르고 부자연스러움'과 거기에서 오는 '위태로운 것'에서 한 발자국도 벗어나지 못하고 있지만, 진짜 '노는 계집'과 다른 점은 구보가 이 사실을 '자각'하고 있음에 있다. 무지가 위태로움을 가려 주고 있기에 '노는 계집'은 안전하다. 이는 물을 것도 없이 진짜 안전이 아니라 눈가림의 안전에 지나지 않는다.

'노는 계집'과 구보의 이동점(異同点)이 이러하다면 이상의 그것은 어떠할까. 이상이 구보와 다른 점이 있다면 그것은 스스로가 Ⓐ '위태로움'(어긋남)에 놓였음과 Ⓑ그 '위태로움'을 자각하고 있음과 동시에 Ⓒ그것을 역설적으로 즐김에서 찾아질 것이다. 반추하는 초식동물의 사례를 든 「권태」에서 이 점이 새삼 확인된다. 구보의 '위태로움'의 자각(거리인식)에 그다움이 있었다면, 그래서 산책자로서 몸 가벼움으로 시종 나아갈 수 있었다면, 그 자각을 '비밀'의 일종으로 위장함에 이상의 그다움이 있었다고 할 것이다. 이상이 인공의 날개를 꿈꾼 것이 이 '비밀'의 무게에서 말미암았다고 보는 것도 이 때문이다.

이 항목에서 남은 문제는 무엇인가. 이 물음은 박태원의 소설 「애욕」(『조선일보』, 1934년 10월 6일~23일)에 관련된다. 「소설가 구보 씨의 일일」의 속편으로 쓰인 「애욕」은 구보가 다방 주인 하웅(河雄)의 애욕 과정을 관찰한 기록이다. 손에 대학노트를 흔들어 보이며 '고현학'(考現學)을 한다고 외치며 종로 거리를 헤매고 있는 소설가 구보가 실상 이 작품에선 '산책자'로서의 의미를 접고 한갓 주인공 하웅의 애욕을 관찰하는 자에 지나지 않기에 「소설가 구보 씨의 일일」의 속편이라 보기엔 무리가 없지도 않겠으나, 하웅이 「오감도」의 작가이자 제비의 주인이며 「소설가 구보 씨의 일일」의 삽화를 그린 하융과 동일인임은 의심의 여지가 없다.

구보는 맞은편 벽에 걸린 하웅의 자화상을 멀거니 바라보았다. 십호 인물형. 거의 남용된 황색 계통의 색채. 팔 년 전의 하웅은 분명히 '회의', '우울' 그 자체인 듯싶었다. 지금 그리더라도 하웅은 역시 전 화면을 누렇게 음울하게 칠해 놀 게다.

— 박태원, 「애욕」, 『조선일보』, 1934년 10월 10일 자

다방 마로니에의 주인 하웅이 고향에 약혼한 처녀가 기다리고 있는데도 여우처럼 경박한 모던걸에 빠져 정신을 못 차리고 있음을 구보는 세밀히 관찰하고 있다. 이 경우 관찰이란, 심리 묘사에까지 나아감이 특징적이다. 구보의 시선에서 본 하웅이란, 경박스러운 계집에 빠져 결국 고향행을 포기하고 주저앉게 마련인 인물이다. "왜 자기는 그따위 계집을 침 뱉고 욕하고 그리고 깨끗이 잊을 수 없나? 그러나 하웅은 제 자신을 오직 딱하게 생각하는 재주밖에 없었다"(「애욕」, 『조선일보』, 1934년 10월 14일 자)에서 보듯, 하웅의 처지란 '고현학'을 내세워 방황하면서도 아무런 결론을 맺지 못하는 구보 자신의 모습이 아닐 수 없다. 박태원이 그리고자 한 것은 '딱한 처지의 인간 군상'이며, 그 '딱함'의 근거가 '고현학'이었음이 판명된다. 그렇다면 어째서 '애욕'을 그의 창작집 어디에도 수록하지 않고 방치해 두었을까. 창작집 『소설가 구보 씨의 일일』(문장사, 1938)을 염두에 둘 때 혹시 도쿄서 숨진 「날개」의 작가에 대해 친우로서 갖추어야 할 예의에서 말미암은 것이었을까. 혹은 작품의 완성도의 미달에서 말미암은 것이었을까(졸저, 「고현학의 방법론」, 『한국현대문학사론』, 한샘, 1988, 320~349쪽).

### 9. 한 소설의 탄생―문학사적 의의

여기까지 이르면 이제 이러한 사실들의 문학사적 의미를 밝히는 작업이 가로놓이게 된다. 모더니즘을 문제 삼는 마당인 만큼 여기서 말하는 문학사적 의미는, 일차적으로 세계문학사적 시선에 관련된다.

앞에서 이미 살폈듯 「소설가 구보 씨의 일일」은 산책자 개념과 고현학 개념으로 구성되었으며, 이를 수행하는 도구로 채택된 것은 단장과 대학노트였고, 주인공의 무대는 1930년대 초반의 서울 거리였다.

1930년대 당시 국세 조사에 따르면 식민지 조선의 총 인구는 2105만 8천 명이며, 그 중 97퍼센트가 조선 13도 출신이었고, 일본에서 출생한 일본인은 1.75퍼센트인 36만 9천 명, 중국에서 출생한 중국인이 9만 2천 명으로 되어 있다. 이 중 서울 인구는 총 39만 4246명이며, 이 중 일본인은 19퍼센트인 7만 4825명을 차지하고 있었다. 또 서울 인구 중 서울 토박이는 45.5퍼센트(17만 9226명)에 해당되고 있다. 10세 이상의 조선인 문맹률은 남자의 경우 51.7퍼센트인 데 비해 여자는 89.5퍼센트, 이 중 서울의 경우 문맹률은 37.5퍼센트로 되어 있다. 특히 주목되는 것은, 서울의 경우 직업 있는 자는 34.7퍼센트, 무업자는 65.3퍼센트로 집계되어 있다는 점이다. 그런데 더욱 중요한 것은 서울 인구의 직업자의 첫번째가 주인 가구에 고용된 '가사 사용인'(1만 2094명)으로 무려 8.9퍼센트를 점한다는 사실이다. '가사 사용'이란 무엇인가. 머슴이나 하녀가 따로 분류되어 있는 만큼 이는 행랑살이를 가리킴이고, 그것도 행랑어멈 쪽이 주축을 이루었음이 판명된다. 두번째 직업은 날품팔이로 7.4퍼센트, 세번째가 물품 판매업자, 네번째가 점원 등의 순서였다(손정목, 『일제강점기 도시 사회상 연구』, 일지사, 1996, 130~136쪽).

이러한 형편 아래서 다방이 처음 생기고 카페, 극장, 그리고 백화점이 한둘 생겨났던 것인 만큼 거기에는 아직 군중이 형성되지 못한 형편이었다. 비록 산책자로서의 길이 열린 공간이긴 하나 그 산책자가 아직 군중을 발견하기 전의 무대였기에, 산책자 구보의 단장과 대학노트는 공허함으로 가득 찰 뿐, 이 군중의 부재에서 오는 고독이 구보의 우울증의 근거를 이루었다.

군중의 출현 이전의 서울 공간을 규정하는 한 가지 지표로 「소설가 구보 씨의 일일」이 존재하고 있다는 시선에서 보면, 그러한 분명한 지표의 하나로 밤의 풍경이 지적될 것이다. 구보가 느끼는 압도적 고독은 황혼의 산책에서 왔다. 낮과 밤의 경계선에 섰을 때 구보의 고독은 최고점에 달한다. 이 경계선에의 진입과 이탈이 구보가 지닌 지표로서의 역할이다. "어느 틈엔가 구보는 종로 네거리에 서서 그곳의 황혼과, 또 황혼을 타서 거리로 나온 노는 계집의 무리들을 본다"(「소설가 구보 씨의 일일」, 106쪽). 구보 앞에 압도적으로 다가오는 것은 보들레르를 절망케 한 익명성의 군중이 아니라 단지 '노는 계집'이었다. 이 노는 계집들이 비록 굽 높은 숙녀화에 조금은 익숙했다 할지라도, 구보의 시선에서 보면 "가장 서투르고, 부자연한 걸음걸이"가 아닐 수 없다. 구보의 산책자의 몫이란, 산책자임엔 분명하나 이처럼 제한적임이 판명된다. 도쿄의 번잡을 보고 나서야 시골 같은 서울의 다정스러움을 알아차린 「날개」의 작가가 살았던 식민지 서울이 지닌 미숙성으로 이 사정을 설명할 수 있다. 구보의 고독이란 그가 놓인 서울의 근대적 미숙성의 현실과 이미 구보가 도쿄에서 체득해 버린 지식(감수성)의 낙차에서 왔음이 판명된다.

이러한 사례는 『율리시스』의 작가 조이스의 경우와 대비시켜 볼 성질의 것이기도 하다. 조이스가 당면했던 식민지 아일랜드의 수도 더블린의 현실이란, 현실 자체의 빈약성(자본주의적 기초의 미숙성)에 다름 아니지만 이를 기록한 것이 『율리시스』라면, 이때 문제 되는 것은 조이스의 기록 방법으로서의 기묘하고도 화려한 문체다. 식민지 현실의 빈약성을 기록하기 위해 조이스가 사용한 방법이란 다름 아닌 자의식 과잉의 정교

한 언어 사용이었다. 곧 현실의 진부성과 자의식 과잉의 정교한 언어 사이에서 생긴 아이러니컬한 틈새, 내용과 형식 사이의 희극적 낙차가 『율리시스』로 나타났던 것이다. 곧 그것은 기표의 과잉과 언급 대상의 비속성의 틈새를 고통스럽게 의식하는 식민지 작가의 상황을 기막히게 보여 준 것이었다(Terry Eagleton, *Heathcliff and the Great Hunger: Studies in Irish Culture*, London; New York: Verso, 1995).

조이스의 경우, 식민지적 특질이 모더니즘과 직결되는 화려한 실례라 할 땐 설명이 없을 수 없다. 종주국 학감이 사용하는 언어와 식민지 학생 조이스가 사용한 영어의 낙차를 절망적으로 인식(제임스 조이스, 이상옥 옮김, 『젊은 예술가의 초상』, 박영사, 1976, 295쪽)하던 점에 생각이 미친다면, 조이스가 언어의 물질성을 철저히 추구하여 그 가능성을 실험할 수 있었던 것은 영어가 그동안 이루어 낸 역동적 힘과 결코 무관하지 않을 것이다. 조이스에게 영어란 모국어이며 외국어였다. 영어가 지닌 압도적 힘을 이용, 마침내 조이스는 영어를 영어에서 탈락시켜 초언어(超言語)로 이끌어 올린 형국이 아니었던가. 『피네건의 경야』(James Joyce, *Finnegan's Wake*, London: Faber&Faber, 1939)가 그런 사례라 볼 것이다.

이에 견줄 때 구보는 어떠할까. 그가 배운 일어란 모국어이자 외국어가 아니었을까. 구보가 가진 것은 단장과 대학노트뿐, 그 대학노트란 것도 도쿄 어느 다방 구석에서 주운 '윤리학 노트'에 지나지 않았다. 이 '윤리학 노트'가 서울에 옮겨 와 종로 밤거리를 헤매는 광경이 「소설가 구보씨의 일일」이다. 그리고 이 '윤리학 노트'가 이루어 낸 가장 화려하고도 공허한 산문이 「방란장 주인」이었다. 아직 군중도 없고 영어가 지닌 압도적 힘도 없는 일본어의 '대학노트'라는, '윤리학'에서 끝내 벗어날 수 없음이 그 한계성으로 지적됨은 이런 문맥에서다. 단층파의 등장은 그들이 이 구보의 한계성을 모르는 사이에 직감했음과 결코 무관하지 않다.

문학사적 의의의 이차적인 사항이란 무엇인가. 「소설가 구보 씨의 일일」과 「날개」 사이에 교류하는 게임이론, 곧 고압적 전류가 이에 해당된다. 「오감도」와 「소설가 구보 씨의 일일」은 동시적 현상이었는데, 이 양쪽에 놓인 매개항이 삽화가 하융의 존재였다. 하융이 「오감도」와 「날개」의 작가임을 염두에 둔다면 삽화가→시인→소설가의 진행 과정이 뚜렷해진다. 삽화가이자 시인인 이상(하융)이 소설을 쓰겠다고 고백한 것은 김기림에게 보낸 「사신」(1936년 4월)에서이다. "우리들의 행복을 신에게 과시하기 위해서"가 소설을 쓰겠다는 결의의 표면적 이유였다. 그러니까 '해괴망측한 소설'을 쓰겠다는 것이어서, 스스로가 이를 '흉계'라 규정한다. 그 흉계의 실현이 바로 「날개」다. 무엇이 어떻기에 흉계라 했을까. 이 물음에 대한 답은 문학사적 과제의 하나에 해당될 터이다.

이를 정리하면 다음과 같다. 「소설가 구보 씨의 일일」에 등장하는 구보의 진정한 벗이 「오감도」의 시인이자 제비의 주인이었다. 이에 대한, 시인이자 제비의 주인의 흉계가 「날개」다. 「방란장 주인」이 제비의 주인이자 「오감도」의 시인이라는 사실에 대한, 「방란장 주인」이자 「오감도」 시인의 흉계가 「날개」다. 어째서 그것이 흉계일 수 있는가. '소설'이 그 정답이다. 한때 시인이었고 제비의 주인이었으나, 이제부터는 시인도 아니고 제비의 주인도 아니라는 사실만큼 충격적인 흉계가 달리 있을 것인가. 「날개」가 '기묘한 소설'이며, 그 탄생이 바로 '소설'의 탄생에 해당된다는 것이 바로 이 나라의 문학사적 사실이 되는 것은 이 때문이다.

## 2장 _ 『문장강화』에서 『산문』까지의 거리 재기
### 이태준과 정지용

## 1. 『상허문학독본』이 놓인 자리

광복된 지 만 일 년을 앞뒤로 한 해방공간에서 솟아오른 한 송이 난초대
거나 연꽃잎 같은 책 한 권을 들라면 『상허문학독본』(1946)을 들지 않을
수 없다. 『문장강화』(1940)의 저자이자 「해방 전후」(1946)의 소설가 상
허 이태준(1904~1960?)의 책이기 때문이다. 『문장강화』로 말할 때 맨 먼
저 연상되는 것은 최재서의 『인문평론』(1939~1941)과 쌍벽을 이루었던,
1930년대 말기와 1940년대 초기에 걸쳐 간행된 순문예 월간지 『문장』
(1939~1941)이다. 세계로 열린 지적 문학의 지향성을 가진, 그래서 자연
산문계의 문학적 현상에 관심이 기울어진 『인문평론』과 달리 『문장』의
지향성은 다분히 '시적인 것'에 편향되어 있었다. 여기에는 많은 설명이
없을 수 없는데, 그 중에서도 문제적인 것은 이른바 고전주의적 성향이다.

조금 도식적으로 정리한다면 이 고전주의 지향성이란 '대동아공영
권'의 명분을 위한 동양 사상사의 새로운 의미 부여와 알게 모르게 연결
된 이데올로기의 일종이었다. 일본의 경우 서양에 맞서기 위한 국학파

(國學派)들이 그 주역을 맡았고, 그 문학적 현상이 '만요슈(万葉集)로 돌아가자!'였다. 나치 파시즘 이데올로기의 표현과 맞물린 '서구의 몰락'이 아리안족의 주도권을 위한 포석이듯, 일제는 동양 사상의 우위와 복고주의적 이데올로기를 내세워 이른바 '만세일계'(萬世一系), '팔굉일우'(八紘一宇)의 일본적 국수주의를 은밀히 감추는 방식으로 이 문제를 제기·유포·선전했다. 명민한 사상가 미키 기요시(三木淸)의 동아협동체론(東亞協同體論)도 이 사정권 내에서의 한 변종이었을 따름이다. 현민 유진오가 이를 두고, 결국은 새로운 신화의 일종이 아니겠느냐고 비판한 것도 바로 이런 문맥에서다(유진오,「조선문학에 주어진 새 길」,『동아일보』, 1939년 1월 10일~13일). 여기서 말하는 새로운 신화란, 말을 바꾸면 시적 현상 또는 '시적인 것'으로 된다.

군국 파시즘의 이데올로기인 대동아공영권의 사상적 표현이 동양주의·고전주의로 표상된다면 다른 한편에서는 이 동양주의·고전주의가 현실도피의 구실로 작동될 수도 있었다. 1930년대 후반 저널리즘에서 크게 논의된 동양주의·고전주의란 식민지 조선의 처지에서 보면 이중적이었다. 한편으론 시국적 이데올로기의 편승이자 동시에 또 그것은 멸망한 조선 역사 및 조선 문화에의 형언할 수 없는 그리움을 충동케 하여 마지않았다. 이 그리움은 현실에 대한 지평이 불투명할수록 증대되는 낭만적 성격의 것이었다. 비유적으로 말해『인문평론』이 현실의 지평 모색에 보다 기울어져 있었다면,『문장』은 이와는 역방향에 섰고, 그것이 '시적인 것'으로 나타났다. '시적인 것'이란, 그러니까 파시즘적 이데올로기의 수용을 빙자하여 전개된 반파시즘적 민족주의의 소산이었다. 물론 이 민족주의는 현실을 도피한 측면에서 볼 때 다분히 심정적 민족주의가 아닐 수 없었다. 이러한 편향성을 노골적으로 잡지 제명으로 삼은 것이 『문장』이었다.

## 2. 『문장』지와 『문장강화』

'문장'이란 새삼 무엇인가. 이 물음에 제일 직접적으로 응해 오는 것이 이태준의 이런 표현이다.

> 冊만은 '책'보다 '冊'으로 쓰고 싶다. '책'보다 '冊'이 더 아름답고 더 冊답다. 冊은 읽는 것인가? 보는 것인가? 어루만지는 것인가? 하면 다 되는 것이 冊이다. 冊은 읽기만 하는 것이라면 그건 冊에게 너무 가혹하고 원시적인 평가다.
>
> — 이태준, 「冊」, 『상허문학독본』, 백양사, 1946년, 22쪽

어째서 '책'보다 '冊'이 더 아름답고 冊다운가? 이를 풀이한 것이 이태준을 그답게 한 명저로 소문난 『문장강화』이다. 이 원칙 밑에서 『문장』지는 편집되고 지향되고 유통되고 또 소비되었다. 고본 「춘향전」, 신소설 『혈의 누』(이인직, 1906) 등의 발굴 및 재수록하기, 신인 추천제 속에 시조 넣기를 비롯, 조선적 고전의 선양에 기울어진 『문장』의 편집 방향은 창간호에서 폐간호까지 일관되었다. 이러한 편향성은 따지고 보면 언문일치(言文一致)에 역행하는 형국이었다. 언문일치가 현실 수용을 전제로 한 것인 만큼 이에 역행하는 길이 이른바 내선일체(內鮮一體)로 불린 일제의 신체제에서 벗어나는 최저선의 보루 몫을 한 것이기도 했기 때문이다.

'말을 문자로 기록한 것'은 문장이라 하였다. 물론이다. 그러나 언문일치의 문장일 따름이다. 한 걸음 나아가 '말대로 문자를 기록한 것'은 문장이 아닐 수도 있는 것이다. '말대로 문자'가 일반적으로는 '문장'일 수 있으나 '말대로 문자'가 문학, 더욱 문예에선 '문장'일 수 없다는 말이 '현대'에선 성립되는 것이다.

— 이태준, 『증정(增訂) 문장강화』, 박문서관, 1948, 336쪽

위 인용에서 표 나게 드러난 것이 '언문일치'라는 표현이다. 이 용어는 봉건제에서 벗어나 근대국가로 발돋움할 때의 일본 국가가 내세운 정책과 관련되었던 것이다. 이른바 속어혁명(俗語革命)으로도 불린 이 정책에 잠복되어 있는 기본 원리는 봉건제에 축적되어 온 사상적인 것과의 단절에 있었다. 당시 '언문일치' 논의에서 문장의 길이에 그토록 신경을 쓴 것은 이 사실을 새삼 말해 준다. 새로운 문장이란 길이를 길게 할 것인가, 짧게 할 것인가. 이를 두고 벌어진 마사오카 시키(正岡子規, 1867~1902)와 츠보우치 쇼요(坪內逍遙, 1859~1935)의 대립 양상은 일본 근대문학의 방향을 가르는 과제였다(絓秀実, 「写生における「長さ」と「難解」」, 『批評空間』, 1993). 그동안 축적된 봉건적 사상 및 사유 방식의 불식 없이는 일본의 근대국가를 성립시키기가 어려웠던 만큼 '속어혁명'이란 단순한 문학의 범주를 훨씬 능가한 과제였다.

이러한 사정에 비추어 볼 때 이태준이 말하는 '문장'이란 이중적이다. 언문일치는 불가피하다는 대전제를 내세우면서도 이에 대한 모종의 거부 반응을 보이고자 했다. 곧 "문학, 더욱 문예에선" 언문일치를 그대로 수용할 수 없다는 것. 이태준에게 문학이란 그러니까 그동안 쌓아 온

작가 이태준(1904~1960?)

전근대적 조선 고유의 문화(언어)에 긴밀히 연결될 때 성립된다. 예술적 자리, 곧 '문예', '문학적 현상'에서는 더욱 그러하다는 것이다. 이 '문예'란 그러니까 이태준에게는 '시적인 것' 또는 '조선적인 것'이 아닐 수 없다. 그는 이 '조선적인 것'이 "'현대'에선 성립"된다고 했다. 이 '현대'란 그러니까 일제 말기가 아닐 수 없다.

그렇다면 1940년을 전후한 현재에서 볼 때 '문예'에서 '문장'이란 어떤 것이어야 할까. 이 물음에 이태준은 명쾌했다. "冊만은 '책'보다 '冊'으로 쓰고 싶다"가 그것. 문학, 나아가 문예(시적인 것, 문학적 현상)의 마당이라면, 문장 쓰기란 뜻 전달 이상의 것이어야 한다는 것인데 이를 다르게 표현하면 "문장이란 현실과는 일정한 거리를 둔, 그러니까 현실반영론에서 벗어난 인공적인 것에로 향해야 함"을 가리킴이 아닐 수 없다.

말을 그대로 적은 것, 말하듯 쓴 것, 그것은 언어의 녹음이다. 문장은 문장이기 때문인 것이 따로 필요한 것이다. 언어 형태가 아니라 문장 자체의 형태가 문장 자체로 필요한 것이다. [……] 말을 뽑으면 아무것도 남는 것이 없다면 그것은 문장의 허무다. 말을 뽑아내어도 문장이기 때문에 맛있는, 아름다운, 매력 있는 요소가 남아야 문장으로서의 본질, 문장으로서의 생명, 문장으로서의 발달이 아닐까? 현대, 또는 장래의 문장의 이상은 이곳에 있지 않을까 한다.

— 『증정 문장강화』, 336쪽

이러한 『문장강화』의 논법은 해방공간에서 「새나라 송(頌)」(『문학』, 1946년 7월)의 현실주의자인 김기림의 언문일치론과는 정반대편에 선 것이다.

글은 귀로 듣고 입으로 하는 말을, 눈으로 읽도록 옮겨놓은 것에 지나지 않는다. 그러므로 글은 말을 그 근원으로 삼아야 하며 또 기준을 삼아야 한다. 다만 글은, 말이 음성의 여러 가지 변화와 또 경우를 따라서는 몸짓과 표정의 도움을 받는 데 대하야, 그런 이점이 없는 까닭에 분명한 문법관계와 철자법 등의 약속을 가졌을 따름이지, 그 본래의 딴 수작이 있어서는 아니 된다. 이러한 여러 특징 때문으로 해서, 글은, 글인 까닭에 거기 말과는 다른 약간의 재주와 기교가 붙기 쉬우나, 원형과 표준은 늘 말이라는 것을 잊어버리는 순간부터 그것은 사도(邪道)에 빠져 들어가는 것이다. 더 엄격하게 말한다면 말은 하나인데 말해지는 말(말)과 씌어진 말(글)로 다만 표현 방편이 다름을 따라 갈린다고 하는 게 맞겠다.

— 김기림, 『문장론신강』, 민중서관, 1950, 225쪽

1948년 박문서관 판본의『증정 문장강화』

이태준 역시「해방 전후」에 오면『문장강화』의 저러한 언문일치론을
여지없이 벗어던지고 김기림의 논법에로 접근되었음이 판명된다. 더구
나 소설『농토』(1948)에 오면 문학 자체가 현실정치적인 것에의 일치로
치닫게 된다.『소련기행』(1946) 이후 이태준의 글쓰기 동선은 그야말로
180도로 달라졌던 것이다. 그러나『문장강화』의 논법이란 어디까지 해방
이전 암흑기의 소산이어서 '연기'(演技)의 일종에 지나지 않았다.

　그런데 위에서 보았듯 이태준에게 문장이란 문학을 가리킴(문학자
의 문장)이어서 어디까지나 창조적인 데로 향한 것이었다. 창조의 도구
가 문장이라 할 때 그 창조란 오로지 문학에 국한되어 있었다. 언어를 사
용하되 언어 초월을 향하기. 곧, 이 언어(도구)를 사용하되, 도구가 미치
지 못하는 "대상의 핵심을 집어내고야 말려는 항시 교교불군(矯矯不郡)
하는 야심자"(『문장신강론』, 337쪽)여야 한다는 데 핵심이 놓여 있었다.

언어를 사용하되 언어가 미치지 못하는 곳을 겨냥함이 문장도(문장의 이상)라면 그 영역은 허구적·인공적 영역이 아닐 수 없다. 현실반영론인 리얼리즘 미학의 처지에서 보면 실로 어처구니없는 일이 아닐 수 없다. 현실(실용)이야 어찌 되었건, 문장의 이상적 경지가 허구이고 인공이며 현실과는 무관한 것이라면 예술과 현실의 관계는 거론하기 어렵다. 삼척동자도 아는 이 사실을 이태준은 외쳤다. 현실과는 무관한 '대상의 핵심'을 포착함이야말로 진짜 문장도라는 것, 그러기에 "항시 교교불군하는 야심자"의 소임이라는 것의 주장은 '언문일치 문장'을 소화한 다음에 문학적 문장이 성립된다는 단순한 상식적 주장과는 무관한 데서 나온 발언으로 볼 수 있다. 1940년을 전후한 현시점에서 언문일치에 나아감이란 막바로 신체제에 나아감을 가리킴이었기에, 이를 물리치고자 하는 몸부림의 문학적 표현이 "冊만은 '책'보다 '冊'으로 쓰고 싶다"인바, 이는 현실을 밀어내고 그 자리에다 조선적 고전주의를 옮겨 놓기 위한 방법론의 산물이었다. 8·15 해방이 되었을 때 이태준이 당당히 이렇게 내세울 수 있었던 것도 이 때문이다.

나는 8·15 이전에 가장 위협을 느낀 것은 문학보다 문화요 문화보다 다시 언어였습니다. 작품이니 내용이니 제이, 제삼이요 말이 없어지는 위기가 아니었습니까.

—「문학자의 자기비판」, 『인민예술 제2집』, 1946, 45쪽

「골동품」, 「박물관」, 「조선의 소설들」, 「신발」, 「민족과 언어」, 「묵죽과 신부」 등에서 보듯 옛 조선적인 것을 대상으로 하는 문장 쓰기와 나란

히 하여 이태준의 창작은 「달밤」(1933), 「돌다리」(1943) 등의 탐구에로 향했던 것이다. 설사 이태준이 『대동아 전기』(공동 번역, 1943), 일어 창작 「제1호선의 삽화」(『국민총력』, 1944)에까지 나아가긴 했지만 그의 문장도의 주장만큼은 일관했다고 볼 것이다. 해방 후 일어로 창작을 일삼아 온 김사량을 면전에 두고, 저토록 큰소리를 친 것은 그의 자부심이자 심지어 기품이기도 했다고 볼 것이다. 해방 이듬해 출판계에 솟아오른 『상허문학독본』이 이 사실을 한 번 더 증거하고 있다.

### 3. 『문장강화』와 정지용

문학이란 무엇이뇨? 이 물음에 가장 급히 부딪치는 것은 문장이 아닐 수 없다. 문장으로 쓰는 것이 문학인 만큼 모든 문학 지망생은 문장 공부에서 시작될 수밖에 없다. 이 점에서 조선 최고의 작가 이광수의 『문장독본』(1937)은 의미심장하다. 조선 최고의 문장가 이광수의 시, 소설, 수필, 평론 등에서 가려 뽑은 『문장독본』이 이 방면을 저울질할 첫번째 시도라면 해방공간에서의 그 첫번째는 단연 『상허문학독본』이다. 이 경우 주목되는 것은 '상허문학독본'이라는 점이다. 어찌 상허 '문장독본'이라 하지 않고 '문학독본'이라 했을까. 이에 대한 이태준의 어떤 변명이나 설명도 달려 있지 않지만 그 대신 평론가 이원조의 자세한 해설이 따로 붙어 있어 그 사정을 엿볼 수 있다.

　이태준이 이원조에게 실토한 바에 따르면, "그저 내 글 중에서 종래 일반관념과는 좀 이색 있는 것을 골라 뽑고 소설 같은 데서도 내 딴은 힘들여 썼다고 생각되는 자연, 인물, 사태의 묘사 장면을 추렸노라"(이원조,

「발문」,『상허문학독본』, 246쪽)라고 했는바, 이는 자기의『문장강화』와 별개임을 암시한 것으로도 볼 것이다. 「한중록」, 「인현왕후전」, 「장화홍련전」에서 「표본실의 청개구리」(염상섭, 1921), 「금잔디」(김소월, 1922), 「금강산기행」(이광수, 1922), 「감자」(김동인, 1925), 「일기」(유진오, 1926), 「임꺽정」(홍명희, 1928~1940), 「돈」(이효석, 1933), 「권태」(이상, 1937), 「때까치」(정지용, 1940) 등에 이르는 조선적 문장의 사례를 들어 그것이 어째서 문장도의 표준인지를 다룬『문장강화』에서 주목되는 것은 정작 천하의 명문장가로 자타가 공인하는 이태준 자신의 문장을 두 편만 넣었다는 점이다. 이상 6편, 박태원 3편, 이광수 2편, 홍명희 3편, 정지용 9편으로 되어 있거니와, 이태준의 두 편이란, 소설 「색시」(1935)를 뺀 나머지는 「재외 혁명 동지 환영문」이어서 순수한 문장으로는 한 편이라 볼 수 있다. 천하의 문장가 이태준인 만큼 이런 일반적『문장강화』와는 다른 "冊만은 '책'보다 '冊'으로 쓰고 싶다"에 해당되는 별개의 책이 요망되었을 터이다. 곧 인공적 글쓰기, 문예로서의 글쓰기가 그것.『상허문학독본』이 이에 해당된다. 이 저술은『문장강화』의 계몽적인 성격과는 차원이 다른 이태준 독자의 '예술적 문장강화'에 다름 아니었다. 문장을 거쳐 도달한 문예 영역의 표준적 제시였던 셈이다.

앞에서 보인『문장강화』에서 또 하나 주목되는 것은 정지용(9편)과 이상(6편)의 압도적 사례 인용이다. 어째서 구인회 멤버이며 모더니스트인 이상과 정지용의 문장이 그토록 이태준에겐 문제적이었을까. 이 물음 속엔『문장강화』의 성격을 규정하는 요소가 잠겨 있을 뿐 아니라 나아가 이 나라 문장도의 성격 해명의 요인도 스며 있어 주목된다.

이원조의 견해에 따르면, 세평은 한결같이 상허 이태준의 글을 두고

'전아유려'(典雅流麗)하다고 하나, 그 밑에는 "불끈불끈한 정열"과 "흐무레 녹은 풍자"가 놓여 있다는 것이다. 그 실례로 「복덕방」(1937), 「토끼 이야기」(1941)를 들었다. 이 속에는 시대를 잘못 타고난 세대의 아픔이 한으로 응어리져 있다고 이원조는 진단했다. 동시에 또 이것이 역설적이게도 우리 문장도에서는 "불발의 기초"를 낳았다고도 주장했다.

상허의 저 전아유려한 문장 뒤에 "불끈불끈한 정열"과 "흐무레 녹은 풍자"가 있다는 이원조의 지적은 상허의 시대적 불운을 지적한 것이다. 식민지 시대의 작가가 아니었던들 상허 이태준은 그 "불끈불끈한 정열"이 통째로 문장 위에서 분출해 맹위를 떨쳤거나 적어도 상당한 무게를 지녀 전아유려를 여지없이 해쳤을 것이었다. 이 시대적 불운이 상허로 하여금 전아유려의 문장가로 만들었음은 '우리 문장도'의 처지에서 보면 다행이라고 이원조는 보았다.

> 우리글이 역사적으로 아직 뗏물을 가시지 못한 데다가 새 시대의 사조는 갑자기 밀려들어 사상은 포만을 느꼈으나 문장은 빈혈을 면치 못하여 항상 내용과 형식이 균제를 잃고 허우적거릴 때 상허는 마치 사금을 이는 사람처럼 우리말을 골라 글을 만드는 데 더욱 골돌하였던 것이다. 그럼으로 우리들끼리 상허를 가리켜 글에 화(化)한 사람이라는 것이 이것을 말하는 것으로서 상허의 어느 작품, 어느 한 말, 어느 한 글자를 보더라도 거기에 작자의 신경이 샅샅치 아니한 데가 없는 것이다.
>
> ─이원조, 「발문」, 『상허문학독본』, 247쪽

식민지적 현실 비판이나 반영의 열정을 억제함으로써 얻어 낸 전리품이 문장의 전아유려라면 그 공과는 구별될 필요가 있다. 이원조의 논법 대로라면 해방공간의 새 현장에 직면했을 때 상허 이태준의 행보는 능히 예측될 수 있겠다. 억제되었던 그 "불끈불끈한 정열"이 분출해 올라와 전 아유려를 해치거나 여지없이 파탄 상태에로 몰아갈 가능성이 그것이다. 그 첫번째 실험무대가 「해방 전후」라 할 것이다.

두루 아는바 「해방 전후」는 작가 이태준에 준하는 주인공 현이 해방을 맞아 소개지인 강원도에서 귀경하여 임화 주도하의 문화건설본부에 참여하는 과정을 그린 것이다. 이런 정치 참여에 나아간 현을 찾아온, 강원도 소개지에서 사귄 향교 직원인 김 직원 영감과 결별하는 장면이 바로 전아유려의 파탄의 분기점이다. 전아유려가 김 직원 영감으로 상징되기에, 공산당으로 변했다고 소문이 자자한 현은 전아유려의 파탄이 아닐 수 없다. "불끈불끈한 정열"이 현실 속으로 분출해 올라오는 장면을 예감케 하는 고지문(告知文)으로 「해방 전후」가 읽히는 것은 이런 문맥에서다. 상허는 김 직원과 이렇게 결별했다.

일제 시대에 그처럼 구박과 멸시를 받으면서도 끝내 부지해온 상투 그대로 '대한'을 찾아 삼팔선을 모험해 한양성에 올라왔다가 오늘, 이 세계사의 대사조 속에 한 조각 티끌처럼 아득히 가라앉아가는 김 직원의 표표한 뒷모양을 바라볼 때, 현은 왕국유[王國維, 청말 시인으로 청나라가 망하자 자결했다――인용자]의 애틋한 최후를 연상하지 않을 수 없었다.
――이태준, 「해방 전후」, 『문학』 창간호, 1946, 34쪽

김 직원이 전아유려의 표상이라면, 이를 조상하는 현의 처지는 "불

끈불끈한 정열"의 상징이라 할 만하다. 작품 「해방 전후」란 이 점에서 상허 문학의 고비에 접어든다고 볼 것이다. 아직 전아유려와 "불끈불끈한 정열"이 일정한 균형 감각을 유지하고 있지만, 이 고비를 넘으면 사태는 걷잡을 수 없이 진행된다. 『소련기행』(1946)을 거쳐, 월북한 이태준의 첫 장편 『농토』(1948), 『첫 전투』(1949)에 이르면 전아유려는 흔적도 없고 "불끈불끈한 정열"이 작품 위로 분출해 올라왔음이 역력하다. 작품의 파탄은 시간문제였다(졸저, 「이태준론」, 『작가론의 새 영역』, 강출판사, 2006). 그것은 열린 현실을 길들이는 새로운 문장도의 길목으로 나서는 과정이기도 했을 터이다.

이와 꼭 같은 문장도의 수련 과정을 보여 주는 사례를 시인 정지용에서도 볼 수 있어 실로 인상적이다. 그것은 또 저절로 문학사적 사건이 되지 않을 수 없다.


## 4. 정지용 『문학독본』의 자리

앞에서 잠시 보인 대로 『문장강화』에서 문장의 전범으로 제일 많이 인용된 것이 정지용과 이상이었다. 어째서 전아유려의 제일인자로 자타가 공인한 상허 자신의 것을 저만치 밀어 놓고, 모더니스트 시인 정지용과 「오감도」의 이상을 문장의 전범으로 크게 내세웠을까. 이 물음 속에는 이원조가 미처 살피지 못했거나 눈감아 버린 중요한 사항이 잠복해 있다.

두루 아는바 「날개」의 작가 이상의 글쓰기 행위란 자기 말대로 조선어 글쓰기 속에다 기능적 언어(전문어), 구성적 언어의 도입을 시도한 것이었다. "기능어, 조직어, 구성어, 사색어로 된 한글 문자 시험"(이상, 「사신5」, 김윤식 엮음, 『이상문학전집 3』, 문학사상사, 1993, 231쪽)이란 새삼 무엇인가. 도시적 근대가 가져온 문명을 포기할 수 있는 조선어 쓰기, 곧 '문명적 문장도'의 개척이라 할 것이다. 한편 정지용은 어떠했을까. 상허는 정지용의 「바다」를 들어 의성어·의태어의 유려한 구체성을 문제 삼았고, 「해협」을 들어서는 정지용의 언어의 발견과 가공(加工)을 문제 삼았다. "벌써 유리창에는 날벌레떼처럼 매달리고 미끄러지고 엉키고 또그르 궁글고 흠이 지고 한다"(정지용의 수필 「비」 1절)를 들어 언어 가공의 특출함을 증명코자 했고, 나아가 정지용의 기행문 「평양」을 들어 사투리를 그대로 서울말과 마주치게 함으로써 언어의 가공을 시도한 점을 높이 샀다. "전문을 방언으로 지방색 표현을 계획한 것은 씨의 대담한 첫 시도"(『증정 문장강화』, 261쪽)라 평가했다.

이상과 정지용의 이러한 문장이란 새삼 무엇인가. 가공된 문장, 곧 인공어의 일종이 아닐 수 없다. 이를 두고 밀어닥치는 근대의 문명에 대응되는 문장도의 지향성이라 한다면 상허의 지향성도 "冊만은 '책'보다 '冊'으로……"에서 보듯 가공적·인공적인 쪽으로 향해 있긴 해도 그것이 전아유려라는 점에서 구별된다. 전아유려란 동양적·전통적 고전주의에서 도모된 것이기에 골동품에 대한 이상의 통렬한 비판과 더불어 모더니즘적 감각의 문장도와는 쌍을 이루었다고 볼 것이다.

일제 강점기에서 이에 맞서는 글쓰기는 정지용, 이상으로 대표되는 모더니즘적 문장도와 전통적 고전에서 갈고닦은 이태준식 전아유려의 문장도가 쌍을 이루고 있었다는 것. 『문장강화』가 겨냥한 곳은 바로 이 두 가지를 동시에 보여 줌에서 찾아진다. 요컨대 이 나라 근대문학의 문장도는, 적어도 해방 이전까지는 이태준의 전아유려와 정지용의 모더니즘적 인공어가 쌍을 이루었다고 볼 것이다. 이 점에서 『문장강화』는 그만큼 정확했고, 또 문학사적 의의를 갖는 것이었다. 『상허문학독본』은 그중의 한쪽 기둥인 문예 쪽으로 나아간 것을 보여 준 책인 셈이다. 전아유려의 전범을 자기가 쓴 시, 소설, 수필 등에서 골라 엮은 것이기에 그러하다. '문장도'와 '문학도'는 이 점에서 같으면서도 달랐다.

『상허문학독본』의 장정은 연꽃 무늬를 띤 표지로 질 좋은 종이로 출판된 것이었다. 당시로서는 가히 호화판이 아닐 수 없다. 그도 그럴 것이, 당대 최고 장정가인 배정국의 솜씨에 의한 것이기 때문이다. 화신백화점 옆에서 양품점을 하던 백양당(白楊堂) 주인 배정국이 해방을 맞아 출판사로 재출발했고, 이태준의 『소련기행』, 박치우의 『사상과 현실』(1946), 이여성의 『조선복식고』(1947), 김기림의 『시론』(1947) 등을 간행했다. 본래 서예와 골동품에 기울었던 배정국은 소전(손재형)과 친교가 있어 이들이 백양당 책 장정에 참여함으로써 해방공간의 무게 있는 베스트셀러를 연속으로 냈다. 박화성의 『홍수전후』(1948), 지하련의 『도정』(1948) 등 창작집과 이병기의 『가람시조집』(재간, 1947) 등을 낸 바 있는 배정국은 실상 좌경한 문인이기도 했다. 그는 백철, 정지용, 박태원 등과 보도연맹에 가입되어 있었고(백철, 『문학자서전(후편)』, 박영사, 1975, 371쪽), 남로당 전향 때 전향자 명단엔 소설가 배정국으로 보도된 바 있었다(『조선일보』, 1949년 12월 2일 자).

이런 배경을 가진 『상허문학독본』에 맞설 수 있는 대상은 과연 누구일까. 이 물음의 대답은 바로 앞에서 논의한 『문장강화』에서 온다. 전아유려의 기둥을 대표하는 것이 『상허문학독본』이라면 이에 맞서는 다른 기둥이란 당연히도 '모더니즘적 인공어'의 정지용이 아닐 수 없다.

정지용의 『문학독본』(1948)이 작가의 손을 떠난 것은 1947년 가을이었다. 『상허문학독본』이 간행된 지 일 년이 좀 지난 시점이며, 백양당과 맞섰던 박문출판사에서 간행되었다. '지용'이란 서두를 떼 버린 『문학독본』은 작자의 머리말을 이렇게 깃발처럼 세워 놓았다. 왈, 상허와 맞선다라고.

학생 때부터 장래 작가가 되고 싶던 것이 이내 기회가 돌아오지 아니한다. 학교를 마추고 잘못 교원 노릇으로 나선 것이 더욱이 전쟁과 빈한 때문에 일평생에 좋은 때는 모조리 빼앗기고 말았다. 그동안 시집 두 권을 내었다.

남들이 시인 시인 하는 말이 너는 못난이 하는 소리같이 좋지 않았다. 나도 산문(散文)을 쓰면 쓴다─태준만치 쓰면 쓴다는 변명으로 산문 쓰기 연습으로 시험한 것이 책으로 한 편은 된다. 대개 '수수어'(愁誰語)라는 이름 아래 신문 잡지에 발표되었던 것들이다.

애초에 '문학독본'의 성질이 아닌 것이다. 출판사에서 하는 일을 막을 고집도 없다.

— 정지용, 「몇 마디 말씀」, 『문학독본』, 박문출판사, 1948

학생 때 작가가 되고 싶었다 함은 공적으로 첫 작품인 소설 「삼인」(『서광』, 1919년 12월)으로 보아 어느 정도 사실이라 볼 것이다. 계속 작가로 밀어붙이지 못한 이유를 전쟁과 빈한 탓으로 돌렸다. 구름이나 잡는 족속이 시인임을 알게 모르게 내세운 셈이다. 글쓰기란 소설이어야 진짜라는 것, 그러니까 산문 쓰기라야 한다는 것은 무엇을 뜻하는 것일까. 물

1948년 박문출판사 판본의 『문학독본』

을 것도 없이 현실에 관한 글쓰기, 그것은 구름이나 잡는 꿈꾸기와는 일정한 선을 긋는 것이다. 그렇기로 치면 이태준도 사정은 마찬가지였지 않았던가. 전쟁과 가난이기엔 피차 마찬가지. 그런데도 이태준은 산문 쓰기였는데 정지용은 시 쓰기였다. 이는 무슨 뜻일까. 바로 이 대목이 두 사람의 방법론상의 차이를 가리킴이다.

## 5. 방법으로서의 '유리창'(안경)

앞에서 살핀 바와 같이 이태준의 방법은 조선적·고전적·전통적인 것, 사라져 가는 민족적인 것을 언어로 포착하는 방법론으로 글쓰기의 기저를 삼아 반소설적 소설에까지 나아갔다. 이 방법론의 명제화가 "冊만은 '책'보다……"였다. 정지용은 유리창으로 세상을 보는 방법론 위에 섬으로써 이태준식 조선주의적 안경으로 세상을 보는 방법론에 맞서고자 했다.

사람들은 정지용의 초기 대표작으로 다음 시를 들기에 주저하지 않는다.

琉璃에 차고 슬픈 것이 어린거린다.
열없이 붙어서서 입김을 흐리우니
길들은 양 언날개를 파다거린다.
지우고 보고 지우고 보아도
새까만 밤이 밀려나가고 밀려와 부디치고,
물먹은 별이, 반짝, 寶石처럼 백힌다.
밤에 홀로 琉璃를 닥는 것은
외로운 황홀한 심사이어니,
고흔 肺血管이 찢어진 채로
아아, 늬는 山ㅅ새처럼 날러 갔구나!

— 정지용, 「유리창 1」, 1930

유리창을 통해서만 세상이 보이며 또 아름답거나 슬프다. 이는 그가 유리창 없이 맨눈으로는 세상을 볼 수 없음을 가리킴이다. 유리창 너머에 있는 세계가 현실의 세계보다 한층 현실답다. 시인은 언제나 유리창 이쪽에 있다. 시인은 이 유리창을 깨뜨리고 싶은 충동을 한순간 가져 본다. 유리창을 깨뜨리고 바깥으로 뛰어나가고 싶어 하지만 불가능하다. 왜냐면 그는 금붕어니까. 유리어항 속에서만 숨 쉴 수 있으니까. 유리창을 깨뜨리고 나가기란 바로 죽음 그것이니까. 유리창에 스스로 유폐됨으로써 겨우 얻어 낸 황홀경이었으니까. 탈출이란 불가능하다. 환각으로써의 황홀경이 여지없이 사라지니까. 몸부림쳐 보지만 불가능함을 그는 안다.

내어다 보니

아조 캄캄한 밤,

어험스런 뜰앞 잣나무가 자꼬 커올라간다.

돌아서서 자리로 갔다.

나는 목이 마르다.

또, 가까이 가

유리를 입으로 쫏다.

아아, 항 안에 든 金붕어처럼 갑갑하다.

별도 없다, 물도 없다, 쉬파람 부는 밤.

小蒸氣船처럼 흔들리는 窓.

透明한 보라ㅅ빛 누뤼알 아,

이 알몸을 끄집어내라, 때려라, 부릇내라.

나는 熱이 오른다.

— 정지용, 「유리창 2」 중에서, 1931


유리창으로 표상되는 정지용의 천재적 감성이 기질적이자 동시에
방법론적이었음은 새삼 말할 것도 없다. 공적으로 그는 가톨릭 신자였지
만 이 굉장한 종교조차도 이 방법론을 뛰어넘기엔 역부족일 정도였다.

여기까지 나왔을 때 「별 2」(연도 미상. 시집 『백록담』에 수록되어 있는
만큼 아마도 이 무렵이 아닌가 추측되며, 『백록담』에는 「별」로 되어 있다)를
주목해 보게 된다. 그가 「별 1」을 발표한 것은 1933년 9월인데 이는 물론
종교시의 범주에 든 것이다. 「별 1」에서 시인은 여전히 유리창에 갇혀 있
는 형국이다. 잠 깨인 밤, '창유리에 붙어 서서' 별을 엿보고 있기 때문이

다. 이 점에서 보면 「유리창 1」, 「유리창 2」와 「별 1」은 지척에 있다고 볼 것이나 '영혼 안에 외로운 불'과 하늘의 별이 동격이라는 차원에서 볼 땐 신앙시의 면모를 갖춘 것이라 할 것이다. 그러나 「별 2」에서는 사정이 조금 달라져 있다.

窓을 열고 눕다.
窓을 열어야 하눌이 들어오기에.

벗었던 眼鏡을 다시 쓰다.
日蝕이 개이고 난 날 밤 별이 더욱 푸르다.

별을 잔치하는 밤
흰옷과 흰자리로 단속하다.

세상에 안해와 사랑이란
별에서 치면 지저분한 보금자리.

돌아 누어 별에서 별까지
海圖 없이 航海하다.

별도 포기 포기 솟았기에
그중 하나는 더 획지고

하나는 갓 낳은 양

여릿 여릿 빛나고


하나는 發熱하야

붉고 떨고


바람엔 별도 쏠리다

회회 돌아 살어나는 燭불!

― 정지용, 「별 2」 중에서, 1941


드디어 시인이 유리창을 열었다. 왜? 창을 열어야 하늘이 들어오기에. 비로소 시인은 유리창을 열었고, 유리창이라는 '나'와 대상 가운데 놓았던 매개물이랄까 방패막이를 걷어 내고 맨눈으로 별을 보았던 것이다.

맨눈으로 별을 보겠다는 시인의 염원이 실상 엄살의 일종임을 대번에 알아차릴 수 있는데, 안경을 금방 써 버리기 때문이다. 유리창에 유폐되었고, 그것에서의 탈출이 모색되었고, 탈출하자마자 시(미)가 소멸되지 않았던가. 미의 소멸에 대한 두려움이 유리창으로의 유폐로 나타났던 것인데, 유리창을 열어 버렸다는 것은 무엇을 뜻하는가. 신앙으로 나아가기, 시의 포기가 아니었던가.

그런데 기이하게도 시인은 금방 다른 유리창인 '안경'을 써 버리는 것이다. 안경으로 별을 보고자 하는 것. 안경으로 별을 보고자 함이란 무엇인가. 시(미)에로 되돌아가고자 하는 열망의 행위가 아니었을까. '세상의 일, 아내와 사랑이란 것, 별에서 치면 실로 지저분한 보금자리'의 도입,

이른바 삶의 도입에서 비로소 시(미)가 어느 수준에서 회복되는 것이 아니었겠는가.

그렇다면 유리창을 통해 별을 보던 세계와 유리창을 열고 그 대신 안경을 통해 별을 보는 세계란 어떤 차이가 있는 것일까. '하늘의 비극'이 감각화하는 것, 바로 차이점은 이것이 아니었겠는가. 그것은 침묵이며, 그 때문에 신중해지지 않았을까.

이유는 저 세상에 있을지도 몰라
우리는 저마다 눈감기 싫은 밤이 있다.
—「별 2」 중에서

"이유는 저 세상에 있기에"라고 말하지 않기가 그것. "이유는 저 세상에 있을지도 몰라"라고 말하기가 그것. 그가 시(미)에로 귀환한 장면이 아니겠는가. 적어도 그러한 지향성을 보이고 있는 장면이 아니겠는가.

이태준의 방법론이 사라져 가는 조선주의에 대한 표현에 있었다면 정지용의 그것은 유리창(안경)을 통해 바라보는 세계의 표현에 있었다. 유리창이란 새삼 무엇인가. 맨눈과는 구별되는 인공 장치이며 이는 근대 문명과 직결된 모더니즘이 아닐 수 없다. 이것으로써 정지용은 산문으로 발을 옮겨 보았다. '수수어'(愁誰語)란 제목으로 그는 1936년부터 틈틈이 산문을 썼다. '수수어'란 무슨 뜻이었을까. 수인(愁人)이란 말에서 그 실마리를 풀 수 있다. 근심 많은 사람, 다정다감한 사람이란 곧 시인을 가리킴인 것(『신영일한사전』[新漢日韓辭典], 어연사, 1975, 995쪽). 그러니까 '시인 아무개의 말'이 되는 셈이다. '시인 정 아무개의 말'이 '수수어'이며

시인 정지용(1902~1950)

그 위로는 「다방 Robin 안에 연지 찍은 색시들」, 「압천 상류」가 있고 그 아래는 「화문행각」, 「다도해기」 등이 펼쳐진다. 이들 가운데 한껏 재치를 보인 것이 「화문행각」 중의 「선천 2」, 「선천 3」과 「평양 3」이다. 현기증이 일 만큼 아찔한 말장난인 까닭이다. 김기림이 '거의 천재적 민감성'이라고 평가한 정지용의 시에서의 말의 운용법이 산문에서 유감없이 발휘된 형국이었다.

이 모든 것을 과연 산문이라 할 수 있을까. 다시 말해 이태준의 "冊만은 '책'보다……"도 진짜 산문이라 할 수 있을까. 정지용의 '수수어'도 그게 진짜 산문이라 할 수 있을까. 이 물음을 벼락처럼 가져온 것은 8·15 해방이었다. 8·15는 이태준과 정지용이 그동안 온갖 열정으로 발버둥 치며 쓴 글들이 '문학적인 것'일 수 있을지 모르되 '산문'일 수 없음을 여지없이 가르쳐 주었다. 무엇보다 이 명민한 천재들은 8·15의 역사적 가르침을 대번에 깨쳤던 것이다. 그 증거가 이태준의 「해방 전후」이며 정지용의 『산문』(1949)이다.

## 6. 『소련기행』과 『산문』

『산문』은 해방 이후의 산문들이 주축으로 되어 있거니와 그 머리말에서 이렇게 썼다. "교원 노릇을 버리면 글이 실컷 써질까 한 것이 글이 아니 써지는 것이 아니라 괴상하게도 쓰지 못하게 되는 것"이라고. 누가 쓰지 못하게 했던가. 물론 역사 또는 현실이다. 이태준도 정지용도 '전쟁과 가난' 속에서 쓴 것은 '산문'이 아니라 '시적인 것'에 지나지 않았다. 그들은 환각 속에서 황홀경을 체험하고 있었다. 이태준은 조선주의라는, 있지도 않은 허상(미학)이라는 안경으로 세상을 보았고, 정지용은 유리창을 통해서만 세계를 보고자 했다. 그들은 '맨눈'으로 생생한 현실을 볼 힘이 없었다. 비유컨대 한갓 심봉사들이었다. "册만은 '책'보다……"이고, 또 유리창 너머로만 세상을 보고 황홀해했으니까. 이들 심봉사는 스스로가 봉사인 줄도 모르고 외쳐 마지않았다.

ⓐ 언어가 미치지 못하는 대상의 핵심을 집어내고야 말려는 항시 교교 불군하는 야심가다.

―『증정 문장강화』, 337쪽

ⓑ 시인은 정정(亭亭)한 거송(巨松)이어도 좋다.

그 위에 한 마리 맹금(猛禽)이어도 좋다.

굽어보고 고만(高慢)하라.

― 정지용, 「시의 옹호」, 『문학독본』, 214쪽

Ⓐ는 『증정 문장강화』의 마지막 결론이며, Ⓑ는 『문학독본』의 마지막 페이지이다. 심봉사의 도달점이었던 것이다. 8·15는 당연히도 이 두 동시대의 심봉사를 가만히 두지 않았다. '문학적인 것'의 성취도에서 조선 최고의 문사였던 까닭이다. 현실은 역사의 목소리로 두 심봉사에게 속삭였다. "아가야, 안경을 벗어라. 어항에서 뻐끔대지 말고 어항 밖으로 나가라. 이젠 해방이야"라고. "동굴에서 나와 이 총천연색의 세계를 보아라"라고. 이 장면에서 「해방 전후」의 이태준은 역사 속으로 첨벙 뛰어들었다. 그로 하여금 이 단호함의 결의를 가져다준 것은 4개월간의 소련 체험이었다. 그가 방소 문화사절단으로 소련을 여행(1946년 7~8월)하며 보고 느낀 것은 무엇이었던가. 그는 크렘린 궁을 보고 이렇게 썼다. "인류가 가져본 사업 중 가장 크고 옳은 사업의 기관실"이라 하며 만강(滿腔)의 경의를 표해 옳은 것이라 단정했다. "인간이 철저한 의식을 갖고 그의 역사를 자신이 만들어가는 사회는 다른 데 없으며 더욱 오늘 조선과 같은 민족이나 사회로서 옳은 국가 건설을 하자면 어느 통로로 비쳐보나 운명적으로 결탁이 될 사회는 어디보다 여기이기 때문"(이태준, 「소련기행」, 『이태준전집 4』, 깊은샘, 2001, 52쪽)이라고. "운명적으로"라 했음에 주목할 것이다. 현실(역사)을 운명으로 받아들인 쪽이 이태준이라면, 정지용은 현실(역사)을 어떻게 받아들였을까.

그런데 조선은 조선끼리 싸운다. 8·15 이후 줄창 싸운다. 금년 8·15가 지나도 그칠 것 같지 않다.

반드시 민주주의란 명목으로 싸우는 중이다.

이것은 왕도(王道)와 왕도의 싸움이 아니라 민주주의와 민주주의의 싸움으로 '수지조지자웅'(誰知鳥之雌雄)으로 돌리고 단념해야만 하는 것일까?

민주주의가 지극히 진리인 바에야 민주주의가 민주주의와 싸운달 수야 없는 것이다.

실없는 소리를 농담으로도 할 수 없이 절박한 싸움이 벌어졌다.

— 정지용, 『산문』, 동지사, 1949, 44쪽

운명은커녕 현실 그 어느 것도 오리무중임을 정지용은 까마귀의 암수 분간 불가능에 비유하고 있다. 8·15를 맞아 정지용도 유리창을 열고 나왔으리라. 임화의 조선문학가동맹 쪽에 섰고, 『경향신문』 창간에 주필로 참여(편집국장은 염상섭)했고, 후배들에게 일제시대 때 쓴 자기 시의 영향권에서 벗어나라고 했음이 이를 말해 준다. 그러나 만 일 년 만에 염상섭과 더불어 정지용은 신문사에서 밀려나고 말았다. 학교에서도 밀려났다. 어느 한쪽에 운명을 걸지 못했기 때문이다. 유리창과 안경을 벗고 정지용이 바라는 현실은 갈피를 잡을 수 없었다. 그러기에 그는 시를 쓸 수 없었다. 시란 유리창 속에서나 쓰는 물건이니까. 그렇다면 '수지조지자웅'의 현실을 두고 쓸 수 있는 글은 무엇일까. 왈, '산문'이라 했다. '문학인 것'이 아니라 산문. 그는 그 '산문'의 첫 줄을 이렇게 썼다. "지용이 시를 못 쓴다고 가엾이 얘기해주는 사람은 인정이 고운 사람이라 이런 친구와는 술이 생기면 조용조용히 안주 삼아 울 수가 있다"(28쪽)라고. 시를 쓰지 못할 때 쓰는 것, 그것을 두고 정지용은 산문이라 했다. 그것은 '쓰지 못하게 되는 글쓰기'로 규정된다. 그러한 사례를 『산문』 속에 무수히 실어 놓아 인상적이다.

징병에서 돌아와 삼팔선을 넘어 찾아온 제자 이을선에게 스승 정지
용은 이렇게 호통쳤다. "이놈, 너의 동네에서는 선생님 보고 동무라고 한
다지! 너도 날 보고 동무라고 할 테냐! 이놈"(176쪽)이라고. 정지용은 이
쪽 민주주의도 못마땅했지만 저쪽 민주주의도 못마땅하기는 마찬가지였
다. 물론 언젠가 결말은 나겠지만, 그 누가 그때까지 기다릴 수 있으랴.

물결이 치고 바위가 쳐 이 싸움이 우주 창조 이후 그침이 없다.
이 싸움이 마침내 어찌 될 것일고?가 생각할 바이다.
결국은 바위도 모지라지고 바셔지고 말 때가 오고야 만다.
이것은 너무도 길구나.
—『산문』, 204쪽

정지용, 그는 기다림에 익숙하지 않았다. 그렇다고 함부로 몸부림치
기엔 너무 이지적(理知的)이었다. 역사에다 어깃장 놓기, 그것이 '산문'
의 형태로 퉁겨져 나갔던 것이다.


## 7. 바위가 모지라지고 바셔지기까지 걸린 시간

불행히도 "바위가 모지라지고 바셔지고 말 때"가 너무도 길지 않았다. 불
과 두 해 뒤에 정지용은 배정국, 황순원 등과 더불어 남로당 전향자로 자
수했기 때문이다(『조선일보』, 1949년 12월 2일 자). 국민보도연맹에 묶였
고, 월북해서 북조선문학예술총동맹의 부위원장이 된 이태준에게 편지
를 쓰기에 이르렀다. "소설가 이태준 군, 조국의 서울로 돌아오라"(『이북

통신』, 1950년 1월)가 그것. 그로부터 반년 만에 이태준이 말한 그 '운명'의 6·25가 흡사 필연성의 모습으로 군림했다. "이것은 너무도 길구나"가 실로 반년 만에 정지용의 코앞에 군림한 것이다.

한 번 더 정리하기로 하자. 전아유려라는 안경으로 이태준은 그의 황홀경의 미학을 이루어 이를 "冊만은 '책'보다 '冊'으로……"로 명제화했고, 정지용은 유리창을 통해서 비로소 황홀경의 미학을 구축했다. 그것은 그들이 할 수 없는 최고의 경지였고, 그 때문에 이른바 '문장도＝문학도'의 영토를 일구어 냈다. 그러나 벼락처럼 닥쳐 온 8·15는 이 두 심봉사를 일거에 내리쳤다. 눈을 뜬 두 심봉사 앞에는 운명처럼 역사(현실)가 거기 온몸으로 있었다. 이 역사 앞에서 맨눈의 이태준은 「해방 전후」를 썼고 그것은 소련식 이데올로기로 그를 몰고 갔다. 그는 그것을 소련식 이데올로기라고 볼 안목이 없었다. 인류의 이데올로기, 그 황홀경이라 믿어 의심치 않았다. 『악령』(1871~1872)의 도스토옙스키가 스타브로긴의 입을 빌려 속삭인 인류의 저 위대한 망집, 황당무계한 꿈 그것이기도 했다. 인류는 이 망집 없이는 살기는커녕 살기도 불가능한 그 무엇이 아니면 안 되었다. 이것은 또 다른 안경이 아니면 안 되었다. 『소련기행』, 『농토』, 『첫 전투』가 이태준의 황홀경으로 나타났다.

한편 정지용의 경우는 어떠했던가. 유리창도 안경도 모두 벗어 놓고 세상은 모든 것이 혼돈이었다. 민주주의끼리의 싸움판이었고, 그것이 언제 끝장날지 알 수 없었다. 물론 끝장이 언젠가는 나고 말 것이다. 그는 그 끝장(종말론)이 "너무도 길다"고 느껴 마지않았다. 그동안 할 수 있는 것이란 무엇일까. 물론 글쓰기인데, 그 글쓰기를 일러 '산문'이라 했다. 이것이 천재 시인 정지용이 8·15 이후 시를 쓰지 못한 진짜 이유였다.

이태준과 정지용, 이 두 이름은 물론 우리 문학사에서의 고유명사다. 그 업적에서, 그 밀도에서, 또 그 성취도에서 유감없이 그러하다. 이러한 평가는 8·15 이후의 행적에서도 그대로 적용된다. 두 사람은 함께 심봉사였기에 그러하다. 눈 뜬 심봉사의 비극이 거기 정직하게 빛나고 있었기에 그러하다. 만일 이들이 임화나 이원조만큼 눈이 밝았더라면, '문장'이나 '산문'의 범주를 넘어 비로소 '문학'이 있음을 알아차렸을 것이다. 조선문학가동맹 기관지가 『문학』이란 표제로 등장한 것은 결코 우연이 아니다. 민족성도 계급성도 동시에 안고 전개하는 것은 민족문학(조선문학)일 수도, 인민문학(계급문학)일 수도 없었던 까닭이다. 가장 무난한 그냥 '문학'이라 한 이유다. 이태준도 정지용도 논리적으로는 이런 해방 공간의 필연성을 몰랐을 이치가 없다. 그럼에도 그들은 이 '문학'에로 선뜻 나설 수 없었다. 나서긴 했지만 그렇게 잘되지 않았다. 지난날 그들을 감싸 준 『문장』의 시적 현상이, 그러니까 『문장강화』의 현상이 너무도 체질적이자 미학적이어서 이것이 끼친 마취에서 깨어나기엔 너무 긴 시간이 요망되었다. 정지용이 『문장』 속간호(1948년 10월)를 내었음이 그 증거다. 시인 정지용이 "이것은 너무도 길구나!"라고 망연자실 탄식해 마지 않은 사실이 이를 웅변하고 있다. 그것은 『농토』로 드러난 이태준의 조급성보다 훨씬 『문장강화』스럽다. 정지용과 이태준, 이 두 문학사적 거인의 비극은 여기에서 온 것이다.

# 보론_『문장강화』를 가운데 둔 언문일치론의 시대적 의의

『문장강화』의 저러한 최종적 결론이 지향한 곳은 대체 어느 지점 또는 경지일까. 이 점을 검토하기 위해서는 매우 까다로운 대전제 하나를 먼저 고찰하지 않으면 안 된다. 그것은 '언문일치'라는 과제가 단순한 글쓰기의 범주라기보다 이를 훨씬 넘어서는 과제, 곧 근대(국민국가)의 성립 조건에 걸린 과제라는 사실이다.

설명의 편의를 위해 조선조의 경우를 예로 들어 보기로 하자. 두루 아는바 조선조 오백 년 현실정치의 운용 방식은 유교(성리학)였다. 그것은 비유적으로 말해 한문(문어체)의 세계라 할 것이다. 일상적 삶을 유지하는 구어의 체계는 훈민정음의 세계라 할 것이다. 조선조 오백 년의 사서인 『조선왕조실록』에 단 한 번의 훈민정음(한글)도 사용되지 않았음을 보아도 알 수 있듯 문어체와 구어체가 완전히 불일치되었다. 오백 년이 탈 없이 지속될 만큼 이 언문의 불일치는 안정성의 기본형에 다름 아니었다. 중국이나 일본의 경우도 이와 흡사했는지 모르며, 어쩌면 서양조차도 그러했을지도 모른다. 그리스와 로마를 근간으로 한 라틴어 문체의 세계와 지방어로 표상되는 구어체의 불일치가 그것이다. 그러나 서양 근대

국민국가의 탄생은 진선미를 독차지하고 있던 라틴어 문체를 벗어나 지방어의 문체 쪽으로 나아감으로써 언문일치의 상태를 성립시켰다. 서구 제국주의란 언문일치가 이루어 낸 힘에 다름 아니었다. 이것이 동양 쪽에 뻗쳐 왔을 때 동양 쪽의 대응 방식은 각각 어떠했을까. 한국의 경우 다음 네 가지 단계를 검토해 볼 수 있다.

① 성리학의 문어체와 훈민정음의 구어체 일치시키기

언문일치 문제란 그러니까 근대 국민국가의 성립에 관한 대명제에 걸렸다고 믿는 단계. 그러나 워낙 오백 년에 걸친 이 불일치를 단시일 내에 해결할 이치가 없었다. 이 단계에서 드러난 노력의 일환으로『독립신문』(1896~1899)의 실험을 들 것이다. 그러나『독립신문』의 실험은 그 의욕의 정당성에도 불구하고 실효를 거두기엔 너무도 역부족이었다. 도도한 문어체의 힘에 눌려『독립신문』은 여지없이 소멸되었고, 겨우 언문불일치의 중간 형태인 국한혼용체로 주저앉고 말았다.

② 계몽주의적 언문일치 단계

여기에는『시문독본』(1916)으로 대표되는 육당의 시(時)문체 운동을 들 것이다. 문어체와 구어체란 무엇인가. 이 물음 앞에 절망한 것은 육당, 춘원 등이었다.『시문독본』을 만드는 과정에서 육당은 다음과 같이 밝혔다.

> 이 책의 문체는 과도 시기의 일 방편으로 생각하는 바이니 무론 완정(完定)하자는 뜻이 아니라 아직 동안 우리글에 대하여 얼마큼 암시를 주면 이 책의 기망을 달함이라.

이 책의 용어는 통속을 위주하였으니 학과에 쓰게 되는 경우에는 사수(師授) 되는 이가 마땅히 자례구법(字例句法)에 합치한 정정(訂正)을 더할 필요가 있을 것.

새로운 문체 문제 앞에서 육당이 얼마나 아득해했는가를 위의 인용이 잘 말해 놓고 있다. 육당의 처지에서 보면 당장엔 문어체도 구어체도 없는 형국이었다. 없는 것들을 어찌 일치시킬 수가 있겠는가. 그의 절망감은 여기에서 왔다. 방법은 하나뿐이었다. 문어체도 구어체도 상상적으로 각각 창출해야 했다. 이를 일치시키는 일은 그다음 단계였다. 『소년』(1908~1911)에서 『청춘』(1914~1918)에 이르기까지 육당이 행한 과업은 바로 문어체와 구어체를 각각 만들고 그 인공적인 것을 일치시키고자 하는 노력의 과정이라 볼 수 있다. 계몽적 문학 운동이 이에 해당된다. 춘원의 『무정』(1917)이 간행되었을 때 육당이 그토록 기린 것도 이와 결코 무관하지 않다.

한국 근대문학은 육당, 춘원 이래 큰 줄기로 보면 언문일치의 문학적 실천의 장이었다. 『무정』과 소월의 『진달래꽃』(1925)에 이르기까지, 그리고 임화의 『현해탄』(1938)에서 염상섭의 『삼대』(1931), 이기영의 『고향』(1934)에 이르기까지 일정한 수준으로 언문일치의 높이를 이룩했다.

③ 언문불일치 단계
언문일치를 지향해 온 한국 근대문학이 그 목표 수정에 서서히 노출되기 시작한 것은 중일전쟁(1937)을 전후해서였고, 태평양전쟁(1941)에 이르렀을 땐 그것은 절정에 달했다. 문어체가 바로 현실정치성을 뜻하는 것이

기에 그것은 막바로 내선일체 사상을 가리키고 있었다. 창씨개명(1940), 조선어학회 사건(1942), 징병제 실시(1943) 등을 비롯한 문어체의 전면적 등장은 그동안 가까스로 언문일치의 균형 감각을 이루어 온 한글 구어체를 견디지 못하게 했다. 천황제 군사 파시즘으로 무장한 문어체의 저러한 폭력에 대항하는 새로운 방도가 모색되지 않으면 안 되었다. 이에 심정적으로나 전략적으로 고안해 낸 방도가 『문장』지의 출현이며, 그 무의식적·의식적 집약물이 이태준의 『문장강화』였다. 대동아공영권으로 말해지는 현실정치성이 문어체의 폭력으로 군림하는 마당에서 한글 구어체가 대응하는 방식은 오직 그 불일치를 향할 수밖에 없었다.

"冊만은 '책'보다 '冊'으로 쓰고 싶다"라고 이태준은 아주 낮은 소리로 읊조리며 「복덕방」의 세계로 내려앉지 않으면 안 되었고, "오오 견딜란다. 차고 올연히 슬픔도 꿈도 없이 장수산 속 겨울 한밤 내"(「장수산 1」, 1939)라고 정지용은 읊으며 백록담의 세계로 올라가지 않으면 안 되었다. 이러한 언문불일치의 무의식 또는 무의식적 모색이 하나의 논리적 표현으로 집단화되어 등장한 것이 『문장강화』였다.

> 말을 뽑으면 아무것도 남은 것이 없다면 그것은 문장의 허무다. 말을 뽑아내어도 문장이기 때문에 맛있는, 아름다운, 매력 있는 무슨 요소가 남아야 문장으로서의 본질, 문장으로서의 생명, 문장으로서의 발달이 아닐 것인가? 현대, 또는 장래 문장의 이상은 이곳에 있지 않을까 한다.
> ─『증정 문장강화』, 334쪽

이것은 『문장강화』의 결론이거니와, '언문불일치'야말로 '현대 및 장래 문장'의 이상이라 했을 때 그 대전제에 놓인 것은 내선일체론이었다. 이 정치적 문어체에 맞서기 위한 방도란 언문불일치가 아니면 안 되었다. 여기에는 설명이 없을 수 없다. "언문일치는 실용정신이다. 일상의 생활이다. 연기는 아니다"라고 이태준이 말했을 때 그것은 현실의 정치적 문어체의 수용을 의미한다. 그러니까 '언문불일치'란 비실용적·비일상적 정신이자 생활이며 따라서 비연기적(非演技的)이다. 그렇다면 그것은 무엇인가. 문학, 그것이 정답이다. 현대 및 장래의 문학의 이상이란 언문불일치가 아닐 수 없다. 구어체와 문어체의 격차를 크게 하고 넓히면 넓힐수록 훌륭한 문학이 탄생된다는 논법이 아닐 수 없다. 그러기에 이태준은 자기가 주간으로 있는 문예지 표제를 '문장'으로 했고 감히 '문학'이라 하지 않았다. '언문불일치'의 것을 '문학'이라 부를 수 없었던 까닭이다. 왜냐면 적어도 근대문학이라면 '언문일치'의 산물이어야 하기 때문이다(일제 말기 『문장』과 『인문평론』을 폐간시키고 새로 모색한 문예지 명칭을 『국민문학』으로 한 것에 대한 의미도 검토되어야 할 과제거니와, 해방공간에 문학가동맹의 기관지에 비로소 '문학'이라 이름 붙일 수 있었음은 의미심장한 조치였다. 그것은 민족도 계급도 아닌 중간 단계를 가리킴이었다).

④ 신언문일치 단계

『문장강화』의 저자가 예견한 '현대 및 장래 문장'의 시기는 참으로 다행히도 극히 단시일에 지나지 않았다. 해방공간(1945~1948)의 도래가 그것이다. 시인은 이렇게 막바로 읊을 수조차 있었다.

거리로 마을로 山으로 골짜구니로

이어가는 電線은 새나라의 神經

일홈없는 나루 외따룬 洞里일망정

빠진곳 하나없이 기름과 피

골고루 도라 다사론 땅이 되라


어린技師들 어서 자라나

굴둑마다 우리들의 검은 꽃무꿈

연기를 올리자

김빠진 工場마다 動力을 보내서

그대와 나 온백성의 새나라 키어가자


山神과 살기와 염병이 함께 사는 碑石이 흔한 마을 마을에 모-터와

電氣를 보내서

山神을 쫓고 마마를 몰아내자

기름친 機械로 運命과 農場을 휘몰아갈

希望과 自信과 힘을 보내자


熔鑛爐에 불을 켜라 새나라의 心臟에

鐵線을 뽑고 鐵筋을 느리고 鐵板을 피리자

세멘과 鐵과 希望 우에

아모도 흔들 수 없는 새나라 세워가자


녹쓰른 軌道에 우리들의 機關車 달리자

戰爭에 해어진 貨車와 트럭에

벽돌을 싣자 세멘을 올리자

애매한 支配와 굴욕이 좀먹던 부락과 나루에

새나라 굳은 터 다져가자.

　　　― 김기림, 「새나라 송」, 1948


해방공간이야말로 새로운 언문일치의 도래를 뜻했으며 또한 그 도래가 폭죽처럼 터져 우리가 갈 수 있고 가야 할 길을 지도처럼 밝혀 놓았다. 우리가 갈 수 있고 가야 할 길은 '신언문일치'가 아니면 안 되었다.

　이러한 장면에서 가장 궁금한 것은 전작 『문장강화』의 저자 이태준과 그와 동격의 처지에 있던, 그러니까 소설 쪽의 최고 고수와 시 쪽의 최고 고수의 행보에 있었다. 신언문일치 운동의 시범작으로 이태준은 「해방 전후」를 보였고, 『소련기행』에 나아갔고, 정지용은 『산문』에로 향했다. 이런 일들은 물을 것도 없이 그들이 지난날 그토록 공들인 『문장강화』, 곧 언문불일치 운동에 대한 자기부정에 다름 아니었다.


　일제 경찰은 고사하고 문인협회에 모였던 조선인 문사배에게 협박과 곤욕을 받았던 것이니 끝까지 버티어보려고 한 것은 그래도 소수 비정치성의 예술파뿐이요 프롤레타리아 예술파는 그 이전에 탄압으로 잠적하여버린 것이니 당시의 비정치성 예술파를 자본주의의 무슨 보호나 받아 온 것처럼 비난한 것은 심히 부당하다. [……] 그러나 그것이 조선시의 유원한 기준이 되어야 한다든지 신축성 없는 시적 모형을 다음 세대에까지 유습시켜야 하는 것은 아니다. 그래야 한다면 그것은 일제 중압하

의 조선시의 상속일 뿐이요 조선시의 선수권은 언제든지 소시민층이 보
유한다는 것이 된다.

— 정지용, 「조선시의 반성」, 『문장』 속간호, 1948년 10월, 112~113쪽

그렇다면 신언문일치 운동이란 어떤 것이며 어떻게 모색되었던가.
정지용은 『산문』으로 치닫고 이태준은 『소련기행』, 『농토』로 치달았다고
말해질 때, 그 성과는 단연 문학사적 과제이거니와 동시에 그것을 초월하
는 사상사적 과제가 아닐 수 없다. 나아가서는 그것이 새로운 국가 모델
선택에까지 걸리는 과제이기조차 했다. 언문일치라는 문제의 중요성은
여기에서 왔다.

# 3장_ 종교와 문학의 동시적 초월

## 김동리와 조연현

## 1. 한국 근대문학의 성립 조건

한국 근대문학은 근대의 성격으로 말미암아 상당한 파행성을 당초부터
안고 있었다고 범박하게 말할 수 있습니다. 인류사의 시선에서 볼진댄,
두루 아는바 근대란 국민국가(nation-state)와 자본제 생산 양식(mode of
capitalist production)을 동시에 수행하는 역사적 단계에 해당되는 것입
니다. 근대문학이란 따라서 문학이되 근대적 성격의 문학이 아닐 수 없
지요. 여기에서 '한국'을 올려 놓은 것이 한국 근대문학인 것입니다. 일본
근대문학도 중국 근대문학도 근대를 중심점에 놓고 보면 그 성격은 한국
근대문학의 그것과 같은 평면 위에 놓인다고 할 수 있습니다. 그렇기는
하나, 흔히 국권상실기(1910~1945)라 말해지는 결여 사항이 표면상 한
국 근대문학 위에 덮여 있어, 중국이나 일본의 그것들과 어느 수준의 편
차를 보이고 있습니다. 이 편차로 말미암아 한국 근대문학은 그 독자성이
뚜렷해집니다.

　근대문학이라 했을 때, 그것이 국민국가를 전제로 하는 것인 만큼 국

민국가의 언어로 문학함이 아닐 수 없습니다. 이 대원칙을 떠나면 아무리 대단한 문학이라도 근대문학이라 부를 수 없기에 그러합니다. 국민국가의 일방적 폭력에 의해 만들어진 언어 곧 국가어의 준말이 국어이며 이로써 문학함이 근대문학의 대원칙입니다.

한국 근대문학 역시 이 국어로써 문학함이기에 임시정부를 떠날 수 없게 되어 있습니다. 일제 통치부도 이 점에서 명백했습니다. 당초부터 그들은 한국 근대문학이란 제도를 식민 통치에서 제외시켰지요. 그들이 한국 근대문학마저 식민 통치 아래 두고자 한 것은 아주 짧은 기간에 지나지 않습니다. 조선어학회 사건(1942년 10월)을 계기로 하여 해방에 이르기까지 약 3년간이 그것입니다. 이 사건의 상징성에 주목할 것입니다. 임시정부의 국내적 대변 단체가 조선어학회였던 만큼 이를 차단함이란 곧 '한국의 국어'의 부인(차단)에 해당됩니다. 그러므로 그들의 시선에서 보면 한국 문학이란 식민 통치부 속에 편입된 것이며, 우리의 처지에서 보면, '잠재적 암흑기'인 셈이지요. 혹은 적극적으로 말해 '이중어 글쓰기 공간'일 터입니다(졸저,『일제 말기 한국작가의 일본어 글쓰기론』, 서울대출판부, 2003). 이는 대한민국 정식정부(김동리의 용어)가 탄생되기 전까지 벌어졌던 이른바 해방공간 민족문학론과 쌍을 이루고 있습니다. 한국 근대문학사는 이 두 가지 공간을 안고 있습니다(졸저,『해방공간 한국 작가의 민족문학 글쓰기론』, 서울대출판부, 2006).

국민국가로서의 언어, 곧 한국의 언어로 쓰인 것이 한국 문학이라 했을 때 그것은 형식 쪽의 규정에 속하겠거니와 그렇다면 내용면에서는 어떠해야 했을까. 이 물음에 막바로 응해 오는 것이 두 가지인바 국민국가주의(민족주의)와 마르크스주의입니다. 이 둘이 근대의 내용을 규정한다

함은 그것들이 모두 세계사적 시선에서 온다는 사실을 말하는 것이기도 합니다. 감히 말해 인류사적 발전 도상의 일정한 시선인 것입니다. 근대란 그러니까 인류사의 진행 과정의 일정한 단계에 속하는 것입니다.

## 2. 근대문학 비판의 무기로서의 '구경적 생의 형식'

한국 근대문학사에서 내용으로서의 근대성이 첨예하게 인식된 대목을 든다면 광의의 '카프 문학'이라 하겠습니다. 근대가 흡사 십자포화를 맞고 있는 형국이기 때문이죠. 카프 문학이 곧 근대라는 점을 온몸으로 증명해 놓은 작가들 중 하나로 유진오를 들 수 있습니다. 이른바 전주 사건(1934~1935)으로 카프맹원 거의 전부가 기소되어 옥살이를 하는 동안 이 시기를 작품으로 커버한 것의 하나로 유진오의 「김 강사와 T 교수」(1935)를 들 수 있습니다. 구한말 개화파 가문 출신이자 경성제대 수석입학자이며 보성전문학교 교수였던 유진오인 만큼 근대를 온몸으로 체현했다고 보아도 손색이 없지요. 그러한 카프(1925~1935)가 해체된 마당에서 제일 주목되는 것은 바로 유진오의 태도입니다. 세계사적 시선에서 볼 때 파시즘(독일, 이탈리아, 일본)의 대두와 마르크스주의의 후퇴는 이른바 '역사의 종언' 또는 '근대의 초극'을 의미하는 것이기도 했지요. 이 장면에서 유진오의 고명한 평론 「조선문학에 주어진 새길」(『동아일보』, 1939년 1월)과 「순수에의 지향」(『문장』, 1939년 6월)이 쓰였지요. '세계문학의 계열에로'라는 부제를 단 전자에서 유진오가 제시한 방향은 탈이데올로기의 문학 곧 '시정(市井)의 리얼리즘'입니다. 후자에서 그가 내세운 것은 신세대 작가들의 '불순함'과 유진오 세대의 '순수함'입니다. 두 세대

작가 김동리(1913~1995)

가 '언어 불통'에 이를 지경이라 유진오가 진단했을 때 이러한 세 방향의
제시 속에 잠복된 허점을 정확히 알아차린 문인이 신세대 작가군의 대변
인이자 「무녀도」(1936)의 작가인 김동리였습니다.

　「순수이의」(『문장』, 1939년 8월), 「신세대의 정신」(『문장』, 1940년 5
월), 「나의 소설수업」(『문장』, 1940년 8월) 등에서 김동리가 내세운 것은
'구경적(究竟的) 생의 형식'(훗날 정리된 명제)이었습니다. 김동리의 주
장에 따른다면 문학하기 자체에 순수/비순수는 있을 수 없다는 것입니
다. 문학하기란, 근대와는 관계없다는 것, 따라서 문학하기 자체가 원래
순수/비순수를 초월한다는 것. 따라서 30대(근대문학)의 불행과 신세대
의 행복 운운은 당초 성립될 수 없다는 것입니다. 요컨대 김동리는 근대
를 송두리째 부정한 형국입니다. 그 근거로 내세운 것이 '구경적 생의 형
식'입니다. 불교에서 차용한 이 형식은 '인간 원론'에 기초를 둔 것이어서
근대인을 전면적으로 부인하게 됩니다. 누구나 사람이면 우선 '인간'이
고 그다음에야 '근대인'일 수 있다는 김동리의 시각은 온통 전자에만 기

울어져 있습니다. 그러기에 그가 쓴 「무녀도」란 문학(작품)이긴 해도 근대문학의 작품이 아닌 셈이지요. '구경적 생의 형식'이란, 불교에서 말하는 이른바 공(空), 곧 제로 개념이어서 어떤 이데올로기(이론)나 숫자도 이에 닿기만 하면 제로로 환원될 수밖에 없다는 점에서 그것은 '절대적인 것'이 아닐 수 없지요. 특정 이데올로기인 민족주의나 마르크스주의도 '절대적인 것'으로 인식하는 쪽에서 보면 사정이 어떠할까요. 절대성이라는 점에서 서로 닮아 있지만, 김동리의 것이 훨씬 그 강도가 높습니다. 근대의 이데올로기란 여러 가지로 구성되어 있어 선택의 여지가 있기 마련입니다. 마르크스주의, 아나키즘, 민족주의 등의 선택 사항이 그러합니다. 그러나 김동리의 것은 그야말로 인간 원론 하나만의 절대성이어서 '운명'에 해당되는 형국입니다.

여기까지의 논의란 '구경적 생의 형식'의 표층적인 묘사에 해당됩니다. 김동리가 알아차린 유진오의 허점이야말로 '구경적 생의 형식'이 지닌 시대적 강점에 해당됩니다. 곧 유진오가 제시한 '시정의 리얼리즘'이란 탈이데올로기일 수 없다는 것입니다. '시정의 리얼리즘'도 따지고 보면 일정한 이데올로기 위에 서 있기 때문입니다. 곧 '시정의 리얼리즘'이란, 일제 말기를 떠받치고 있는 일정한 이데올로기의 반영에 다름 아닙니다. '시정의 리얼리즘'에 입각하여 나아가면 갈수록 그것이 일제 파시즘으로 접근되어 마침내 친일문학에 닿게 된 사실이 이 사정을 잘 말해 줍니다. 근대문학을 더 이상 할 수 없는 시대인 만큼 '문학하기'로 후퇴할 수밖에 없다는 김동리의 저러한 근대문학 부정이 일정한 문학사적 의의를 갖는 것은 이런 곡절에서 온 것입니다. 이러한 근대문학 부정이 해방 공간에서는 과연 어떤 위력을 발휘하기에 이르렀을까.

## 3. 해방공간에서의 김동리의 자기 모순성

두루 아는바 해방공간(1945~1948)은 나라 만들기의 이념으로 요약됩니다. 이념인 만큼 그 원형(모델)들은 극단적인 표현을 띨 수밖에 없는바, Ⓐ부르주아 단독독재형, Ⓑ노동계급 단독독재형, Ⓒ연합독재형 등이 그 것입니다. 어느 쪽도 관념상으로 현실적으로 선택 가능한 국가 유형들이지요. 이 세 가지 선택 가능한 국가 모델이 지향하는 문학적 이념은 한결같이 '민족문학론'이었습니다. 이 민족문학이 어째서 Ⓐ, Ⓑ, Ⓒ의 공통된 명제였을까. 이 물음만큼 까다로운 것은 많지 않습니다. 민족이란, 오늘의 용어로 하면 '국민'이 아닐 수 없고 따라서 민족문학론이란 국민문학론이겠지요. 국가형 선택의 마당이기에 당연히도 선택 가능한 국가의 문학이 아닐 수 없습니다. 그런데 현실적으로는 Ⓐ, Ⓑ, Ⓒ 중 국가형으로 선택된 것은 Ⓐ, Ⓑ였고, Ⓒ는 어느 쪽에서도 수용될 수 없었습니다. 이른바 냉전(양극) 체제라는 세계사적 질서에 의해 강요된 현상이었지요. 이 장면에서 Ⓐ와 Ⓑ는 어느 쪽도 Ⓒ를 수용할 수 없었습니다.

구체적으로 말해 남로당의 이념인 Ⓒ는 궁극에는 Ⓐ에서도 Ⓑ에서도 배제되었지만 해방공간 속에서는 어느 편이냐 하면 연합독재의 이념에도 불구하고 Ⓑ로 기울어졌던 것입니다. 이원조와 임화의 민족문학론에서 이 점이 잘 드러납니다. 그렇다면 정작 Ⓐ에서는 누가 논객이었을까. 박종화, 조지훈, 조연현, 김동리 등이 그들인바 이 중에서도 김동리의 활약이 제일 큰 것이었습니다. Ⓒ가 서서히 Ⓑ로 기울어지는 과정에서 활약한 이론분자들은 임화, 이원조, 김동석 등이었으며 그들이 바로 김동리의 논적이었던 것입니다.

앞 장에서 보아 온 바와 같이 김동리의 무기는 '구경적 생의 형식'이 었고 이미 30년대에 증명된 바와 같이 불패의 무기인 만큼 어떤 논적도 이와 맞설 수 없었습니다. 이유는 썩 단순 명쾌하지요. 논적인 Ⓑ도 Ⓒ도 동일한 바탕 위에 구축된 것입니다. 곧 근대의 산물인 특정 이데올로기에 지나지 않는 것. 그것은 30년대의 논객 유진오의 근대론의 연장선상에 속 하는 만큼 김동리의 일방적 승리가 예견되고도 남는 것이 아닐 수 없지 요. 김동리의 제로 개념 앞에 부딪치면 어떤 이데올로기도 무화되기 마련 이어서 아무리 강력한 Ⓑ, Ⓒ도 상대일 수 없었던 것입니다. 요컨대 게임 규칙 위반이었던 셈이지요. 김동리 자신이 이 규칙 위반을 알게 모르게 알아차린 것은, Ⓒ가 Ⓑ로 현저히 기울어 월북한 이후였지요. 바야흐로 남조선 단독정부 수립을 목전에 둔 김동리의 자각 증세가 표면화된 것이 「문학하는 것에 대한 사고(私考)」(『백민』, 1948년 3월)입니다.

이 일방적인 규칙 위반이란 새삼 무엇인가. 김동리가 전력을 기울여 지지한 Ⓑ와 그 실체의 등장을 김동리는 '대한민국 정식정부'(『해방문학 20년』, 정음사, 1971, 145쪽)라 불렀지요. 그렇다면 Ⓐ의 대한민국의 정체 란 물을 것도 없이 자본제 근대국가형이 아닐 수 없습니다. 부르주아 단 독독재를 표방한 대한민국인 만큼 여지없는 자본제 근대 국민국가형이 아닐 수 없지요. '구경적 생의 형식'에 따라 자본제 국가란 분명 특정 이 데올로기 위에 선 것이 아닐 수 없고 보면, 김동리는 당연히도 Ⓐ, 곧 대한 민국 정식정부도 부정해야 했을 터입니다. 그럼에도 이를 적극 지지함이 란 분명 자기 모순이며 동시에 일방적인 게임 규칙 위반에 해당됩니다. 유진오와 순수/비순수 논쟁을 하던 방식 그대로 해방공간에서도 김동리 가 밀어붙였지만 그때와는 사정이 달랐습니다. 물론 그때도 규칙 위반이긴 마찬가지지만, 그때로서는 양보할 수 없는 절대적 기준이 따로 있었던 까닭에 긍정적일 수 있는 한 가지 방도일 수 있었으나 해방공간의 사정은 이와 크게 달랐던 까닭입니다.

명민한 김동리인지라 자신의 규칙 위반을 알게 모르게 자각하지 않을 수 없었고 이 자기 모순을 표명한 것이 평론 「문학하는 것에 대한 사고」입니다. 자기만의 견해의 표명이라는 제목이 인상적인 것은 항시 고압적 자세에 있던 김동리의 수사법에서 보면 썩 겸허한 까닭입니다. '상', '중', '하'로 구분되어 있는 이 평론 '상'에서 제시된 것은 인간 본래의 모습과 직업인 사이의 관계입니다.

시인이나 소설가는 직업일 수 없다는 점이 지적됩니다. 요컨대 근대적 의미의 분업화된 직업과는 등렬에 놓이지 않는, 그러니까 '높고 참된 의미에서의 문학하기'인 까닭입니다. '중'에서는 이 점을 다시 강조합니다. '높고 참된 의미에서의 문학하기'란 '구경적 생의 형식'이라는 것으로 풀이하고 있습니다. 그는 인간의 삶을 세 가지 단계로 파악하는바 ①동물로서의 삶 ②직업인으로서의 삶 ③높고 참된 의미의 삶이 그것들. 이 가운데 ③만이 자기가 지지하는 문학이라 했습니다. 그렇다면 ③의 구체적 양상은 어떠한가.

우리는 한 사람씩 한 사람씩 천지 사이에 태어나 한 사람씩 한 사람씩 천지 사이에 살아지고 있다는 사실을 통하여 적어도 우리와 천지 사이엔 떠날래야 떠날 수 없는 유기적 관련이 있다는 것과 이 '유기적 관련'에 관한 한 우리에게는 공통된 운명이 부여되어 있다는 것을 발견하게 되는 것이다. 우리는 우리들에게 부여된 우리의 공통된 운명을 발견하고 이것의 전개에 지향하지 않으면 안 된다. 우리가 이 사업을 수행하지 않는 한 우리는 영원히 천지의 파편에 그칠 따름이요, 우리가 천지의 분신임을 체험할 수 없는 것이며 이 체험을 갖지 않는 한 우리의 생은 천지간에 동화될 수 없기 때문이다. 그리고 우리는 우리에게 부여된 우리의 이 공통된 운명을 발견하고 이것의 타개에 노력하는 것, 이것을 가리켜, 구경적 삶이라 부르는 것이다. 왜 그러냐 하면 이것만이 우리의 삶을 구경적으로 완수할 수 있는 길이기 때문이다.

― 김동리, 「광복 직후 우익 계열의 문학론」, 『백민』 제4권 2호, 1948년 3월, 44~45쪽

'운명'이란 말이 세 번씩이나 드러난 이 평론에서 주목되는 것은 '구경적 생의 형식'이란 종교의 차원이라는 사실입니다. 누구보다 김동리 자신이 이 점을 잘 알고 있습니다. "'문학하는 것'과 '구경적 생의 형식'이라는 것을 이상과 같은 의미에서 생각할 때 그러면 '문학하는 것'과 종교적 수행과는 어떻게 다르냐, 또 철학과의 관련은 어떻게 되느냐 하는 문제가 남을 것"(「광복 직후 우익 계열의 문학론」, 45쪽)이라 하여 이 점을 밝힌 것이 '하'에 해당됩니다. 두 가지 점을 들었습니다. 첫째, '구경적 삶'이란 종교뿐 아니라 어떤 직업을 통해서도 지향될 수 있다는 것. 종교로도 철학으로도 문학으로도 '구경적 삶'을 지향할 수 있다고 그가 주창했을 때, 그렇다면 '문학하기'의 자율성(독자성)을 무시하거나 적어도 소홀했다고 보지 않을 수 없지요. 물론 그는 이 점을 염려하여 괄호 속에다 이렇게 적어 놓기도 했습니다.

"이것은 문화 각태(各態)의 독립성을 침해하는 것이 아니라 그와 반대로 그 원칙을 강화할 수 있는 한 개 전제에서 말하는 것이다"라고.

둘째, '구경적 생의 형식'만을 '문학하는 것'이라 하지 않는다는 것. '문학하기'엔 여러 가지가 있고 또 이 사실을 시인하지만 그가 하고 있는 것이 그 중 제일 '높고 참된 문학'이라 주장합니다. 다른 사람들이 하는 문학도 인정한다는 전제가 뚜렷합니다. 그러기에 여기엔 문제가 없지만 그가 제시한 두 가지 문제적인 것은 첫번째의 것인 종교(철학)와 문학을 어떻게 구분하느냐에 있습니다. '구경적 생의 형식'에 대해 아무리 그것이 문학 독자성이라 변명해도 자기 모순에서 벗어날 수 없음은 자명합니다. '절대성'을 내세웠기에 그러합니다. 헤겔의 논법에 따르면, 인간 의식의 절대성엔 예술, 종교, 철학의 세 가지 영역이 있으며 그 각각의 범주가 다르다는 것. 그 중에서도 주관적·감각적인 차원의 예술이 가장 저급한 범주로 간주됩니다(게오르그 빌헬름 프리드리히 헤겔, 두행숙 옮김, 『헤겔 미학 강의』, 은행나무, 2010). 이 점에 비추어 보면, '구경적 생의 형식'이란 예술(문학), 종교, 철학을 싸잡은 것이며 미분화 상태에 해당된다고 볼 것입니다. 그러기에 문학의 자율성만을 인식하지 않음엔 틀림없지요.

## 4. 종교와 문학의 분리 문제—조연현의 비판

이 점을 예리하게 지적한 평론가가 조연현입니다. '종교와 철학과 문학의 기초적 내용'이라는 부제를 단 조연현 평론「문학의 영역」(『백민』, 1948년 5월)이 문제적인 것은 두 가지 점에서 그러합니다. 그 하나는 이 과제가 해방공간의 중요성에 대한 반성이란 점에서, 다른 하나는 김동리와 같은 청년문학가협회의 전문적 평론가의 반론이란 점에서 찾아집니다. 조연현의 반론의 핵심은 김동리의 불패의 무기인 '구경적 생의 형식'이란 문학 쪽이 아니라, 종교 범주에 속한다는 것에 놓여 있습니다.

> 내가 느낄 수 있는 바에 의하면 김동리 씨는 구경의 생의 형식에 대한 공
> 동의 의욕을 가졌다는 동일한 목적의식에 현혹되어 관념과 신앙을 사상
> 과 혼동함으로써 문학을 종교나 철학의 영역에까지 유도해가고 있지나
> 않은가 생각되는 것이다.
>
> ─ 조연현, 「문학의 영역」, 『백민』 제4권 3호, 1948년 5월, 77쪽

예술(문학), 종교, 철학에 대한 김동리의 '모호한 논리', 곧 미분화론
은 그의 작품에서 감지되는 것인데 여기에다 평론까지 그런 모호한 논리
를 내세운다면 어떻게 되는 것일까. 조연현의 생각에 의하면 "물론 어떤
관념이나 신앙을 사상(思想)할 때 사상된 관념이나 신앙이 사상일 수 있
으나 씨에게 있어서는 그와 반대로 사상을 관념화하고 신앙화하고 있으
면서 이를 사상이라고 사유하고 있는 것"(「문학의 영역」, 77쪽)으로 됩니
다. 분명한 것은 조연현에 있어 문학=사상이라는 점이지요. 종교의 기초
적 내용이 신앙이며 철학의 그것이 관념이듯 문학의 기초적 내용인즉 사
상이라는 것으로 요약됩니다. 조연현이 말하는 사상이란 또 무엇인가. 그
자신은 이렇게 주장합니다. 사상이 신앙이나 관념과 다른 점은 그것이 무
엇을 형성하려는 데 있다는 것, 곧 생의 구경의 형식을 지향하는 '일체의
노력의 과정'이라는 것, 이에 비해 신앙이나 관념은 '이미 형성된 것'이라
는 점에 있다는 것입니다.
　그렇다면 그 '사상'이란 것은 구체적으로 무엇인가. 이데올로기라든
가 팡세(생각)와는 구별해 조연현은 그것을 '인생관이나 세계관을 형성

문학평론가 조연현(1920~1981)

하려는 의지(의욕)'로 규정합니다. 이는 상식 중의 상식이어서 싱겁기 짝이 없는 형국이 아니겠는가. 그러나 바로 여기가 조연현의 주장이 특이하고도 빛나는 대목입니다. 곧 "사상이란 것이 어떠한 구체적인 형상을 통하여 어떤 형태로서 존재되고 있는가"(조연현, 「문학과 사상」, 『백민』 제4권 4호, 1948년 7월, 17쪽)에 문제성이 깃들고 있지요. '형상화'에 주목할 것입니다. 면도칼이라는 별명의 평론가로 해방공간을 누볐던 조연현에게 제일 불안하고도 난감한 것이 바로 평론도 시나 소설처럼 될 수 있을까였습니다. 만일 평론이 시나 소설과 유사한 또는 동격의 자리를 확보하는 것이라면 물을 것이 없이 그 조건은 '형상화'에 있습니다. 이데올로기나 특정 방법론을 이끌어 와 작품을 평가하기란, 이론에 대한 약간의 자질만 있으면 누구나 할 수 있습니다. 한껏 해야 해석학의 일종에 지나지 않지요. 이때 그는 해석학자이지 예술가 범주에 들지 못합니다. 평론가 조연현에게는 이것이야말로 아킬레스건이 아닐 수 없지요. 평론이 문학

범주에 '드느냐 아니냐'를 최초로 자각하는 순간입니다. 백철, 이원조, 임화, 최재서를 비롯 그 누구도 일찍이 이 점을 주목하지 못했음을 염두에 둔다면 조연현의 민감성의 어떠함을 알아차릴 수 있습니다(졸저, 『사반과의 대화』, 민음사, 1997). 어떻게 하면 평론도 문학 범주에 들 수 있는가. 이 물음엔 '형상화'만이 정답으로 제시될 수 있다고 조연현은 믿었지요. 과연 그의 평론이 그러했는가 여부는 별개의 문제입니다. 이 문제는 이 땅에서 평론에 종사하는 사람에겐 피해 갈 수 없는 대목이지요. 조연현의 이러한 비판을 접한 김동리의 반응은 어떠했는가. 이 물음을 위해서는 김동리의 평론집 『문학과 인간』(1948)을 살펴야 합니다.

여기에 수록된 「문학하는 것에 대한 사고」와 발표 당시의 그것 사이에는 상당한 차이점을 볼 수 있습니다. '상', '중', '하'로 구성된 당초의 이 평론에 비해 평론집 속의 그것은 '중'의 한 구절 및 '하'의 상당한 부분이 수정되어 있습니다. 당초의 발표 중 '하'의 '첫째', '둘째'의 항목화를 피하고 김동리는 첫째 부분에 많은 설명을 덧붙이고 있습니다. 요점은 물론 '구경적 생의 형식'이 문학의 자율성을 침해하지 않는다는 것, 다시 말해 자기의 저러한 주장이 종교와는 다르다는 것입니다.

이와 같이 내가 '문학하는 것'을 '구경적 생의 형식'으로 보는 것이 문학의 자율성을 침해하지 않음은 이상과 같거니와 여기서 특히 내가 한 가지 경고하고저 하는 것은 서양인 관념적 체계가 그것도 더구나 근대에 와서 문학이니 철학이니 종교니 정치니 과학이니 수학이니 하는 것을 너무나 직업적으로 분업화 내지 분열화시켰다는 사실이다. 우리는 그 어느 부문도 다른 부문에 예속되고 지배됨을 용인할 수 없는 것이다. 그 어떠한 부문도 그 구심적 위치에 '구경적 생'을 거부해서는 안 된다고 생각하는 것이다.

— 김동리, 「문학하는 것에 대한 사고」, 『문학과 인간』, 백민문화사, 1948, 102~103쪽

김동리의 이러한 생각은 조연현의 비판에 대한 답변이자 동시에 자기 주장의 되풀이에 해당됩니다. '구경적 생의 형식'이란, '인간의 궁극적 지향'이며 어떤 영역도 이와 같다는 것입니다. 그렇다면 종교, 철학, 문학 등의 미분화 상태를 지칭함이 아니겠는가. 아직 분화도 안 된 마당이기에 자율성조차 생기기 전의 장면이 아닐 수 없지요. 그러기에 어느 쪽이 어느 쪽의 자율성을 침해 운운한 대목은 당초 성립될 수 없는 자리가 아닐 수 없지요. 조연현이 선 자리가 종교, 철학, 문학 등의 범주가 분화되어 설정된 이후라면 김동리의 자리는 그런 분화 이전의 자리인 것입니다. 요컨대 선 자리가 각각 달랐기에 논쟁으로 발전되기 어려웠던 것이죠. 그렇지만 한국 근대문학을 논의하는 마당이라면 사정은 크게 달라집니다. 조연현이 말하는 문학이란 무엇보다 종교, 철학 등과 범주가 아주 다른 것으로 분화된 이후를 가리킴이었던 것. 이 점에서 보면 '구경적 생의 형식'이란 종교도 철학도 문학도 미분화 상태인 만큼 자율성 침해로 보일 법도 하지만 미분화 상태에선 김동리의 처지에서 보면 자율성 침해 운운은 성립되지 않겠지요. 여기까지 이르면 다음 논의가 불가피해집니다.

조연현이 선 자리가 문학이라면 김동리의 자리는 '문학 이전'이 된다는 사실. 이때 또 주목되는 것은 조연현이 선 자리에 대한 문제점입니다. 곧 그것은 '문학'과 '근대문학' 어느 쪽이냐는 점입니다. 이 물음 속엔 조연현의 자기 모순성이 드러납니다. 평론의 '형상화'를 꿈꿀 때 그는 오

직 '문학하기'에 초점을 두었지 그것이 '근대문학' 속의 것이냐엔 무관심
했기 때문이지요. 근대문학을 하는 처지에서 그는 문학하기에 전략적으
로 섰기도 했기에 그러하지요. 이에 비해 김동리의 모순성은 더욱 아득합
니다. 한국 근대문학을 하면서도 그는 문학보다 더 먼 곳에 있는 미분화
상태의 것을 하고 있지 않았던가. 모순성의 심도가 그만큼 강했다고 할
수 있습니다. 이 두 논객이 해방공간에서 어떻게 자기 모순성을 극복하고
자 했을까. 이 물음에 응해 오는 글이 김동리의 저 고명한 평론 「청산과의
거리: 김소월론」(『야담』, 1948년 4월)입니다. 그것은 이 글이 김동리 자신
의 모순성과 조연현의 그것의 동시적 극복의 몸부림으로 보이기 때문입
니다.

## 5. 기적적 완벽성의 정체—「산유화」

두루 아는바 김소월의 「산유화」(『영대』, 1924년 10월) 제2연에 "산에/산
에/피는 꽃은/저만치 혼자서 피어 있네"가 있지요. 이 가운데 '저만치 혼
자서'의 '저만치'는 대체 무엇을 의미하는 것일까. 이것이 김동리의 화두
입니다. "이것이 어떤 거리를 의미하는 것임은 더 말할 여지가 없으나 이
거리는 대체 어디서 어디까지며 무엇에서 무엇까지란 뜻인가. 나는 그가
'저만치'라고 한 거리를 조사함으로써 시인 김소월의 본질을 규명해 보
려 한다"라고 서두를 삼았을 때 분명해지는 것은 '어디'와 '무엇', 곧 공간
(장소)과 대상에 국한되었음에 주목할 것입니다. 장소와 대상에 관련된
것인 만큼 어디까지나 그것은 '내용' 쪽을 지향했던 것입니다. 그러나 김
동리는 이렇게 말합니다. "그러나 나는 당장 이 시와 사상부터 이야기할

수는 없다. 그것은 형식에 미비한 점이 있다는 뜻이기보다도 그와는 반대로 그 기적적인 완벽성이 어디서 온 것인지 너무도 아득하기 때문이다"(「문학하는 것에 대한 사고」, 50쪽).

　'기적적인 완벽성'으로 「산유화」를 규정한 마당에 그 '기적적인 완벽성'을 증명하기 위한 첫번째 수속이 '형식'임을 지적한 김동리의 논법은 일찍이 그가 한 번도 시도하지 않거나 못한 것입니다. 그의 절대명제인 '구경적 생의 형식'에서 말하는 '형식'이란 기실 내용적인 것이었음에 주목해야 합니다. 인간의 구경적 존재 양식 또는 상태를 가리킴인 만큼 어디까지나 공간 및 내용의 범주였던 것입니다. 이러한 공간적 시선에서 한 번도 거론치 않던 '형식'으로 김동리를 이끌어 간 것은 「산유화」이되 '기적적인 완결성'인 「산유화」 쪽입니다. 말을 바꾸면 비단 「산유화」뿐 아니라 '기적적인 완결성'으로 된 작품에 부딪치면 그럴 수밖에 없는데, 왜냐면 완벽성이란 내용만으로도 형식만으로도 불가능하고 이 둘의 기적적 결합에서만 가능했기 때문이지요. 입버릇처럼 '구경적 형식'이 문학의 자율성을 침범한 것이 아니라고 우기며 김동리가 내세운 것이 무엇이었던가를 다시 한 번 상정해 보면 이 사정이 뚜렷해집니다. "종교가 이미 발견되고 체현된 신에 대하여 복종하고 신앙하고 귀의하지만 문학에 있어서는 각자가 자기 자신 속에 혹은 자기 자신들을 통하여 영원히 새로운 신을 찾고 구하는 것"(「문학하는 것에 대한 사고」, 102~103쪽)에서 잘 드러나듯 종교란 이미 완결된 것에 비해 문학은 이 완결성이 없거나 불가능하다는 것이며 따라서 영원히 미완성(추구하는 것)에 해당되는 것입니다. 이 미완성이야말로 문학의 자율성인 셈입니다. '기적적인 완결성'이란 당초부터 도달 불능의 영역인 것입니다. 이 대원칙이 「산유화」 한 편에 부딪치자 여지없이 무너져 내리는 장면을 보여 주는 것이 평론 「청산과의 거리」인 만큼 이 평론 한 편으로 말미암아 불패의 무기인 '구경적 생의 형식'을 스스로 저버리기에 이른 형국이 아닐 수 없지요. 말을 바꾸면 이 평론 한 편으로 말미암아 조연현이 몽매에도 그리던 평론의 자율성(형상화)이 이루어진 것이지요. 「청산과의 거리」란, 평론 범주에서 보면 '기적적인 완결성' 또는 그에 제일 가까이 간 것이 아닐 수 없습니다.

'시문학파' 이전의 대부분의 시가 그러하듯이 소월의 시도 이 '산유화' 한 편을 제외한다면 전부가 미완성품이요 형식적 구성에 있어 완연히 한 개 시작(試作) 형태에 그쳐 있다. 그 가운데서 한 편의 합격품이 나왔으니까 기적적이란 뜻은 사치고 진실론 아주 초월적으로 완성되어버렸기 때문이다. 그 형식적 구성, 특히 그 음율적 구성에 있어서는 오늘날에 이르기까지 그 누구의 주옥편으로서도 이와 겨루어낼 만한 작품을 찾을 수가 없다. 더 기탄없이 말한다면 아니 조선의 서정시가 도달할 수 있는 한 개 최상급의 해조(諧調)를 보여주었다고 할 것이다. 이러한 기적적인 완벽성 앞에 직면할 때 사실 나는 길바닥에 구르는 조약돌들로만 알고 밟고 다니던 한 개의 조약돌에서 우리가 홀연 '신'(천지란 말을 대치해도 좋다)의 모습을 발견할 수도 있는 것이 아니라면 우리는 이 '산유화'의 기적성이 어디서 오는 것인지 추리할 길이 없지 않은가.

— 김동리, 「청산과의 거리: 김소월론」, 『야담』, 1948년 4월, 50~51쪽

'아주 초월적으로 완성되어버렸다'에 주목할 것입니다. 「산유화」의 '기적적 완벽성'이란 따지고 보면 '구경적 생의 형식'(내용)이 이른바 '문

학적 형식'을 획득했음에서 온 것이지요. '구경적 생의 형식'이 그에 상응한 모종의 형식을 얻지 못하면 어떻게 될까. 「문학하는 것에 대한 사고」에서 김동리는 이에 대한 응분의 대답을 준비해 두었지요. 곧 "우리는 한 사람씩 한 사람씩 천지 사이에 태어나 한 사람씩 한 사람씩 천지 사이에 살아지고 있다는 사실을 통하여 적어도 우리와 천지 사이엔 떠날래야 떠날 수 없는 유기적 관련이 있다는 것과 이 '유기적 관련'에 관한 한 우리에게는 공통된 운명이 부여되어 있다는 것"(「광복 직후 우익 계열의 문학론」, 44쪽)에서 보듯, 이 '유기적 관련'이 이 논의의 열쇠 개념이란 사실을 알아차릴 수 있습니다. 만일 이 '유기적 관련'이 없다면 어떻게 될까. 우리란 천지간에서 한갓 조약돌 같은 파편에 지나지 못하겠지요. 김동리의 모든 창작 행위는 그러니까 '구경적 생의 형식'(내용)에 적절한 형식 찾기에 다름 아니지요. 그렇다면 「무녀도」(1936)나 「황토기」(1939) 또는 「역마」(1948) 등이 과연 그러했을까. 「산유화」에 비추어 보면 부정적인 대답이 나올 수밖에 없지요. 아무도 「무녀도」나 「역마」를 '기적적 완결성'이라 부르지 않음에서 이 사실이 확연해집니다. 요컨대 김동리 자신조차 천지와의 '유기적 관련'에 실패했거나 미달한 경우에 해당됩니다. 김동리의 '구경적 생의 형식'이 워낙 깊고 아득한 자리여서, 아무리 노력해도 아직 이에 합당한 '형식'을 찾아내지 못했던 것입니다. 대체 어떤 것이어야 '구경적 생의 형식'을 감당할 수 있는 '형식'일까. 오직 이것만을 골똘히 생각해 온 김동리의 시선에 기적처럼 나타난 것이 「산유화」였던 것입니다. 김소월의 임의 추구가 그러했듯 김동리 역시 '기적적 완결성'을 밤낮없이 그리고 오랫동안 희구해 왔기에 「산유화」의 저러한 모습에 대면할 수가 있었지요.

'구경적 생의 형식'이 지닌 절대성의 경지에 상응하는 '형식'은 어떤 것이어야 했을까. 물론 절대성으로서의 형식이 아닐 수 없겠지요. '임'의 경우에서 보면 이러하겠지요. '구경적 생의 형식'으로서의 임이란 무엇일까. 일차적으로 그것은 김소월이 마주친 특성인 가령 금녀(金女) 옥녀(玉女)로서의 임이지요. 그러나 현실적·구체적인 이러한 임은 완벽하지 않음을 특징으로 하기에 만족을 주지 못하지요. 늘 다른, 완벽한 것을 구하기 마련이지요. 대상으로서의 임이 아니라 부재로서의 임을 추구하는 형국이지요. 김소월의 정한(情恨)을 좌우하는 것은 임 쪽이 아니라 소월 자신의 정한이지요. 소월의 정한 자체가 그 대상인 임을 가졌던 것입니다. 이때 바로 기적이 일어납니다.

> 여기서 그의 개인적 특수적 감정은 일반적 보편적 정서로 통하게 된 것이며 이러한 일반적 보편적 정서가 민요조를 띠게 된 것은 지극히 당연하며 자연스런 결과라 아니할 수 없는 것이다. 소월시의 민요조는 진실로 이에 연유되었던 것이다.
>
> ―「청산과의 거리」, 55쪽

'구경적 생의 형식'(내용)으로서의 대상 없는 소월 자신의 개인적 정한이 민요라는 형식을 통해 인간 전체의 일반적 감정에 결부되었다는 것은 내용이 형식을 획득했음을 가리킴이지요. '구경적 생의 형식'이 '구경적 내용'을 획득했을 때 생긴 것이 '기적적 완결성'입니다. 다시 말해 소월이 청산과 자기와의 거리를 '저만치'라고 손가락질로 가리킬 수 있는 순간은 그가 부재하는 임의 품속에 가장 깊이 안길 수 있는 순간이겠지요. 이 순간이란 내용과 형식이 '유기적 관련성'을 맺는 바로 그 순간이 아닐 수 없지요. 만일 소월의 저 '구경적 생의 형식'으로서의 임이 민요조의 형식을 만나지 못했다면 소월의 정한은 한갓 천지간의 파편으로 전락할 것입니다. 김동리가 "늘 파편으로만 알고 밟고 다니던 한 개의 조약돌에서 우리가 홀연 신의 모습을 발견할 수도 있는 것이 아니라면 우리는 이 '산유화'의 기적성이 어디서 오는 것인지 추리할 길이 없지 않는가"(「청산과의 거리」, 51쪽)라고 했을 때 여전히 '내용' 쪽에 기울어져 있다는 점, '형식'인 민요 쪽에 대해 아주 소홀하리란 점은 쉽사리 지적될 수 있습니다. 민요의 세계가 지닌 구경적인 의의를 탐구하기엔 내용 쪽의 절대성이 김동리에게는 아직도 너무 강렬했기 때문이겠지요. 그렇기는 하나 김동리가 형식으로서의 민요를 염두에 두었다는 것은 또 다른 '일종의 기억'이라 할 만합니다. 어째서 그러할까. 이 물음은 평론가 조연현의 평론적 염원으로 이어질 성질의 것입니다.

## 6. 또 하나의 기적―평론의 형상화

「산유화」의 저러한 '기적적 완벽성'을 최초로 알아차린 이가 「무녀도」의 작가 김동리임을 앞에서 자세히 다루었거니와 이는 김동리가 가진 불패의 무기인 '구경적 생의 형식' 덕분입니다. 동시에 또 '구경적 생의 형식'이 지닌 한계도 알게 모르게 그가 지녔던 데서 연유되었을 터입니다. 대체 이 불패의 무기에도 어떤 결함이 있었을까. 이 물음의 중요성은 김동리도 조연현도 함께 '문학하는 사람'의 범주에 들기 때문에 생긴 것입니다. 문학이란 새삼 무엇일까. 조연현에 있어 그것은 '형상화'입니다. 김동리에게 그것은 무엇이었던가. 천지(자연·신)와의 '유기적 관련성'이 아닐 수 없지요. '구경적 생의 형식'에서 우리가 만일 벗어난다면 당연히도 천지간에 한갓 파편으로 전락하는 것, 한갓 이름 없는 발길에 채는 조약돌에 지나지 않는다는 것, 이것만큼 우리를 겁주게 하는 것은 달리 없습니다. 김동리는 이 거대한 논리에 끊임없이 협박당하고 있었지요. 어떻게 하면 천지 속에서 한갓 파편으로 맴돌지 않을 수가 있을까. 어떻게 하면 천지 속에 자기 자리를 가질 수 있을까. 이 어마어마한 화두를 풀 수 있는 길은 오직 하나. '유기적 관련성'이지요. 어떻게 해야 천지와 '유기적 관련성'을 맺을 수 있을까. 소월의 「산유화」에서 그 방법론을 찾아낼 수 있었던 것은 당연히도 김동리의 직관이며 그의 명민성이지요. 「산유화」의 '기적적 완벽성'은 '구경적 생의 형식'(내용)에 상응하는 '형식'이 작동되고 있었던, 또는 내용과 형식이 '유기적 관련성'을 맺고 있었던 까닭이지요. 곧 '민요'가 그것입니다.

그렇다면 「무녀도」나 「황토기」는 어떠할까요. 그것들이 썩 훌륭한 작품이긴 해도 감히 '기적적 완결성'급에 들 수 있을까요. 만일 그렇다면 김동리 자신이 「청산과의 거리」라는 글을 쓰지는 않았을 터입니다. 동시에 만일 「무녀도」나 「황토기」가 '기적적 완결성'에 상당히 육박한 것임을 그가 인식하지 않았다면 「청산과의 거리」 따위 글을 쓰지 않았겠지요. 「산유화」론이란 그러니까 「무녀도」나 「황토기」론이 아닐 수 없습니다. 김소월론이란 어김없는 '김동리론'이 아닐 수 없습니다.

바로 이 순간 '하나의 기적'이 탄생했습니다. 평론으로서의 '형상화'에의 도달이 그것. 「청산과의 거리」가 마침내 형상화에 이른 것입니다. 조연현이 몽매에도 외친 구호. '평론이란 문학이어야 한다'는 그것, 바로 그 '형상화'에 이른 글이 거기 있었던 것. 이 사실은 조연현도 알지 못했고 글을 쓴 장본인인 김동리 자신도 까맣게 알지 못했던 것입니다. 「청산과의 거리」가 '한 가지 기적'인 것은 이런 곡절에서 말미암습니다. 곧 종교와 문학의 동시적 초월이 엿보이는 장면이었던 것입니다.

# 4장 _ 학병세대의 원심력과 구심력
## 선우휘의「외면」과 이병주의『소설·알렉산드리아』

## 1.「불꽃」과 어떤 학보병 세대

**객** 선생에게 묻고 싶은 것이 많소. 그 중 하나가 학병세대에 관한 것이오. 어째서 학병세대도 아니면서 지속적으로 그것에 관심을 두었을까요. 선생이 학보병으로 자진 입대한 것이 아마도 대학 2학년이었지요. 1957년 여름, 논산으로 향하는 열차를 탄 선생의 주머니 속엔『대학신문』이 들어 있었지요. 거기에는 이철주(영문과 대학원생) 씨의「불꽃」(1957)론이 실렸지요. 훗날 안 일이지만 그해 이병주는 첫 장편『내일 없는 그날』을 썼더군요. 선생이 최인훈의『광장』(『새벽』1960년 11월 호에 실린 600매 중편 분량)을 밤을 새워 읽었을 때로부터 따지면 3년 전의 시점.『광장』을 다 읽었을 때 새벽 두부 장수의 요령 소리를 들었다고 선생은 어딘가에서 썼더군요. 그때 선생은 서울에서 멀지 않은 바닷가의 사범학교 국어 선생이었지요.「불꽃」과『광장』의 사이에 끼어서 말이외다.

**주** 4·19는 어디로 갔는가. 그 점이 궁금한 모양이군요. 4·19 때 나는 군중 틈에 끼어 경무대 앞까지 갔고, 발포 장면을 목격하였으며 쓰러진 사

람을 메고 병원으로 달려가기도 했소. 그렇지만 이 모두는 한갓 구경꾼이었지요. 말 그대로 구경꾼. 나는 그때 이미 사회인으로 신참 기성세대의 소속인 교사였으니까.

**객** 그렇다면 선생은 학병세대는 물론이고 4·19세대도 아닌 셈인데, 또 그렇다고 전전세대(손창섭, 장용학 등)도 전중세대(김성한, 곽학송 등)도 아니지요. 그런가 하면 전후세대(이어령, 최상규 등)인가. 그렇지도 않지요. 기껏해야 학보병(군번 0007470)이었으니까. 이도 아니고 저도 아닌 세대. 바로 그것이 무슨 특권일까요.

**주** 특권이라? 그렇군요. 그 특권이란 구경꾼 또는 방관자로서의 특권이라고 할 수 없을까. 왜냐면 문학사에 관여된 것이니까. 제일 유리한, 또 감히 말해 확실한 특권이 아닐 것인가.

**객** 「불꽃」도 이 문학사 앞에는 한갓 작품이고 『광장』도 그럴 수밖에. 그것들은 하늘에서 떨어진 씨앗이 아니라 이 나라 문학사의 소관이다, 그런 의미겠습니다그려. 그런 자리에 요행히도 선생은 서 있었다. 이는 대단한 행운이자 또 다른 특권이다! 어느 수준에서 객관적으로 관찰할 수 있는 자리에 설 수 있었다면 이 어찌 특권이 아니랴. 뭐 이런 말씀이겠습니다.

**주** 군이 말해 '나 자신의 세대 의식은 없다'로 요약되는 것. 따지고 보면 나는 전후세대의 꼬리에 붙어 있었지만 4·19세대와는 전혀 다르지요. 이 점에서 딱한 경우라고나 할까. 유령이라 할까. 하지만 이 유령이야말로 객관성 시각의 투명성이 아닐 것인가.

**객** 무슨 소리인지 조금 알 수 있을 것 같소. 4·19세대가 70년대 이후의 이 나라 문학을 이끌어 왔음에 대한 선생의 반응이 뚜렷하군요. 잃은 것과 얻은 것 말이외다. 4·19세대의 평론가 김현이 '내 나이는 18세에 멈추어 있다. 모든 것을 4·19의식으로 판단하고 쓴다'고 말할 정도로 그것은 강렬하고도 철저한 세대 의식이지요. 선생에겐 이런 것이 없다. 그것에서 투명한 경우이다. 그러기에 4·19세대를 꿰뚫어 볼 수 있다. 이른바 4·19세대가 『광장』을 포함해서 이루어 놓은 문학이란 기껏해야 내성문학(內省文學) 정도인 것. 지식인의 내면을 형상화하는 것. 계간 『문학과 지성』을 바라보는 선생의 문학사적 시선은 이처럼 투명했지요. 내면 소설이란 기껏해야 소설의 한 유형에 지나지 않으니까.

**주** 학병세대의 문학은 어떻게 되는가. 그것도 4·19세대처럼 투명한가. 이렇게 그쪽에서 묻고 있습니다그려.

**객** 그렇소. 4·19세대란 선생과 함께 시대를 살았으나 학병세대란 한 세대 앞이자 또한 특수한 민족사적 과제에 연결된 것이니까, 이것도 문학사의 잣대를 갖고 달려들 수 있으리.

**주** 맞는 말. 문학사의 잣대가 휘청거릴 수밖에요. 일제가 전쟁 수행을 위해 그들 학병을 소집한 것은 1943년 11월이었고 조선인 학생 소집은 1944년 1월 20일이었소. 총 4385명이었지요. 「불꽃」을 보시라. 그들은 일본 유학을 했고, 중국 전선으로 향했고, 죽기도 탈출하기도 했소. 또 「불꽃」의 주인공 고현처럼 살아서 돌아오기도 했소. 이들이 남북 국가 건설의 주역이었음은 모두가 아는 일.

**객** 그 학병세대가 놓인 자리를 보시라, 그런 말이군요.

**주** 그렇소. 한반도에서 태어나 특권 중의 특권인 일본 유학, 버마·남양군도·중국 체험 등이란 무엇인가. 이들의 의식이란 이 체험에 달려 있던 것.

**객** 농경 사회에 바탕을 둔 구세대인 김동리의 샤머니즘과는 분명 다른 세계가 이들이 체험한 것이었다. 거기까지는 알겠는데, 또 이 공간 확대의 굉장한 체험이 문학사에서 볼 때 어떠할까.

**주** 문제는 바로 그 점. 4·19의 내성소설과 비교할 때 학병세대의 소설은 어떠한가. 설사 내가 잘 설명할 수 없다 해도, 4·19세대도 학병세대도 아닌 나의 시점에서 그 차이를 어느 수준에서 짚어 낼 수 있지요. 문학사에서 말이외다.

## 2. 입영 이전부터 글쓰기를 목표로 한 경우

**객** 선생은 말끝마다 전가의 보도처럼 문학사를 휘두를 참이겠소. 학병세대의 문학사적 의의랄까 위치를 선생은 무슨 보물처럼 인용하는 것을 옆에서 몇 번 지켜보았지요. 또 인용할 참이겠는데요. 그래야 우리의 논의가 진행될 테니까.

**주** 학병세대의 이병주가 그의 체험적 소설『관부연락선』(1968~1970)을 연재하는 마당에서 이렇게 주장했지요.

우리는 너무나 바쁘게 지나쳐 버린 것 같다. 바쁘게 가야 할 목적지도 뚜렷하지 않는데 뭣 때문에 그렇게 바삐 서둘렀는지 알 수가 없다. 해방 후 이 땅의 문학은 반드시 청산문학(淸算文學)의 단계를 겪어야 했었다. 자학할 정도로 반성하고 자조할 정도로 자각해야 했고 일제에의 예속을 문학자 개개인의 책임으로 해부하고 분석해서 그러한 청산이 이루어진 끝에 새로운 문학이 시작되어야 했었다고 생각한다. 그러한 겨를도 없이 문학자들은 대립항쟁하기 시작했고 저마다의 주장만 앞세우고 나섰다. 다시 말하면 우리가 해방을 맞이했을 때 '과연 우리에게 해방의 기쁨에 감격할 수 있는 자격이 있느냐'고 물어보기도 전에 감격해 버린 것이다. 이건 결코 문학자의 태도가 아니었다. 그랬기 때문에 아직껏 이 나라의 문학은 이 나라의 정신을 주도하는 자리를 차지하지 못하고 있는 것이다. 만시의 탄은 있지만 나는 이 작품에서 일제의 시대부터 6·25동란까지의 사이, 시대와 더불어 동요한 하나의 지식인을 그림으로써 한국의 근세를, 그 의미를 알아보고자 한다. '관부연락선'은 그런 뜻에서 역사적으로도 상징적으로도 빼놓을 수 없는 교통수단이며 무대다.

— 이병주, 「『관부연락선』 서문」, 『월간중앙』 창간호, 1968년 4월, 427쪽

**객** 1968년이라면 바야흐로 신세대문학이 태동하는 시점이겠지요. 『창작과 비평』(1966)이 이미 그러한 지식인 작가를 내포하고 있었고, 더욱 내밀히는 『문학과 지성』(1970)이 준비 중에 있었지요. 이른바 이들은 4·19세대를 특징짓는 것. 이들이 내세운 문학이란 서로 다르긴 해도 크게는 지식인의 내면을 다룬 것. 내성의 문학이라 하겠지요. 물론 5·16 군사혁명과 그 탄압 속에 놓인지라 내성으로 치달을 수밖에 없었고, 따라서 그것 자체가 일종의 저항의 자세라고 큰 테두리에서 볼 수 있었지요. 이청준의 경우에 이 점이 선명하지요.

**주** 문학의 마당이니까 이들 4·19세대의 문학사적 부정의 대상이란 구세대문학이겠는데요.

**객** 김동리 중심의 샤머니즘적인 것. 그것 또한 일제에 맞서는 문학사적 방식이니까 굳이 따진다면 문학사적 의의를 안고 있는 것이겠소만, 4·19세대는 이 구세대의 샤머니즘에 대한 거부의 몸짓을 취했지요. 『문학과 지성』 쪽은 구세대와 참여파를 동시에 거부함으로써 지식인의 내성소설

을 특권처럼 내세웠지만『창작과 비평』은 사르트르를 내세워 내성문학보다는 좀더 큰 사회문제에로 의식의 촉수를 뻗고자 하고 있었지요. 어느 쪽이든 이들 신세대는 구세대문학과 선을 긋고자 한 점에서는 일치했지요. 선생은 그 한가운데 방관자로 서 있지 않았던가요.

**주** 훗날에 가서야 깨친 것이지만『관부연락선』의 작가가 구세대와 신세대 사이의 공백 지대 또는 '빈' 세대의 문학을 이어야 문학사가 성립될 것이라고 했던 지적은, 더불어 이들 학병세대의 커다란 의의였던 것. 신세대가 감히 따를 수 없는 영역, 곧 문학사의 명분.

**객** 알겠소. 신세대란 한반도, 그것도 휴전선 이쪽의 극히 한정된 지역의 산물이라는 것. 자기 집안 일, 자기만의 일에 매달린 문학이기에 내성문학에로 웅크릴 수밖에. 그 대신 일찍이 없었던 밀도 높은 그런 것. 최인훈, 이청준, 박태순 등의 밀도 높은 내성문학은 예서 말미암은 것. 그러고 보니 문학사에서 일찍이 이룬 바 없는 영역을 이들이 이룩한 점에서 긍정적인 평가를 내릴 수 있지만, 동시에 또 그것은 부정적 평가도 가질 수밖에요. 내성문학에 빠져 허우적거림, 허무적 심리 묘사로 향한 점이지요.

**주**『관부연락선』의 작가를 보시라. 일본 유학과 중국 전선, 이 두 외국 체험을 염두에 두어 보시라. 차원이 다른 것이지요. 이 다른 공간 확대를 이 나라 문학사에 전례 없이 끌고 들어온 것이 바로 선우휘의「불꽃」이지요. 내성소설에 대한 행동주의 소설이라 평가되고, 프랑스의 A. 말로(A. Malraux)를 내세우기도 했지만 내가 주목한 것은 다음과 같은 소설 무대의 공간 확대.

ⓐ 다음 해 봄에 현은 낡은 추렁크를 들고 일본으로 건너갔다. [⋯⋯] 삼

년의 예비단계가 끝나고 학부에 들어가는 날, 백발의 총장은 점잖은 어조로 대학생활의 커다란 하나의 소득은 좋은 벗을 얻는 데 있다고 했다. 그러나 현은 친구라면 친구라고 할 수 있는 그런 정도의 아오야기라는 한 명의 일인 학생과 가까웠을 뿐이었다.

— 선우휘, 「불꽃」, 『문학예술』, 1957년 7월, 38쪽

ⓑ 철학사를 가르치는 젊은 히다까 조교수는 다까다 교수와 좋은 대차를 이루었다. 명철한 두뇌와 섬세한 정서를 가진 그는 소집을 받고 떠나면서 찾아간 현에게 이런 얘기를 했다. "틀렸어 모두가 돌았어"라고.

—「불꽃」, 41쪽

ⓒ 창씨한 탓으로 산자가 붙어 다까야마(高山)가 된 현은 일본 나고야 부대에 입대되었다. 치중병(수송대)이 되었다. 마구간 당번을 하게 되었다. 때로는 손으로 말똥을 긁어모아야 했다.

—「불꽃」, 44쪽

ⓓ 다음 해 봄 현은 북부 중국에 파견되는 노병들 가운데 섞여 있었다. 황막한 중국 땅에 내려섰을 때 현은 틈을 타서 도주할 결심을 했다. [……] 어느 달밤 현은 보초를 서다가 틈을 탔다.

—「불꽃」, 46쪽

ⓔ 저녁에 현이 중국인 부탁으로 내려가 한자를 써가며 사유를 납득시키고 [……] 그곳은 주로 팔로군이 유격 활동하는 지역이어서 그길로 연

안으로 안내되었다. 그 후 여기서 숨을 돌리기에 먼저 놀랐다.

—「불꽃」, 47쪽

Ⓕ 만주에서 빠져나가 1945년 7월 중순이었다. 만주에서 헤매던 현은 9월 중순이 지나서야 고향 P고을로 돌아왔다.

—「불꽃」, 48쪽

**주** Ⓐ~Ⓕ에서 보이듯 한반도 38선 접경 P고을에서 자란 현의 일본 대학, 중국 전선, 탈출, 팔로군에서 다시 탈출한 경로가 소상합니다. 이를 통틀어 세계화, 곧 공간 확대로 요약되는 것. 소설 무대가 한중일의 3국에 걸쳐 있었던 것.

**객** 선생은 어느 글에선가 선우휘가 학병에서 제외되었다고 하지 않았던가요. 조선인 학병 약 5천 명이 1944년 1월 20일에 일시에 입대했을 때도 일제는 사범계와 이공계는 제외했으니까요.

**주** 바로 그 점이 중요하다고 나는 생각하오. 이런 소설 공간의 확대 체험은 세대 개념으로서의 학병세대의 '자기 한계'와 무관하지 않다는 것.

**객** '자기 한계'라 하셨습니다그려. 아마도 그것은 진짜 학병 체험 사람들과는 일정한 거리를 가진다는 뜻이겠소. 학병세대이긴 해도, 진짜 학병 체험자와 미체험자 사이에는 중요한 차이점이 있다는 것, 그것이 문학사에서 어떤 몫을 했는가에 관련된 문제이겠습니다그려.

**주** 꼭 적절하다고 할 수는 없을지 모르나, 경남 하동군 북천면에서 자란 이병주가 일본의 메이지대학(明治大學) 전문부 문창과에 다니다 학병으로 끌려가 중국 수저우 주둔 일본군 60사단에서 치중병으로 근무하고, 해

방 후 상하이에서 부산항으로 돌아온 것은 1946년 2월이었지요. 『관부연락선』과 『지리산』(1972~1978)의 대형작가 나림 이병주는 무엇보다 전쟁체험이 하도 강해 우연히 작가가 된 경우가 아니라 대학 때부터 글쓰기를 전공으로 겨냥했다는 점입니다. 『작살난 늑대』(『破れ狼』, 1954)의 저자는 버마 전선에서 유일하게 살아남은 늑대사단의 대위 후쿠타니 마사노리(福谷正典). 그는 전 생애를 사자(死者)들을 연구함에 바쳤지요(이가형, 『분노의 강』, 경운출판사, 1993). 그러나 이병주는 이와는 또 다르지요. 대학 공부가 민족의 독립이나 뭐 그런 것과는 무관한 것.

**객** 선생의 연구서 『이병주와 지리산』(2010)에 따르면, 고바야시 히데오(小林秀雄)와 미키 기요시(三木淸)를 모방코자 했더군요. 당시 최고의 인기 있는 과목이 문학과 철학의 글쓰기였으니까. 그런 그는 수저우 체험을 겪고 귀국하여 진주농림, 해인대학 교수 노릇을 했지요. "통산 10년 남짓한 교원생활에서 영어, 프랑스어, 자신도 뭔지 모르는 철학을 가르친 순 엉터리 교사였다. 게다가 일제 용병이었다는 회한이 콤플렉스가 되어 한번도 교사다운 위세를 떨쳐보지 못했다"(『이병주 칼럼집』, 세운문화사, 1978, 149쪽)라고 했더군요.

**주** 요점은 일제의 '용병'이었다는 것.

**객** 이는 회한 때문에 한번도 교사다울 수 없었으며, 학생 앞에서 위신을 세울 수 없었다는 것.

**주** 문제는 바로 '용병'이었다는 것. 이를 일정한 여과도 없이 직선적으로 노출시킨 것이 이병주인 것. 선우휘의 간접체험과 일정한 선을 그은 것.

**객** 「8월의 사상」(1980)이 그 결과물인 셈인데요. 직접체험이 시간이 지날수록 굳어져 무슨 원죄 같은 것으로 되고 만 것.

그러나

사자는 사자시대의 향수를 지니고 있다.

독사는 독사시대의 향수를 지니고 있다.


그런데

너는 도대체 뭐냐

용병을 자원한 사나이

제 값도 모르고 스스로를 팔아버린

노예


너에겐 인간의 향수가 용인되지 않는다.

지금 포기한 인간을 다시 찾을 수 없다.

갸륵하다는 건 사람의 노예가 되기보다는

말(馬)의 노예가 되겠다는 너의 자각이라고나 할까.


먼 훗날

살아서 너의 집으로 돌아갈 수 있더라도

사람으로서 행세할 생각은 말라.

돼지를 배워 살을 찌우고

개를 배워 개처럼 짖어라.

— 이병주, 「8월의 사상」 중에서, 『그 테러리스트를 위한 만사』, 한길사, 2006, 277쪽


**객** 친구들을 모아 놓고 소주회 회장은 죽을 때까지 자기가 맡겠다고 공언

한 대목에서 이병주는 시를 써 버렸네요. 노예의 시 말이외다. 돼지와 개처럼 살아갈 것이라는 것은, 시로서밖에는 다른 표현의 방도가 없다는 것.

**주** 간접체험자 선우휘와는 일정한 선이 그어져 있지요. 잠깐 보실까요. 최후의 결단.

> 분명한 한 가지는 외면하거나 도피하지는 않을 것이다. 외면하지 않고 어떻든 정면으로 대처하자.
> 도피할 수가 없도록 절박한 이 처지. 정면으로 대하도록 기어코 상황은 바싹 내 앞으로 다가온 것이다. 이에 꽃밭의 시대는 끝난 것이다.
> ―「불꽃」, 69쪽

**주** 이병주의, 원죄의식에 안주함과 얼마나 다른가. 실상 이병주는 '노예의 사상'을 무의식중에 즐기고 있었을지도 모를 일. 선우휘와 견주어 볼 때 특히 이 점이 뚜렷하지 않습니까. 미체험 세대와 체험 세대의 의식상의 차이란 이만큼 다른 것. 이 최후의 결단은 체험과는 일정한 거리를 둔 문학적인 것, 일종의 내공(內攻)이랄까, 문학적 역량인 것. 이병주에게는 이것이 없거나 빈약한 편. 비문학적이랄까요.

### 3. 간접체험―「불꽃 1」과 「불꽃 2」로서의 「외면」

**객** 학병 체험 세대의 글쓰기의 앞잡이들은 물론 한둘이 아니지요. 중국 전선에서 탈출한 신상초, 장준하, 김준엽 등의 방대하고도 낯선 기록이 이에 해당되는 것. 또한 버마 전선에서 탈출한 박순동, 이종실과 그대로

종군한 이가형 등이 있지만 이들은 체험이라는 역사의 비중에 기울어져 있었다, 거듭 말하지만 학병세대 중 당초부터 글쓰기를 목표로 한 경우는 이병주밖에 없었다, 이 사실을 덮어 두고는 어떤 이병주론도 성립되기 어렵다? 이게 선생의 제일 공들인 지적이겠는데요. 맞습니까?

**주** 내가 주장하는 것이 아니라 『관부연락선』의 작가가 스스로 그렇게 주장했습니다. 고바야시 히데오냐 미키 기요시냐, 이 사이를 왔다 갔다 했지요. 그는 메이지대학 전문부 문창과 학생이었으니까. 법학부의 신상초, 신학과의 장준하, 사학과의 김준엽 등과는 출발부터 다른 점이지요. 학병으로 가든 안 가든, 또 어느 부대에 들어가든 글쓰기가 최우선 순위였다는 것. 탈출해도 안 해도 이 점에서 변화 없는 것. 간부 후보생이 되고 일본군 장교가 되는 것도 이 글쓰기 다음에 오는 것.

**객** 그 글쓰기란 결국은 시(詩)다, 적어도 시적인 것이다? 「8월의 사상」에서 이병주는 시를 써 버렸지 않았던가요. 노예의 사상이란 시적인 것인 만큼 소설 쓰기를 초월해 버렸다는 것. 시를 썼다는 것은 글쓰기이긴 해도 막장에 닿았다는 것.

**주** 오기 같은 것. '나는 이렇게 대단한 인간이다. 너희들과는 다르다'라고 외치기. 그때 나올 수 있는 것은 산문이 아니라 시적인 것이지요. 소설을 더 이상 쓸 수 없는 지경에 이르렀다는 선언이기도 했던 것. 체험에 기울어져 소설이 감당해야 될 상식적이고 관습적인 부분을 감당하지 못했다는 것. 요컨대 문학적 균형 감각을 잃었다는 것.

**객** 잠깐, 그러니까 선우휘와 비교할 때 그렇다는 지적이겠습니다그려. 비교의 대상이 바로 선우휘의 존재라는 것.

**주** 그렇소.

**객** 「불꽃」의 선우휘는 실상은 학병세대이긴 해도 학병 체험이 없었지요. 이를 학병세대라 하기엔 좀 난처하지 않겠습니까.

**주** 나는 그렇게 보지 않습니다. 세대 단위란 최소한 10년의 묶음 속에서, 그 밀도가 개인에게 조금씩 다르긴 해도, 엄연히 지식인에겐 의식을 지배한다고 믿기 때문이지요.

**객** 선우휘는 이 점에서 문학적으로 유리한 입장에 설 수 있었다, 곧 시를 쓰는 막장까지 가지 않아도 되었다, 요컨대 학병세대의 의식을 균형 감각으로 파악할 수 있는 자리에 위치할 수 있었다? 체험과 일정한 거리를 지닐 수 있었다는 것. 이게 선생이 주장하는 요점이겠는데요. 맞습니까? 그러니까 선우휘론을 새로이 검토해 보아야 되겠군요.

**주** 앞에서 여러 번 지적했듯이 학병세대의 강점은 일본, 중국, 버마, 태평양 등의 세계, 곧 공간적 확대에 따르는 전쟁과 관련된 폭력 체험입니다. 문학사적으로 의의 있는 부분이었지요. 이는 군부 밑에서 생성된 4·19세대의 의식과 결정적으로 구분되는 것, 곧 내성소설이 갖는 문학사의 의의란 DMZ 이남의 극히 제한된 공간의 산물이었던 것. 바야흐로 문학사가 크게 바뀌는 장면이겠지요. 이 장면에서 이병주가 시를 쓸 수밖에 없었다면 선우휘는 무엇을 썼을까.

**객** 선우휘는 계속 소설을 썼다. 그는 「불꽃」을 계속 썼다. 「불꽃 1」과 「불꽃 2」, 「불꽃 3」 등등.

**주** 우리의 대화가 이제 합의점에 접근되었습니다그려. 「불꽃 2」를 검토해 볼까요. 55세의 선우휘가 쓴 「외면」(1976)이 그것입니다그려. 저널리즘의 첨단 감각을 지닌 『조선일보』 편집국장에서도 물러난 육군 대령 출신의 선우휘가 「외면」을 쓰면서 이런 거창한 목소리를 내고 있소이다.

작가 선우휘(1922~1986)

금년 55세. 이 나이에 내가 문학의 가치가 무엇인지를 분명히 알게 되었다면 사람들은 웃을 것인가? 내가 문학의 가치라고 하는 것은 상대적 가치가 아니라 절대적인 가치를 말한다. 그러니까 문학이 아니면 안 되는 것, 문학만이 할 수 있는 것, 정치로도 경제로도 언론으로도 종교로도 안 되는 것. 정치도 경제도 언론도 종교도 할 수 없는 것. 그것이 무엇인가를 알게 되었다는 것이다. 그리고 그러기에 문학이 인간이 하는 가장 가치 있는 일임을 터득했다는 말이다. 더욱 그것이 나에게 있어 귀한 것은 동서(東西)의 어느 문학의 의견을 받아들여서가 아니라 오랜 회의 끝에 내 나름으로 파악한 것이기 때문이다. 그래서 이제부터 나는 기쁨과 보람을 가지고 소설을 쓸 생각이다. 그러니까 이 작품은 그렇게 느끼고 신념을 가지고서의 나의 첫 작품이 되는 셈이다.

— 선우휘, 「외면」, 『문학사상』, 1976년 7월, 379쪽

**객** 과연. 언론인인 그가 지천명에 이르러 마침내 이른 길. 데뷔작 「불꽃」 (300매)으로부터 무려 19년 만에 쓴 350매짜리 「외면」이란 바로 「불꽃 2」 에 해당되는 것이겠는데요.

분명한 한 가지는 외면하거나 도피하지는 않을 것이다. 외면하지 않고 어떻게든 정면으로 대하자.

—「불꽃」, 69쪽

**객** 그런 각오로 선우휘는 용감하게 사르트르를 비판하면서 신진세력 『창작과 비평』의 주간 백낙청과 논쟁(「작가와 평론가의 대결: 문학의 현실 참여를 중심으로」, 『사상계』, 1968년 2월)을 벌였고 「단독강화」(1959), 「도 박」(1962), 『싸릿골의 신화』(1963), 「십자가 없는 골고다」(1965), 「띠울 길 없는 편지」(1966), 『사도행전』(1966), 「상원사」(1969), 「황야의 소역에서」 (1969), 「묵시」(1972), 「하얀 옷의 만세」(1975), 「쓸쓸한 사람」(1977) 등을 거침없이 썼더군요. 언론계의 막강한 『조선일보』 편집국장에다 미 국무 성 초청, 일본 도쿄대 1년 연수, 세계일주 등의 위치에 선 선우휘가 아니 었던가요. 이 당당함, 이 확고함 앞에 그 누가 토를 달 수 있었겠는가. 그 렇다면 어째서 「외면」을 써야 했을까. 「불꽃」 이래 지금까지 쓴 당당함과 확고함에 대한 반성일까, 부정일까, 자기 수정일까요.

**주** 그동안 저토록 외면하지 않고 당당히, 확고히 창작해 온 것을 통틀어 분석해 보면 한 가지 사실로 귀일됩니다. 국내 문제라는 것, 남북 분단 문 제라는 것, 이데올로기를 걸고넘어지지 않고, 어디까지나 보통 사람, 민 중들, 그러니까 평균치의 한국인을 주인공으로 삼았다는 것. 요컨대 어디

『문학사상』 1976년 7월 호에 실린 「외면」 원문

까지나 국내 문제라는 것, 분단국가인 남북 문제라는 것, 그 속에 사는 보통인을 문제 삼았다는 것.

**객** 처음부터 이데올로기를 끌고 들어온 『지리산』의 이병주와 다른 점이군요.

**주** 그렇소. 감당도 못할 외래산 이데올로기에 놀아난 인간들의 도달점은 기껏해야 '허망한 정열'로 귀결되었지요. 관념에서 출발했기 때문이지요. 남의 사상을 관념으로 삼아 글쓰기를 일삼다가 결국 그것이 '허망한 정열'에 지나지 않음을 깨쳤다고나 할까요. 남부군의 이현상과 하준수(남도부)도 그런 부류. 다만 지리산 기슭에서 태어나 자란 박태영만이 이 '허망한 정열'이 눈에 보였지요. 데뷔작인 『소설·알렉산드리아』(1965) 역시 상식 수준에 지나지 않는 독일의 숄(Scholl) 형제 사건이라든가 기타

비스듬히 책으로 읽은 것들을 조립한 것. 무슨 대사상가라도 된 듯한 착각을 주변에서 일으킬 정도. 가령 마르크 블로크(Marc Bloch)의 『역사를 위한 변명』(*Apologie pour l'histoire ou Métier d'historien*, Paris: A. Colin, 1949)을 들먹거릴 때 문단조차도 속아 넘어갈 정도였으니까(『문학과 지성』에 재수록).

**객** 그런 점에 비추어 볼 때 「외면」의, 저토록 「불꽃 2」라 할 만한, 아니 그보다 한층 '절대적 가치'의 글쓰기란 무엇이었을까. 선생은 「불꽃 1」 이래 쓴 갖가지 작품이란 '국내' 문제에로 한정되었다고 하지 않았습니까. 「외면」은 그동안 무엇을 또 어디를 '외면'했던가요.

**주** 우리의 대화가 이제야 본궤도에 올랐습니다그려. 미 국무성 초청으로 미국 시찰, 도쿄대학에서의 연수, 세계일주 등에서 선우휘가 마침내 '외면'할 수 없는 문제에 맞닥뜨렸던 것. 곧 세계의 인식이 그것. 한국이라는 국내 문제를 외면하지 않고 당당히, 확고히 잘난 척 매진했지만, 일본·미국·남양 등의 세계 속에서는 한국을 깡그리 외면해 오지 않았던가. 이를 외면하고도 한국의 작가라 할 수 있겠는가. 공간 확대, 간접체험의 것이긴 해도 결코 외면할 수 없는 것.

**객** 미군 고문관 변호사의 말대로 전범 포로(BC급)인 조선인 임재수는 일본인도 조선인도 아닌 것. 그럼 뭐냐. '개도 소도 개구리'도 아닌 것. 이 한국인을 작가가 과연 '외면'할 수 있겠는가. 없다!

**주** '절대적 가치'가 머무는 영역이니까.

**객** 작품 「외면」을 계몽적 차원에서 조금 자세히 소개하고 나가야겠네요.

**주** 그렇군요. 종교도 언론도 정치도 감히 넘보지 못하는 그런 것을 두고 절대적 가치라 하지 않았던가. 더욱 중요한 것은 외국 이론에서 배운 것이 아니라 스스로 터득했다는 점이지요. 무조건 외국 이론으로 달려든 이 병주와는 정반대 현상이라고나 할까. 선우휘는 학병세대 감각을 결코 떠날 수 없지요. 간접체험으로서의 학병세대의 최강점이니까.

## 4. 『콰이강의 다리』와 조선인 BC급 전범의 심문 과정

**객** "몬텐루파, 일본군 전범수용소가 있는 이곳에도 어디서나처럼 하루 종일 내려쪼이던 햇빛이 어느새 자취를 감추는가 하더니 노을로 곱게 물들인 저녁 하늘만 남겨놓았다"로 시작되는 「외면」은 태평양 전쟁의 종언 직후 미군 포로 학대 죄목으로 처형을 앞두고 있는 포로 감시원인 조선인 하야시 병장(임재수)의 처형에 이른 과정을 다룬 작품. 대체 '몬텐루파'가 어딘지 선생은 아십니까.

**주** 조금 조사를 한 바 있긴 하지요. 필리핀에 있는 지명. 뜻있는 일본인의 뇌리에 깊이 새겨진 곳. 얼마나 까다로운 문제였는가. 미군으로부터 전범으로 기소되어 복역하던 사형수 56명, 무기형 31명, 유기형 27명을 필리핀의 키리노 대통령이 사면, 귀국시킨 것은 1952년 7월로 되어 있습니다 (다나카 히로미[田中宏巳], 『BC급 전범』[BC級戰犯], 치쿠마신서, 2002, 209쪽). 만일 임재수가 살아 있었다면 이 범주에 들었을지도 모르겠네요. 그러나 그는 이미 처형되었지요. 작가 선우휘는 다음처럼, 개인으로서는 어쩔 수 없는 역사라는, 이른바 내용 우위의 바윗돌을 올려놓았지요. 그것도 한·일·미 3국의 시선으로.

태평양 전쟁이 끝난 뒤 필리핀에서는 전장을 도발한 일본군에 책임을 묻는 이른바 전범재판에 의하여 필리핀 방면 일본군 최고 사령관인 야미시다 대장 이하의 숱한 일본군 장병이 처형되었다. 그때 필리핀의 미군 포로수용소장을 지낸 바 있는 조선인 홍사익(洪思翊) 중장도 미군 포로에 대한 학대의 전책임을 걸머지고 처형대의 이슬로 사라졌는데 그와 함께 직접적 하수인으로 처형된 우리의 동족인 '조센징'(朝鮮人) 전범은 열여덟 명이나 된다.

어두워가는 수용소의 외진 한구석에서 혼자 끙끙 앓고 있는 이 사나이도 그 중 한 명이었다. 그의 본성은 임(林) 그래서 일본 발음으로 '하야시', 금년 스물네 살.

—「외면」, 381쪽

**객** 작가는 "우리의 동족인 '조센징'"이라 했습니다그려.

**주** 객관화에까지 이르지 못했다는 것. 이게 학병세대의 감각이었겠지요. 이 감각은 원죄와도 같아서 이래도 좋고 저래도 좋다는 식의 상대주의가 아니라 절대적인 것. 선우휘=조센징의 절대적인 가치. 이를 뛰어넘어 객관화할 수 없음이 시퍼렇게 살아 있지요. 남이 보면 도무지 이해할 수 없는 것.

**객** 잠깐, 선생이 너무 흥분하고 있지 않은가요.

**주** 그야 나도 제삼자가 아니니까. 우리 문학사의 과제이니까.

**객** 우리의 대화가 너무 가파르게 된 느낌인데요. 조금 숨을 고를 필요가 있습니다. 선생은 〈휘파람 행진곡〉을 가끔 입에 올리더군요. 뭐, 그런 것 말이외다.

**주** 아, 그 『콰이강의 다리』. 활동사진으로도 여러 번 본 것. 영국군 포로와 일본군이 태국과 버마를 잇는 콰이강의 다리 건설 이야기를 다룬 것. 이른바 헤겔의 주인-노예 변증법을 바닥에 깐 이 영화의 하이라이트는 포로수용소 소장인 세이토 대령과 니콜슨 대령의 위치 전복 사건이지요. 그러나 영화의 이러한 해석은 서양인의 시선일 뿐. 소설도 그러할까. 『콰이강의 다리』의 원작(*Le Pont de la rivière Kwaï*, 1952)은 프랑스 작가 피에르 불(Pierre Boulle)의 것. 이를 영국의 데이비드 린 감독이 영화화 한 것은 1957년. 소설 작가는 말레이시아에서 8년간 토목기사를 한 인물. 그 소설을 직접 읽어 보면 영화와 사뭇 다른 표현이 숨어 있습니다. "고릴라처럼 생긴 조센징", "잔나비처럼 생긴 조센징" 등 아주 '조선인'을 그대로 노출시키고 있습니다(피에르 불, 오징자·정명환·이평우·김광원 옮김, 『콰이강의 다리』, 태극출판사, 1980).

**객** 바로 포로 감시원이 조선인이었다는 점. 일본군은 포로 학대용으로 조선인을 투입했음이 그 표현 속에 묻어 있군요. A급 전범, BC급 전범(A급은 진짜 전범, B급은 장교, C급은 하사관 이하. 그러나 실상은 B·C를 동급으로 다룸). A급 기소자 수는 28명, BC급 사형 판결은 5644명, 그 중에 조선인이 18명이었다? 맞습니까.

**주** 내가 읽은 어떤 책에는 이런 대목이 있더군요. B급 전범으로 처형된 조센징 조문상(趙文相)의 유서 속의 한 구절입니다. "설사 넋이라도 이 세상 어딘가에 떠돌 것이다. 그것이 안 되면 누군가의 기억 속에 남을 것이다." 일본군의 상부 지시에 따른 이런 행위와 그 책임지기의 억울함이 이 속에 소리치고 있습니다(다카하시 데츠야[高橋徹哉], 『전후책임론』[戰後責任論], 고단샤, 2005, 84쪽).

## 5. '절대적 가치'로서의 「외면」

**객** 이제 하야시, 곧 임재수를 검토할 차례. 사실에 근거한 것인지 처형된 18명 중의 한 조센징이라 상정하고 작가의 상상력을 민첩하게 작동시켰는지의 여부까지는 선생도 당장은 판단하기 어려울 테지만.

**주** 1921년 평북 구성 시골의 자작 겸 소작인 집안의 셋째로 태어나서 보통학교만 나온, 힘깨나 쓰는 청년 씨름꾼인 임재수가 출세할 수 있는 길은 순사 되기. 그러나 시험을 쳐야 하는 어려운 공부를 감당할 수 없어 포기했을 때 뜻밖의 길이 열렸것다.

**객** 조선인 징병제이겠군요. 창씨개명(1940년 2월, 총독부령)과는 달리 일본 각의에서 조선인 징병제 실시를 결의(1942년 5월)하고 동 11월 20일에 실시했던 것. 씨름꾼 임재수의 살길이 활짝 열렸것다. 총검술이 강하다는 명목하에 미군 포로수용소 감시원으로 발탁되었것다. 병장(입대 즉시 이등병, 1년쯤 되면 일등병, 그다음이 병장, 그 뒤가 하사관급 군조)인 그는 직속상관인 모리(森) 군조의 하수인 노릇을 제일 잘 해냈다. 소설 『콰이강의 다리』에 나오는 "고릴라처럼 생긴 조센징", "잔나비처럼 생긴 조센징"이 임재수일 수도 있것다. 문제는 모리 군조와 임재수의 관계이겠는데요. 직속상관이니까. 모리 군조가 임재수를 가르친 것은 한마디로 악마적인 것. 선생이 좀 인용해 보세요.

**주** 그럴까요.

그는 나더러 개처럼 마룻바닥을 기도록 일렀소. 그것을 내가 거절하자 그는 자기 다리를 나의 다리에 걸어 쓰러뜨리고는 몽둥이로 수없이 어깨와 허리와 허벅다리를 후려쳤소. 그리고 개처럼 세 바퀴 방안을 돌게 하더니 개처럼 짖으라는 시늉으로 자기 자신이 '왕왕왕왕' 하고 기묘한 소리를 내보이더군요. 그래서 내가 '왕왕왕'하고 개소리를 내자 그는 크게 한번 너털웃음을 웃고는 방안 한구석에 둘러 앉아 있는 동료들을 쳐다보면서 또 한번 회심의 웃음을 지었지요. [……] 그는 나의 밥그릇에 탁 침을 뱉더니 먹기를 강요했습니다. [……] 한마디로 그[임재수─인용자]는 악마의 상징이었지요. 누구나 그를 보기만 해도 육체적 고통을 느꼈으니까요.

─「외면」, 396쪽


주 BC급 전범을 심문하고 기소하기 위해 파견된, 변호사를 꿈꾸는 미국 우드 중위의 증언 조서에서는 오직 임재수만이 '악마의 상징'으로 되었다는 점.

객 중요한 것은 우드 중위의 인식이겠습니다그려.

주 미국의 법률, 기독교 문화권 등으로 생활화된 우드 중위가 밝히고자 한 것은 어째서 임재수만이 '악마의 상징'이냐는 점. 이를 밝히기 위해 그는 임재수의 상관인 모리 군조를 심문했지요.

객 보나마나 모리 군조는 모든 것을 부인, 임재수의 성격 탓으로 돌렸을 터. 이쯤 되자 임재수와 모리 군조를 대질시킬 수밖에. 바로 그 순간 임재수는 모리 군조를 급습하지 않겠는가. 왜, 또 어떻게. 그것도 일본어로.

주 그 장면은 이렇지요.


이놈의 자식, 네가 시켰잖아? 응, 그래 이제 와서 안 시켰다고? 이 거짓말쟁이! 너 전에 뭐라 했지? 그런데 이제사 너만 살아보겠다고? 이 비겁한 자식 같으니. 자! 여서 너 죽고 나 죽자!

　　―「외면」, 388쪽

**객** 여기서 비로소 또 한 사람이 등장했군요. 이른바 공간 확대. 미·일·조선의 세계적 판도. 포로 신세이면서 통역관으로 차출된 인텔리 장교 이쯔끼(五木) 소위. 통역관 이쯔끼 앞에서 대질 심문에 호출된 모리 군조는 '소위님'에게 어떤 말을 꼭 전해 달라 했것다. 임재수의 악행을 자기가 저지코자 노력했다고.

**주** 우드 중위와 이쯔끼 소위는 누가 보아도 최고의 인텔리층. 대체 인텔리는 양심에 따르는가, 통념의 가치에 따르는가, 법률이라는 형식 조건에 따라야 하는 것일까. 여기에다 선우휘는 간접체험자인 학병세대의 내용 우위의 바윗돌을 올려놓았지요. 두 나라 인텔리의 저울질하기가 그것.

**객** 이 두 인텔리 앞에서 모리와 임재수의 대질 장면. 임재수의 마지막 항변. 이는 조선어가 아닌 일본어였던 것. 이 장면은 선우휘의 문학적 역량이 빛나는 대목.

**주** 보실까요.

　　모리의 대답이 너무도 서슴없는 데 불만을 남긴 채 거기서 우드 중위는 모리에 대한 심문을 일단 끝내려고 만년필을 내려놓았는데, 모리가 통명스럽게 한마디 덧붙였다.

　　"그는 조센징이니까요."

　　그 한마디에 미처 그 뜻을 알아차리지 못한 우드 중위가 언뜻 고개를 들어 모리를 보고 다음으로 이쯔끼를 쳐다보았다. 이쯔끼의 얼굴 표정에 순간적으로 야릇한 변화의 빛이 스쳐가는 것을 우드 중위는 놓치지 않았다. 그래서 우드 중위는 재빨리 이쯔끼에게 물었다.

"방금 그는 뭐라고 했소?"

이쯔끼가 잠깐 뜸을 들인 뒤 대답했다.

"하야시(임재수)는 조센징이라고요."

"조센징?"

"일본인이 아니란 말입니다."

"일본인이 아니라고? 하야시가?"

"그렇소."

우드 중위는 도대체 그게 무슨 말인가 싶어 양미간을 찌푸렸다.

"그럼 그가 일본인이 아니면 대체 뭐란 말이오? 말이란 말이오, 소란 말이오? 아니면 개구리란 말이오?"

이쯔끼는 황급히 대답했다.

"코리안! 그렇소, 그는 코리안이오."

"코리안?"

우드 중위는 말꼬리를 치올렸다.

태평양 전쟁이 끝난 시점에서 미군의 한 중위의 아시아에 관한 지식은 코리안이 어떤 인종인지를 얼른 알아차리지 못했다. 이쯔끼가 그의 등 뒤에 걸린 아시아지역의 지도에 가까이 다가가서 어느 작은 한 점을 가리키자 그제야 우드 중위는 미군이 그 남쪽의 반을 점령하고 있는 반도가 코리아이며 거기 사는 주민이 코리안인 것을 새삼스럽게 깨쳤다. 우드 중위는 한참 동안 이쯔끼의 설명을 듣고 나서야 코리안이 일본군에

게 편입되어 전쟁에 참가하게 된 내력을 알게 되었지만 일본인과 코리
안의 관계와 그 인종적인 차이점을 분명히 실감하기는 힘들었다.

—「외면」, 387쪽

**객** 선생이 군이 이렇게 길게 인용한 이유가 이제 짐작이 갑니다. 곧 학병
세대의 원심력. 선우휘가 향하고 있는 세계 속의 확산 장면. 말도 소도 개
구리도 아니고 코리안으로 세계 속에 놓이기가 그것.

**주** 맞소. 코리안이란 어떤 형편으로 세계 속에서 인식될 수 있는가. 검찰
관 우드 중위와 통역관으로 차출된 포로인 일본군 이쯔끼 소위와의 대화
를 작가는 이렇게 정리했는데, 그게 바로 국제(세계)적 감각이지요. 그들
의 대화를 보세요.

"가령, 일본인이 미국인이라면 코리안은 무슨 종족과 비교할 수 있소?"
이러한 우드 중위의 물음에 이쯔끼는 처음에는 아메리카 인디언이라고
했다가 푸에르토리칸이 아닌가 하고 말했다. 그래도 우드 중위는 석연
치가 않아 이쯔끼에게 말했다.
"미국인에 대한 필리피노는 어떻소?"
이쯔끼는 대답 대신 신통치 않게 거저 고개만 끄덕여 보였다. 그는 영국
인에 대한 아이리시라고 할까 하고 망설이다가 말았다. 이런 경황 속에
서 일본인도 조센징도 영국인이나 아이리시에 비할 꼴이 못된다고 생각
되었던 것이다. 그러한 이쯔끼의 망설이는 시늉을 보고 우드 중위는 마
음속으로 뇌까렸다.
'얼굴 생김새나 피부색으로 보아 미국 백인과 필리핀인과의 차이라고도

하기 힘들군.'

우드 중위는 그렇게 생각하고 이쯔끼를 건너다보며 그저 빙그레 웃었을
뿐이다.

—「외면」, 388쪽


**주** 영국인≠아이리시, 미국인≠인디언, 미국인≠푸에르토리칸, 미국인≠
필리피노. 이런 비교 자체가 세계적 시선이지요. 한반도 DMZ의 좁디좁
은 구심점으로 향한 인식과 크게 다른 시선이 아니겠는가.

**객** 그렇다면 미군 포로 신세인 통역관 이쯔끼 소위의 생각은 어떠했을
까. '일본인≠조센징'이라 해봤자 패전의 마당인 지금 영국인≠아이리시
의 차이를 운운할 처지일 수 없는 형편인 것.

**주** 대질 심문 장면에서 벌어진 모리 군조와 임재수의 너무도 다른 태도.
우드 중위가 놀랄 만한 것. 모리 군조는 어디까지나 침착하고 논리 정연
하고, 요컨대 신사적이었던 것. 요컨대 인격 있는 인물임에 비해 임재수
는 정반대.


하야시(임재수)는 계속 황야의 사나운 짐승처럼 부르짖었다. 헌병의 제
지로 모리의 멱살을 놓자 하야시의 얼굴과 몽둥이는 이쯔끼를 향했고,
그리고 우드 중위에게로 돌아왔다.

그러한 하야시의 두 눈은 불을 뿜는 듯이 빛나고 있었고 노호는 상처 입
은 맹수의 그것처럼 때론 높게 때론 낮게 고함은 신음으로 변하고 신음
은 다시 고함으로 변했다.

—「외면」, 388쪽

**객** 우드 중위로서는 이것만 보아도 임재수가 짐승같이 미군 포로를 학대한 증거로 삼기에 모자람이 없었겠지요. 광란을 일으킨 하야시이니까.

**주** 변호사 지망을 겨냥한 우드 중위로선 인간다운 호기심이 발동했지요.

**객** 그렇군요.

**주** 다음 장면을 보시죠.

그러나 그가 광란을 일으킨 동안 소리소리 지른 내용이 무엇인지 궁금했다.

만약 그 중 한마디에서라도 그의 학대행위에 관련하여 그의 인간성의 편린(片鱗)이라도 발견된다면 자기의견으로서 한 줄 기록해 둘 필요가 있을 것이라고 생각했다. 그렇게 하는 것이 승리한 쪽의 검찰관이면서 공정을 잃지 않는 일이기도 하다고 믿었다.

그러나 이쯔끼의 대답은 그에게 전혀 그런 자료를 제공하지 못했다. 이쯔끼도 그 고함 소리의 뜻을 알아차릴 수 없었다는 것이다.

우드 중위와 다름없이 갑자기 당한 하야시의 광란의 봉변으로 말미암아 얼굴이 하얗게 질린 이쯔끼는 뜻밖에도 하야시가 소리소리 지른 말은 일본말이 아니었다고 알려주었다.

"일본말이 아니라고? 그럼 그가 무슨 말로 소리쳤다는 거요?"

"코리아 말이오."

"코리안, 그럼 코리아의 토어였단 말이오?"

"그런가 보오."

―「외면」, 389쪽

**주** 우드 중위의 처지에서 보면 짐승 같은 하야시인 코리안과 일본인은 다르다는 정도. 그리고 우드 중위의 교양 셰익스피어, 『톰 소여의 모험』, 또 유년기의 자기 회고.

**객** 이 토어(土語) 앞에 이쯔끼 소위의 충격은 어떠할까. 하야시가 한 말은 조선어가 아니라 일본어라는 사실 앞에 이쯔끼 소위가 받은 충격은 작가 선우휘의 문학적 역량이 응축된 대목. 아무리 길어도 이 대목만큼은 꼭 인용하고 싶습니다그려. 지식인의 내공이랄까 윤리적 감각이 작동하는 곳. 패자와 승자, 그 패자인 이쯔끼 소위이니까. 승자 앞에 저도 모르게 거짓말을 하는 지식인 이쯔끼 소위.

> 한편 이쯔끼 소위의 충격은 우드 중위의 그것과 달랐다. 그는 하야시가 모리를 보고 울부짖은 소리, 자기를 향해 던져진 저주의 소리. 우드 중위에게 한 넋두리 같은 애달픈 원망의 소리를 너무나 똑똑히 두 귀로 들었던 것이다.
>
> 실은 하야시는 조선말로 소리 지른 것이 아니라 분명한 일본말로 고함쳤던 것이다. 다만 극도의 흥분으로 찢어진 그의 일본말은 우드 중위의 일어 이해의 한계를 훨씬 넘어섰을 뿐이다.
>
> 이쯔끼는 우드 중위에게 하야시가 한 말을 차마 옮길 수 없어서 그가 일본말이 아닌 조선말을 했다고 거짓말을 한 것이다.
>
> 하야시는 모리의 멱살을 잡고 함께 죽자고 소리친 다음 이렇게 다그쳤던 것이다.
>
> "이 자식아, 네가 배워준 그대로 한 것이야. 네가 소총의 개머리판으로 때리면서 똥 묻은 구둣바닥을 핥으라고 하면서 그렇게 안 하면 죽어버

린다고 위협을 주면서 알으켜 준 그대로 한 거란 말이다. 안 그러냐? 그렇다고 해! 그렇다고 하란 말이야! 미군 포로들을 사람도 아닌 짐승이나처럼 그렇게 때리라고 일러놓고 멀찌감치에서 술 마시고 담배 피고 낄낄 대며 바라본 것은 어느 누구였지? 응! 말해봐! 입이 있으면 말해보란 말이다!"

그리고 이쯔끼 소위를 쳐다보고는 이렇게 퍼부었던 것이다.

"소위님, 장교님들은 일시동인(一視同仁)이니 같은 폐하의 적자(赤子)니 하셨지요. 일본인과 조센징은 하나의 같은 뿌리에서 나온 잎새 같은 것이라고요. 그런데 역시 그렇지 않았군요. 소위님, 이 조센징이 뭐 잘못한 게 있었나요? 소위님, 일본인의 말 잘 들었다는 게 잘못이었던가요. 공부 많이 해서 세상 이치를 잘 아실 소위님. 역시 일본인은 일본인이고 조센징은 조센징이란 말이지요? 그 밖에는 다 치레뿐의 거짓말이었지요. 좋아요. 죽죠. 내가 죽죠. 당신네들은 사세요. 이것 참 재미있군요. 그렇게 깨끗이 죽겠다던 당신들이 산다고 발버둥치니."

왜 하야시는 갑작스레 조센징으로서의 원한을 털어놓았던 것일까?

이쯔끼는 그 까닭을 안다.

숨이 막히고 눈알이 튀어나오도록 멱살을 붙잡힌 모리가 그 억센 하야시의 손아귀에서 벗어나려는 안간힘의 얼떨결에 그만

"더러운 조선놈의 새끼!"

라고 하고는 이쯔끼를 보면서

"소위님. 조센징 때문이 이 일본인이 죽습니다. 이쯔끼 소위님, 좀 구해줘요."

라고 소리쳤을 때 어찌된 까닭인지 모리의 틀어잡았던 멱살을 놓고 시

선을 이쯔끼에게 돌렸던 것이다.

그의 눈에는 경악과 증오의 빛이 교차하면서 불꽃을 튕기는 듯 싶었다.

하야시는 모리의 그 한 마디에 순간적으로 모리건, 이쯔끼건 일본인이 란 일본인은 모두 조센징인 자기와는 거리가 먼, 전혀 딴 패라는 것을 느 꼈으리라.

다음으로 하야시의 눈길은 우드 중위에게로 옮겨갔던 것이다.

"야 이 양키야. 어째 이길라면 빨리 이기지 않구서 질질 끌어갖구 날 요 모양 요꼴로 만들었지? 눈이 파래 못보느냐. 귀가 막혀 못 듣느냐. 왜 잘 알지도 못하면서 야단이지. 이 재수 없는 조센징 죽으면 시원하겠어? 그 렇다면 죽어주마. 얼마든지 죽어주마. 날 잡아먹어라 이 양키야."

그러나 거의 한 마디도 알아들을 수 없는 우드 중위는 울부짖는 우리 속 의 짐승을 보듯이 지긋이 양미간을 찌푸리고 하야시의 일거수일투족을 쳐다볼 뿐으로 그가 하야시를 인간 취급했다면 그것은 헌병을 불러 그 를 밖으로 끌어내게 한 일일 뿐이었다.

어떻든 하야시의 광란은 이쯔끼 소위에 있어서 분명 하나의 충격이 아 닐 수 없었다. 그러나 이쯔끼는 그 충격이 없었던 것처럼 자기 마음속에 자국을 남기지 않으려고 무진 애를 태웠다. 그래서 이쯔끼는 모리에게 로 그 생각을 돌렸다. 그는 모리 군조가 그렇게도 비겁하고 간악할 줄은 미처 몰랐다.

—「외면」, 390~391쪽


**주** 선우휘가 선 자리. 학병세대의 원심력이겠소. 내가 강조해 온 참 주제 이니까. 학병 간접체험자인 선우휘이기에 원심력으로 향할 수 있었지요.

이병주의 「8월의 사상」에서처럼 직접체험자들은 자기 통제력을 가지기엔 한계가 있었던 것이니까. DMZ의 폐쇄 공간에서 창작한 4·19세대와 선을 그을 수 있었음에서는, 또한 공간 확대의 체험에서는 일치하지만 자기 통제력의 여부에 관해서는 원심력(선우휘)과 구심력(이병주)에 차이가 있었던 것. 김동리식 샤머니즘과 4·19를 잇는 문학사의 중간 연결점의 회복이긴 해도 여기서 다시 갈라지는 것.

## 6. 수사학의 세계화 ─『소설·알렉산드리아』와 『지리산』

**객** 이병주의 공식 데뷔작인 『소설·알렉산드리아』(『세대』, 1965년 7월)는 '소설'과 '알렉산드리아'가 등식으로 되어 있더군요. 그도 그럴 것이 5·16 때 필화사건(1961년 5월)으로 실형 2년 7개월을 복역하고 쓴 것이기 때문이겠지요. 『국제신보』의 편집국장, 논설위원으로 있으면서 박정희의 군사정부 비판('조국이 없다. 산하가 있을 뿐이다'라는 요지)으로 군사재판에서 10년 선고를 받은 이병주의 처지에서 보면 이것은 결코 대설도 중설도 아니라 '소설'이라고 표제에 내걸었던 것. 소설인 만큼 군사혁명도 비판할 수 있다는 것.

**주** 문제는 거기서부터이지요. 여기는 어떤 폭력이나 권력도 미칠 수 없는 성역 같은 곳이라는 것. 말을 바꾸면 제왕이 된다는 것. 소설가=제왕이라는 것.

나의 정신은 이 구원으로 빙화(氷花)를 면한다. 그러니 걱정할 건 없다. 영하 20도는 영하 31도보다는 덜 차다. 설혹 영하 30도가 된다고 하더라도 영하 31도보다는 덜 차가울 것 아닌가. 인간의 극한상황이란 숨이, 숨이 끊어지는 그 순간을 두고는 없다.

— 이병주, 『소설·알렉산드리아』, 한길사, 2006, 9쪽

**객** 대설도 중설도 아닌 소설이야말로 제왕의 글쓰기라는 것. 옥살이를 체험한 자의 실토이기에 그만큼 실감을 동반한 것이겠지요. 실제로는 특권층 친지들의 보살핌이 있었더라도 말입니다. 그런데 제왕의 글쓰기가 소설이기 위해서는 소설의 문법이랄까 규칙을 따라야 하는 것.

**주** 그야 당연한 일. 옥살이 하는 주인공이 있고, 그 아우가 있습니다. 형이 피리 부는 아우에게 편지를 합니다. 아우는 편지를 통해 형의 사상, 이념을 이해하려 합니다. 스스로 제왕학을 옥중에서 수행하고 있는 형에 점차 동화되어 갑니다. 그 극점이 바로 동서 문명의 공존 지역이며 3천 년의 문화를 가진 알렉산드리아행. 외항선을 타고 거기까지 간 아우는 그곳에서 프린스 킴이라는 인물로 성숙해집니다.

**객** 그러고 보니 제왕학이라고 하나 범속한 소설 문법에 지나지 않습니다그려. 원래 소설이란 거짓말이니까요. 그러나 형이 옥중에서 아우에게 보낸 편지 속에는 지식인의 인간으로서의 품격과 위신 지키기가 핵을 이루고 있습니다. 아우는 물론 이런 주장을 받아들이지 않다가 점점 감염되어 알렉산드리아에까지 가서 형의 제왕학을 펼칩니다. 소설 문법 치고는 단순한 것. 그러나 아우의 거부 반응을 음미해 볼까 합니다.

형의 불행은 사상을 가진 자의 불행이다. 형은 만인이 불행할 때 나 혼자 행복할 수 없다고 했다. 나는 그런 말을 거짓이라고 생각한다. 세계가 멸

망하더라도 나 혼자 살아남으면 된다는 것이 인간의 자연스런 생각이라고 나는 믿기 때문이다. 나는 형이 고의로 그런 거짓말을 했다고는 생각질 않는다. 형이 지니고 있는 사상이란 것이 그런 거짓말을 시킨 것이라고 생각한다. 사상의 발전이 이 세계를 오늘만큼이라도 문화화 되게 했다는 사실마저 나는 부정하려 들지 않는다. 그러나 그런 사상이나 문화는 천재라는 역군이 할 일이지 평범한 사람이 맡을 성질의 것이 아닌 것이다. 천재는 스스로의 생활을 불구화해가지고 평범한 사람의 생활을 보다 건전하게 하는 데 의미가 있다고 들었는데 천재도 못되는 사람이 천재의 행세를 하다간 스스로의 생활을 불구화하고 주변의 사람들만 불행하게 할 뿐 아닌가. 형의 불행은 따지고 보면 천재가 아닌 사람이 천재적인 역군이 되려고 하는 데 있는지도 모른다. 그러나 그것이 운명이라면 도리가 없다. 형의 불행은 형의 운명이니까. 운명은 이에 순종하는 사람은 태우고 가고 이에 거역하는 사람은 끌고 간다는 말이 있다.

—『소설·알렉산드리아』, 20쪽

**객** 주인공을 통해 이병주는 스스로를 천재라 했더군요.

**주** 또 운명이라 했지요. 거역할 수 없다, 라고.

**객** 그 천재인 형의 생각이 퉁소만 불 줄 아는 아우에게 서서히 물들어 가는 것. 이게 이 소설의 문법입니다그려.

**주** "내가 만 권의 책을 읽고도 이루지 못한 것을 너는 한 자루의 피리를 통해 이룰 것이다"(『소설·알렉산드리아』, 17쪽). 형의 이런 권고에 따라 피리 하나 달랑 쥔 아우가 외항선을 타고, 형이 옥중에서 꿈꾸던 알렉산드리아에 갔고 거기서 여사여사하여 프린스 킴이 되어 가는 과정, 이것이

작가 이병주(1921~1992)

소설 문법이지요. 거기서 망명객 공주를 만나고 이런 정황 설명에 온갖 저항 세력의 사례들을 종횡무진으로 두서도 없이 읊어 대고 있지요. 독일 숄 형제의 백장미그룹 등은 말할 것도 없고요.

**객** 잠깐. 이제야 선생의 본심이 드러납니다그려. 표면상으로는 공간(무대)의 확대이기에 학병세대의 원심력으로 보이지만, 따지고 보면 한갓 독서에서 온, 겉멋 부린 수사학에 지나지 않는 것. 진짜는 서대문 옥중에 있으면서 한 망상이겠습니다. 아닌가요? 지금 있는 곳은 서울, 서대문, 형무소인 것.

**주** 바로 간파하셨소. 학병세대의 구심점의 원점. 선우휘의 원심력과 판연히 구분되는 것. 저렇듯 화려한 수사학이란 한갓 독서(교양)에서 온 것. 지식인이라면 누구나 아는 상식 중의 상식인 것. 흡사 이 서구적인 수사학으로 원심력을 펼친 것 같지만 이는 일종의 사기술이라고도 할 것. 이런 수사학은 대작『지리산』에서도 작동하고 있었소.

어디에서 죽고 싶으냐고 물으면 카타로니아에서 죽고 싶다고 말할 밖에 없다.

어느 때 죽고 싶으냐고 물으면 별들만 노래하고 지상엔 모든 음향이 일제히 정지했을 때라고 대답할 밖에 없다.

유언이 있느냐고 물으면

나의 무덤에 꽃을 심지 말라고 말할 밖에 없다.

— 이병주, 『지리산 6』, 한길사, 2006, 35쪽

**주** 가장 한국적인 것의 구심점이라 해도 될 『지리산』에서조차 스페인 내전 때 죽은 가르시아 로르카(Garcia Lorca)의 시를 끌고 들어왔지요. 이것이야말로 겉멋. 원심력을 위장한 것.

**객** 『관부연락선』에서 공간 확대, 이른바 원심력으로 학병세대의 최강점을 펼쳐 보인 것은 「8월의 사상」에까지 나아갈 수 있었지요. 선우휘는 그렇지 못했지요. 학병 미체험이었으니까. 그러기에 선우휘는 늘 망설임이 동반되어 거리감을 유지할 수 있었지요. 「외면」이 그러한 사례. 이에 비해 그 「8월의 사상」의 작가는 서서히 마침내 구심점으로 향했다!

**주** 그 구심점으로 향하기가 하도 강력하여 표변이랄까 정반대 현상을 빚고 있었다. 한 가지 참고 사항이겠지만 다음과 같은 동시대인의 회고담도 엿볼 필요가 있지요.

**객** 선생이 그동안 입에 담지 않았던 참고 사항을 제가 말하기로 하지요.

나는 정말로 눈앞에 앉은 이 이병주의 손에서 박정희 일당을 규탄하는 훌륭한 작품이 나오길 고대하는 마음이었어. 그런데 사람 일이란 알 수

없는 거야. 그러했던 이병주가 75년의 '사상전향'을 기점으로 해서 급속도로 박정희와 군부세력에 접근해요. 그는 박정희의 종신대통령제의 법적 기틀을 닦은 유신헌법이 선포된 어느 날 박정희의 자서전을 쓰기로 했다고 나에게 말하더라고. 이병주에 대한 나의 우정과 기대가 컸던 만큼 그의 앞에서 이런 고백을 들은 순간 나는 큰 방망이로 뒤통수를 얻어맞은 것 같은 현기증을 느꼈어. 전쟁범죄소설은 간 데 없고 그 대신 이병주는 폭군에 아부하는 전기를 썼지. 이때부터 나는 이병주를 멀리 하고 그 후 완전히 결별했지요.

— 리영희·임헌영, 『대화』, 한길사, 2005, 391쪽

주 여기서 '우정'이라 했지만 사상적인 이해 수준에 지나지 않는 것. 진정한 우정이라면 멱살이라도 쥐고 말려야 인간적 도리였을 터. 그건 그렇고, 문제는 이제 조금 확실해졌으리라 믿소.

객 구심점 말이군요.

주 그렇소. 구심점의 원점 말이외다. 박정희의 자서전 쓰기와 선우휘의 「외면」을 비교해 보면 구심력의 원점, 원심력의 원점이 뚜렷해집니다.

객 우리의 대화는 참으로 서서히 진행되었습니다그려. 도무지 서두를 성질의 것이 아니니 그럴 수밖에 없긴 합니다. 우리의 대화에서 제가 얻은 감동이랄까, 뭐 그런 것이 있다면 소설이란 '소설 문법'만으로 이루어지는 것이 아니라는 점입니다. 그렇다고 '소설적 관습'만으로도 이루어지지는 않겠지요.

주 그게 바로 세대감각이 아니겠소. 유신세대, 4·19세대, 386세대 등등.

## 7. 다음 단계의 원심점과 구심점

**객** 원심력과 구심력의 향방은 어떠할까. 이것이 검토되어야 할 남은 과제이겠는데요. 제 의견을 먼저 얘기해 볼까요. 유감스럽게도 둘이 모두 막다른 골목에 닿고 말 것이다. 어째서? 아주 단순한 형식 논리의 사고에 지나지 않지만, Ⓐ소재의 한계성이 그 하나. 학병세대의 글쓰기란 원초적으로는 체험적인 것을 바탕으로 삼았는데 그것이 한계에 닿았다는 것. 그렇다고 굳이 학병세대를 찾아다니며 소재를 발굴하기에도 한계가 있는 것.

**주** 창작이란 남의 체험으로는 한계가 있으니까.

**객** 또 Ⓑ가 중요한 변수겠지요. 왈, 정치적 변수 말이외다. 공간적 확대로서의 원심력이 한국, 중국, 일본, 미국 등의 정치적 변수에 따라 늘 유동적이라는 사실.

**주** 우리의 주변을 에워싸는 이데올로기의 문제이겠군요. 특히 구심력에 있어서는.

**객** Ⓐ, Ⓑ가 극점에 오른 것이 「외면」과 『지리산』이라는 것. 원심력은 「외면」에서 더 이상 나아갈 데가 없다는 것. 구심력이란 『지리산』에서 더 이상 나아갈 데가 없다는 것.

**주** 「외면」과 『지리산』이 각각 원심력의 '원점'과 구심력의 '원점'이라는 것. 그렇다면 이 원점, 극점의 다음 행보가 문제일 테이지요.

**객** 「외면」이 극점이라면, 그다음의 행보로 「쓸쓸한 사람」(1977), 『한평생』(1983)을 검토해 볼까요.

**주** 「쓸쓸한 사람」은 일제 때 신사참배 강요에 굴복한 목사 한빈을 다룬 것. 혼자 신사참배에 나아간 조선인 목사. 고문 앞에 자결이냐, 굴복이냐의 갈림길.

고등교육을 받은 일본인 경무 주임이 나서서 자결이란 기독교 교리에 어긋나는 것이 아니냐고 그럴 듯이 말했으나 한 목사는 일소에 부쳤어요. 그건 기독교도 아닌, 네가 나서서 걱정할 일도 아닌, 동시에 나도 이제 기독교를 버린다고 했으니 그런 기독교 교리는 적용되지 않는다구요. 젊은 일본인 경무 주임은 창피만 당했지요.

— 선우휘, 「쓸쓸한 사람」, 『선우휘 문학선집 3』, 조선일보사, 1987, 283쪽

**주** 보다시피 일제와의 관계를 내면화·윤리화한 것이지요. 「외면」에서의 임재수가 여기서는 주체성 있는 인간의 품위와 인간적 격조를 가진 것으로 되어 있습니다.

**객** 그렇군요. 그다음 행보는?

**주** 『한평생』은 춘봉이란 사람의 일생을 다룬 것. 어째서 그는 해방 직후 좌익세력을 때려잡는 이른바 서북청년(西北靑年)의 두목이 되었을까. 여사여사한 이유가 줄줄이 이어집니다만, 이런 투로 서술됩니다.

그렇게 하여 신문사, 정당, 무슨 동맹 할 것 없이 그가 쳐들어가지 않은 좌익단체는 하나도 없게 되었다. 그의 이름은 곧 우익진영 전반에 알려졌을 뿐 아니라 미군정(美軍政) 치하인지라 미군 헌병(MP)들의 입에까지 오르내리게 되었다.

— 선우휘, 『한평생』, 『선우휘 문학선집 3』, 523쪽

**객** 여기까지 오면 「외면」의 그 순수한 원점이 한반도에로 향하고 있음이 확인됩니다. 원심력의 구심점화라고 할까요. 그렇지만 그다음 단계는 어 떠했을까.

**주** 바로 그 점. 원심력에서 구심점으로 향하는 과정은 국시를 반공으로 하는 DMZ 이남으로 서서히 내려앉기인 것. 아마도 그가 작가로 더 살아 남으려면 이러한 현상 유지에 내려앉기겠지요. 『한평생』이 그러한 사례 를 보여 주는 것이 아닐까 싶소이다. 적어도 이 땅에서 소설을 써야 하는 마당이니까.

**객** 「8월의 사상」의 이병주는 어떠했을까요. 그가 『관부연락선』을 쓴 목 적에 대해 선생은 크게 다루곤 하던데요. 4·19세대와 구세대의 단절감 잇기가 그것 아닙니까. 학병세대 글쓰기의 훌륭한 문학사적 명분. 세대 소통의 명분. 김동리식 샤머니즘도 일제에 대한 저항의 산물이긴 해도, 이것으로 지금에는 구세대를 대표할 수 없다. 왜냐면 학병세대라야 한다 는 것. 맞습니까.

**주** 그렇소. 그 정점에 이른 것이 『지리산』이지요. 여기에 대해서는 지난 번의 『이병주와 지리산』에서 상세하게 적어 놓았습니다. 거기서 나는 이 렇게 분석했습니다.

『지리산』이 권창혁, 이현상 두 사람의 교사를 축으로 한 교육소설이라 면 작가의 세계관은 어떠한 것인가. 마지막으로 남는 것이 이런 물음이 다. 이 두 교사는 하영근 같은 허수아비가 아니며 [……] 『지리산』의 작 가는 현명하게도, 또 당연하게도 이현상의 죽음의 과정과 그 의미를 상 세히 드러내지 않았다. 작가가 말하고자 하는 것은 공산주의도 사상 쪽

에 지나지 않는다. 공산주의의 제도적 측면을 모르는 마당이기에 이 현
상 비판은 불가능하기 때문이었을 것이다. 공산주의의 사상적 측면이란
과연 어떠했던가. 한갓 허망한 정열이었다.

— 김윤식, 『이병주와 지리산』, 국학자료원, 2010, 262~263쪽

**주** '허망한 정열'에 이르기. 이것이 구심력의 극점에 다름 아니라는 것.
그쪽에서 묻고 싶은 것이 무엇인지 짐작이 됩니다그려. '허망한 정열'의
다음 단계.

**객** 맞소. 『지리산』 다음에도 나아갈 곳이 있었을까. '허망한 정열'의 되풀
이인 「겨울밤」(1974), 『그 테러리스트를 위한 만사』(1983)이거나, 아니면
막다른 골목이겠는데요. 선우휘처럼 말이외다.

**주** 글쓰기를 목적 삼은 메이지대학 출신 이병주는 학병을 갔어도 글쓰
기만을 품었던 인물인 만큼 막다른 골목이란 없는 법. 『지리산』 다음에도
얼마든지 길을 뚫을 수 있었지요.

**객** 바로 대중화 현상. 심지어 통속화에까지 여지없이 나아가기. 『바람과
구름과 비』(1978), 「빈영출」(1982), 『행복어 사전』(1982)에로 하강하며
종당엔 『소설 일본제국』(1987), 『정도전』(1993), 다방 마담 사랑 타령인
『비창』(1984)에 이르기.

**주** 이제 별로 할 말이 없을 것 같소. 인간이란 누구나 약하며 또 세월 속
에 발버둥 쳐도 초라해지는 법이니까. 그렇지만 글쓰기에도, 바로 거기에
글쓰기의 운명 같은 것이 있다고 보면 어떠할까요. 다음 세대가 밀고 올
라오니까.

**객** 상식적인 교훈이군요.

**주** 그렇소이다. 4·19세대, 유신세대, 5월 광주세대, 386세대 등등 시간이나 세월이란 흐르는 것이 아니라 포개지는 것.

**객** 포개진다? 멈추는 것이 아니긴 마찬가지이겠지요. 아마도.

**주** 나도 그렇게 생각하오. 흐르긴 해도 포개지고 쌓인다는 것. 나는 이 표현이 마음에 드오.

# 5장 _ 이태의 『남부군』과 이병주의 『지리산』

## 1. 표절 여부의 문제

『남부군』(1988)은 최초로 공개되는 지리산 수기이다. 쓴 자는 본명이 이우태(李愚兌)인 이태(李泰)인데, 그는 1922년 충북 제천에서 태어나 해방 직후 『서울신문』 기자로 활동하였다. 이후 좌경하여 평양의 조선중앙통신사(북한국영통신) 기자로 대전 방면에 내려와 있다가 나중에 전주 지사의 보도관이 되었다. 때는 1950년 9월 26일 추석이었다. 전주 지사의 책임자는 평양에서 내려온 김상원이라는 사람이었고, 그를 포함하여 모두 네 명이 직원이었다. 조선중앙통신사는 물론 정부 기관이라 노동당의 지시를 받지만, 한편으로는 소관 도내의 『노동신문』(노동당 기관지), 『인민보』(인민위원회 기관지) 등을 지휘, 조정하는 위치에 있었다.

　인민군이 UN군의 인천상륙작전으로 인해 전면적으로 후퇴하자, 남은 잔당들은 빨치산이 되어 소백산과 지리산에 집결하여 잠복했다가 투쟁을 계속했다. 군경의 토벌 작전이 이어졌는데 그 통계는 다음과 같다.

　1949년 이래 5여 년간 교전 횟수는 실로 1만 717회, 전몰 군경 측의 수는 6333명, 빨치산 측은 줄잡아 1만 수천을 넘는 것으로 추산되었다. 그러니까 피아 2만의 생명이 희생된 것이다. 지리산 빨치산 부대의 가장 악명 높은 지도자는 남부군의 이현상(李鉉相). 그 부대의 정식 명칭은 독립 제4지대, 일명 나팔부대였다. 이 강력한 빨치산의 괴멸 과정은 어떠했을까. 작가 이태는 이렇게 썼다.

> 나는 기구한 운명으로 이 병단의 일원이 되었고 신문기자라는 전직 때문에 전사(戰史) 편찬이라는 소임을 담당하면서부터 이 부대의 궤멸하는 과정을 스스로 겪고 보며 기록해 왔다. 이 경위도 이 기록(수기)에서 차차 밝혀질 것이다.
>
> 이 기록은 소재이지 역사 자체는 아니다. 소재에는 주관이 없다. 소재는 미화될 수도 비하될 수도 없다. 의도적으로 분석된 것은 기록이 아니라 창작이다. 나는 작가가 아니라 사실 보도를 업으로 하는 기자였다. 되도록 객관적으로 모든 사실을 기록 속에 적은 그대로의 연유로 해서 내 손에서 떠나가 버렸다. 나는 언젠가는 그러한 내 체험을 기록으로 남겨야 할 의무감 같은 것을 느끼며 체포된 직후 N수용소에서 다시 이 작업을 시작했다.
>
> — 이태, 「머리말: 나는 왜 이 기록을 썼는가」, 『남부군(상)』, 두레, 1988, 15~16쪽

작가 이태는 석방된 후 놀랍게도 야당 국회의원(1963~1970년대)을 지냈고, 1997년에 사망했다. 필자가 이 글을 쓰게 된 것은 빨치산에 대한 흥미도 아니었고, 물론 그렇다고 해서 이태라는 인간 자체에 대한 흥미 때문도 아니다. 다만 다음의 기록 때문이라 할 수 있다. 그럭저럭 20여 년

을 기다려야 했다고 적은 이태의 다음의 기록.

그동안 파렴치한 한 문인으로 해서 기록[자신의 기록—인용자]의 일부
가 소설 속에 표절되기도 했고, 그 때문에 가까스로 만난 보완의 기회를
놓치고야 말았다. 이제 국가의 기밀도 공개하는 30여 년의 세월이 흘렀
다. 모든 것을 역사적 사실로써 관조할 수 있는 시기가 되었다고 판단하
고 나는 이 기록의 출판을 결심했다.
—「머리말」, 16~17

필자가 주목한 대목은 "파렴치한 한 문인으로 해서 기록의 일부가
소설 속에 표절되기도 했고"에 있다. 대체 그 '파렴치한 한 문인'이란 누
구일까? 문득 필자의 머리를 스치는 것은 대하소설 『지리산』의 작가 이
병주였다. 분명히 이 소설은 무려 6년에 걸쳐 『세대』에 연재되었다. 그러
므로 『남부군』보다 먼저 쓰였다. 그렇다면 혹시 이 『지리산』은 『남부군』
과 관련성이 있을까. 있다면 어떤 것일까. 필자는 이에 두 작품을 면밀히
읽고 분석해 볼 수밖에 없다.


## 2. 『남부군』의 전모

UN군의 인천상륙작전이 이루어진 것은 1950년 9월 15일이었다. 전황의
주도권은 이제부터 UN군 및 남쪽이 장악한 셈이었다.

1950년 9월 26일은 추석. 마산 전선에서 부상한 인민군 패잔병들이
북상하고 있었다. 이태 일행의 보도관들은 어찌 되었을까. 빨치산으로 들

어갈 수밖에. 순창군 구림면 엽운산 산채에 들기. 빨치산은 세 번 죽는다는 말이 있다. 또 빨치산에 삼금(三禁)이란 것이 있다. 곧 소리, 능선, 연기. 낮엔 연기, 밤엔 불빛을 가려야 한다. 엽운산 산채에서 그들은 보았다.

하루는 완전 무장에 따발총을 멘 인민군 편제부대가 찾아듦으로써 아지트의 사기는 크게 올랐다. 지휘자는 남해 여단장이라고 불리는 초로의 장군이었다. 그는 만주 항일 빨치산 출신으로 인민군의 고위 간부들이 모두 그의 빨치산 동료라는 얘기였는데 대열의 선두에서 소를 타고 들어오는 폼이 유유자적, 마치 동양화에 나오는 어옹(漁翁) 같았다. 그런데 이 남해 여단장은 끝내 수수께끼의 인물이었다. 연합군에 투항하지는 않았지만 그렇다고 유격투쟁에 협력하지도 않았다. 무슨 생각이었던지 다만 방랑객처럼 이 산채 저 산채를 위장하여 표연히 왔다 갔다가 표연히 사라지곤 했다.
그동안 부하들은 자꾸만 이산돼 갔지만 가는 자는 쫓지 않고 오는 자는 막지 않는 식이었다. 엽운산에서 1개 중대 병력이 도당 위원장의 권유로 도당 산하에 남아 있게 되었는데 남해 여단장은 나머지 병력을 이끌고 표연히 어디론가 떠나가 버렸다. 결국 남해 여단은 전남도 유격부대에 의해 무장해제 당하고 노장군은 투쟁을 거부했다는 이유로 총살됐다는 후문이었다. 이 풍채 좋은 초로의 장군은 어떤 당적 과오 때문에 중앙의 요직에서 여단장으로 격하되어 전선에 보내진 데 불만을 품고 앙앙 몰락했었다는 기록을 오래전에 어디에서 본 적이 있으나 지금 상고할 방도가 없다.
— 『남부군(상)』, 61~62쪽

소를 탄 남해 여단장, 이는 『남부군』 속에서는 썩 이색적인 에피소드에 속하지 않는가, 싶다. 이 책을 오래 전에 읽은 필자가 이 대목에 밑줄을 친 것이 그 증거라 할 수 있을지 모른다. 빨치산 전법은 모택동 주석의 전법 그대로 적진아퇴, 성동격서, 이정하령 등등 16자 전법이 그것. 이 전법을 익혀야 진짜 빨치산이 된다. 누가? 얼치기 지식인들이 그들이다.

다시 말해 통일을 저해하는 세력은 현실 변혁을 바라지 않는 지주계급을 대표하는 모당파 친일 모리배 군상, 그리고 그 세력을 타고 앉은 이승만 일파라고 생각하는 청년들도 많았으며 이들은 그대로 좌익이 돼버렸다. 그러니까 그 저해세력을 물리치지 않고는 통일은 영원히 불가능하고 물리치는 수단은 폭력적일 수밖에 없다는 급진 과격론도 나왔던 것이다. 역설적인 얘기지만 이런저런 동인으로 해서 저 남한 천지에 그 많은 좌익 동조자를 만들어 낸 것은 공산당이 아니라 남한의 극우 세력이었다. 요컨대 전쟁 좌익 동조자의 상당 부분은 정확히 말해서 사회 불만층들이지 진짜 공산주의자는 아니었다고 생각한다.
이런 것들은 바로 20대 청년시절의 내 모습이었다. 나는 그것을 정의라고 믿으며 그것에서 법열(法悅) 같은 기쁨까지도 느끼고 있었던 것이다.
— 『남부군(상)』, 81쪽

작가 이태가 "스스로를 포함한 당시의 지식인"이라 말해 놓은 것이라 주목할 필요가 있다. 『관부연락선』(이병주, 1968~1970)의 유태림도, 『지리산』의 박태영도 그러했을까. 검토해 볼 문제가 아닐 수 없다.
이태의 태생은 충북 제천. 그러나 부모가 사는 곳은 서울이었다.

서울의 아버지 어머니는 안녕하실까? 나 때문에 곤욕을 치르고 계시지 않을까. 서울을 떠나오던 전날 밤 부민관에서 소련 영화 〈석화(石花)〉를 같이 구경하고 헤어진 여의전의 이윤화는 지금 어디서 무엇을 하고 있을까? 지난 여름 7월 초 용산 대폭격 때 그녀를 추켜세운 나의 기사 때문에 화를 입지나 않았는지……

— 『남부군(상)』, 19쪽

또 이런 대목은 어떠할까.

기왕에 부연한다면 전우의 죽음을 보고 분노에 불타 적진에 뛰어드는 것이 전쟁 드라마의 정석으로 돼 있지만 실제로는 분노보다 공포가 앞서는 것이 화선(火線)에 선 병사들의 공통된 심정이라고 보는 게 옳은 것이다. 정규군도 그렇고 이 시기의 빨치산들도 그랬다고 본다. '간부보전'이라는 명분 아래 하급 부대나 하급자를 희생시키는 사례를 앞으로 이 기록은 보여 주게 될 것이다.

— 『남부군(상)』, 128~129쪽

이태의 수기가 특히 보여 주고자 한 관점이기도 하다. 이들은 중공군 개입도 모른 채, 군경합동 토벌대를 상대로 싸워야 했다.

1951년 3월 20일 자정(전선에서 연합군이 다시 서울을 수복하고 38선을 향해 물밀듯 올라가고 있던 무렵) 희문산을 탈출한 전북도당 유격 사령부의 길고 긴 대열이 내리 퍼붓는 찬비와 어둠을 타고 미록정이 계곡을 빠져나가고 있었다.

—『남부군(상)』, 201쪽


이들은 덕유산으로 옮겼고 그들 속에는 여성 빨치산도 많았다.


공산사회의 다른 분야에서나 마찬가지로 여자 대원이 수월찮게 있었다. 좌익운동에 가담한 여성 중에는 외향적인 다시 말해서 겁 없는 여성들이 비교적 많았고, '순교자' 감상에 사로잡혀 있는 이른바 '열성당원'이 적지 않았다. 좌익에 투신하고 있는 애인에 대한 사랑이 그렇게 만든 경우가 많았다.

—『남부군(상)』, 217쪽


이른바 산중처(山中妻)도 버젓이 있었다. 1951년 4~5월에 걸쳐 이름 모를 전염병이 산중 생활의 중대한 전환점을 만들었다. 1951년 5월 백운산으로 이동. 승리사단(조선인민 유격 남부군)에 속해 덕유산으로 이동.

한국은 남로당 잔당 숙청에 돌입. 남로당은 뿔뿔이 지리산 산악 지대로 도피, 이때 남로당 연락부장이며 일제 때 전경의 검거를 피해 지리산에 은신한 경험이 있는 이현상이 자진하여 지리산에 들어갔다. 이 지리산 유격대는 1949년 7월부터는 공식 명칭이 제2병단이 된다. 여기에는 문화부 김태준(45세), 시부 유진오(26세), 음악부 유호진(21세) 등이 참여했는데, 이것이 나중에 지리산 문화공작대 사건이다. 이들은 후일 체포되어 전부 총살된다.

지리산 문화공작대 사건 재판 기사(왼쪽부터 『동아일보』 1949년 9월 29일, 10월 1일 자)

〈제2병단의 당시 편제(약 500명)〉

―제5연대(이이회): 동부 지리산

―제6연대(이현상): 지리산

―제7연대(박종하): 백운산

―제8연대(맹모): 조계산

―제9연대(장금호): 덕유산

남도부, 본명 하준수(河準洙)에 관해서는 앞으로 이야기할 기회가 있겠지만 당시 해주 인민대표자 회의에 참석차 월북했다가 대의원으로 선출되지는 못하고 강동학원에서 군사교관으로 있다가 제3병단(김달삼 사령관)의 간부로 남하하게 된 것이다. 그는 6·25 때 김달삼과 함께 제7군단을 이끌고 동해안 주문진으로 상륙 침투해 왔다. 이때 그는 인민군 소장계급을 수여받았으며(후에 중장으로 승진) 1954년에 남부군의 마지막 게릴라로 체포됨으로써 유명해졌다.

— 『남부군(상)』, 256쪽


이 남도부, 곧 하준수는 이병주의 『관부연락선』에 상세히 묘사되어 있다. 고독한 영웅 이현상은 어떠했을까.


다만 이현상은 김일성 일파와의 타협을 완강히 거부하여 월북을 마다하고 남한 빨치산에의 투신을 자청한 터였다. 이승엽은 평양으로 피신하여 김일성 내각의 각료 반열에 올라 요직을 두루 거쳤으나 지금은 조선인민 유격대 총사령관의 직책을 가지고 이현상에게 지시를 내린 것이다. 철저한 반김일성파였던 이현상으로서 빨치산으로의 반전(反轉) 명령이 크게 불만될 것은 없었을 것이다.

— 『남부군(상)』, 266쪽


이현상, 그는 어떤 인물인가.


이때[1950년─인용자] 만 50세의 중년이었다. 대한제국의 명맥이 경각에 달렸던 1901년 그는 충남(당시 전북) 금산군 군북면 외부리의 중농의 집안에서 태어났다. 고창고보를 거쳐 서울 중앙고보로 전학한 그는 그곳을 중퇴하고 보성전문 별과를 졸업하게 되는데 고보 시절에 이미 국권은 군국주의 일본의 손에 넘어가 있었다.

그는 자연스럽게 공산주의 운동에 뛰어들었고 1925년에는 박헌영의 밑에서 김삼룡 등과 더불어 조선공산당 결성에 참여했다. 러시아에서 볼셰비키혁명이 성공한 지 8년 후의 일이다.

1928년 조공당(ML당)이 일본 경찰의 발본색원적 탄압으로 붕괴되고 코민테른의 소위 일국 일당 원칙에 의해 그 명맥마저 일본공산당에 흡수 소멸되자 박헌영을 정점으로 이관술, 권오직 등과 함께 경성 콤뮤니스트 클럽을 만들기도 했다. 제2차 대전 말기 경찰의 발악적 탄압이 시작되어 동료 공산주의자들의 투옥과 전향이 속출하자 그는 한때 지리산으로 운신하기도 했다. 해방과 함께 그는 지상으로 나와 [······] 그는 북한 정권의 요직에 참여한 동료들을 외면하고 1948년 11월 겨울이 휘몰아쳐 오는 지리산으로 들어갔다. 그리고 5년 후 그 지리산에서 파란 많던 생애를 마친다. 북한 정권은 1953년 2월 5일 이현상에게 '공화국 영웅'의 칭호를 수여했다.

— 『남부군(상)』, 274~275쪽

이현상을 본 이태의 묘사.

그는 남부군 대원들로부터 지극한 흠앙을 받고 있었으며 그의 한마디 한마디는 언제나 절대적인 신의 계시처럼 대원들에게 받아들여지고 있었다. 누구도 듣는 데서나 안 듣는 데서나 그의 이름은커녕 직함조차 부르는 법이 없고 그저 '선생님'이었다. [······] 말단 대원이던 나로서는 그와 대화할 기회는 거의 없었지만 진회색 인조털을 입힌 반코트를 입고 눈보라 치는 산마루에 서서 첩첩 연봉을 바라보고 있던 이현상의 어딘가 우수에 잠긴 듯하던 옆모습은 지금도 선명한 인상을 남기고 있다.

—『남부군(상)』, 282쪽


이상이 상(上)권의 전모이다.


## 3.『남부군』의 기록 방식

이태의 수기에는 포로로 잡힌 경찰관 30여 명을 훈계하여 돌려보냈다는 점을 기록해 놓았다. 그들에 대한 간단한 심사를 하였고, 서너 명의 부상자는 들 것에 실려 보냈다. 다시는 경찰에 들어가지 않겠다는 서약서를 받았음은 물론이다. 이들 석방된 경찰관을 통해서, 그 당시 관계자들 사이에 화젯거리가 된 경찰과 빨치산의 회담이 제안되었다. 빨치산 측이 지정한 곳은 장계읍으로 빠지는 국도 중간쯤에 있는 외딴 집. 시간은 이튿날 아침 8시. 쌍방이 무장 없이 나온다는 조건이었다. 그 실행 경위를 이태는 아래와 같이 적었다.


서울 부대가 평지 마을의 보루대를 공격할 무렵에는 명덕분지를 둘러싼 고지의 요소요소는 이미 빨치산들에 의해서 장악돼 있었다. 깃대봉 능선은 전북 720과 장수부대가, 육십령재 일대는 그 밖의 연합부대가 방어선을 펴고 외부로부터 오는 응원부대에 대비하고 있었다.

육십령재 쪽에서는 안의(安義) 방면에서 재빨리 달려온 응원경찰부대와 교전하는 총소리가 간헐적으로 들려왔으나 빨치산 장악 하에 서울부대 보충대원들은 어느 큼지막한 민가의 대청마루에서 인솔자인 고참 대원으로부터 미식 자동소총의 분해결합을 교육받은 후 각기 자유행동을 허락받았다.

나는 혼자서 가게가 늘어서 있는 신작로길을 천천히 거닐어 봤다. 대낮에 이런 사람들의 마을을 걸어 보는 것은 전주시 이래 근 일 년 만의 일이었다. 마치 꿈을 꾸고 있는 것 같았다. 어디선가 오르간 소리가 들려왔다. 아이들의 합창 소리도 들렸다. 국민학교가 열려 있었다. 교원출신이라는 서울 부대 구대원 한 사람이 엠원을 어깨에 걸친 채 오르간으로 아이들에게 '아침은 빛나라 이 강산'(북의 국가)을 가르치고 있는 것을 젊은 여교사가 저만큼 서 웃으며 바라보고 있었다. 구대원은 차림새에 어울리지 않게 오르간이 매우 익숙했고 그렇게 오르간 앞에 앉아 있던 지난날을 회상하는 듯 어깨를 좌우로 들썩들썩하는 국민학교 교사 특유의 제스처까지 해가며 건반을 누르고 있었다. 빨간 우체통이 길가 담벼락에 붙어 있었다. 옆의 담배 가게에서 우표도 팔고 있었다. 집에 소식을 전할 수 있는 천재일우의 기회일는지도 몰랐다. 우리가 점령하기 전부터 집어넣은 편지도 있을 테도 설마 하니 빨치산이 자기 집에 편지를 띄웠으리라고야 생각하겠는가. 봉투 한 장 쯤은 아까 그 여교사에게 부탁하면 얻을 수 있겠지. 아니 우리가 떠나간 얼마 후 부쳐달라고 부탁하면 더욱 안전하겠지……. 그러나 잘못하면 집안 식구에게 엉뚱한 후환을 만들어 줄지도 몰랐다. 그리고 도대체 그때 나는 내 집이 어디에 있는지도 몰랐다. 편지를 단념하면서 생각해 보니 그 빨간 통 속에 글을 적어 넣으면 몇 백리 밖까지 전달된다는 사실이 도무지 정말 같지 않았다.

다음에 나는 마을을 뒤지고 다니는 후방부의 뒤를 따라가 봤다. 특무장들이 식량을 '징발'할 때는 '지불증'이라는 것을 써 주었다. 언제 무엇을 얼만큼 징발하는데 '해방' 즉, 인민군이 다시 들어왔을 때 이 증명서를 가져오면 정당한 보상을 하겠다는 메모 같은 것을 써서 군사칭호와 싸인을 해주는 것이다. 물건을 빼앗긴 부락민은 울며 겨자 먹기로 그 증명서나마 받아서 소중히 간수하고 있었다. 다만 보통 보급투쟁 때 그런 '지불증'을 써준 예는 없었다.

그날 저녁은 양념을 제대로 한 고기국에 흰 쌀밥을 배가 터지도록 먹었는데 밤에는 또 찰떡이 간식으로 배급됐다. 많이들 먹고 어서 힘들을 차리라는 고참병의 말과 함께. 이튿날 아침 8시 장계읍으로 가는 외딴 집에서 경찰과 빨치산 사이의 기상천외의 '회담'이 시작됐을 무렵에는 국민학교 게양대에 인공기까지 펄럭이고 아이들은 여느 때와 같이 재잘거리며 등교하고 있었다. 이날의 회담 광경을 나는 훗날, 빨치산 측 대표로 나갔던 이봉각으로부터 자세히 들었다. 빨치산 대표 일행이 약속한 장소로 나가자 곧이어 장수경찰서의 경무주임이라는 금테 모자를 쓴 경찰간부를 장으로 한 경찰 측 일행이 나타났다. 가벼운 인사를 교환한 후 빨치산 측이 준비해 간 돼지고기와 막걸리를 내놓으니까 경찰간부가 잔을 받으면서

"이럴 줄 알았으면 과자나 뭐 단 것을 좀 사올 걸 그랬네요. 산에선 단 것이 귀할 텐테……."

꽤 담대해 보이는 사나이였다고 한다. 술이 두어 순배 오간 후 경찰 간부가 먼저 허두를 꺼냈다.

"하고 싶다는 말씀을 들읍시다."

"간단히 말씀드려서 어제 우리가 점령한 명덕분지 3개 리를 해방지구로 인정해달라는 겁니다."

"해방지구요?"

"바꿔 말하면 현재 우리 측이 방어선을 치고 있는 구역 내에 대해서 공격을 말아 달라 이겁니다. 그 대신……"

"그래서요?"

"우리는 어느 기간 동안 이 구역 내에 정착하고 다른 곳에 대한 공격을 일체하지 않겠다, 이 말입니다. 당신들은 많은 병력을 동원할 수 있겠지만 우리도 당신네들을 괴롭힐 만한 무력을 갖고 있습니다. 그러니 피차 공연한 피를 더 이상 흘리지 않도록 하자는 겁니다."

"정전을 하자는 말씀이군요."

"그렇지요, 일정한 군사분계선을 두고 말입니다. 무력으로 우리를 섬멸한다는 것은 불가능합니다. 당신네들에게도 이것이 더 이상 희생을 내지 않는 유일한 해결방법이 되리라 생각합니다. 어떻습니까?"

"알겠습니다. 그렇지만 38선만도 다시없는 비극인데 여기 또 하나 38선을 만들자는 말입니까. 아무튼 이것은 나 혼자 결정할 수 없는 문제니까 돌아가서 상사에게 당신들의 뜻을 정확히 보고하겠습니다. 그리고 회답을 드리지요."

"시한을 정합시다."

"그래야지요. 오늘 정오까지로 합시다. 정오까지 이곳에 회답을 보내지 않으면 '노오'입니다. 어떻습니까?"

"좋습니다. 좋은 결과를 기대합니다."

빨치산 측의 이 터무니없는 요구가 받아들여질 리 없었음은 물론이다. 다만 그렇게 해서 총성이 중단된 몇 시간 동안에 승리사단은 마을 사람들을 총 동원해서 막대한 양의 보급물자를 덕유산으로 실어 나르고 있었다.

시간을 번 것은 토벌군 측도 마찬가지였다.

—『남부군(하)』, 26~28쪽


이병주의 『지리산』에서도 양측의 협상 대목이 있는데, 미군정청 경찰서장(함양경찰서장) T와 하준수의 면담이 그것이다. 이러한 것은 한갓 에피소드에 지나지 않을지 모르나 눈여겨볼 필요가 있다. 가령 『관부연락선』에서 하준수가 강달호의 자수를 권하는 대목. 하준수, 그는 바로 남도부가 아니었던가. 남부군 부사령관.

남부군의 문화공작 대원의 모습도 생생히 묘사되어 눈길을 끈다. 그중 작가 이동규의 죽음과 그의 시에 대해서는 다음과 같이 묘사한다.


작가 이동규는 희곡 '낙랑공주와 호동왕자'로 남한에서도 약간 이름이 알려졌던 사람이다. 월북 후 문예총(북조선문화예술총동맹)의 서기장으로 있었다. 50이 넘은 나이 덕으로 모두들 동무라 부르지 않고 '이 선생'이라고 존대했다. 문예총의 직위로는 내각의 부상급(차관급)에 해당된다는 말을 가끔 약간 불만스러운 어조로 말하고 있었다(사실 그가 북한인이었다면 사령부의 객원 대우는 받았을 것이다). 침식을 같이 하다 보니 나와는 좋은 말벗이 되었다. 보기에도 약질인 그는 행군 대열을 따르는 것만도 큰 고역으로 보였다. 군의 2차 공세 때 안경을 잃어버린 후로는 심한 근시 때문에 두 팔을 헤엄치듯이 내저으며 걷는 바람에 젊은 대원들이 보기만 하면 웃어 댔다.

52년 2월 남부군이 거림골 무기고 트라는 데 머물고 있을 때 화가 양지하가 연필로 이동규의 얼굴을 스케치해서 '이 선생의 빨치산 모습'이라는 제목을 달아 그에게 주었다. 그는 좋은 기념품이 생겼다면서 그것을 배낭에 넣고 다녔다. 그런데 그 해 5월 내가 N수용소에 있을 때 205 경찰연대의 정보과장이 환자 트에서 사살된 시체의 배낭 속에 들어 있었다면서 보여 준 그림이 바로 그것이었다. 죽은 그 빨치산은 동상으로 발이 거의 썩어 없어져 버렸더라고 했다.

그는 (경남부대 당시) 산 중에서 몇 편의 시를 남겼다. 문외한인 내가 봐도 별 대단한 작품은 못되는 듯싶지만 불운했던 한 작가의 처참한 죽음을 회상하며 그의 절필이 된 시와 노래 한 편씩을 여기 기록하고자 한다.

〈내 고향〉
높은 산 저 너머 푸른 하늘 우러르면
구름 밖 멀리 내 고향이 아득하다.
삿부시 눈 감으며 떠오르는 마을 모습
두툼한 볏집 지붕 위에 박꽃 피고
버드나무 강둑 사이로 시냇물 흐르는
다정하고도 평화스런 마을, 아아, 그러나 지금 …… (이하 생략)

〈지리산 유격대의 노래〉
지리산 첩첩산악 손아귀에 거머잡고
험악한 태산준령 평지같이 넘나드네.
지동치듯 부는 바람 우리 호통 외치고
깊은 골에 흐르는 물 승리를 노래한다.

(후렴)

우리는 용감한 지리산 빨치산

최후의 승리 위해 목숨 걸고 싸운다.


이동규와 최문희는 원래 50년 여름 경남지방에 문화 공작요원으로 내려
왔다가 인민군 후퇴 때 경남도당 유격대에 투신한 터였다. 최문희의 경
우는 이때 당 중앙 간부부 부부장인 강규찬과 강의 처인 전남 여맹위원
장 조인희 등과 함께 북상을 기도하다가 무주 덕유산 밑 월성리에서 경
남도당 유격대를 만나 합류하게 되었다고 한다(조인희는 전남도당으로
돌아갔다 후일 자결했다).

—『남부군(하)』, 100~102쪽


『남부군』에는, '트'라고만 말하기도 하는, '비트'라는 것이 자주 등장
한다. 비트는 인근의 부역자들이 은신하고 있는 '비밀 아지트'를 가리키
는 말. 인원이 적고 부근의 마을에 연고자가 있어 은밀히 보급을 받아가
며 은신하고 있는 것이니까 아지트의 방탄 시설이나 식량 준비가 비교적
갖추어져 있는 경우가 많았다. 나타나지 않으니까 종적이 잘 드러나지 않
았다. 빨치산 정찰대는 이곳을 그냥 지나쳐야 했다. 노출될 염려 때문이
었다.

이태는 또 이렇게 썼다.


일반 대대와 접촉이 적었던 나로서는 대원이 탈출했다는 얘기를 한 번
도 들은 적이 없다. [……] 탈출할 생각만 있다면 얼마든지 기회는 있었

다. [……] 탈출사건이 빈발해서 이 시기 지휘본부는 큰 골치를 앓았다
는 이야기를 후일 들은 적이 있다. 군 기록에도 작전 때마다 많은 투항
귀순자가 있었던 것으로 기록되어 있다.

—『남부군(하)』, 151쪽

남부군의 괴멸 과정에 대한 보고.

우리가 토벌군의 제3차 작전이라고 생각했던 이 시기의 토벌 상황이 몇
가지 기록에 나와 있다. 그에 의하면 이때의 작전은 3월 1일부터 15일간
계속된 것으로 보이며 전에 비해 발표된 전과 숫자가 매우 적은 것이 눈
에 띈다. 빨치산의 잔존 세력이 미미해서 그런 숫자밖에 나올 수 없었던
것 같다. 발표 숫자가 기록마다 다르기 때문에 일단 그대로 옮겨 놓는다.

52.3.1. 서남지구 산악지대 공비 소탕전에서 사살 16, 생포 3.

52.3.4. 서남지구에서 사살 8, 생포 17, 귀순 3.

52.3.5. 경찰 당국 발표. 서남지구 공비 소탕전에서 사살 283, 생포 15.

52.3.7. 지리산 지구 토벌작전 본격화 8개소에서 사살 57, 생포 24.

52.3.8. 지리사 지구 군토벌 작전 3일째 사살 5.

52.3.9. 지리산 지구 경찰대 전과, 사살 43, 생포 4.

52.3.11. 국방부 보도과 발표 지리산 지구 잔비 완전 격멸, 12월 1일부터
3월 9일까지의 100일간의 전과 종합, 사살 귀순 1만 9345명, 3월 10일
현재 잔비 약 1200명.

52.3.16. 경남경찰국 발표. 3월 1일부터 3월 15일에 걸친 경남 서부지구

토벌전에서 사살 100명의 전과를 올림(후에 3월 중 종합전과 교전 129회, 사살 377, 생포귀순 50이라고 발표).

52.3.17. 지리산 지구 경찰 전투사령부 발표. 지리산 지구에서 공비 사살 21, 생포 귀순 21 (이하 『한국전란 2년지』에서).

―『남부군(하)』, 228~229쪽

53년 9월 18일 11시 5분, 드디어 남한 빨치산의 총수 이현상이 전투경찰 제2연대 소속 경사 김용식 이하 33명의 매복조에 걸려 빗점골 어느 골짜기에서 10여 발의 총탄을 맞고 벌집처럼 되어 쓰러졌다. 이때 이현상의 측근에는 2명(어떤 기록에는 4명)의 대원이 있었는데 모두 함께 사살됐다(그 위치가 벽점골, 갈매기봉, 반야봉 동쪽 5킬로 지점의 무명고지 등 기록마다 다르지만 반야봉 부근에는 갈매기봉이라는 산이 없고 많은 기록에는 '벽점골'로 되어 있는데 '벽점골'은 빗점골의 와전일 것이다).

기록에 의하면 그 얼마 전 구례군 토지면 산중에서 생포한 전 전남 도당 의무과장이며 제5지구 기요과 부과장인 이형련(당시 29세, 경성의전 출신 의사)의 자백으로 이현상이 빗점골 부근에 잠복 중이라는 것을 알고 서경사의 4개 경찰연대를 총동원해서 수색했으나 일단 실패하고 그 작전에서 생포한 제5지구 간부 강건서, 김진영, 김은석 등으로부터 보다 상세한 정보를 얻어 매복조를 배치했다는 것이다. 이 때 이현상의 나이 52세, 그의 피묻은 유류품은 그 후 서울 창경원에서 일반에게 공개됐다. 그의 시중을 들던 하 여인은 이현상의 권고로 그보다 훨씬 전에 귀순하여 우여곡절 끝에 지금도 어딘가에서 조용한 여생을 보내고 있는 것으로 안다.

공교롭게도 이현상의 죽음과 전후해서 그의 동료이며 상사이던 조선인 민유격대 사령관 이승엽을 비롯한 남로당계 간부들이 '미국 간첩'의 죄명으로 사형대에 서고 그 죄상 속에 남한 빨치산이 들어 있었다는 사실은 앞서 말한 바와 같다. 남과 북에서 버림받은 고독한 '혁명가'도 짙어 가는 지리산의 가을과 함께 마침내 파란 많던 생애를 마치고 만 것이다.

필자는 연전에 대성골을 거쳐 세석평전에 오르는 산행을 하면서 지금은 취락 개선사업으로 전혀 모습이 달라진 의신마을에서 하룻밤 민박을 한 일이 있다. 빗점골에서 가장 가까운 마을인 의신 마을이지만 기록에 나오는 '갈매기봉'을 아는 사람은 없었다. 전사에 나오는 갈매기봉은 어디일까? 그러나 놀라운 일로는 민박집 주인인 초로의 내외는 이현상에 관해 아주 소상한 기억을 갖고 있었다. 거기서 20리쯤 되는 면 소재지 화개장 밖으로는 일생 동안 나가본 적이 없다는 최라는 그 촌로내외는 영지버섯으로 담갔다는 약주를 권하면서 사변 당시의 회고담을 이렇게 말하는 것이었다.

"토벌대가 소개 명령으로 마을이 소각됐지요. 그러나 산전이나 붙여먹던 우리가 가면 어딜 갑니까? 얼마 후 슬금슬금 기어 들어와 초막을 짓고 사는데 다시 소각명령이 내려 또 마을을 떠나야 했지요. 두 번 불탄 셈이지요."

"빨치산들이 들어왔을 텐데 그땐 어땠어요?"

"어쩌다 산사람들이 들어와 감자나 수수 같은 것을 거둬 갔지만 그 밖엔 별 해꼬지는 안했어요. 한번은 그게 가을 무렵인데 뒷산에서 산사람들 습격을 받아 토벌대가 13명이 죽고 5명이 포로로 잡혔는데 포로로 잡힌 토벌대원들이 발가벗긴 채 늘어서 있는 것을 봤지요."(그것은 51년 9월

말경 남부군의 서남부 지리산 주변 작전 때의 일로 그 촌로의 기억이 너무나 정확한 것이 신기로웠다.)

"이현상이라는 아주 높은 빨치산 대장이 있었는데 나도 한 번 악수를 한 적이 있어요." 주인 아주머니의 얘기다.

"무섭지 않았어요?"

"그땐 열여섯 살 때니까 어려서 무서운지 어쩐지 몰랐어요. 그냥 사람 좋은 아저씨 같았어요."

"시중드는 여자는 없었나요?"

"그런 여자는 없었고 아주 잘생긴 남자 호위병이 꼭 붙어 다녔는데 음식물을 주면 그 호위병이 반드시 먼저 먹어 보고 나서 얼마 후에야 이현상에게 갖다 바치곤 하더군요."

"그 이현상이 빗점골 어디선가 사살됐다고 하던데요?"

"예. 빗점골 합수내 근처의 절터골 돌밭 어귀에서 맞아 죽었다더군요. 그 근처에 가면 지금도 귀신 우는 소리가 들린다 해서 사람들이 잘 안 가지요."

영감이 핀잔을 줬다.

"귀신은 무슨…… 거기가 워낙 험한 곳이 돼서 자칫하면 길을 잃고 큰 고생을 하니까 사람들이 범접하지 않는 거지."

사실 빗점골에서 주능선인 토끼봉으로 오르는 루트는 지금도 등산로도 나 있지 않은 전인미답의 비경이다. 조선인민유격대 남부군 사령관이던 '공화국 영웅' 이현상은 그곳에서 그 전설적 생애를 마친 것이다.

뒤이어 11월 28일, 전 57사단장이며 경남도 유격대 사령관인 이영회(李永檜)가 62명의 대원과 함께 상봉골(천왕봉 동북방의 어느 골짜기?)에서 전경 제5연대 수색대와 교전하여 이영회는 사살되고 나머지도 거의 섬멸되고 말았다. 62명이라는 숫자에는 다소 의문이 있으나 어쨌든 이것이 빨치산 편제부대와의 마지막 교전 기록이 된다. 이 기술은 『공비토벌사』에 의한 것인데 지금 '상봉골'에서 50킬로나 서쪽인 남원군 만복대 기슭, 시암재에 이영회를 사살한 곳이라는 전공기념 표지판이 세워져 있으니 어느 편이 옳은지 알 수 없다. 다만 이영회가 주로 배회하던 근거지는 '상봉골'로 기록돼 있는 천왕봉 동북지역이었다.

이때 이영회의 나이 26세, 검붉은 근육질 얼굴에 강철 같은 인상을 풍기던 중키의 젊은이였으며 유격전의 귀신이라고 불리우리 만치 실전에 능했고 경남부대를 혼자 손으로 지탱해 간 유능한 지휘자였다. [……]

경남 유격대를 상징하던 이영회의 죽음과 함께 지리산 주변, 아니 남한 전역의 빨치산 편제부대는 자취를 감췄다. 이어서 닥쳐 온 겨울, 유명무명의 빨치산 잔존자들은 거의 모두 소멸(掃滅)되고 남은 기십 명이 변복하고 각 지방 도시로 숨어들어 '망실공비'라는 이름으로 전투경찰 아닌 정보경찰의 수배대상이 됐다. 이듬해 54년 1월 15일, 그 중의 한 사람인 제4지구당 군사부장 남도부가 체포됨으로써 남한 빨치산의 이름은 일체의 기록에서 사라져 버린다.

남도부, 본명 하준수(河俊洙)는 지리산하인 경남 함양 태생으로 체포 당시 34세의 청년이었다. 그리 크지 않은 키에 깡마른 체구였던 그는 '가라데'(唐手)의 명수로 알려져 있었다. 진주중학(구제)을 중퇴하고 일본대학에 진학했는데 가라데 6단으로 일본대학의 주장 선수였다고 한다. 일제 말 학병을 기피하여 지리산에 도피, 야산대 활동을 시작했다. 48년 8월 해주 인민 대표자 대회에 참가차 월북했다가 김달삼의 제3병단 부사령으로 남하 침투한다. 일단 재차 월북하지만 6·25와 함께 '인민군 중장'의 계급을 가지고 제7군단 유격대를 이끌고 내려왔다. 김달삼 아래 사뭇 동해지구 빨치산의 리더였던 그도 마침내 사형대의 이슬이 되어 최후를 마쳤던 것이다.

—『남부군(하)』, 246~250쪽

## 4. 『관부연락선』과 『남부군』의 관련성

이상의 인용에서 『남부군』의 전모가 대강 드러났을 것으로 믿거니와, 그렇다면 이병주의 『지리산』은 어떠할까. 대하소설 『지리산』을 말하기에 앞서 우리가 우선적으로 검토해 보아야 할 것은 작가의 출세작인 장편 『관부연락선』이다.

『관부연락선』은 일제 때 부산과 일본 시모노세키를 연결하는 대형 수송선을 가리킴인 것. 일제는 이 수송선으로 식민지 조선의 수탈품을 본국으로 가져갔고 수많은 조선인 노동자를 저임금으로 고용하며 수송해 갔다. 또한 중국 대륙을 향한 침략 군인과 무기를 실어 날랐다. 한편 '네 칼로 너를 치리라!'라는 명제를 가슴에 비수처럼 품고 육당, 벽초, 춘원, 송진우, 정지용, 임화 등이 현해탄을 건넜다. 작가 이병주도 그런 부류의 일원이었다. 하동군 북천면 양조장 집 아들 이병주는 진주농고를 중퇴하고 관부연락선으로 도일하여 일본의 메이지 전문부 문과 별과를 다니다 1943년 9월에 졸업했다. 이후 1944년 1월 20일 조선인학병으로 강제 동원되어 중국 쑤저우에서 복무했고 1946년 2월에 귀국했다. 그 뒤 진주농과대학과 해인대학에서 각각 교수 노릇을 했다. 나중에는 부산의 『국제

신보』(1955)에서 편집국장과 주필 등을 역임했고 1961년 5월 필화사건
으로 2년 7개월간 실형을 마치고 석방되었다.

요컨대 이병주는 격동기를 살았다. 해방 정국은 참으로 격동기 그 자
체였다. 38도선 확정(1945), 미소 군정기(1945~1948), 미소 공동위원회
결렬(1946), 남로당 결성(1946), 여운형 피살(1947), 대한민국 성립(1948
년 8월 15일), 조선민주주의 인민공화국 수립(1948년 9월 9일), 여순 반란
사건(1948년 10월), 김구 피살(1949년 6월), 6·25 발발(1950) 등. 실로 냉
전 체제 속 좌우익 대립이 드디어 국군과 UN군, 인민군과 중공군의 각축
장으로 변했다. 이 와중에 이병주는 진주에서 교수 노릇을 하고 있었다.

『관부연락선』의 화자는 '나'(유태림이 이군이라 부르는)로 되어 있다.
이는 아마도 작가 자신에 가까운 인물이라 할 수 있다. 물론 주인공은 유
태림. '나'와 유태림의 관계는 어떠했던가.

나는 '유군과 나에게 대한 우정'이란 대목에서 약간의 저항을 느꼈다. 나
와 유태림과의 사이에는 분명히 우정이 있었다. 그러나 단순하게 우정
이라고 할 수 있기엔 나의 유태림에 대해 복사(輻射)되는 감정은 너무
나 복잡했다. 그것을 우정이라고 치더라도 지금 유태림이 나와 상종하
고 있는 형편이라면 어떻게 발전되고 어떻게 변화되었을까, 생각하니
결코 만만한 문제가 아닐 성싶다. E와의 우정은 그 가능성 여부조차 생
각하기 싫다. 이십칠팔 년 전의 교실의 분위기가 되살아났다.
이십칠팔 년 전에 내가 다니던 학교는 서투름을 무릅쓰고 한마디로 말
하면 기묘한 학교였다. A대학 전문부 문학과라는 것이 정식 명칭인데,
전문부 상과(商科), 전문부 법과(法科), 하다못해 전문부 공과(工科)라

면 그 나름의 가치가 있다고 하겠지만 전문부 문학과란 이 학과는 도대체 뭣을 가르칠 작정으로 학생을 모집하고 장차 뭣을 할 작정으로 학생들이 들어가고 하는 것인지 분간할 수 없는 그런 학교, 학교라기보다는 강습소, 강습소라고 보면 학교일 수밖엔 없다는 그러한 곳이었다.

그것이 속해 있는 대학 자체가 격으로 봐서 3류도 못되는 4류인 데다가 학과가 그런 형편이니 여기에 모여든 학생들의 질은 물으나 마나 한 일이다. 고등학교는 엄두도 못 내고 3류 대학의 예과(豫科)에도 붙을 자신이 없는 패들이면서 법과나 상과쯤은 깔볼 줄 아는 오만만을 키워 가지곤 학부에 진학할 때 방계입학(傍系入學)할 수 있는 요행이라도 바라고 들어온 학생은 나은 편이고 거의 대부분은 그저 학교에 다닌다는 핑계를 사기 위해서 들어온 학생들이었다. 그만큼 지능 정도는 낮았어도 각기 특징 있는 개성의 소유자들만 모였다고 할 수 있었다. 대부분이 중학 시절에 약간의 불량기를 띤 학생들이고 이런 학교에 가도록 허용하는 집안이고 보니 경제적으로도 윤택한 편이어서 천진난만하고 비교적 단란한 30여 명의 학급이었다.

이 학과, 특히 내가 속해 있었던 학급의 또 하나의 특징은 일체의 경쟁의식이 없다는 점이다. 학교의 성적에 구애를 받지 않는 열등학생들의 습성이 몸에 배어 학교의 성적을 좋게 해야겠다든가 선생들에게 잘 보여야 하겠다든가 하는 의식이 전연 없었다고 해도 과언이 아니다. 그러니 우월의식을 뽐내는 놈도 없고 때문에 열등의식을 개발할 틈도 없었다.

모파상의 단편 하나 원어로 읽지 못하면서 프랑스 문학을 논하고 칸트와 콩트를 구별하지 못하면서 철학을 말하는 등, 시끄럽기는 했으나 소질과 능력은 없을 망정 문학을 좋아하는 기풍만은 언제나 신선했기 때문에 불량학생은 있어도 악인은 없었다.

이 평화롭기 참새들의 낙원 같은 학급에 이질분자(異質分子)가 끼게 된 것은 2학년 초였다. E라는 학생과 H라는 학생이 한 달을 전후해서 나타난 것이다.

E가 나타나자 학급 안엔 선풍처럼 소문이 돌았다. E의 고향은 일본 동북 지방 일본해(日本海)에 면한 사카타항(酒田港). 명치(明治) 때부터 그 연안 일대의 선운(船運)을 독점하고 있는 운송업자일 뿐만 아니라 일본 전국에서도 유명한 미림(美林)을 수십만 정보, 농토를 수만 정보나 가진 동부 일본에서 제일가는 부호의 외아들인데 Y고등학교에 다니다가 연애사건을 일으켜 그 지방을 떠들썩하게 해놓곤 자진 퇴학하고 우리 학급에 전입했다는 얘기였다. 당시 고등학교라고 하면 여간 수재가 아니고서는 들어가지 못하는 곳으로 되어 있었다. 그러니까 E의 출현은 동부 일본에서 제일가는 부호의 아들인데다가 눈부신 수재라는 후광을 띤 등장이었다. 우리 학급의 동료, 1학년에서부터 올라온 학생들은 부호의 아들이란 사실엔 무관심할 수 있었지만 수재라는 사실엔 무관심할 수 없었다. 열등생만의 집단에 하나의 수재가 나타났으니 그 사실만으로도 학급의 평화는 깨어질 수밖에 없었다. 어제까지는 수재의 존재를 의식하지 않고 천진하게 살아왔는데 오늘부터 돌연 수재란 존재를 의식하고 따라서 스스로의 둔재를 싫더라도 인식하지 않을 수 없게 되었으니 따분하게 된 셈이다.

휴식시간만 되면 타월 수건을 머리에 둘러 앞이마 쪽으로 불끈 지르곤 '도도이쓰'(都都逸)며 '나니와부시'(浪花節)를 부르던 놈이 그 버릇을 억누르게 되었다. 백화점에서 여인용 팬티를 훔쳐 내 온 자기의 모험을 아문센의 북극탐험 이상의 모험이었다고 선전하던 놈이 그 선전을 중단해 버렸다. 어떻게 하면 가장 재미나게 놀 수 있는가의 이법(理法)을 연구하는 것이 백 명의 소크라테스보다도 인류에게 공헌하는 바가 크다고 설교하길 일삼던 놈도 그 설교를 멈췄다. 엽기오락 동경사전(獵奇娛樂東京辭典)을 만든다면서 매일처럼 진부(眞否) 분간할 수 없는 재료를 주집해선 피력하기에 정열을 쏟던 친구도 그 정열의 불을 껐다. 그리고는 모두들 갑자기 심각한 표정으로 인정받지 못한 불우한 천재의 모습을 가장하기에 이르렀다.

일본인 학생이 이처럼 수재에겐 약하다는 사실을 안 것은 하나의 수확이긴 했으나 결코 유쾌한 분위기는 아니었다. 이렇게 말하고 있는 나도 E의 출현 때문에 적잖게 위축했다. 제법 똑똑한 척 날뛰려 하다가도 E의 시선을 느끼면 기가 꺾여 수그러지곤 했던 것이다.

이와 같이 말하고 있으면 E가 눈에 조소의 빛을 띠고 교실 한가운데 버티어 앉아 있는 모습을 상상할지 모르나 그런 것은 아니다. 사실은 불어도 날아갈 듯한 조그마한 체구를 교실의 한구석에 가라앉히고 겁에 질린 듯한 눈을 간혹 천장에다 던져 보는 것 외엔 언제나 책상 위만 바라보고 있었다. E는 되레 거인국에 나타난 걸리버와 같은 심정이었을지 모른다. 수재는 수재들끼리 어울려야 맥을 쓰는 법이다.

한 달쯤 지나 H가 나타났을 때도 E의 경우처럼 소란스럽지는 않았지만 적잖은 파문이 일었다. H는 현재 일본 문단의 대가이며 당시에도 명성이 높았던 중견작가 H씨의 아우라는 사실에다가, M고등학교에 들어가자마자 불온사상 단체의 실제 운동에 뛰어들었다는 경력까지 겹친 후광이 있었고 이에 만약 그의 형이 이름 높은 명사가 아니었다면 줄잡아 10

년은 징역살이를 했어야 되었을 것이란 극채색(極彩色)까지 하고 있는 판이니 우리들에겐 눈이 부신 존재가 아닐 수 없었다. 그러나 E가 신경질만을 모아 만든 인간 같아서 접근하기가 어려운 데 비하면 H는 거무스레한 외모에서부터 친근감을 풍기는 위인이었다. H가 나타나자 E에게도 변화가 있었다. 음울하게 풀이 죽어 있던 E에게서 물을 만난 물고기 같은 생기가 돋아난 듯 보였다. 교실의 분위기도 한결 부드러워지고 구성진 '도도이쓰' 소리가 다시금 교실 안에 퍼질 때도 있었다.

유태림의 등장은 2학기에 접어든 9월의 어느 날이라고 나는 기억한다. 그리고 둘째 시간의 시업(始業) 벨이 울렸을 때라고 생각한다. 문이 열리면 반사적으로 그곳을 보게 되는데 나는 열린 문으로부터 걸어 들어오는 사람을 보고 놀랐다. 같은 고향의 이웃에 사는 내겐 2년쯤 선배가되는 유태림이었던 것이다. 처음에 눈을 의심했지만 틀림없는 유태림이었다. 나는 반가움에 복받쳐 그의 곁으로 뛰어가서 손을 잡았다. "이거웬일이십니까." 하고. 유태림은 애매한 웃음을 띠고 "이군이 여기에 있었구면." 하면서 빈자리를 찾아 앉았다.

유태림이 나와 같은 학교의 같은 학급에 오게 되었다는 것은 내게 있어선 대사건이었다. 유태림은 우리 고향에서 수재로서 이름난 사람이었고 그의 광채가 너무나 강렬했기 때문에 나를 비롯한 몇몇 유학생들의 존재는 상대적으로 희미해 있었다. 그런 사람과 한 학교 한 학급에 있게 된 것이다. 이로써 고향에 있어서의 나의 면목도 살릴 수 있을 것이란 여태까진 생각지도 않았던 허영조차 싹트게 되었다.

이번에 소문을 돌릴 사람은 나였다. 수업이 파하기가 바쁘게 나는 유태림을 선전하기 시작했다. 우리 고을에선 제일가는 부호의 아들이란 것

(여기서 E보다도 더 부자면 부자이지 뒤지지는 않을 것이란 점에 강세를 두었지만 이건 당치도 않은 거짓이라고 내심 꺼림칙해 하면서도 그렇게 버티었다). Y고등학교니 M고등학교와는 격이 다른 S고등학교에 다녔다는 것. 독립운동 결사에 가담했다가 퇴학당했다는 것(여기에도 약간의 조작이 있었다). 퇴학당한 뒤 구라파 일대를 여행하고 돌아왔다는 것 등을 신이 나게 지껄였다.

유(類)는 유를 후각으로써 식별하는 것인지, 누가 소개할 틈도 없을 것 같은데 유태림은 어느덧 E와 H의 클럽이 되었다. 그것이 한국 학생들의 비위를 거슬러 놓았다. 나의 실망도 컸었다. E와 H의 출현에 대항하는 뜻으로 한국 학생들은 유태림을 끼고 돌 작정을 모두들 은근히 지니고 있었던 참이었는데 그런 작정을 산산이 부숴 버렸으니 화를 낼 만도 했다. 성질이 괄괄한 평양 출신의 윤(尹)은,

"자아식, 생겨먹긴 핥아 놓은 죽사발처럼 귀족적으로 생겼는데 마음보는 천민이구먼." 하고 혀를 찼다.

"저 꼴로 독립운동을 했어?"

서울 출신의 임(林)도 한마디 거들었다. 같은 고향인데다가 극구 선전한 책임도 있고 해서 나는 이런 변명을 했다.

"그런 사건 때문에 퇴학을 당하고 했으니 감시 같은 것이 있지 않을까. 그래 고의로 저렇게 하는 것인지도 모르니 그만한 건 양해를 해야지."

"집어쳐." 하고 윤은 와락 화를 냈다.

"그 사건 때문에 딴 애들은 징역살이를 하고 있는데 저는 구라파에 가서 놀구 와! 틀려먹었지 뭐야. 그따위 수재면 뭘 해. 어, 치사하다. 앞으론 본 척만척해 뭐 대단하다구."

이런 일이 있었다고 해서 유태림이 전연 우리들 한국 학생과 어울리지 않았다는 것은 아니다. 5, 6명밖엔 안 되는 한국 한생이었으니 때론 비위를 상하기도 하고 싸움질도 있었지만 대체로 무관하게 혈육처럼 어울려 놀기를 잘 했는데, 유태림도 간혹 이 모임에 끼었다. 우리가 청했을 때 응하기도 하고 자기가 우리를 청해 호화로운 잔치를 베풀어 주기도 했다. 유태림으로선 동족인 우리들에게 대해서 자기 나름의 배려를 하고 있었던 것만은 분명한 사실이었다.

— 이병주, 『관부연락선』, 동아출판사, 1995, 16~21쪽

'나'와 유태림의 관계가 본격적으로 시작된 곳은, 그러니까 학교 같지도 않은 전문부 엉터리 저능아들이 우글거리는 곳. 여기에 수재만 다니는 고등학교에서 퇴학당한 유태림이 나타난 것. 같은 고향의 이웃에 사는 2년 선배쯤 되는 이 조선인. 그런데 같은 반의 일본인 학생 H에게서 '나'에게로 편지가 왔다. H는 일본 문단에 데뷔한 쟁쟁한 현역. 유태림의 행방을 알려달라는 것. 그는 유태림이 탁월한 인물임을 알았고, 그가 남긴 『관부연락선』 관련 자료를 자기가 갖고 있노라고 말했다. 그런데 6·25 이후 유태림의 소식을 알 수 없어 안타깝기 짝이 없다는 것. 허니 제발 이군이 알아봐 달라는 것. 그러니까 '나'(이군)가 유태림의 행방을 찾아 헤매는 작품이 바로 『관부연락선』이다.

'나'는 유태림과 함께 중국에 학병으로 나갔다가 귀국했고, 모교인 중학에서 영어교사 노릇을 하고 있었다. A, B, C 정도를 겨우 아는 정도. 학교는 학생도 교사도 좌우익으로 편이 갈려 어수선하기 짝이 없었다. 어떤 수습 방도가 있었을까.

1946년 여름.

필연적이라고 할 땐 사람은 쉽게 체관(諦觀)할 수 있다. 호우가 내리면 홍수가 지게 마련이니까. 운명적이라고 말할 땐 체관할 수밖엔 없지만 그 체관이 쉽지가 않다. 운명적이란 말엔 그때 그 자리를 피했더라면 하는 한탄, 그때 그 일을 하지 않았더라면 하는 한탄이 묻어 있다.

유태림과 나의 운명적인 접촉이 다시 있게 된 것은 1946년의 가을이다. 그때 나는 모교인 C고등학교에서 영어교사 노릇을 하고 있었다. 영어교사라고 말하니 제법 허울이 좋게 들리지만 미국인을 만나도 영어 한마디 시원스럽게 건네지 못하고 내일의 수업을 위해서 밤새워 사전과 씨름을 해야 하는 이른바 엉터리 교사였던 것이다.

변명 같기는 하지만 엉터리는 나만이 아니었다. 나 말고도 다섯 사람의 영어교사가 있었는데 그 가운데는 '예스'와 '노'를 분간하지 못한 까닭으로 장학사의 실소를 터뜨린 사람도 있었고 흑판에다 A와 Z 두 글자를 굵다랗게 써놓곤 이것만 배우면 영어를 처음부터 끝까지 배운 것으로 된다고 자못 초연하게 설명하고는 숫제 수업을 할 생각을 하지 않는 교사도 있었다.

이러한 꼴은 영어교사의 경우만도 아니다. 더러는 실력과 덕망이 겸전한 교사가 없었던 바는 아니었지만 학교의 규모는 일정 때의 그것보다 4.5배쯤으로 늘려 놓고 교사의 절대 수는 모자랐으니 이력서 한 장 근사하게 써넣기만 하면 돼지도 소도 교사로서 채용될 수 있었던 때라, 자연 엉터리 교사가 들끓지 않을 수가 없었다. 학력 위조쯤은 예사로운 일이라서 원자탄 덕택으로 경향 각지의 학교에 히로시마 고등사범 출신의 교사가 범람한 것도 이 무렵의 일이다.

파리가 왜 앞발을 비비는가 하는 문제를 가지고 꼬박 한 학기를 넘겨 버린 동물교사가 있었다. 딴에는 동물학을 가르치는 것이 아니고 동물철학을 가르친다는 것이다. 일 년이 300일, 200백일로 되었으면 편리할 것을 왜 365일로 구분되어야 하는가를 끝끝내 납득하지 못하는 지리교사도 있었다. 하루 벌어 하루 먹는 주의가 실존주의이며 푼푼이 저축하며 사는 주의가 이상주의라고 설명하는 사회생활과 교사도 있었고 도수체조(徒手體操) 한번 제대로 지도하지 못하는 체육교사가 유도 5단이란, 참말인지 거짓말인지 모르는 간판을 코에 걸고 으스대고 있었다.

어떤 수학교사는 참고서대로 수식과 답을 노트에 베껴 온 것까진 좋았는데 그것을 흑판에 옮겨 놓고 보니 이상하게 되었다. 답은 정확한데 그 답에 이르기까지의 수식에 이상이 생긴 것이다. 간밤에 참고서를 옮겨 쓸 때 수식 하나를 빼먹은 탓이었다. 그 교사는 수업 도중에 울상이 되어 교무실에까지 잃어버린 수식을 찾으러 왔다. 참고서는 집에다 두고 왔고 공교롭게도 다른 수학교사가 자리에 없어 드디어 엉터리 영어교사에게까지 구원을 청해 왔다. 수식을 잃어버린 수학교사가 엉터리 영어교사에게서 수식을 찾아간 얘기에는 그 솔직함과 성의로 해서 그런대로 애교가 있다.

이렇게 헤아리고 있으면 거뜬히 만화책 한 권쯤은 꾸밀 수 있는데 더욱 흥미가 있는 것은 이러한 엉터리 교사들이 어떻게 교사 노릇을 감당할 수 있었을까 하는 점일 게다.

C고등학교라고 하면 일정(日政)이래 수십 년의 전통을 지닌 학교다. 시골 소읍에 자리 잡고 있는 학교이긴 하나 당시의 그 학교 학생들은 저학년을 제외하면 일정 때 10대 1 이상의 경쟁을 뚫고 입학한 그 지방으로

서는 수재로 꼽아 주는 학생들이었다. 그러니 전쟁 말기 보국대니 근로 봉사니 해서 제대로 공부를 못 한 탓으로 학년 상당의 학력은 없었다고 해도 교사의 진가(眞價)조차 알아차릴 수 없었을 것이라고 판단하는 것은 그들을 부당하게 깔보는 것으로 된다. 되레 그들이 교사들을 깔보고 있었다고 말하는 것이 적당하다. 그들은 교사로서 대접해야 할 교사와 함부로 깔봐도 좋은 교사를 구별하고 있었음이 분명했다. 교사들도 이런 풍조를 민감하게 느끼고 있어 실력이 없는 교사들은 발언권이 강한 교사와 학생들에게 영합함으로써 보신(保身)의 책으로 하고 있었다.

그리고 당시의 학교는 학원의 생리로써만 움직이고 있었던 것이 아니다. 일종의 정치단체적인 생리가 작용하고 있었다. 그러므로 학생들은 교사들의 교사로서의 자격을 묻기 전에 대상이 되는 교사가 그들의 편인가 아닌가에 중점을 두는 경향이 있었다. 엉터리 교사들은 학생의 편을 들거나 또는 편을 드는 척만 하고 있으면 쉽게 연명할 수도 있었다.

엉터리 교사들이라고 해서 바보처럼 웅크리고 있었던 것은 아니다. 직원회의가 있으면 엉터리일수록 소란스럽게 떠들어 댔다. 직원회의의 의제는 주로 민주학원의 건설이고 교사의 생활보장 문제였다. 듣고 있으면 이상한 결론으로 발전하는 수가 태반이다. 민주학원이란 학생들의 의사를 존중해야 하는 학원이니 그러자면 학생들이 요구하는 학생집회는 이를 무조건 승인해야 한다는 것이다. 그렇게 해서 1년 내내 수업은 하지 않고 학생집회만 열고 1백 프로의 민주학원이 된다는 따위의 결론이 그 예다. 생활보장을 요구하는 발언에도 다채다양한 것이 많았다. 그 가운데서 예를 들면 다음과 같은 것이 있다.

"우리들 교사는 모두들 수양이 되어 있고 도를 통해 있기 때문에 물이랑

안개만 먹고도 살 수 있지만 수양이 덜 되고 도를 통하지 못한 처자들은 아무래도 밥을 먹고 옷을 입어야 하는 모양입니다. 그런데 지금 주는 월급 가지고는 홍길동 같은 기술로도 어떻게 할 수 없으니 월급을 올려 주어야겠습니다."

또 이런 것도 있었다.

"우리가 야학교 강사만도 못하다고 합시다. 그래도 이튿이니 해로 학교의 교사들처럼 대접을 해달라, 이 말씀입니다. 그래 놓으면 벼룩에도 낯짝이 있고 빈대에도 체면이 있다고 하지 않습니까. 공부하고 연구해서 좋은 교사가 될 것입니다."

이럴 땐 교장은 구구한 변명만 하고 있어야 한다. 만약 현재의 형편으로선 불가능하다든가 분수를 지키라든가 하는 설교가 섞이면 불이 튀기 시작한다.

"교장은 기밀비 기타 등등으로 생활 걱정이 없으니까 그렇게 말하는 것이 아니오?"라는 말이 어디선가 터져 나오고,

"우리, 학교의 경리장부 좀 감사해 봅시다." 하는 소리가 뒤따르게 마련이다.

이런 상황이었으니 학내의 질서는 엉망이었다. 하지만 학내의 질서를 바로 세우지 못한 것을 어떤 특정한 학교의 개별적인 책임으로 돌릴 수는 없다. 해방 직후의 정세, 이어 1946년의 국제 국내의 정세가 모든 학원에 그렇게 반영된 것이라고 보아야 하기 때문이다.

1946년은 세계적으로 2차 대전의 전후 처리 문제를 둘러싸고 그 방향과 내용에 있어서 미국과 소련의 대립이 점차 예각적(銳角的)으로 부각되기 시작한 시기다. 동구라파에 있어서의 구질서의 분해, 중국에 있어서

의 국공내전의 발전, 동남아 제국에서의 독립 기운, 승리자의 처단만을 기다리는 패전국의 초조, 이러한 사상들이 얽히고설켜 격심한 동요를 겪고 있는 가운데 서서히 새로운 역관계(力關係)가 구축되어 갔다.

이와 같은 세계의 동요를 한국은 한국의 생리와 한국의 규모로서 동요하고 혼란하고 있었다. 해방의 벅찬 환희가 감격의 혼란으로 바뀌고 이 감격의 혼란이 분열과 대립의 적대관계로 응결하기 시작한 것이 1946년의 일이다. 일본군을 무장해제하기 위해서 편법적으로 그어진 38선이 항구적인 분단선으로 교착되지 않을까 했던 막연한 공포가 결정적이고 냉엄한 현실의 벽으로서 느껴지게 된 것도 1946년의 일이다.

모스크바에서의 삼국 외상회의가 결정한 한국 신탁통치안을 둘러싸고 국론이 찬반양반으로 갈라져 좌우익의 충돌이 바야흐로 치열화해서 전국적으로 번지기 시작한 것이다.

이 해의 여름엔 콜레라가 만연해서 민심의 분열을 미분(微分)하고 혼란을 적분(積分)하는 데 부채질을 했다.

이러한 모든 일들이 학생들을 자극했고 또 학생들을 이용하려는 세력들이 끈덕지게 작용하기도 했다. 다른 학교의 경우도 비슷했겠지만 당시의 C고등학교는 표면은 미 군정청의 감독을 받고 있는 척했으나 학교의 주도권은 완전히 좌익세력의 수중에 있었다. 교장과 교감, 그리고 몇몇 교사들을 빼놓곤 대부분의 교사들이 학교의 체통과는 전연 다른 정치단체의 조직 속에서 들어 있었고 학생들도 대부분이 학생동맹이란 좌익단체에 소속되어 있었다. 그러니 그 조직 속의 교사들과 학생들은 사제지간이라기보다 동지적인 유대관계로써 묶여 있었다.

우익적인 세력 또는 좌익의 그러한 움직임에 비판적인 태도를 취하고 있는 인물이 없지는 않았지만 그런 태도의 강도(强度)에 따라 부딪쳐야 할 저항이 강했고 다음으로 학생들의 배척 결의의 대상이 되어 드디어는 추방되기가 일쑤인 까닭에 1946년 여름까지의 C고등학교에선 그런 세력이 맥을 추지 못했다.

그리고 좌익계열의 움직임에 반대하는 언동은 곧 미군정에 추종하는 것으로 되고, 미군정에 추종하는 언동은 곧 일제 때의 노예근성을 청산하지 못한 소치이며 조국의 민주적 독립을 반대하는 노릇이란 일종의 통념 같은 견해가 지배적이었기 때문에 반동, 매국노, 민족반역자라는 낙인을 무릅쓸 용기가 없고서는 섣불리 행동할 수도 없었던 것이다.

이 까닭에 일주일이 멀다 하고 학생대회가 열리고, 사흘에 한 번 꼴로 학급집회가 있고, 그 밖에 별의별 구실을 만들어 학업을 거부해도 교사들은 속수무책이었다. 무책일 뿐만 아니라 교사들 가운데에는 되레 학생들의 이러한 움직임을 선동해선 힘겨운 수업을 피하는 수단으로 이용하기조차 했다.

이런 가운데서도 그럭저럭 대사(大事)엔 이르지 않도록 유지해 온 학교가 7월에 들어서면서부터는 거친 풍랑을 만난 배처럼 더욱 소연(騷然)하게 되었다. 교장 이하 몇몇 교사들을 반동 교육자로 몰아 배척하는 대대적인 동맹휴학을 좌익계열의 교사들과 학생들이 계획하고 나선 것이다. 교장은 일제 때 관리 노릇을 한 적이 있는, 좌익들의 말을 빌리면 친일파적 인물이었다. 그런 까닭도 있고 해서 이때까지도 몇 번이고 배척 대상이 되었지만 '우리 말을 듣지 않으면 정말 배척한다'는 공갈적 제스처로써 실리를 거두곤 수그러지고 했던 것인데 이번의 계획은 공갈로서 끝내선 안 된다는 상부 조직의 지령을 받고 이루어진 것이란 정보가 흘러 들어온 것이다.

이 위기를 용케 미봉(彌縫)할 수 있었던 것은 이 지방에까지 만연하기 시작한 콜레라를 미끼로 여름방학을 앞당겨 버렸기 때문이었다. 방학이 되어 한시름 놓기는 했으나 화근은 그냥 남아 있을 뿐만 아니라 전국적 소동으로 번질 것이 확실한 국대안(國代案) 반대까지 겹칠 판이니 9월의 신학기는 소란하기 짝이 없는 학기가 될 것이었다.

교장이 교감과 나와 A교사, 그리고 나의 선배가 되는 B교사를 불러 놓고 유태림 씨를 모셔 올 수 없을까 의논을 걸어 온 것은 이처럼 불안한 가을의 신학기가 한 주일쯤 후로 다가온 8월 어느 날의 오후였다.

교장 댁의 비좁은 응접실에 다섯 사람은 땀을 뻘뻘 흘리며 앉아 있었다. 창문을 죄다 열어 젖혔는데도 바람 한 점 들어오지 않고 되레 찌는 듯한 바깥의 열기가 간혹 혹 하며 스쳐가곤 했다. 뜰에 몇 그루 서 있는 나무에서 두세 마리의 매미가 단속적으로 쓰르릉대고 있는 것이 더욱 무더움을 더했다. 교장은 어떻게 말을 꺼내야 할까 하고 망설이고 있는 모양이었다. 침묵이 또한 무겁고 무더웠다.

"콜레라는 퍽 수그러진 모양입니다."

A선생이 불쑥 이렇게 말을 꺼냈다.

아무도 대답하는 사람이 없었다. 콜레라 따위는 문제가 아니라는 듯한 표정이 교장의 얼굴을 스쳤다.

"내 개인의 진퇴는 문제가 아닙니다. 다만 혼란을 이대로 방치할 수가 없다는 겁니다. 신학기가 시작하기 전에 무슨 방법을 마련해야 되겠는데…… 그 방법이란 것이……"

교감이 맞장구를 쳤다. 그러나 무슨 뾰족한 수가 있어서 하는 말은 아니었다. A선생이 볼멘소리를 하고 나섰다.

"방법이란 게 달리 있을 수 없습니다. 그 P선생, M선생, S선생 세 사람만 파면시켜 버리면 됩니다. 교장 선생님은 너무나 관대하셔서 곤란하단 말씀입니다. 과단이 필요합니다. 그 셋만 잘라 보십시오. 다른 선생들이나 학생들이 뭘 믿고 덤빕니까."

교장은 그런 말엔 이미 싫증이 나 있다는 듯이 고개를 창밖으로 돌렸다. A선생은 더욱 핏대를 돋우어 말했다.

"항상 드리는 말씀입니다만 그 P, M, S를 그냥 두곤 백 년 가도 학교의 혼란을 수습할 순 없을 겁니다."

"무슨 말을 그렇게 하는 거요. A선생. 그래 보시오. 벌집을 쑤셔 놓은 것 같이 될 테니까. 교장 선생님은 지금 혼란을 피하자고 말씀하시는 거지 더욱 혼란을 시키자고 말씀하시는 것이 아닙니다."

교감도 못마땅한 듯한 얼굴로 말했다.

"그들은 진짜 빨갱이입니다. 공산당이에요. 화근을 빨리 없애자는 거지요. 그들의 목을 잘라 놓으면 물론 한동안은 시끄럽겠지요. 그러나 버티어 나가면 즈그가 어떻게 할 겁니까. 학교를 떠메고 나가겠어요? 모진 열병을 치를 셈하고 해치우자 이겁니다. 백 년 가봐요. 그들을 그냥 뒤두고는……"

A선생이 계속 떠들어 대려는 것을 교감이 가로막았다.

"파면시키려면 조건이 있어야 할 게 아뇨?"

"조건? 공산당과 내통하고 있는 게 분명하지 않소? 학생들을 선동하고 있는 것도 분명하지 않소? 이 이상의 조건이 또 필요합니까?"

"증거가 있어야 된단 말입니다. 확실한 물적 증거가……."

교감은 뱉듯이 말했다.

"증거라니?" A선생은 더욱 흥분했다.

"학교의 현상, 이것이 곧 증거가 아닙니까. 경찰에서 내사해 놓은 것도 있을 겁니다. 그것하고 종합해서 도청에 내신(內申)하면 되지 않겠어요?

"누가 그들의 목을 자를 줄 몰라서 안 자르는 줄 아시오?"

쓸데없는 말싸움을 그만두라는 어조로 교장이 잘라 말했다. 자리는 다시 무더운 침묵으로 돌아갔다. 매미 소리가 한층 높은 옥타브로서 들렸다. 나는 교장의 심증을 상상해 봤다.

교장도 A선생 이상으로 과격한 수단을 써보고 싶지 않은 바는 아닐 게다. 하지만 그들의 목을 잘랐다고 하자. 동맹 휴가는 더욱 악성화 될 것이 뻔하다. 다른 학교와도 연합할 것이다. 학생대표들이 도청으로 우르르 몰려갈 것이다. 거기서 기세를 올리며 농성을 한다. 그러면 [……] 일제처럼 체통이 서 있지도 않고 끝끝내 자기를 보호해 줄 아무런 연분도 없는 군정청 관리들은 잠시나마 조용해지기만 하면 그만이라는 심산으로 학생들의 요구를 들어줄 것이 틀림없다. 그러니 [……] 교장에게 P, M, S의 목을 자르라고 권하는 것은 자살을 권유하는 것이나 마찬가지다. 게다가 P와 M은 교사로서의 실력이 있었고 동지적인 유대관계가 아니라도 학생들의 신임을 받을 만한 자질을 갖추고 있는 인물들이고 보니 더욱 만만치가 않았다. S는 교사로서의 실력은 없으면서 변설(辯舌)이 날카로웠다. 일제 때엔 교장 밑에서 하급관리 노릇을 한 적이 있어 교장과는 서로 괄시할 수 없는 사이일 것이지만 '공(公)과 사(私)'를 구별할 줄 알아야 한다는 교장의 입버릇을 역이용해서 자신의 존재를 학생들 사이에 클로즈업시키고 있는, 나쁘게 말하면 맹랑하고 좋게 말하면 다부진 위인이었다. 이들 셋이 교장 반대파의 지도적 인물임을 교장 자신도 잘 알고 있었다. 그럼에도 불구하고 이런 화근을 쾌도난마(快刀亂麻)할 수 없는 데 교장의 딜레마가 있었고 고민이 있었다.

"요는 인물의 빈곤에 모든 화근이 있는 겁니다. 교육자로서의 우리들의 힘이 너무나 무력합니다. 너무나 무력했어요. 모든 혼란은 우리들이 무력한 탓에 생긴 겁니다."

언제나 하는 교장의 탄식이 또 한번 되풀이 되었다.

"시대의 풍조 아니겠습니까. 어디 우리 학교만 혼란하고 있습니까."

교장의 탄식이 있으면 으레 뒤따르는 교감의 말이다.

"시대의 풍조까지 지도할 수 있는 인물이라야 교육자로서 자격이 있다는 뜻이지요. 하여간 학력이 있고 지도력이 있고 감화력이 있는 선생을 많이 모셔 와야겠습니다. 그런데……"

하고 말을 끊었다가 교장은 나를 향해 물었다.

"이 선생은 유태림 군하곤 어떻게 되지요?"

뜻밖에 유태림의 이름이 튀어나오는 바람에 어리둥절해서 나는,

"어떻게 되다니, 무슨 말씀입니까?" 하고 되물었다.

"잘 아는가 어떤가를 물은 겁니다."

"잘 압니다. 이 학교에서 저보다 2년쯤 선배가 되는데 제가 들어왔을 때 벌써 다른 학교로 전학한 후였습니다만 대학에서 동기동창이었습니다. 그런데 교장 선생님이 이 학교에 계실 때 유태림 씨가 있었습니까?"

"내가 도청으로 전근하기 직전 1년 동안 유군의 반을 맡은 적이 있지."

"그렇습니다." 하고 B선생이 거들었다.

"저와 한반이었습니다."

"그렇지. B선생도 그럼 유태림 군을 잘 알겠구먼, 어떨까, 유군을 이 학교에 데리고 올 수 없을까. 그만한 교사면 큰 힘이 될 것도 같은데……"

"그 사람이 와주기만 하면 힘이 되지요."

B선생의 말이었다.

"어떤 인물인지 저는 잘 모르겠습니다만 그런 분이 온다고 해서 신학기의 사태를 수습하는 데 도움이 되겠습니까?"

교감의 이 말은 나의 의사를 그대로 대변한 것이나 마찬가지였다. 교장은 수색(愁色)이 어린 얼굴을 엄숙하게 차리면서 말했다.

"신학기의 사태 때문만으로 하는 얘기가 아닙니다. 근본적으로 학원을 개조해야 된다는 겁니다. 그러자면 좋은 인재를 모을 필요가 있다는 거지요. 헌대 유태림 군은 지금 어떻게 지내고 있답니까."

"금년 3월에 저와 거의 같은 무렵 중국에서 돌아왔습니다. 그리고는 잠간 고향에서 머물고 있다가 지금은 서울에 가 있는 모양입니다. 그러나 학병으로 갔을 때나 돌아와서나 만나 본 적은 없습니다."

이렇게 말하면서 더 이상 구체적인 것을 B선생이 알고 있지나 않을까 해서 그쪽으로 건너보았다. 그러자 B선생이 다음과 같이 보충했다.

"유태림 군이 중국에서 돌아왔다는 소식을 듣고 제가 한 번 찾아갔었지요. 그때 유군의 말로는 서울에 자리를 잡고 학문을 계속할 의향인 것 같았습니다."

"어떻게 해서라도 그 사람을 데리고 왔으면 좋겠어. 서울엔 이따가 가도 될 게고 학문을 한다고 해서 꼭 서울에 있어야 할 까닭도 없을 테니 시대가 안정될 때까지 고향에 있어 보는 것도 좋지 않을까. 이렇게 권해서 2, 3년간이라도 좋으니 이 학교를 돌봐 달라고 해볼 수 없을까. 어떻겠어요. 이 선생과 B선생이 책임을 지고 서둘러 주었으면 하는데!"

원래 아첨하는 근성이 있는 탓으로 상사(上司)가 이렇게 부탁해 오면 나는 거절을 못 한다. 그래 이럭저럭 말들을 주고받고 있는 동안에 어쩌다 보니 유태림을 C고등학교의 교사로서 모셔 오는 책임을 나 혼자 걸머진 결과가 되어 버렸다.

신학기의 사태에 어떻게 대비하느냐의 문제로 되돌아갔다. 어떤 수단으로라도 P와 M과 S를 없애야 한다고 A선생이 다시 한바탕 떠들었다. 주동 되는 학생을 회유하는 수단이 없을까 하는 의견도 나왔다. 방학을 연기하면 어떠냐는 안도 나오고 경찰에 의뢰해서 공포 분위기를 조성하자는 제안도 있었다. 그러나 모두가 실현성 없는 말들이었다.

"도리가 없습니다. P선생과 M선생을 교장 선생님이 불러서 간곡하게 부탁해 보는 수밖엔 없지 않습니까?"

차분한 소리로 B선생이 이렇게 말했다. 교감은 그렇게 해봤자 그들은 자기들의 말을 학생들이 들을 턱이 없다고 딱 잡아뗄 것이 뻔하다고 했다.

"그러나 어떻게 합니까. 우리들도 우리들 나름으로 설득 공작을 해볼 것이니 교장 선생님이 P선생과 M선생을 불러서 타일러 보십시오."

언제나 온건한 의견이어서 화려한 광채가 없는 그만큼 B선생의 의견엔 설득력도 있었다.

"그자들의 의견은 들으나 마나지. 그러니 얘기하나 마나구. 전번에 내가 부탁했더니 교장 선생님의 말을 듣지 않는 학생들이 어떻게 우리말을 듣겠습니까, 하더구먼."

이렇게 말하는 교장의 입언저리에 쓸쓸한 웃음이 남았다.

"일본 사람의 말입니다만 적심(赤心)을 상대의 뱃속에 둔다는 것이 있지 않습니까." 하고 B선생은 다시 한 번 말했다.

"적심! 그것이 통할 수만 있다면야!"

교장은 힘없이 중얼거렸다.

그러나 별달리 묘안이 있을 까닭이 없었다. 교장이 P와 M, 그리고 S를 불러 술이나 같이 나누면서 수단껏 타일러 본다는 것으로 모임의 끝을 내지 않을 수 없었다.

— 『관부연락선』, 32~43쪽


'나'는 유태림의 집을 찾아갔다. 엄청난 부잣집이었다. 15세 적부터 객지 생활 12년. 귀공자 풍의 그의 부친은 약 5000석의 토지를 하인들, 소작인들에게 무상으로 나눠 준 위인. 부친 왈,

"권해 보게. 이와 같은 난세에는 되도록 가족과 같이 있어야 하느니."

이 정도의 말만 들었으면 교장에게 대한 나의 책무의 반은 다한 셈이라고 생각하고 일어서려는 나를 유태림의 아버지는 기어코 붙들어 앉혔다. 십 수년 전 중국에서 가져온 오갈피주(酒)가 있으니, 그것을 한잔하고 가라는 것이다. 친구의 부친과 같이 술을 마신다는 건 그 지방의 풍습으로선 있을 수 없는 일이다. 나는 굳이 사양하지 않을 수 없었는데 유태림의 아버지는 그런 나의 마음을 알아차렸는지,

"지금부턴 노소동락(老少同樂)을 해야 하네. 민주주의의 세상이 아닌가. 민주주의란 어떤 뜻으론 노소동락해야 한다는 말이 아닌가." 하고 술상을 차려 오라고 하인에게 일렀다.

외롭던 차에 아들의 친구, 또는 친구의 아들을 만나 반가워하는 그의 뜻

을 매정스럽게 뿌리칠 수가 없어 한잔 한잔 거듭하는 바람에 [……]

"그걸 가지고 고향에 와서 학교를 하든 사회사업을 하든 하면 될 게 아닌가. 자네에게 의견이 있으면 같이 의논해서 해보게. 이조(李朝)가 망하는 것을 우리 눈으로 보지 않았는가. 권불백년 세불십년(權不百年 勢不十年)이란 걸세. 아직도 액(厄)이 풀린 것 같질 않아. 무슨 산해(山害)도 아닐 거구. 내 대에 와서 무슨 변이 날 것만 같으니 선조의 영에 대한 면목도 없구. 태림이가 불쾌한 짓을 해도 자네는 그를 잘 봐주게. 자네가 하고 싶은 일이 있으면 내게 말하게. 태림이가 반대해도 내가 해주지. 돈으로써 되는 일이면 언제든지 말해 주게. 어쨌든 태림을 잘 봐주게."

말의 도중에 잘 봐줘야 할 편은 내가 아니고 태림이라고 몇 번 서둘러 나의 뜻을 전하려 했지만 태림의 아버지는 자기의 말이 그냥 지껄이는 인사말이 아니라고 정색을 했다. 나는 그런 말을 들으면서 태림의 부친이 태림에게 대한 나의 복잡한 감정을 꿰뚫어 본 탓으로 그렇게 말하는 것이 아닐까 하는 생각마저 들었다. 그러나 그 부친의 말은 유태림에게 대한 나의 미묘한 감정을 풀어 놓는 데 커다란 작용을 했다. 진심으로 유태림을 C고등학교에 모셔 왔으면 하는 생각이 돋아나게까지 된 것이다.

어머니에게 드리라고 사주는 한 꾸러미의 인삼을 들고 산정을 나온 것은 이미 모색(暮色)이 짙어 있을 때였다. 유태림의 부친은 동구 앞 개울가에까지 전송하러 나왔다.

—『관부연락선』, 50~51쪽


드디어 유태림이 교사 노릇을 하기 시작. '나'는 유태림의 애인 서경애를 만난다. 최영자라는 이름. 도쿄서 유태림과 알게 된 유학과 출신. 러

시어어 공부. 사상보다 사랑을 택한 여성. 유태림은 또 여사여사한다. 곡절을 겪어 학교에서 일부 교사 및 학생들의 배척으로 떠났고 지리산으로 납치되어 행방불명. '나'는 유태림과 서경애의 지리산행까지를 추적해 본다.

경애는 재작년 초겨울, 나와 함께 걸은 일이 있는 C루(樓)를 거쳐 S대(臺)에 이르는 길을 다시 한 번 걸어 보자고 했다. 나는 그러기에 앞서 유태림에게 연락을 해두자고 말해 보았다. 경애는 태림을 만나기 전에 나더러 의논할 얘기가 있다는 것이었다.

나는 경애와 더불어 산보하는 것은 싫지 않았지만 검문이 심한 거리에서 서경애에게 무슨 일이 생기지나 않을까 해서 우선 그것이 불안했다. 그러나 그런 말을 입 밖에 낼 수는 없었다. 눈치 빠른 경애는 그와 같은 나의 마음속을 꿰뚫어 본 양으로 핸드백을 열더니 한 장의 신분증을 꺼냈다. 대구시에 있는 어떤 학교의 교사 신분증이었다. 사진은 경애의 것이 붙어 있는데 이름은 '이정순'이라고 되어 있다.

"이정순?" 하고 나는 경애의 얼굴을 돌아보았다.

"가명을 만들어 보았어요. C시에서 이만한 신분증으로써 통할 수 있지 않을까요?"

경애는 침착하게 말하는 것이었지만 나는 어안이 벙벙했다. 가짜 증명서가 있을 수 있다는 것도 그런 것을 가지고 행동하는 사람이 있다는 것도 들어서 알고 짐작도 하고 있었지만 바로 눈앞에 그런 사람을 보는 것은 그때가 처음이었고, 그런 것을 알면서 같이 행동해야 할 처지가 그저 딱하기만 했다. 하지만 나는 아무런 기색도 나타내지 않았다.

"제정 러시아 시절의 여자 테러리스트 같구먼요."

나는 고작 이렇게 말하며 마음속의 동요를 얼버무렸다.

N강을 낀 산보로를 C루를 향해 걸어 올라가면서도 나의 마음은 엷게 눈에 덮인 풍경에 있지 않고 가짜 증명서를 가진 위험한 여자와 공범으로서 행동하고 있다는 의식으로 꽉 차 있었다.

상대방이 서경애가 아니었더라면 어림도 없는 일이다. 나는 새삼스럽게 서경애에 대한 내 마음의 경사가 얼마나 가파른가를 깨닫고 암연한 심정이 되었다.

N강의 빛깔은 주위의 흰빛 때문인지 검게 보였다. 녹청을 흘린 것 같은 흐름이 잔잔한 주름을 잡은 물결 위에 간혹 엷은 얼음 조각이 희미한 광택으로 태양빛을 반사하고 있었다.

C루 위에서 이런 풍경을 내려다보며 그 의논해야 할 얘기라는 것이 하마나 나올까하고 기다렸지만 서경애는 말문을 열지 않았다. 나는 제정 러시아 말기 혁명 조직에 가담한 여자들의 군상을 서경애의 모습을 통해서 공상했다. 당시의 혁명조직 가운덴 사상의 힘으로써 보다 신비로운 분위기를 가진 여자의 매력에 의해서 지탱되어 간 것도 있었을 것이 아닌가 하는 생각도 들었다.

경애도 말이 없었고 나도 말이 없었다. 눈이 온 뒷날이라서 그런지 차가운 물 때문인지 그렇게 붐비던 세탁녀(洗濯女)들의 모습이 한 사람도 N강변에 나타나 있지 않았다. 황량한 겨울의 길이었다. 나와 경애는 S대 쪽으로 묵묵히 걷고 있었다. 황량한 겨울의 길이었다. 나와 경애는 S대 쪽으로 묵묵히 걷고 있었다.

S대에 이르자 경애는 지리산 있는 쪽을 향해서 섰다. 한참 동안 같은 자

세로 서 있더니 경애는 중얼거렸다.

"지리산이 보이지 않네요."

"맑은 날씨가 아니면 보이질 않습니다."

그러나 서경애는 희미한 태양빛이 비치곤 있다지만 흐린 하늘이라고밖엔 할 수 없는 그 하늘의 저편에 있는 지리산의 모습을 꼭 찾아내고야 말겠다는 듯이 그 방향에다 시선을 쏟고 있었다.

"지리산은 춥겠죠." 경애는 묻는 말도 아니고 혼자말도 아닌 어조로 이었다.

"전투에서보다도 동상 때문에 희생이 많이 난다고 하던데."

서경애는 지리산 속에 있는 빨치산에게 마음을 쏟고 있는 것이었다. 지리산 속의 빨치산! 그들은 여수와 순천 기타 지리산 주변에서 나와 같은 사람을 많이 죽였다. 우익이라고 해서, 그들과 같은 사상을 지니지 않았다고 해서, 만일 그들이 나를 붙들면 영락없이 죽여 버릴 게다. 그런데 서경애는 그러한 빨치산에게 호의가 넘치는 관심을 쏟고 있는 것이다. 나는 억지로라도 서경애에 대해서 적의(敵意)를 품어 보려고 애썼다. 허사였다. 실감이 나지 않았다.

서경애의 '얘기'란 것은 S대에서 내려오면서부터 시작되었다. 간추려 말하면 재작년 겨울 태림의 부친이 경애에게 주려고 했던 그 돈을 달라고 할 수 없을까 하는 의논이었다. 하도 어이가 없는 제안이어서 나는 선뜻 뭐라고 말할 수가 없었다. 경애가 스스로 태림의 아버지로부터 돈을 받겠다고 나선다는 것은 도무지 납득이 가질 않았다.

"불가능할까요?" 내 마음의 소용돌이가 가라앉기도 전에 경애의 말이 뒤쫓아 왔다.

"말씀만 드린다면 당장에라도 내놓을 겁니다." 해놓곤, 나는 꼭 돈 쓸 일이 있으면 내가 어떻게 마련해 드려도 좋겠느냐고 묻고 싶어졌다. 그래 그런 빛을 풍겨 보았더니.

"이 선생님을 괴롭힐 생각은 없습니다." 하고 잘라 말했다.

"돈이 필요하다기보다 태림 부친의 돈이 필요하단 말입니까?"

"돈이 필요하다는 것뿐이죠. 갑자기 돈을 쓸 일이 생겼어요. 그래 재작년 일을 생각해 낸 거지요."

서경애에게 돈을 써야 할 일이 생겼다면 그건 어떤 경우일까. 미묘한 관계에 있는 태림의 부친에게 돈을 요구해야 할 만큼 필요하게 된 돈이란? 그 용도는? 경애의 기품과 성질로 보아 그리고 연전 한 말로 미루어 굶어 죽는 한이 있어도 그런 쑥스런 요구를 할 사람이 아니라는 나의 인식을 버릴 수 없었으니 벅찬 수수께끼였다.

"돈을 어디다 쓸 작정입니까?"

용기를 내어 물어보았다.

"미안합니다. 그건 묻지 말아 주세요."

용도를 밝히지 못할 사람에게 그런 의논은 뭣 때문에 하느냐고 윽박지르고 싶은 마음이 일었으나 말은 마음과 딴 판으로 나타났다.

"좋습니다. 태림 씨의 부친께 말씀드려 보죠."

경애의 얼굴이 활짝 개었다.

"고맙습니다. 이 선생께는 정말 신세만 끼치고……"

"쇠뿔은 단김에 뺀다고 지금 유태림 씨 집으로 가겠습니다."

"되도록이면 태림 씨는 모르도록 했으면……"

"그거 안 됩니다. 그렇다면 전 사이에 설 수가 없지요."

경애는 한참 망설이는 눈치더니

"좋아요. 태림 씨가 알아도 좋습니다." 하고 단호한 표정을 지었다. 창피스러운 꼴이라도 감수하겠다는 각오의 표명처럼 보였다.

경애를 데리고 태림의 집 근처까지 갔다. 그리곤 그 근처에 있는 음식점에 경애를 기다리게 해놓고 나는 태림의 집으로 갔다. 태림은 그때까지 자리에 누워 있다가 이제 막 세수를 하고 식사를 끝낸 참이라고 했다. 나는 서경애가 왔다는 것과 서경애의 요구를 대충 설명했다.

"경애가? 돈을?"

태림은 도무지 납득이 가지 않는다는 멍청한 표정이었다.

"그런데 그 얘길 아버지에게 어떻게 하지?"

"그건 내게 맡겨 둬."

이렇게 말하고 나는 사랑으로 나왔다. 태림의 부친은 나를 반겨 맞았다. 이만저만한 신세를 지지 않았다면서 무슨 부탁이건 하면 자기도 힘이 되도록 애쓰겠다고 했다. 나는 망설일 것도 없이 서경애의 얘기를 털어놓았다. 그리고

"웬만해 가지고는 이런 얘길 할 여성은 아닌데 참으로 딱한 사정인가 봅니다." 하고 덧붙이기도 했다.

"그것 참 잘됐네. 언제나 마음에 걸려 있었던 건데. 연전에 드릴려다가 드리지 못한 것이 그대로 있는데 그것으로써 될까?"

하면서 벽장 속의 문갑을 뒤지더니 눈 익은 봉투를 꺼냈다. 재작년 초겨울 나를 거쳐 서경애에게 주려다가 거절당한 바로 그 봉투였다. 햇수로 2년인데 그 봉투를 그냥 간수하고 있는 태도에 태림 부친의 마음가짐을 새삼스럽게 알 것만 같았다.

"펴 보게. 그걸 가지고 되겠는가?"

나는 봉투 안에 든 것을 꺼내 보았다. 50만 원짜리 수표가 다섯 장이나 들어 있었다. 도합 250만 원, 우리들 교사 10년 치의 월급을 합해도 미치지 못할 액수였다. 그런데도 태림의 부친은,

"그걸 가지고 될까?"

하고 근심스럽게 물었다.

"되다 뿐이겠습니까?"

서경애가 필요로 하는 돈의 액수를 물어 오지 않았던 것이 후회가 되었지만 이런 거액까지 필요로 하지 않을 것은 분명한 일이라고 생각했다.

"조금이라도 미안하다는 생각을 갖지 않도록 자네가 잘 말해 주게. 만일 그걸 가지고도 모자란다면 기탄없이 말해 주도록 이르기도 하게."

이렇게 말하는 태림 부친의 말을 등 뒤로 들으면서 나는 밖으로 나왔다. 대문 밖에 태림이 기다리고 있었다.

"250만 원을 받았어."

태림을 보고 이렇게 말했으나 태림은 아무 말도 없이 내 뒤를 따라 나왔다. 나와 태림을 보자 경애는 음식점에서 나왔다. 경애와 태림은 서로 덤덤한 인사를 주고받았다. 태림은 어디 조용한 데나 가서 얘기나 할까 하는 눈치를 보였지만 경애는 급한 일이 있다면서 이만 실례하겠다고 딱 잘라 말했다.

한길 가운데 서서, 경애와 내가 나란히 걸어가는 뒷모습을 보고 유태림이 어떤 생각에 잠겼을까. 나는 경애가 태림 부친에게서 돈을 받았다는 그 사실에 태림과 경애의 영원한 결별을 짐작했다.

—『관부연락선』, 576~582쪽

그 후의 유태림은 어떻게 되었을까. 지리산행을 포기한 서경애는 어째서 해인사에서 여승이 되었을까. 유태림을 납치해 간 빨치산이 거창 덕유산 쪽으로 이동하고 있다는 정보가 들렸으나 이를 찾고자 하는 '나'는 비관적이었다. 일본인 H의 부탁도 불가능한 형편.

## 5. 『지리산』과 『남부군』의 이동점

이병주의 『지리산』은 이태의 『남부군』과 어떤 점에서 닮았고, 또 어떤 점에서 결정적으로 구분되는가. 이태는 서두에서 이렇게 분명히 말해 놓았다. "기록은 소재이지 역사 자체는 아니다. 소재에는 주관이 없다. 소재는 미화될 수도 비하할 것도 아니다. 나는 작가가 아니라 사실보도를 업으로 하는 기자였다"(「머리말」, 『남부군(상)』, 15쪽). 자기는 '작가'가 아니라고 분명히 못을 박았다. '기자'이기에 객관적으로 기록하는 작업에 진력했다는 것. 그렇다면 누구나 이렇게 말할 수 있겠다. 그 '기록'을 누구나 읽을 수 있지 않을까. 누구나 읽어도 무관한 것이 않을까. 그런데도 기자 이태는 이렇게 또 말해 놓았다. "그동안 파렴치한 한 문인으로 해서 기록의 일부가 소설 속에 표절되기도 했고, 그 때문에 가까스로 만난 보완의 기회를 놓치고야 말았다"(「머리말」, 16쪽)라고. 그렇다면 이렇게 볼 수밖에 없다. 『남부군』의 초고나 그 초고의 일부가 이미 세상에 공개되었거나 아니면 '수기' 형태로 '파렴치한 한 문인'도 능히 얻어 볼 수 있었다고.

두레출판사에서 1988년 7월에 간행된 『남부군』은 그 완성판이라 할 것이다. 필자는 이 '파렴치한 한 문인'이 보고 소설 속에 이용했다는 '수기'의 일부를 찾아볼 길이 없었다. 그런데 이병주의 대하소설 『지리산』

(1972년부터 1978년까지 『세대』에 연재, 단행본으로 나온 것은 1978년)에
는 이런 기록이 나온다(인용은 한길사판).

이태는 박태영이 일제 때부터 이현상과 인연이 있다는 사실을 알고 있
었다. 그래서 박태영을 말단 전사로 그냥 두고 있는 것이 의아했다.

"박 동무는 지리산 마지막의 빨치산이 될 거요. 그건 나도 믿고 있소. 박
동무처럼 강인한 건강과 의지를 나는 본 적이 없으니까. 게다가 박 동무
는 탄환 사이를 누비고 다니는 기술까지 있거든. 아직 한 번도 부상한 일
이 없잖아. 병이 난 적도 없구."

이태의 말이 있자 박태영은 피식 웃었다. 병이 났다는 정도가 아니라 박
태영은 동상이 최악의 상태가 되어 있었다. 그래도 박태영은 자기의 동
상에 관해선 한마디 말도 하지 않았다.

"박 동무, 사령관 선생님의 노여움을 산 적이 있나? 지리산에서가 아니
고 말이오."

"그걸 왜 묻지?"

"이상해서 그래요. 과거부터 알았다면 박동무의 실력을 알고 있을 텐데.
용기도 말야."

"나는 기본 계급이 아니니까."

"누군 기본 계급인가?"

"이 동무, 나는 간부가 되기 싫어. 지금이 좋아."

"허기야 지금 간부가 되어보았자 마찬가지지만 사람 대우가 어디……."

"나와 사령관은 통하지 않는 점이 꼭 한 가지 있어."

"그게 뭔데?"

"지금은 말할 수 없어. 사령관 동무는 그걸 알고 있어."

"글쎄, 그게 뭔데?"

"언젠간 얘기하겠소. 그러나 지금은 안 돼."

박태영과 이태는 거림골의 무기코트를 숲 사이로 바라볼 수 있는 바위 틈에서 얘기하고 있었는데 강지하가 불쑥 나타나 이태를 보고 말했다.

"문춘 참모가 찾던데."

"그래?"

이태는 막사가 있는 쪽으로 갔다.

"여기가 좋군."

하고 강지하는 이태가 앉아 있던 자리에 앉았다. 그리고 박태영을 보고

"동무 얘긴 이태 동무를 통해서 많이 들었소. 전투대원으로서 고초가 심하겠지?"

하고 생긋 웃었다.

"고초는 마찬가지 아니겠소. 동무의 그림솜씨가 대단하다는 얘긴 들었습니다. 이태 동무가 말합디다."

"내가 그리는 게 어디 그림입니까. 도화(圖畵)지요, 도화."

"겸손의 말씀을."

"겸손이 아닙니다. 정말 도화지요. 인민에게 복무하려면 도화라야 한다나요?"

강지하는 이렇게 말해 놓고

"헷헷."

하고 웃었다. 그 웃음엔 자조적인 빛깔이 있었다. 박태영은 그 웃음에서 친근감을 느꼈다. 그래서 물었다.

"어떻게 그리면 인민에게 복무하게 되는가요?"

"그걸 나도 모르겠단 말요. 작년 여름 뱀샛골에서 상당히 오랫동안 머무르고 있을 때. 가지 골짜기 바위틈에 피어 있는 나리꽃을 보았소. 바위 몇 개가 포개진 들에 흙이 쌓였는데, 그 흙에 뿌리를 내린 나리꽃이었소. 이끼가 긴 바위 몇 개가 포개진 형태가 늙긴 했지만 아직도 싱싱한 남자의 육체를 연상케 하고 그 나리꽃은 그 남자의 육체에 안긴 농염한 젊은 여자의 얼굴 같았소. 자연은 가끔 이상한 에로티시즘을 발산하거든. 나는 뭐라고 형언할 수 없는 감동에 젖어 바위를 늙은 남자의 육체로 나리꽃을 젊은 여자로 그렸소. 그런데 사령부의 간부 한 사람이 그 그림을 들여다보더니 설명하라고 하데요. 내 상(想)을 대강 말했더니 대뜸 한다는 소리가. '공화국의 바위와 나리꽃을 그렇게 그리면 안 된다'는 거였소. 그리고 '그림은 공화국을 위하고 인민에 복무하는 그림이라야 한다'는 거였소. 바위는 바위로, 나리꽃은 나리꽃으로 그려야 한다나요? 요컨대 도화를 그리라는 말이었지."

"그 간부가 혹시 정 정치위원 아닙니까?"

"맞소, 그런데 그걸 어떻게 아우?"

"그 분의 입버릇이니까요. 내 발도 공화국의 발이라고 합디다."

"어쨌든 당성이 강한 동무니까. 그 당성을 배워야죠."

하고 강지하는, 눈이 얼룩덜룩 남아 있는 건너편 산을 보며 중얼거렸다.

"벌써 2월에 들어섰을 텐데."

"요즘은 무슨 그림을 그립니까."

"쫓기기에 바빠 그릴 여가가 어딨수."

"이태 동무 말로는 짬만 있으면 그린다고 하던데요."

"그게 내 유일한 사는 보람이니까요. 어느 골짝, 어느 두메에서 죽을지 모르지만. 국군이나 경찰이 내 배낭 속에서 내가 그린 그림을 발견하고. '자식, 꼬락서니는 굶주린 산돼지인데 그림은 좋군.' 할 수 있게 좋은 그림을 그리고 싶소"

박태영은 웃으려다가 그 웃음이 얼어붙는 걸 느꼈다.

'이 세상에. 이 인생이 어디 그런 걸 소망이라고 지니고 다니는 사람이 있을까. 모든 파르티잔이 밥이나 한번 실컷 먹어보고 죽었으면 하는 소망밖에 지닌 것이 없는 상황 속에서……'

강지하는 지금, 작가 이동규를 모델로 초상화를 그리고 있는데, 그 그림의 제목을 '어느 빨치산 작가의 초상'이라고 할 참이라고 했다. 이렇게 장시간 한담을 할 수 있었다는 것도 이례에 속했다. 그러나 그 대화가 박태영이 강지하와 가진 최초이자 마지막 대화였다.

남부군 수뇌부는 전력 회복 방안을 두고 회의를 거듭했다. 백 번 회의를 거듭해 보았자 결론은 마찬가지였다.

첫째는 식량보급이고 둘째는 동상치료였다.

결론이 나왔다고 해도 이 문제를 해결하기 위한 구체적인 방법이 있어야 했다. 동상 문제는 약을 구할 수도 없고 병원에 입원시킬 수도 없으니 각자 알아서 최선을 다하라는 지시밖에 있을 수가 없었다.

사실을 말하면 남부군 전체가 이 동상에 의해 전멸된 상태에 있었다. 정도의 차이는 있으나 거의 전부가 동상에 걸려 있었다. 다섯 발가락, 다섯 손가락이 변색해서 썩어 들어가는 대원이 태반이었다. 그런데 방법은 하나밖에 없었다. 냉수 마사지였다. 박태영은 냉수 마사지와 건포(乾布) 마사지, 기회 있을 때마다 환부를 때리고 꼬집고 하는 방법으로 다소나마 효험을 보았다. 그런데 그 치료법은 굉장한 의지력을 필요로 했다.

— 이병주, 『지리산 7』, 한길사, 2006, 200~203쪽

박태영은, 앞서 가는 이봉관이 이태에게

"생쌀을 씹더라도 쌀이 있는 동안엔 살아남겠지. 이젠 얼어 죽진 않을 테니까."

라고 속삭이는 말을 들었다. 이봉관으로선 안타까움을 그렇게 표현했겠지만 박태영은 문득 이런 생각을 했다.

'김훈이 북쪽에서 온 사람이었다면 이봉관은 누구에겐가 명령을 내려서라도 떠메고 가자고 했을 것 아닌가.'

지대, 즉 문춘 지대는 그날 밤 주능선을 넘어 거림골로 탈출하는 데 성공했다. 단출한 인원인데다가 건장한 대원만으로 된 부대여서 백뭇골 뒷산을 별 탈 없이 넘을 수 있었던 것이다. 남쪽 비탈에서 잠시 휴식을 취했다. 이윽고 아침 해가 돋았다. 눈으로 얼룩진 지능선들이 선명하게 눈 아래 깔렸다. 그물처럼 토벌대의 대병력이 그 아래에 깔려 있다고는 상상도 못할 장엄하고도 아름다운 풍경이었다.

문춘이 쌍안경으로 사방을 둘러보았다. 바로 그 옆에서 눈 위에 드러누운 이봉관이 코를 골기 시작했다.

누군가가 이봉관을 가리키며 킬킬 댔다. 보니 그의 검은 권총대가 사타구니에 끼여 숨을 쉴 때마다 그 끝이 들먹들먹하여 남근의 발기를 연상케 했다. 짓궂은 대원 하나가 여성 대원에게 농을 걸었다.

"저것 봐, 저것 봐. 거, 물건 한번 좋다."

처녀인 여성 대원들은 그 농담의 뜻을 몰라 어리둥절했다. 그 꼴이 또 우

스워 모두 한바탕 폭소를 터뜨렸다. 이런 판국에도 웃음이 나온다는 사실 그 자체가 또 웃음을 유발했다. 어쨌든 긴장이 확 풀린 한 장면이었다. 다음 순간 일행을 출동을 개시했다. 지능선을 넘어갔다. 인원이 적으니까 행동이 빨라 편리하긴 했지만, 그 대신 정찰대를 낼 수가 없어서 불안했다. 12명의 전투원으로는 정찰대를 편성할 도리가 없었던 것이다.

선두에 선 지휘자 문춘의 뒤를 따라 어디로 가는지도 모르고 부대는 이동하고 있었다.

내리뻗은 지능선과 두 가지 능선이 M자를 이룬 곳에서 100미터쯤 내려갔을 때 갑자기 선두대열이 좌우로 산개하여 엎드려 자세를 취했다. 모두들 반사적으로 지형지물을 이용하여 몸을 숨겼다.

적정이 있었다. 아래쪽에서 총성이 울려왔다. 이편에서도 일제히 응사했다. 방한모를 쓴 병사 여남은 명이 능선을 타고 올라오는 것이 보였는데, 뒤이어 그 수가 자꾸만 불어났다. 거리는 약 500미터.

카빈총을 든 장교 하나가 꼿꼿이 서서 병사들에게 호통을 치는 것이 보였다. 전진하지 않는다고 병사들을 몰아세우는 모양이었다.

문춘이 저만큼 떨어져 있는 바위 뒤에서 감탄했다.

"그 놈 참 대담한 놈이군. 적이지만 됐어. 그만하면 됐어."

치열한 사격전이 10여 분간 계속되었다.

낮은 등성이어서 눈은 녹아 없고 햇볕이 따사로웠다.

박태영이 붙은 바위에 김금철이 붙고, 그 건너에 이태가 붙어 있었다. 김금철은 승리사단 시절, 박태영과 이태가 속한 부대의 연대장이었다. 두 번이나 부상을 당해 환자트에 있다가 나온 후론 무보직 상태에 있었다. 물론 격은 다르지만 실제론 박태영과 마찬가지로 전사일 뿐이었다.

김금철은 정면을 향해 두세 번 권총을 쏘더니 흥미를 잃었다는 듯이 바위를 등지고 앉아 기지개를 켰다.

"어어, 날씨 좋다. 완전히 봄이군."

급한 정황에서 할 말이 아니다 싶었는데 이태의 말이 있었다.

"이 판에 봄이구 뭐구, 왜 사격을 안 하시오."

"권총으로 사격이 되나. 탄환도 없구. 늘어지게 한숨 잤으면 좋겠군."

"허, 참."

이태의 얼굴에 신경질적인 힘줄이 나타났다.

"날씨가 좋으니까 자꾸 졸음이 와. 동무 담배 없나? 있으면 한 대 줘."

"없어요."

이태의 퉁명스러운 대답이었다. 그러자 김금철이

"이 동무, 마음 변했어."

하고 허리품에서 쌈지를 꺼내 삐라 종이로 담배를 말아 불을 붙였다.

"쳇, 담배를 가지고 있으면서 남보구 달래."

이태의 말투에 불쾌감이 묻어 있었다. 김금철은 대꾸하지 않았다. 박태영은 김금철이 무안해서 대꾸를 안 한다고 생각하고 정면을 보고 한 발 한 발 조준 사격을 했다.

이태도 최근에 바꾼 성능이 좋은 99식으로 열심히 사격을 했다.

얼마쯤 후,

"김동무, 어이, 연대장 동무."

하고 이태가 김금철을 불러, 박태영은 김금철 쪽을 보았다. 김금철의 앉은 자세가 이상하다고 느꼈다. 자세히 보니 김금철은 담배를 떨어뜨린 채 죽어 있었다.

"이 동무, 김금철 연대장이 죽었소."

"뭐라구?"

이태의 얼굴에 놀람과 비통의 그림자가 교차했다. 자기가 퉁명스럽게 대한 데 대한 뉘우침도 있었는지 이태는

"아아 연대장 동무" 하고 울먹거렸다.

박태영은 승리사단에 전속되어 그 부하로 들어갔을 때 들은 김금철의 첫번째 훈시를 상기했다. 빨치산은 용모와 복장이 깔끔해야 한다고 전라도 사투리를 마구 쓰며 강조했었다.

김금철은 여순사건 이래 수많은 전투를 겪었다. 국기 훈장 2급을 타기도 하고 연대장까지 지낸 14연대의 고참이었다. 그 역전의 용사 김금철의 최후치곤 너무나 어이없는 죽음이었다.

박태영은 사격을 계속하면서도 김금철에 대한 상념을 지워버릴 수가 없었다.

그는 당당한 연대장이었다.

일본 육군 대학을 나온 일본의 연대장 이상의 작전 능력을 지닌 연대장이었다. 졸병으로 출발한 사람이었던 만큼 졸병의 마음을 잘 파악하는 지휘자였다. 연대에서 가장 용감한 병사였다. 몸을 사릴 줄을 몰랐다. 그리고 언제나 솔선수범했다. 두 번이나 입은 부상은 그 때문이었다. 그의 전라도 사투리는 어떤 국어보다 훌륭했다. 그는 평안도 사투리, 함경도 사투리, 심지어 서울말까지도 흉내내려고 하지 않았다. 그의 전라도 사투리 훈시는 시저의 웅변보다 훌륭한 웅변이었다.

아아, 김금철 연대장! 그의 일생은 과연 무엇이었을까. 사기당한 일생이 아니었을까. 횡령당한 일생이 아니었을까. 늘어지게 한숨 자고 싶다더

니 소원대로 된 것일까. 누구도 그의 잠을 깨울 수 없게 되었으니.

—『지리산 7』, 240~243쪽


『지리산』 제7권 「추풍, 산하에 불다」의 일부이다. 여기에 이태가 등장하고 있다. 작가 이병주가 이태의 '수고' 초고를 보지 않았다면 어떻게 이태를 알았고, 또 어떻게 이렇게 썼을까. 또한 경찰과 빨치산의 휴전회담이 있었음도 보여 준다.


"앉읍시다, 우리."

하고 바위에 앉았다. 6명이 모두 앉았다.

경찰관이 담배를 꺼냈다.

"우린 악수할 처지는 아니지만 담배는 나눠 피웁시다."

하고 담배를 한 개비씩 권하더니, 박태영 차례가 되자 아직 꽤 많이 남아 있는 담뱃값을 그냥 넘겨주며,

"당신이 가지시오."

하고 호기를 부렸다. 그리고 제안했다.

"인질 하나씩을 데리고 정확하게 보수(步數)를 헤아려 500보 갔을 때 인질을 동시에 돌려보내도록 하는 방법이 어떻겠소."

"우리가 서로 양해한다면, 그런 복잡한 방법 쓸 것 없이, 아무 일 없었던 것처럼 통과합시다."

문춘의 말이었다.

경찰관은 "우린 공산당을 믿지 않기로 했소."

하고 껄껄 웃고 덧붙였다.

"당신들도 경찰을 믿지 못할 것 아니오."

"당신의 제안대로 하겠소."

문춘이 말했다.

"이로써 협상되었소."

하더니, 경찰관은

"실례가 될지 모릅니다만 내 의견을 말해보겠소."

라고 했다.

"말하시오."

"어떻소, 당신들은 저 산 위로 갈 것이 아니라 우리들과 같이 평지로 내려갑시다."

"쓸데없는 말은 안 하기요."

문춘이 노기를 띠고 말했다.

"강요하는 건 아니오. 그러나 내 말을 듣기나 하시오. 당신들은 지금 무슨 생각을 하고 있는지 모르지만 머잖아 죽을 운명에 있소. 대한민국은 결코 호락호락하지 않소. 지리산 속에서 죽는 것보다 살아 장차 당신들이 좋아하는 공화국을 위해 일하면 될 것 아니오. 만일 당신들이 나를 따라가겠다면 절대로 안전하게 모시겠소. 원하신다면 거제도 포로 수용소로 보내주겠소. 지금 휴전 회담에서 포로를 교환하는 데 합의해서 교환 절차만 남아 있소."

"듣기 싫으니 인질 선정이나 합시다."

문춘이 딱딱하게 말했다.

"우리 측은 선정할 필요가 없소. 내가 인질이 되어 따라갈 테니까."

그때 옆에 있던 경찰관 두 사람이

"대장님, 그건 안 됩니다. 제가 인질이 되겠습니다."

하고 거의 동시에 말했다.

문춘이 입을 열기 전에 박태영이 나섰다.

"내가 가겠습니다."

"그렇게 해주시오."

문춘이 나직이 말했다.

결국 부하 경찰관 한 사람이 남부군의 인질이 되고 박태영은 경찰의 인질이 되었다.

부대가 각기 움직이기 시작했다.

500보를 정확하게 헤아리더니 경찰대장이 박태영에게

"어쩐지 당신만은 데리고 가고 싶지만 우리 부하가 저기에 있으니 할 수 없군. 그러나 기회를 보아 귀순하도록 하시오. 내 이름은 김용식이오. 경찰에 붙들리거든 내 이름을 대시오."

하고 옆구리에 차고 있던 가방에서 한 다발의 신문과 캐러멜 두 통을 주며 말했다.

"빨리 돌아가시오."

박태영은 돌아오다가 중간에서 인질이 되었던 경찰관과 스쳤다. 그 경찰관은 지나치려다 말고 포켓에서 담배 한 갑과 성냥을 꺼내 얼른 박태영의 손에 쥐어 주었다. 그리고 박태영이 고맙다는 말을 할 사이도 없이 미끄러지듯 비탈길을 내려갔다.

박태영은 느릿느릿 숨을 조절해가며 걸었다. 얼마를 가니 문춘이 박태영의 배낭을 들고 서 있었다. 주위가 갑자기 어두워졌다.

긴 봄날의 해도 어느덧 저물어 가고 있었던 것이다.

박태영은 방금 있었던 일을 꿈속에서 있었던 일처럼 생각하며 문춘의 뒤를 따랐다. 동족끼리의 싸움이기에 더욱 비참하고, 동족끼리의 싸움이기에 뜻밖의 정이 오갈 수도 있다는 상념이 애처로웠다.

"그놈, 참으로 대단한 경찰관이다."

"공산당원이 되었더라면 모범 당원이 되었을 놈이다."

등등, 김용식 경찰관은 한동안 남부군의 입에 오르내렸다.

박태영은 경찰관이 준 신문을 몰래 읽었다.

4월 9일 자 신문에는 다음과 같은 기사가 있었다.


**전황** 지상 전투는 지극히 평온하다. 유엔군 정찰기가 문등리 계곡에서 공산군 부대를 습격하여 7명을 사살했다. 유엔군 폭격기가 전주, 순천 간의 철도를 폭격하고, B29폭격기는 선천의 군사 시설을 파괴했다.

**미 국방성 발표** 한국 전선에서의 미군 사상자 총수는 107143명이다. 이것은 지난주 발표에 비해 178명이 증가된 수이다.

**4월 9일 현 지리산 지구 종합 전과** 공비사살 12286명, 생포 8438명, 귀순 1120명, 각종 포 51문, 기관총 269정, 소총 4690정, 수류탄 2793개 노획.

**휴전회담** 6개월 내에 평화가 달성될 것이라고, 영국 극동 지상군 사령관 게이트리 장군이 언명했다.

**국내 정세** 국회전원 위원회는 비공개로 예산안 본격심의에 들어갔다. 장 국무총리가 미군 병원에 입원했다. 사회부가 4월분 구호 양곡을 각 도에 배당했다.


4월 10일 자 신문도 지상 전투는 평온하다고 하고 공군의 활약상만 보

도했다. 내각 책임제 개헌안 서명 의원이 10일 현재 125명에 달했다고
했다. 휴전 회담 진행 상황 보도도 있었다.

4월 11일 자의 신문은 미 육군이 발표한 공산군의 손해를 보도했다. 4월
3일까지 공산군 사상자는 1648456명이고 포로가 132268명이라고 했다.
160만여 명이 죽고 13만여 명의 포로가 있다면 공산군은 궤멸된 거나
다름없지 않을까 하는 생각이 들었다.

이태가 없어졌다는 사실은 날이 갈수록 박태영을 침울하게 했다. 어느
덧 정이 들 대로 들어 있었던 것이다. 박태영은 보초를 설 때에도 행군을
할 때에도 이태를 생각하며 멍청해져버릴 때가 있었다.

죽었을까, 생포되었을까, 귀순했을까, 그 사실을 확인하기 위해서라도
탈출하고 싶은 충동을 빈번히 느끼게 되었다.

사실을 말하면 이태는 생포되었다. 물론 박태영이 알 까닭이 없었지만
이태는 그 후 자기가 생포된 경위를 다음과 같이 썼다.


〈이태의 수기〉

내가 떠나려고 하자 문춘이 내 작업복 포켓 언저리가 터져 있는 것을 보
고 여성대원 원명숙에게 지시했다.

"원동무, 이태 동무의 작업복을 꿰매주시오."

원명숙은 내 윗도리를 이곳저곳 뒤적이며 몇 군데 터진 곳을 얌전하게
꿰매주었다. 그리고 다소곳한 소리로 말했다.

"자, 됐어요, 돌아서 봐요. 바지는? 바지는 괜찮아요?"

나는 실을 도로 감고 있는 원명숙의 하얀 손등을 내려다보았다. 춘풍 추
위를 겪고 찌는 듯한 여름의 태양에 그을리고, 엄동설한을 견디고도 하

얀 빛깔로 우아하게 손을 간수할 수 있었다는 사실만으로도 대견하다고
생각했다. 그러자 문득 고약한 예감이 들었다.

'원명숙하고도, 모든 대원들하고도 이게 영 이별이 되는 게 아닌가?'

토벌군의 거점이 되어 있는 거림골 주변으로 들어간다는 것은 사지(死
地)를 찾아드는 거나 다를 바 없으니까.

─『지리산 7』, 270~274쪽


앞에서 보시다시피, 작가 이병주는 『지리산』에서 '이태의 수기'라고
본명을 밝혀 놓고 있다. 더욱 중요한 것은 이 '수기'를 기초로 활용했다는
사실이다. 뿐만 아니라 이렇게까지 썼다. "이 소설의 마지막 부분은 등장
인물의 한 사람인 이태의 수기가 없었다면 서술이 가능하지 못했을 것이
다. 그의 본명은 밝힐 수 없어 유감이지만 그는 현재 한국의 중요한 인물
로 건재하다는 사실만은 밝혀 둔다"(「작가의 후기」). 그렇다면 "파렴치한
한 문인의 표절"이라고 이태가 말한 사람은 누구를 가리킴이었을까. 추
측건대 그동안 '빨치산'을 소재로 장편과 단편소설을 써 온 작가들이 아
닐까. 그들은 '이태의 수기'를 활용했음을 밝히지 않은 작가들일 터.

이 점을 좀더 잘 보기 위해서는 『지리산』의 분석이 불가피하다. 이
문제는 다음 장 「『지리산』의 박태영과 이규」에서 검토해 볼 것이다.

# 6장 _ 『지리산』의 박태영과 이규

## 1. 이규의 성장기

대하소설 『지리산』(1972~1978)의 중심인물은 이규와 박태영이다. 둘은
함께 지리산을 바라보며 자랐다. 이규는 부잣집 귀공자이지만 박태영은
독학을 하지 않을 수 없는 환경이었다.

먼저 이규의 유년기를 보기로 하자. 1권의 「병풍 속의 길」이 그 대목
인데, 이는 이규가 『지리산』의 첫째 인물임을 보여 준다.

봉선화가 담장 그늘 속에서 이슬을 머금고 수줍은 분홍 빛깔이었다. 장
독대 언저리에 심어진 닭벼슬꽃이, 이제 막 솟아오른 해의 빛을 받겨 의
기양양한 장닭의 볏처럼 짙은 연지색으로 요염했다. 빛과 그늘의 경계
가 차츰 자리를 옮겨가면서도 선명하게 그어진 뜰이 말쑥하게 비질되어
있고, 그 뜰 가득히 가을 아침이 상냥하게 서렸다. 눈을 들면, 사랑채 지
붕 위로 펼쳐진 하늘도 이미 가을 빛깔이었다. 뜰 한 구석에서 거목으로
커버린 감나무의 반들반들 윤기 흐르는 녹색 잎사귀에 섞여 황금빛으로

익어가는 감들은 방울방울 탐스런 모양 그대로 소리 없는 가을의 노래였다.

이것은 1933년 추석날, 이규(李圭)의 회상 속에 새겨놓은 풍경의 한 토막이다. 그해에도 국내·국외에서 사건이 많았다. 그 내용을 연표에서 대강 간추려보면 다음과 같다.

윤봉길(尹奉吉) 의사가 상해에서 시라카와(白川) 대장을 죽인 전년의 사건에 이어 2월, 조선혁명당이 중국의 구국회(救國會)와 합작해서 항일전선을 결성했다. 4월, 만주에 있는 한국 독립군이 일본을 격파했다. 8월엔 조선 혁명군 총사령인 양세봉(梁世奉) 선생이 일본 경찰에 붙들려 죽었다. 스페인에선 내란이 폭발하고, 독일에선 히틀러가 등장했다. 미국 상원이 '필리핀 독립안'을 가결했는데, 독립을 위해 퇴원한 사람들이 선두에 서서 그 독립을 보류해달라고 미국 대통령에게 진정 소동을 벌인 희비극이 있었다. 미국 재계의 공황이 혹심한 고비에 이르렀을 때 프랭클린 루스벨트가 대통령으로 취임했다.

그러나 그때 규가 이 모든 일을 알았을 까닭이 없었던 것처럼, 지리산이 남해를 향해 뻗어간 지맥 가운데 조그마한 분지에 자리 잡고 있는 규의 마을은 단 하나인 일본인 순사의 군림 아래 겉으론 거짓말같이 조용하고 평화로운 추석을 맞이한 것이다. 그런데 규가 보통학교(초등학교) 4학년이었던 해의 그 추석날을 유독 생생하게 기억하고 있는 것은, 국내·국외의 정세나 사건 때문이 아니고, 자기 자신이 겪은 조그마한 일 때문이었다.

그 추석날 규는 처음으로 할아버지 산소에 성묘하러 갔었다. 그리고 그해가 저물 무렵, 큰아버지가 할아버지 대에 이어 60년 넘게 살아왔다는 그 집에서 딴 곳으로 이사를 했기 때문에, 그 집에서의 추석은 그날이 마지막이었던 것이다.

그 집을 규는 '큰집'이라고 불렀다. 규는 그 집에서 태어났고, 보통학교에 입학할 때, 아버지가 건넛마을로 분가하기까지 거기서 자랐다.

아버지가 분가해 간 집은 작고 초라했지만 규는 덩실하게 크고 아름다운 뜰이며 감나무를 가진 큰집이 있다는 사실로 해서 동무들 사이에서 위축되지 않아도 되었다. 큰집이 곧 자기의 집이라고 생각했기 때문이다. 그런데 그 큰집이 초라한 집으로 이사를 했으니 어린 가슴에 충격이 아닐 수 없었다. 그 충격으로 해서 그 집에서의 마지막 추석이 회한처럼 가슴 밑바닥에 서리게 되었는지 모른다.

뒤에 생각하니 바로 그 추석날에도 집 안에 침울한 기분이 감돌고 있었던 것 같은데, 그 때 규가 그런 것을 느꼈을 리는 만무했다. 큰아버지의 아들인 사촌 동생 태(泰)는 누르스름한 갈포로 만든 새 옷을 입고 연방 싱글벙글 웃고 있었고, 규는 옥색으로 물들인 모시옷을 입고 역시 천진한 웃음을 띠고 제상을 차리는 어른들을 지켜보았다.

분향이 있고, 한주에 이어 배례가 시작되었다. 규는 '현고학생부군신위'라고 쓴 지방과 그 뒤에 있는 병풍 속의 길을 향해 정성을 다한 절을 거듭했다.

제상 뒤의 병풍이 막연하나마 어떤 의미를 띠고 규의 마음에 다가선 것도 그날이었다. 울창한 숲이 있고 기광(奇光)이 있고 개울이 있는 병풍 속의 풍경이 살아 움직이는 것처럼 느껴지기조차 했다. 그 병풍 속의 길을 걸어보고 싶은 충동도 일었다. 그 길은, 양쪽 절벽 사이로 흐르는 개울의 굴곡을 따라 거슬러 올라가 병풍 한 가운데 부분에서 심산유곡으

로 사라져버렸다. 그림 자체가 사라져버린 그 길을 계속 걸어보았으면
하는 감동을 자아내는데, 할머니의 말씀으로 인해 그 감동은 신비감을
띠었다. 할머니는 곧잘 규에게

"느그 할아부지는 이 길을 걸어 저 산속으로 들어가 신선이 되셨단다."

하며 그 길을 가리키곤 했던 것이다. 처음 그 말을 들었을 때 규와 태는
병풍 뒤로 돌아가서 병풍을 두드려보는 법석을 떨고,

"할머닌 괜한 소릴 한다."

라고 응석을 부렸다. 그래도 할머니는 조용한 소리로,

"할머니는 거짓말 안 한다. 느그 할아부지가 거기 안 가고 어딜 갔겠노."

라고 되풀이했을 뿐이다. 그러나 어린 규로서도 할머니의 말을 그대로
믿을 순 없었는데, 갑자기 그 추석날 아침 규는 할머니의 말을 곧이곧대
로 병풍 속으로 할아버지가 들어가셨다는 뜻으로서가 아니라, 병풍에
그려진 곳 같은 곳으로 가셨다는 뜻으로 들어야 한다는 생각에 부딪혔
다. 규는 그런 생각을 한 스스로가 대견하다고 여겼다. 제사가 끝나면 할
머니에게 그 말을 여쭈어보리라고 마음먹었다.

그런데 제사가 끝나자 그 말을 꺼낼 겨를도 없이 할머니께서 말씀이 계
셨다.

"오늘은 규랑 태랑 느그 할아부지 뵙고 오너래이."

그리고 할머니는 규의 둘째 큰아버지인 둘째 아들에게 말했다.

"규랑 태랑 데리고 갔다 오너래이."

규는 할머니의 그 말을 듣고 적잖게 놀란 눈으로, 아직 치우지 않아 그대
로 있는 병풍을 보았다. 저기에 가는구나 하는 생각이 뒤따랐다. 그렇다
면 물어볼 필요가 없다는 마음도 들었다.

"아직 어린애들인디 그 먼 곳을 우찌 갔다 오겠습니꺼."

큰아버지가 난처한 표정으로 말했다. 그 때 규는 열 살, 태는 아홉 살이었다.

"우리 규나 태는 벌써 의젓한 어른인디 갔다 올 수 있고말고. 생전에 보지도 못한 손주들이 요래 장성한 걸 보문 할아부지가 얼마나 기뻐하시겠노."

이렇게 말씀하시는 할머니의 말투와 표정에서 규는 어린 마음으로도 간절한 소원 같은 것을 느꼈다. 그래서 아버지의

"우짤래? 가고 싶나 안 가고 싶나?"

하는 물음이 채 끝나기도 전에 규는

"가자, 태야? 할아부지 뵈러 가자."

라고 말했다. 태도 고개를 끄덕했다. 할머니는 와락 규와 태를 한 아름에 안으면서 기뻐했다.

"장하다. 그래야 내 손주지."

부득이 인솔 책임을 맡게 된 규의 둘째 큰아버지는 아무 말 없이 우울한 눈빛으로 규와 태의 얼굴과 할머니 쪽을 슬쩍 훔쳐보고 고개를 돌렸다. 규가 느낄 정도로 둘째 큰아버지의 눈빛은 우울했지만, 할머니의 기뻐하는 얼굴을 보니 규도 기뻤다. 그러나 규는 물어보지 않을 수 없었다.

"할아부지 산소는 어디에 있습니꺼?"

"지리산."

둘째 큰아버지가 짤막하게 답했다. 규는 깜짝 놀랐다. 지리산이라면, 청명한 날씨면 아득히 구름 사이에 봉우리를 나타내는 높디높은 산이 아닌가.

"지리산이라도 저 멀리 있는 데가 아니고 가까운 곳에 있단다."

아버지가 안심시킬 요량으로 말했다. 규는 다시 물었다.

"그러몬 거기까지 몇 리나 됩니꺼?"

"삼십 리쯤 된다더라."

할머니의 대답이었다.

"삼십 리지만 태산을 몇 개나 넘어야 하는디."

큰아버지는 여전히 근심스러운 표정이었다.

"요새는 그 밑에까지 신작로가 나 있다는데."

할머니가 조금 강한 투로 말했다.

"삼십 리면 괜찮습니더. 우린 소풍도 간 일이 있는데 뭐, 그자?"

하고 규는 태를 돌아보았다.

"응."

하고 태가 대답했다. 규는 삼십 리쯤이면 자신이 있었다. 지난 봄 바닷가까지 소풍을 갔는데, 그 거리가 삼십 리라고 했다. 규나 태는 너끈히 소풍을 다녀온 것이다.

이러한 응수가 있는 동안에 식사가 끝났다. 미리 준비시켜놓았던 모양으로 할머니의 분부가 내려지자 수돌이란 이름의 하인이 뒤뜰에서 나오더니 성묘에 쓸 음식을 챙겨 지게에 실었다. 수돌이를 먼저 보내고 규와 태와 둘째 큰아버지는 대강 옷매무시를 고치고 집을 나섰다.

"거게 가서 하룻밤 자야 할 끼니께 천천히 쉬어가면서 가거라."

아무래도 걱정스럽다는 듯이, 큰아버지가 등 뒤에서 말했다. 아버지는 뒤쫓아 오더니 말없이 오십 전짜리 은전 한 닢씩을 규와 태에게 쥐어주었다. 모두들 만류해도 할머니는 길고 비탈진 골목길을 지팡이를 짚고

동네 어귀까지 따라 내려왔다. 거기서 한 번 더 규와 태의 등을 어루만지고는,

"잘 댕겨오너라. 느그들이 가문 할아부지가 참말로 기뻐할 끼다."

하면서 눈에 눈물을 띠었다. 그리고 부축하느라고 따라온 연(蓮)을 돌아보고 한숨을 섞으며 말했다.

"너도 머슴애가 됐더라면 함께 할아부지 산소에 갈 낀디."

연은 태와 같은 나이인데, 둘째 큰아버지의 딸이었다. 둘째 큰아버지에겐 사내아이가 없었다.

백 미터쯤 걸어 모퉁이를 돌면서 뒤돌아보았더니, 할머니는 지팡이에 굽은 허리를 의지한 채 아까의 그 자리에 서 있었다. 모퉁이를 돌기에 앞서 규와 태는 소리를 합쳐 외쳤다.

"할무니 댕겨올께요."

그 뒤에 짐작한 일이지만, 할머니는 규 등을 할아버지의 산소에 보낼 날을 손꼽아 기다린 것 같았다. 언제 죽을지 모르는 운명을 앞에 두고 할머니는 자기의 생전에 손주가 할아버지의 산소에 성묘하러 갈 수 있는 날이 있기를 소원하고, 규가 열 살이 되는 추석에 그 소원을 이뤄보리라고 마음속에 다짐하고 있었던 것이다. 만일 그런 일이 아니었더라면, 세상의 누구가 시켜도 그렇게 먼 길로 손주를 내보내길 결코 반대했을 할머니였다.

— 이병주, 『지리산 1』, 한길사, 2006, 7~13쪽


여기에 나오는 규(圭)는 큰아버지의 아들 태(泰)와 함께 지리산을 보고 자랐다. 이 장면은 1933년 둘이 함께 둘째 큰아버지를 따라 지리산

에 있는 조부의 무덤에 제사하러 가는 대목. 그것은 추석 차례를 지낸 후, 조모의 명령에 가까운 권고였다. 손주 놈들은 이미 초등학교 4학년이었다. 천석꾼 집안의 당주 이규.

사람들은 21권짜리 대하소설 『토지』(박경리, 1969~1994)를 기억할 것이다. 이 책 『토지』에 대한 저자의 연구서 첫 줄은 이렇게 시작된다.

> 1897년의 한가위. 대한제국의 건국 원년, 곧 광무 원년이다. 전라도와 경상도를 가로지르는 하동 평사리. 거기 만석꾼 최 참판댁의 당주 최치수가 살고 있었다. 한가위, 추석. 모든 것이 풍요로운 계절. 이로부터 격동기를 거쳐 최 참판댁이 몰락하고 딸 서희가 만주로 가서 돈을 모아 귀국, 8·15를 맞아 끝난다. 등장인물만 600여 명. 이 나라 근현대사 속에 그들 삶의 애환을 풀어 놓았던 것.
> — 졸저, 『박경리와 『토지』』, 강, 2009

이에 비해 『지리산』은 1933년 미국의 경제 공황, 히틀러의 등장, 스페인 내란, 윤봉길 의사의 거사(1932), 조선혁명당이 일본군을 격파하고 항일전선이 구축되었을 때를 시대적 배경으로 한다. 또한 이청천 장군의 낙양군관학교 한인 특별반 설치, 조선어학회의 맞춤법 통일안, 이효석·정지용 등의 구인회 결성 등등이 동시대의 일이다.

일제하의 교육을 받은 이규는 보통학교를 마치고 상급학교로 진학했다. 천하 수재들이 간다는, 니시다 기타로(西田幾多郎)가 있는 철학의 성소인 제3고등학교(교토 소재의 넘버 스쿨로 당시 조선에는 고등학교가 없었다)를 거쳐 도쿄제대 코스.

이에 비할 때 박태영은 『고리키 전집』, 즉 고학 코스. 착취 계급과 피착취 계급의 우정.

## 2. '실록소설'로서의 『지리산』― 하준수와 하준규

이 소설의 표제 '실록대하소설'이란 말은 모순으로 가득 찬 표현이다. 소설이 허구이며 상상력의 소산이라면, 실록은 사실의 영역에 속하기 때문이다. 상상력의 과학이란 보편성을 가리키는 것으로서 그 나름의 빈틈없는 법칙이 작용하고 있는, 아주 제한된 것이어서 주관성이 감히 얼굴을 내밀 수 없는 영역이다. 소설이란 이러한 극히 제한된 구속 속에서 그 규칙에 따라 생산되고 제작되는 것이기 때문에, 상상력의 구속에 자신을 단련할 능력이 없는 작가가 아니라면 소설 앞에 '실록'이라는 말을 덧붙이지 못할 것이다. 그렇기 때문에 '실록소설'은 상상력에 대한 능력 부족을 실록으로 채우거나, 반대로 실록의 취약점을 상상력으로 넘어서는 불확실성의 영역으로 떨어질 우려가 있다. 그럼에도 불구하고 이처럼 모순적이고 위험스러운 '실록'을 작가가 소설에 도입하는 것은 '지리산'에 접근하는 것이 현실적으로는 금기 사항이었음과 무관하지 않아 보인다. 그 금기를 범하는 것은 상상력의 소관이 아니라 현실 쪽의 영역이다. 작가가 실록을 내세우지 않을 수 없었던 것도, 그리고 하준규를 중심으로 인물들이 움직일 수밖에 없는 것도 이 때문이 아니었을까. 만일 하준규의 실록이 없었더라면 결코 작품 『지리산』은 쓰일 수도 없었고, 설사 쓰였더라도 그만한 높이나 무게를 가지기 어려웠을 것이다.

그렇다면 하준규는 누구인가. 『신판 임꺽정: 학병거부자의 수기』

(『신천지』, 1946년 4월~6월)에 그 해답이 있다. 이 글의 필자는 하준수. 이 글에는 주오대학(中央大學) 법학부 졸업반인 그가 학도병 지원제 실시(1943년 8월)를 맞이하여 겪었던 고민이나 학병을 거부하고 덕유산에 은신하기까지의 과정, 덕유산을 거쳐 괘관산(지리산)으로 가 보광당(普光黨)을 조직하여 해방을 맞이하는 과정이 그려져 있다. 그 자신의 기록에 따른다면 그는 지리산을 바라보는 함양의 지주 집안 출신으로 일본 유학생이었으며, 무술에 뛰어난 인물로 요약할 수 있다. 게릴라전에 가장 적합한 무술 능력을 가지고 있으며, 치밀하고 냉정한 논리와 감각, 직관력을 가지고 있다면, 그리고 그것이 그로 하여금 보광당의 두목이 되게끔 만들었다면, 이와는 맞서는 감상주의적인 측면도 또한 이 글 속에서 번뜩이고 있다. 이 글의 제3회분은 실성한 과부의 이야기로 가득 차 있다. 남편은 징용으로 죽고 유복자 수돌도 홍역으로 잃은 실성한 과부의 외침은 이러한 것이었다. "흥, 이놈들, 내일 봐라, 어디 내일도 너 이놈들이 힛자를 부릴 텐가……." 실성한 과부의 외침으로 글의 말미를 장식한 하준수의 열정주의와 감상주의는, 그를 보광당 두목으로 만든 엄격한 이성적 판단력과 마찬가지로 수기를 지배하는 중요한 요소이다.

그렇다면 『지리산』 작가의 눈에 비친 하준수는 어떠한가. 2권 중반에 비로소 하준규라는 이름으로 등장하는 하준수는 이 작품의 중심에 놓여 있다. 순이의 입으로 전해진 하준규의 체포 소식으로 이 작품을 끝맺고 있는 데서도 그것을 알 수 있다. 작가에 의해 포착된 하준규의 결정적인 판단은 세 단계로 나눌 수 있다. 첫째는 일제의 항복을 알았을 때 보광당 두령으로서의 하준규의 태도. 보광당에는 이현상과 권창혁이라는 두 고문이 있었는데, 이현상의 사상에서 역사에의 열정과 논리를, 권창혁의 사상에서 허무주의를 본 그는 공산당에 가입하기를 보류한다. 둘째는 해방된 지 1년 만에 다시 지리산으로 도피해야 되었을 때의 하준규의 판단. 해방과 함께 공산당 조직책이 된 그는 하향식 지령에 반발하며 "나는 무식하니까 조리 있게 분석하고 비판할 수 없지만"이라고 하면서 이지적 판단력에서 벗어나고자 애썼다. 무예를 몸에 익힌 하준규는 동시에 이지적이고 기민한 동작과 감각을 지녔지만, 역사적 상황 속에 놓인 현실적 조직 운용이나 제도적 장치로서의 당의 구조에 대해서는 무지했다. 셋째는 하준규의 내적 갈등의 극복 과정. 당과의 갈등이 극에 달한 그는 탈당과 보광당으로의 복귀도, 공산당에의 굴복도 선택하지 못하는데, 이것을 해결한 것은 남로당 간부 김삼룡의 전략적인 판단이었다. 그는 하준규의 부대에 중앙당 지령 이외의 어떤 지령도 따를 필요가 없는 독립부대의 성격을 부여했던 것이다. 이것으로 소영웅주의에서 벗어난 그가 1948년 8월 16일 덕유산을 떠나 육로로 양양을 거쳐 해주에 도착한 것은 20일이었고, 그는 남한에서 파견된 최고인민회의 대의원 360명 가운데 한 사람이 되었다.

『지리산』 제7권, 그러니까 이 작품의 마지막 부분이 하준규의 체포를 알리는 순이의 울음소리로 이루어져 있는 것은 주목에 값한다.

두령님이 서울로 압송되는 것을 보고 박도령을 찾았어요. 지난 겨울 두령님의 말씀이 있었거던예. 해동하면 순이는 지리산에 가서 박도령을 데리고 오라고예. 그런데 이젠 박도령을 데리고 갈 수도 없어예. 두령님은 서울로 가고 그곳 유격대는 해체되어 버렸구예.

— 이병주, 『지리산 7』

이렇게 보아올 때, 작품 『지리산』은 '실록'으로서의 면모를 크게 부각시키고 있음이 판명된다. 학병 출신의 하준수가 보이지 않는 곳에서, 이 작품의 중심부에 놓여 있음을 부인할 수 없기 때문이다.

## 3. 근대의 두 얼굴 ─ 이규와 박태영

작품 『지리산』은 이데올로기 비판 소설도, 빨치산 소설도 아니다. 일종의 교육소설의 범주에 드는 것이다. 계몽소설처럼 이것은 교사와 학생 관계가 중심 구조를 이루며 이 구조는 유사한, 또 다른 작은 구조를 낳는다. 이 관점에서 보면 하영근이야말로 이광수의 『흙』(1932~1933)에 나오는 한민교 선생과 흡사하다. 그는 수만 권의 원서를 갖춘 만석꾼의 지주이며, 일본 여자와의 사이에 딸을 두었으며, 일본 외국어학교 출신의 인텔리이다. 그의 사상은 넓은 뜻에서는 허무주의이지만, 근대의 몸짓을 하고 있음이 특징이다. 그에게는 두 명의 제자가 있으며, 이 둘은 모두 하영근이라는 공통된 뿌리에서 나온 쌍생아에 지나지 않는다.

하영근이 표상하고 있는 한 측면, 즉 제도적 성격=보편성으로서의 근대성을 보여 주는 인물은 이규이다. 그는 전주의 중학, 교토 제3고등학교, 도쿄제대라는 근대의 교육 과정을 거친 인물이다. 이러한 교육 과정은 한국인의 처지에서 보면, 서양의 근대와 동격인 보편성으로서의 근대성과 밀접한 관련을 가지고 있는 반면에, 자본주의·제국주의의 원리에 의해 만들어진 제도적 장치이다. 이규는 '제3고등학교→도쿄제대' 코스를 지상 목표로 밀고 나갔으며, 그것으로 그는 출세할 수 있었고, 그것이 그가 바라던 근대적 삶이고 보람이었다. 그에게 보편성과 제도적 성격으로서의 근대성 사이에는 아무런 모순도 없었다. 근대는 그 자체가 제도적인 장치에 이어진 합리주의이기 때문에, 그 제도가 지배하는 영토에서는 언제나 정당한 것이라 할 수 있기 때문이다. 일제 강점기를 통해 이러한 제도적 장치가 식민지에서도, 일본이 만들어 주었든 아니든 간에 불가피하게 만들어진 마당에서는, 이규의 '제3고등학교→도쿄제대' 코스는 긍정적인 측면을 갖추고 있다.

이에 비해 하영근의 또 다른 얼굴인, 반제도적 성격=보편성으로서의 근대성을 보여 주는 인물은 박태영이다. 그는 가난한 집 출신이며, 머리와 체력이 뛰어나 고학으로 이규에 육박하며, 마침내 하준규 노선에 서고, 공산주의 운동에 뛰어들지만 끝내 당원이 되기를 거부한다. 그러나 이러한 반제도적 성격조차 일본 제국주의의 구조 자체, 더 나아가면 근대 자체에서 연유되고 있음을 그는 알지 못한다. 그러니까 제국주의와 민족주의가 자본주의를 모태로 한 이복형제임을 몰랐다는 사실이다. 민족주의와 제국주의가 동일한 것임을 모른다면, 그것에 맞설 수 있는 다른 사상을 모른다는 뜻에 가깝다. 박태영은 다만 눈먼 행동주의자에 지나지 않으며, 그 범위에서 끝내 벗어나지 못하고 죽게 된다.

이 둘을 한 몸에 지니고 있는 인물이 바로 하영근이다. 소작인을 착취하는 일과 이에 반역하는 일을 동시에 할 수 있는 것, 그러니까 제도적인 장치로서 근대성을 받아들였으면서도 이로부터 벗어나고자 하는 관념에 대한 지향성을 지니고 있었던 것이다. 이를 두고 '허망한 정열'이라고 부르는 것은 아주 적절하다. 교사의 처지에 있는 하영근은 두 제자를 두고 있다. '제3고등학교→도쿄제대' 코스를 대표하는 이규와 『고리키 전집』→고학' 코스를 대표하는 박태영이다. 이 둘은 근대가 낳은 쌍생

아이다. 소작인의 착취와 그것에의 반역이 한 몸에 들어 있는 정신 구조이다. 이 구조는 1930년대 일본 제국주의의 정신 구조와 똑같은 것이다. 1920년대 일본 사회는 소작인, 노동자를 착취하는 일을 제도적인 차원에서 완성하였으며(근대화), 이에 대한 역기능의 분출로 말미암아,『고리키 전집』(사회주의)을 어느 수준에서 허용하지 않으면 안 되었다. 이러한 사실이 교육상으로 드러난 것이 '제3고등학교→도쿄제대' 코스와 '『고리키 전집』→고학' 코스였다. 이규와 박태영은 실상은 일본의 이러한 사실을 반영하는 인물이며, 이런 인물을 만들어 낸 하영근은 일본의 30년대 교육 자체를 알게 모르게 대변하고 있다. 말을 바꾸면 이규와 박태영은 이복형제인 만큼 어느 다른 쪽을 비판할 수도 극복할 수도 없는 형편에 놓여 있다. 이규와 박태영은 그들이 아무리 지리산 곳곳을 헤매고 총 쏘며 뛰어다녔다 해도, 한갓 허수아비에 지나지 않는다. 하영근의 운명이 거기에 있다. 하영근은 일제 근대교육의 더도 덜도 아닌 수준에서 멈춘 일종의 허수아비에 지나지 않는다. 계몽주의 치고는 수준 낮은 것이라 규정되는 이유도 이 때문이다.


## 4. 이데올로기의 두 얼굴 ─ 권창혁과 이현상

근대성의 보편적 성격과 제도적 성격 사이에 벌어지는 모순과 매개 현상은 이데올로기 속에서도 벌어진다. 그것을 공산주의를 포함한 이데올로기의 사상적 성격과 제도적 성격으로 말해 볼 수 있다. 이는『지리산』의 또 다른 교사인 권창혁과 이현상으로 대별되어 나타난다.

　　권창혁이란 어떤 인물인가. 작품에서는 하영근의 입을 빌려 다음과 같이 말해지고 있다.

> 권창혁 씨의 고향은 경북 안동이다. 나와는 동경외국어학교 동문인데 권씨는 노어과를 나왔다. 그 뒤에 하르빈 학원의 강사로 초빙되었다가 만철조사부로 자리를 옮겼는데 만철 재직서부터 사상운동에 가담하여 몇 번인가 옥고를 치렀다. 나와는 유일무이한 친구이고 금번 6년 형을 치르고 출옥하자 곧 내게로 왔기에 [……]

권창혁은 사상 운동가이며 6년의 감옥 생활을 치른 대단한 투쟁력을 지닌 인물이지만, 공산주의에 환멸을 느껴 전향한다. 그의 전향 동기는 부하린의 재판 기록을 읽은 데에서 비롯된다. 부하린의 억울한 죽음과 비합리적인 재판 과정을 보고 공산주의야말로 신뢰할 것이 못된다고 느끼고 전향한 권창혁은, 요컨대 어리석게도 공산주의라는 것을 한갓 사상으로만 파악하고자 했던 것이다. 공산주의란 사상이자 일종의 조직(당)이며 제도의 하나임을 깨닫지 못했던 것이다. 이 문제는 30년대에서 40년대에 걸쳐 있는 지식인의 두 유형을 구별 짓게 하는 거멀못이라 할 만한 것이다. 공산주의를 순수하고 단순한 사상으로만 본다면 그것은 참으로 이상적이며 유토피아에의 도래를 눈앞에 그리고, 그것에로 열정적으로 나갈 수 있다. 그러나 그들은 항상 사상을 현실로 매개하는 제도 속에서는 좌절할 수밖에 없으며, 그 결과 허무주의에 빠질 수밖에 없다. 책상물림의 지식인 권창혁의 전향은 바로 이를 의미한다. 『지리산』에서 작가가 제일 공들인 인물, 다시 말해 주인공 중의 주인공 격인 박태영은 권창혁의 직계 제자로서 스승의 노선을 그대로 따라가는 인물이다. 그가 최고의 빨치산의 자질과 능력을 갖추고 행동하지만 끝내 당에 가담하지 않는 것은 이 때문이다. 이데올로기의 사상적 성격과 제도적 성격을 매개시키지 못하고 사상으로만 치달을 때 허무주의로 빠질 수밖에 없는 것은 근대성이 가진 보편성과 제도적 성격을 매개시키지 못하고 보편성으로만 치달을 때 허무주의로 빠질 수밖에 없는 것과 대응한다. 권창혁이 허무주의자인 것은 하영근이 허무주의자인 것과 동일한 의미를 지니는 것이다.

한편 공산주의를 일종의 조직, 제도적 장치의 하나로 보는 지식인도 있다. 자본주의가 그러하듯, 공산주의도 엄격한 제도적 장치이며 그 때문에 사회적 변혁이 가능하다고 생각하는 쪽은 제도, 즉 당과 조직을 강조할 수밖에 없다. 이를 대표하는 인물이 『지리산』에서는 이현상이다. 그는 조선공산당 창당 멤버이며 12년간 옥살이를 한 인물로 쾌관산 보광당 위에 권창혁과 나란히 군림하고 있다. 그가 보광당 앞에서 교육에 임할 때 내세운 모든 연설은 "진실한 공산주의자가 되려면 공산당 당원이 되어야 한다"로 집약된다. 사상적 측면과 제도적 측면을 확연히 구별하고, 후자의 처지에 서는 일이야말로 이현상의 신념이자 과학이었다.

『지리산』에는 보광당 위에 군림하는 두 교사, 권창혁과 이현상이 있고, 이들이 각각 대표하는 노선에 따라 공산주의자의 두 가지 인간 유형이 훈련되고 교육받는다. 지리산의 빨치산 운동의 중심부는 공산주의의 두 가지 유형의 실험장의 성격을 보여 주고 있다. 사상으로서의 공산주의(권창혁-박태영)와 당과 조직으로서의 공산주의(이현상)의 대결·실험·결말을 보여 주는 것이 작품 『지리산』의 참 주제가 놓인 곳이며, 이 때문에 『지리산』은 갈 데 없는 교육소설이자 계몽소설이라 할 수 있다.

## 5. 허망한 정열

『지리산』이 권창혁과 이현상, 이 두 사람의 교사를 축으로 한 교육소설이 라면 작가의 세계관은 어떠한 것일까. 이 두 인물이 각각 공산주의의 사 상적 측면과 제도적인 측면을 대변하고 있다면 이 가운데 공산주의의 사 상적 측면이란 한갓 허망에 지나지 않는다고 보는 것이 작가의 세계관이 다. 다시 말해 권창혁의 공산주의 부정은 공산주의의 사상적 측면에서 왔 을 뿐이라는 점이다. 공산주의의 사상적 측면에서 보면, 공산주의의 제도 적 측면은 이해 불가능하며 용납할 수 없는 것이었다. 자본주의의 경우도 사정은 똑같을 것이다. 모두 허망한 정열에 지나지 못한다. 작가가 말하 고자 하는 것은 바로 공산주의 사상의 허망함이었다.

> 백뭇골에서 주능선을 넘어 거림골에 다시 정착한 남부군은 상훈 수여식 을 거행했다. 집합한 전원은 2백 명 내외. 먼젓번 상훈 수여식에 비하면 박태영의 가슴이 덜컹 내려앉을 만큼 초라한 의식이었다.
> 영웅적인 활동을 치하하는 사령관의 훈시도, 격앙된 어휘를 쓸수록 공 허하게 들리는 건 어찌할 수 없었다.
> "우리는 최후의 승리를 믿어야 한다."
> 라는 말은, '이제 우리는 최후의 승리를 믿을 수 없다.'는 말로 들렸고,
> "앞서 간 동지들의 죽음을 헛되이 말라."
> 라는 말은 결국, '우리는 헛되이 죽을 수밖에 없다.'는 말로 들렸다. 물론 이것은 박태영만의 감정인지 몰라도, 조금이라도 사태를 객관적으로 볼 줄 아는 대원이면 모두 엇비슷한 감정이 아니었을까.

상훈 수여식을 계기로 하여 부대의 호칭이 바뀌었다. 사단을 지대(支隊)라고 부르게 되었다. 토벌군의 정보망을 어지럽히기 위해선지, 빨치산의 세를 과장하기 위해선지, 그밖에 무슨 목적이 있어서인지, 아무튼 남부군의 호칭은 빈번히 바뀌었다.

직속 81사단과 92사단을 합쳐 남부군 제4지대라고 하고, 경남 부대인 57사단을 제5지대, 전북 부대를 제6지대라고 호칭하게 되었다. 이름을 어떻게 바꾸든 쇠잔해져가는 전력이 회복될 까닭이 없었고, 앞으로 새로운 희망이 돋아날 가망도 없었다.

이 무렵 박태영이 지니고 다닌 국민학교 아동용 공책엔 다음과 같은 짤막한 글이 적혔다.

- 걸어다니는 돌멩이.

- 극히 절약된 본능만 남아 있는 곤충.

- 무모가 빚은 죄악의 책임을 누구에게 추궁해야 하느냐.

빨치산들은 이미 연월일을 잊고 있었지만, 캘린더는 벌써 1952년에 들어서고도 1월 중순에 이르고 있었다.

남부군 제4지대는 거림골에서 제2차 군단 공격을 받았다. 이 세찬 국군의 공격에 맞서 싸울 순 도저히 없었다. 결국 이 골짝 저 골짝을 전전하며 예봉을 피했다. 그리고 5일쯤 후에 다시 백뭇골로 돌아왔다. 그동안 차폐물이 없는 어느 골짜기에서 항공기의 습격을 받아, 공습으로 인한 사상자를 처음으로 냈다. 낙석에 허리를 크게 다쳐 며칠 동안 업혀 다니게 되었다.

밤중에 숲 사이를 헤매던 정찰대가 슬리핑백 속에서 잠자고 있는 군인 6명을 발견하여 한꺼번에 카빈총으로 사살한 사건도 이 무렵에 있었다.

어느 골짜기에선 취침 중에 국군의 습격을 받아 10여 명의 사상자를 내기도 했다.

어느 날은 주능선의 사면을 기어오르다가 맹렬한 포격을 받았다. 이 때 박격포탄이 박태영 바로 옆에 떨어져, 박태영의 앞과 뒤에서 걷고 있던 대원 둘이 즉사했는데, 박태영은 거짓말처럼 무사했다.

하얀 눈에 뿌려진 피가 금세 얼어붙어 꽃가루처럼 보였다. 아름답기조차 한 그 피의 꽃가루를 보며 박태영은 삶과 죽음의 불가사의를 새삼스럽게 생각하게 되었다.

'탄환 한 발이면 죽어버리는 인간이 어째서 정신적인 통일체인가.'

'오직 허망, 허망이 있을 뿐이다.'

바로 1미터도 안 되는 거리를 두고 두 사람의 죽음이 있었는데, 그 사이에 끼어 찰과상 하나 입지 않았다는 것은 운명이 아닌가. 기적이 아닌가. 박태영은 '나는 불사신이다.' 하는 신념을 가꾸고 싶었다. 그러나 그런 신념조차도 허망했다. 내일의 죽음을 위한 오늘의 유예일 뿐이고, 다음 순간의 죽음을 위한 이 순간의 유예일 뿐일 테니까.

박태영의 뇌리에 갑자기 하나의 시구가 떠올랐다.

"나는 죽을 수 없으니까 죽는다."

하영근의 서재에서 읽은 '가르시아 로르카'의 시 일절이다. 어떻게 그 깊은 망각 속에 묻혀 있던 이 시 일절이 지금 떠오를까. 박태영의 병적일 만큼 날카로운 기억력이 또 상기한 것은 로버트 페인의 문장이었다.

"스페인 전쟁이 끝났을 때 이 지옥에서 살아남은 사람들은 자기들이 겪은 경험의 의미를 찾아내려고 했다. 그 싸움의 궁극적인 동기를 발견하고자 애썼다. 그런데 아무도 성공하지 못했다. 조각조각으로 파괴된 신념의 파편을 주워 모았을 뿐이다.”

박태영은 '나는 살아남을 수 있을까?' 하고 생각해보았다. '만일 살아남을 수 있다면 이 전쟁의 궁극적 동기를 찾아내리라. 이 전쟁의 원흉을 밝혀내어 내 손으로 단죄하리라.' 하는 분노가 끓어올랐다.

분노도 또한 정열이다. 사람은 분노만으로도 역경을 견딜 수 있다. 박태영은 비로소 용기를 얻었다. 그런데도 그의 심상에선 가르시아 로르카의 시가 메아리치고 있었다.

- 나는 죽을 수 없으니까 죽는다.

—『지리산 7』, 136~138쪽


제도적 측면을 떠난 마당이라면 사상에의 정열이란 하나의 일반적 성격을 띤 것이 아니겠는가. 유독 공산주의만 허망할 이치가 없다. 자본주의도, 민족주의도, 파시즘도, 민주주의도 그것의 사상 쪽만을 보면 저 도스토옙스키가 『악령』(1871~1872)에서 스타브로긴의 입을 빌려 말해놓은 다음 구절에 수렴될 것이다.


황금시대, 이것이야말로 원래 이 지상에 존재한 공상 중에서 가장 황당무계한 것이지만 전 인류는 그 때문에 평생 온 정력을 다 바쳐왔고, 그 때문에 모든 희생을 해왔다. [……] 모든 민족은 이것이 없으면 산다는 일을 원치 않을뿐더러 죽는 일조차 불가능할 정도이다.

— 표도르 도스토옙스키, 김연경 옮김, 『악령(중)』 제2부, 열린책들, 2009


산다는 일을 원치 않을 뿐 아니라 죽는 일조차 불가능할 정도의 '이

것'이야말로 모든 사상의 핵심이 아니었겠는가. 그런 뜻에서 작가 이병주는 옳다. 작가는 파시스트에 저항한 스페인 인민전선의 허망한 정열을 거듭, 거듭 인용하고 있다. 『지리산』에는 이현상만 있는 것이 아니다. 실상은 지리산 골짜기마다 스페인 인민전선의 목소리가 메아리치고 있음이 어찌 우연이겠는가.

> 어디에서 죽고 싶으냐고 물으면 카타로니아에서 죽고 싶다고 말할 밖에 없다.
> 어느 때 죽고 싶으냐고 물으면 별들만 노래하고 지상엔 모든 음향이 일제히 정지했을 때라고 대답할 밖에 없다.
> 유언이 있느냐고 물으면
> 나의 무덤에 꽃을 심지 말라고 말할 밖에 없다.
> —『지리산 6』, 35쪽

이것은 스페인 내란 때 죽은 시인 가르시아 로르카(Garcia Lorca)의 시 구절이다.

## 6. 산천의 울림과 지리산의 울림—박경리의 『토지』와 이병주의 『지리산』

### 1) '이 산천(山川)'을 위하여

『토지』는 대하소설로 규정되어 있다(솔출판사 전 16권, 나남출판사 전 21권). 5부작 『토지』의 첫 장을 열면 맨 먼저 1897년이라는 숫자가 앞을 가로막는다. 아무런 설명도 없는 『토지』라는 이 장대한 바둑의 첫 돌인 이 아라비아 숫자란 대체 무엇이며 이로써 어찌하겠다는 것인가.

이렇게 물을 수 있는 사람은 제5부에 놓인 마지막의 끝내기 바둑돌에 관심을 가질 만하다. 그것은 8·15라는 또 다른 아라비아 숫자이다. 대대로 복속(服屬) 신세였던 조선조가 대한제국으로 비상하려다 일제에 강점당한 기간이 거기 시퍼렇게 살아 있다. 대하소설이 감당해야 될 시대적 총체성이 거기 있다.

공간적 총체성은 섬진강을 사이에 둔 하동 땅 평사리 최 참판댁. 경상도와 전라도를 어우르는 지리산이 바로 그 총체성이다. 세 개의 큰 동심원으로 되어 있다. 하동 악양 들판의 만석꾼 최 참판댁과 그 주변의 인물들이 그 하나. 최 참판댁의 실권자 윤 씨 부인을 비롯, 당주 최치수, 별당 아씨, 딸 서희 등이 중심원을 이루었다면 무당 월선네, 봉순, 김길상 등 몸종들이 그다음 동심원을 이루었고, 그를 둘러싼 또 다른 동심원이 매력으로 가득 찬 사내 이용, 생명력 넘치는 임이네, 악녀 귀녀, 그리고 애처로운 기녀 월선, 한을 안은 구천 등이 있다. 그 가장 외곽의 동심원이 중 우관, 혜관, 소지감 등이다.

두번째는 하동 땅 양반 이 부사댁 이동진을 둘러싼 동심원. 세번째 동심원은 역관 출신의 교육자 임명빈과 그 누이. 놀라운 것은 수백 명에 달하는 등장인물들이 각각 생동하고 있다는 것이다. 작가의 자질이랄까 역량으로 치부하기엔 크게 모자라는 것. 바로 여기에 총체성의 그다움이 있다. 그곳은 작가 개인의 힘으로는 어쩔 수 없는 거대한 무게가 따로 있었기 때문. 그것은 역사를 움직이는 위의 세 개의 동심원 중 두 개가 부딪치는 장면에서 선연하게 드러난다.

최치수와 동문수학한 읍내 청백리 이 부사댁 당주 이동진이 독립운동 하러 연해주로 떠나면서 작별차 최치수를 방문했을 때 분명 이렇게 말했다. "석운(昔雲), 자네가 양반임을 의심할 수 없지. 허나 선비는 아닐세"라고. 재물을 모은 최 참판댁이란 경멸의 대상이기에. 이에 발끈한 최치수의 반론은 어떠했던가. "자네가 마지막 강을 넘으려 하는 것은 누굴 위해서? 백성인가? 군왕인가?"라고. 이에 대한 이동진의 답변이야말로 『토지』의 참 주제가 깃든 곳.

> "백성이라 하기도 어렵고 군왕이라 하기도 어렵네. 굳이 말하라 한다면
> 이 산천을 위해서, 그렇게 말할까."
> ─ 박경리, 『토지 2(제1부 2권)』, 솔출판사, 1993, 153쪽

작가는 이 대목을 그대로 제5부 1권(296쪽)에서도 제5부 4권(81~82쪽)에서도 커다란 울림으로 복창해 놓고 있다. 『토지』의 참 주제는 최치수의 오기도, 최서희의 뱀처럼 영리한 처세술도 복수담도 아니다. 하물며 탱화나 그리는 무능한 김길상일까 보냐. 이 '산천'에 비하면 민족주의, 사회주의, 친일파, 독립운동 또는 무슨 평화주의 따위란 얼마나 초라한가. 그렇다면 그 '산천'이란 또 무엇인가. 삶의 영원한 터전, 신식 용어로 하면 '자연'이 아니겠는가. 생명사상 그것 말이다. 이병주가 "조국이 없다, 산하가 있을 뿐이다"라고 외친 것도 눈여겨볼 일이다.

2) 산천을 울리는 뻐꾸기 소리
이 사상을 문학적으로 형상화함에 있어 작가의 솜씨는 참으로 민첩하여 경탄스럽다. 뻐꾸기 울음 소리와 능소화의 도입이 그것. 그것도 각기 대

여섯 번씩이나 반복하기.

Ⓐ 용이는 광포하게 날뛰었다. 여자를 사랑하는 짓이 아니었다. 여자를 짓밟고 자기 자신도 짓밟고 그 폭력에 놀란 월선이는 [······] 희열과 고통스러움, 절정이 지나고 어둠과 정적이 에워싼다. 용이는 여자 가슴 위에 머리를 얹은 채 움직이지 않았다. 어둠 속에는 신위도 제물도 없고 월선네의 힘찬 무가(巫歌)도 없고, 용기 모친과 강청댁의 얼굴도 없었다. 마을도 없고 삼거리의 주막도 없었다. 논가에서 울어쌌는 개구리 소리, 숲에서의 뻐꾸기 소리뿐이었다.

―『토지 1(제1부 1권)』, 175쪽

Ⓑ 모기가 앵하고 지나갔다. 아까 별당에서의 그 무시무시한 긴장이 되살아났다. 어느덧 글 읽는 소리는 멎었고, 그러나 멀리서 뻐꾸기 울음이 들려왔다.

―『토지 1(제1부 1권)』, 278쪽

Ⓒ 마을 숲속에서 뻐꾸기가 운다. [······] 차라리 저놈의 새 울지나 말았으면 이 밤이 이리 적막하고 길지 않을 것을.

―『토지 5(제2부 2권)』, 196쪽

Ⓓ 넘친 물 작은 도랑을 따라 졸졸졸 소리내며 흐른다. 물소리와 이따금 이는 바람소리, 뻐꾸기 울음.

―『토지 5(제2부 2권)』, 202쪽

Ⓐ는 용이와 월선의 정사 장면, Ⓑ는 윤 씨 부인의 태기를 진찰한 문원의 난감한 장면, ⓒ는 구천이 별당아씨의 죽음을 슬퍼하며 탄식하는 대목, 그리고 Ⓓ는 동학 잔당 강쇠와 구천이 함께 듣는 지리산 속의 장면. 어느 것이나 앞이 보이지 않는 장면이 아니겠는가. 그런데 보시라. 어느 장면이든 밤중이라는 사실 말이다. 어째서 뻐꾸기는 밤에만 우는가. 이 의문을 물리치기 어렵다(밤에 우는 새는 올빼미 과의 소쩍새. 『토지』에는 소쩍새도 나온다[제5부 1권, 291쪽]. 뻐꾸기는 두견과에 속한다. 두견과에는 두견과 뻐꾸기가 들거니와 우리 조상들은 예부터 두견을 소쩍새로 잘못 알고 시가에 자주 읊었다).

어릴 적에 뻐꾸기는
동서남북 원근도
모를 소리였다
가도가도 따라오던 뻐꾸기 울음
가도가도 도망치던 뻐꾸기 울음
어느 나무 어느 둥지인지
저승에서 우는가 이승에서 우는가
알 수 없었다
분명
산 속에 있긴 있을 터인데
나는 아직 그 새를 본 적이 없다
내 인생에서도 보이지 않았던
그 많은 것들과 같이

뻐꾸기를 본 적이 없다

—박경리, 「뻐꾸기」, 『자유』, 솔출판사, 1994

3) 어둠을 밝히는 능소화

이와 나란히 능소화가 또 대여섯 번 화려하게 피어 어두운 '토지'를 환하게 밝히고 있다.

> 등잔불을 바라보는 환(구천)이 귓가에 부친(김개주)의 목소리가 울려
> 오는 듯하다. "네 아버님. 소자는…… 그렇지만 아버님 불쌍한 서희에
> 게……." 환이 눈앞에 별안간 능소화 꽃이 떠오른다. 능소화가 피어 있
> 는 최 참판댁 담장이 떠오른다. 비가 걷힌 뒤의 돌담장에는 이끼가 파랗
> 게 살아나 있다.
>
> —『토지 3(제1부 3권)』, 333쪽

도대체 능소화(凌霄花)란 무엇인가. 글자 그대로 '하늘을 능가하는 꽃'이 아니겠는가. 6월에서 8월까지 붉게 무수히 피는, 도도하고도 화려하고 또 천박해 보이는 능소화란 바로 최 참판댁을 상징하는 것. 재물과 권위, 천박함을 그대로 보여 주는 것. 그러기에 대하소설 『토지』라는 명칭을 붙일 수 있었을 터. 선비 이동진이 최치수를 얕잡아 본 것도 이 때문이었을 터.

한에 맺힌 뭇 사람도, 살기 위해 발버둥 치는 민초들도 산천 속에 놓고 볼 때 그 문학적 형상화의 최대로 하면 뻐꾸기 소리일 수밖에. 최 참판댁으로 상징되는 도도함과 천박함의 형상화 방식의 최대치가 능소화일

수밖에. 여기까지가 『토지』의 작품론이다. 요컨대 총체성을 겨냥한 『토지』의 최종심급이 산천(자연)이라는 것.

## 4) '산천'으로서의 지리산

그러나 이 총체성은 잘 음미해 보면 구체성을 동시에 갖추었음이 판명된다. 산천의 구체성이란 또 무엇인가. 『토지』 제5부에 그 해답이 감추어져 있다. 8·15를 눈앞에 둔 제5부는 모든 인물이 지리산을 향하고 있다. 지리산은 김길상을 불러들여 탱화 관음상을 그리게 했고, 그 장남 최환국도, 김길상을 최길상으로 민적까지 둔갑시킨 교활한 최서희도 그 탱화를 모신 절로 불러들이지 않았겠는가. 주지 소지감은, 또 지리산은 동학 잔당, 징용·징병 기피자들, 사상객도 넉넉히 품어 주었다. 역관 출신 임명빈과 친일 귀족 첩이었던 그의 누이 명희, 그리고 최서희도 불어난 지리산 식솔을 위해 돈과 곡식을 올려 보냈것다.

그리고 무엇보다 중요한 것은 최서희의 차남 최윤국이 학병으로 끌려갔다는 것. 바로 여기에서 『토지』는 끝났다. 해방이 왔으니까. 이 『토지』가 끝난 자리에서 학병 출신 이병주의, "智異山이라 쓰고 지리산이라 읽는다"라는 실록 대하소설 『지리산』이 시작된다.

여기까지 오면 독자의 입에서도 이런 소리가 나올 법하다. "『토지』는 외롭지 않았구나"라고. 그 옆에 『지리산』이 있으니까. 진주 여고생이 쓴 『토지』를 메이지대 전문부 졸업생이 쓴 『지리산』이 버텨 주고 있으니까. 좀더 우리 문학에 관심이 있는 분이라면 『토지』의 앞 단계도 눈여겨볼 수 있을 터. 지리산을 멀리 바라보는 남원땅 매안 마을의 청암 부인과 이씨 가문 종손 강모의 운명을 다룬 전북대학 출신 최명희의 『혼불』

(1981~1996)이 그것.

결론을 맺어야겠다. 『토지』 앞에 『혼불』이 있고 『토지』 뒤에 『지리산』이 있다, 라고.

### 5) 학병 거부자 하준수

하동군 평사리 최 참판댁 당주 최서희가 양녀 이양현의 기별로 8·15 해방 소식을 들으며 마당가에 피어 있는 해당화 줄기를 휘잡는 장면으로 대하소설 『토지』는 마무리된다. 이때 최씨 가문의 둘째 아들 최윤국은 학병으로 끌려가 있었다. 최윤국은 어느 전선으로 갔을까. 김수환(훗날 추기경)처럼 남양으로 갔을 수도 있고, 박수동이나 이가형처럼 버마 전선이거나 이병주처럼 중국 전선이었을 수도 있고, 한운사처럼 일본 본토였을지도 모른다. 혹은 장준하, 김준엽 모양 중국 전선에서 탈출하여 임시정부 쪽으로 갔는지도 모르며 신상초처럼 연안으로 탈출했는지도. 어느 경우이든, 그가 만일 살아있었다면 필시 이병주처럼 하동군 평사리로 귀환했을 터. 또 만일 그가 이병주처럼 지난날의 노예 체험을 꿈에라도 몸서리쳤다면, 돼지처럼 살찌우는 대신 또 개처럼 짖는 대신, 지리산으로 향했는지도 모른다. 그 남부군 말이다.

이런 가정만이 전부일 수 없다. 최윤국, 그는 학병으로 끌려갔다고 하나, 이규 모양 어쩌면 아예 중도에서 도망쳤는지도 모른다. 남부군 부사령관 남도부(본명 하준수)처럼 괘관산과 지리산으로 도주했을 수도 있을 것이다. 함양에서 제일 부잣집 아들인 하준수(『지리산』에서는 하준규로 묘사)는 1943년 일본의 주오대학 법학부 졸업반이었다. 전 일본대학생 가라데(空手) 대표 선수로 활동한 인물.

하준수는 일제 말기 학병을 거부하고 지리산으로 피했다. 준수의 집이 넉넉하고 사용인도 많고 해서 일제 경찰의 눈을 피해 의복, 식량, 약품 등을 그의 아버지는 준수가 숨어 사는 곳에까지 보내줄 수 있었다. 그러는 동안 여러 가지 이유로 지리산에 숨어 사는 사람들이 준수의 주변에 모이게 되었다. 수호지의 양산박(梁山泊) 같은 얘기다. 준수 자신은 신판 임꺽정(新版 林巨正)이란 말을 즐겨 쓰더라고 했다.

— 이병주, 『관부연락선』, 동아출판사, 1995, 608쪽

하준수 자신은 '학병 거부자의 수기'라는 부제를 단 『신판 임꺽정』 (『신천지』, 1945년 4월~6월)을 쓴 바 있다. 첫줄을 이렇게 썼다.

1943년 8월 20일! 일본 군국주의는 패전의 마지막 고비를 앞두고 조선인 징병제 실시의 전주곡으로 조선인 학생들에게 소위 학병 되기를 강요하였다. 당시 중앙대학 법학부 졸업반이었던 나는 같은 동류들과 더불어 고국에서 전하는 신문 보도를 읽어가며 우리들이 취할 바를 의논하였다. 즉, 우리들은 학병이 될 것이냐 그렇지 않으면 학병을 거부할 것이냐, 이었다. 그리하여 그때 일치된 의견은 일본이 패할 것은 당연한 일이니 우리는 일본을 위하여 출전하기를 거부하자는 것이었다.

— 하준수, 「신판 임꺽정: 학병 거부자의 수기」, 『신천지』, 1945년 4월~6월, 96쪽

처음 모였던 동류는 13명. 그들은 백운산으로, 괘관산으로 스며들었고, 대원이 불어났고, 또 노출될 우려도 있어 보다 깊은 지리산으로 옮겼고, 70여 명의 동지들이 마침내 보광당을 조직했다. 그 두목이 하준수(졸

저, 『일제말기 한국인 학병세대의 체험적 글쓰기론』, 서울대출판부, 2007). 여기에 메이지대학 전문부 졸업반인 이병주와 하준수의 갈림길이 있다. 또 4358명으로 말해지는 조선인 학병 입영자와 학병 거부자 하준수의 변별점이 있다.

그렇다면 최 참판댁 둘째 아들 최윤국은 어느 쪽이었을까. 이에 대해 『토지』는 아무런 언급이 없다. 다만 이렇게 은밀히 말해 놓을 따름이다.

최 참판댁에 자금을 무제한 내어 놓으라 할 수는 없었다. 게다가 실의에 빠져 있는 최서희는 다분히 수동적이었으며 또 현실적으로도 어려움이 있었다. 화폐가치가 떨어진 데다가 전시에 부동산 매매는 쉬운 일이 아니었다. 그리고 만석꾼의 지주이기는 하나 곡물은 이미 공출에 묶여버렸고 현금이 무진장 있는 것도 아니었다. 환국(최서희의 장남)이 적극적으로 나온다 하지만 그것에도 한계가 있었다. 학병을 피해온 청년들, 그 중에는 애당초 교묘하게 많은 거점을 거쳐서 루트를 만들어놓은 축이 있긴 있었다. 그들은 그 길을 통하여 식량이며 의복, 심지어 서적까지 공급받고 있었다. 그러나 대부분은 무계획하게 뛰쳐나와 집과의 교통은 절대 불가능하게 되어 있었다. 애초 계획으로는 그 같은 사람, 대개 부유한 그들 가정과 통로를 마련하여 다소나마 자금 조달을 할 생각이었다. 그러는 데는 상당한 위험이 도사리고 있을 것이며 기술적으로, 또 면밀한 행동이 요망된다는 것을 알고 있었다.

—『토지 16(제5부 4권)』, 400~401쪽

이 속에는 많은 의미가 숨어 있다. 지리산을 먹여 살리기 위해 최 참판택이 얼마나 애썼는가 하는 점이 눈에 선하다. 거금 5000원을 지리산에 두고 간 임명희도 있었고, 최환국도, 아버지 김길상도, 그리고 임명빈도 뭉치와 해도사가 있는 지리산으로 향하고 있었다.

## 6) 수재 박태영의 산천의 사상

대체 지리산이란 무엇인가. 이 물음에 대한 대답은 『토지』에서 우리가 이미 결정적으로 듣고 있었다. 선비 이동진이 말한 '산천'(山川)이 그것. 지리산이란 그러니까 조국도 아니지만 사상도 아니었다. 인내천(人乃天)의 동학도 아니지만 그렇다고 오온개공(五蘊皆空)의 불교도 아닌 것. 민족주의도 아니지만 사회주의거나 공산주의도 아닌 것. '산천'인 까닭이다. 그 증거는 『토지』를 펴기만 하면 대번에 뻐꾸기 울림으로 대답하고 능소화의 빛깔로 화답한다. 이 절대적 울림, 이 절대적 색깔만큼 분명한 것은 달리 없다.

그렇다면 이병주의 『지리산』은 어떠할까. 『토지』가 키워 낸 그들은 『토지』에 어떻게 호응하며 화답하고 있었을까. 이렇게 감히 물어볼 수도 있을 법하다. 부호의 아들 하준수 등은 혹 모르겠으나, 70여 명을 헤아리는 보광당 당원들은 어떠했을까. 알게 모르게, 또 많건 적건 최 참판댁의 도움 없이 살아남을 수 있었을까. 물론 살아남았겠지만 그것이 훗날의 남부군의 혈액이 되었음도 의심키 어렵다.

이 모두가 지리산의 일이고 보면 그 남부군이 최 참판댁에 보답할 길은 무엇인가. 두말하면 군소리. 지리산이 그 정답이다. 지리산에 보답하기. 이 산천에 보은하기가 그것. 지리산을 울리는 뻐꾸기 소리에 귀 기울이기가 아닐 수 없다.

남부군이란 무엇인가. 이 물음은, 당원인 총사령관 이현상과 맞서며 끝까지 비당원이었던 박태영에게 제일 깊게 던져져야 한다. 당원이 아니면서도 남부군에 가담한 이 대단한 지식인이자 수재 박태영은 무어라 대답했을까. 그는 김경주의 입을 빌려 '허망한 정열'이라고 규정했다. 또 그는 말했다. "이것이 가슴팍에 새겨진 고정관념이 되었다"라고(『지리산6』, 36쪽). 그럼에도 박태영은 지리산을 절대로 외면할 수 없었다. 어째서? 이규와 더불어 그의 몸과 맘은 지리산의 물과 흙으로 빚어졌으니까.

1952년 5월 초순, 남부군은 붕괴 직전에 있었다. 여자 파르티잔 정복희와 함께 박태영은 초승달 아래에 앉아 있었다. 두 사람의 귀에 울린 것. 잠시 보도록 하자.

5월 말일이었다. 그날 밤엔 초승달이 제법 살이 쪄 있었으니 음력으론 7, 8일이나 되었을까. 박태영 단위조는 정찰과 초계의 임무를 겸해 쑥밭재 중허리에 있었다. 이곳과 중봉의 중허리를 지키면 조갯골에 접근하려는 적의 움직임을 미리 알 수 있었다.

단위조는 한 사람이 자고 두 사람이 깨어 있게 돼 있었다. 이순창이 바위 틈으로 자러 가고 박태영과 정복희의 차례가 되었다.

때는 오후 세 시쯤.

만산이 신록 냄새로 훈훈한데, 산속의 정적을 새소리가 누볐다. 정복희는 그 새소리에 귀를 기울이는지, 새소리가 바뀔 때마다 물었다.

"저건 뻐꾹새?"

"뻐꾹뻐꾹 하니까 뻐꾹새겠지."

가끔 두견새 소리도 섞였다.

"두견새는 슬픈 새라면서요?"

"글쎄."

"저 새소리 들어봐요."

"풀국 풀국."

"무슨 새예요?"

"풀국새."

"저 새는?"

들어보니 '씹죽 씹죽' 들렸다.

"저 샌 씹죽씹죽 구루새라고 하지."

"참말?"

"참말이고말고."

"저건?"

"소쩍소쩍으로 들리잖아. 저건 소쩍새야."

"박 동무는 어쩌면 그렇게 새 이름을 잘 알지?"

"내 고향이 지리산 근처니까. 지리산에 있는 새만도 백 가지가 넘을 거요. 그 가운데 내가 아는 것만 들먹여볼까?"

"그래요."

"뻐꾸기, 구루새, 뱁새, 물방아새, 수레기, 우홍이, 비졸이, 매새저리, 비둘기, 홍조, 부엉새, 까막수리, 올빼미, 꿩, 물새, 딱간치, 꾀꼬리, 멩멩이, 소쩍새, 벤치새, 두견새, 꿍꿍이, 풀국새, 쑥스러기, 씹죽씹죽 구루새……
이 이상은 생각이 안 나는데."

[……]

"어쩌면 그 많은 새 이름을 알고 있죠?"

"고향이 바로 이 근처라니까."

"그래도 그렇긴 어려워요."

"사실은, 나는 일제 시대에도 지리산에서 파르티잔 노릇을 했소."

"아아, 그래요?"

말이 났으니 얘기를 안 할 수 없었다. 하준규 이야기, 이규 이야기, 이현상 이야기, 권창혁 이야기, 그리고 일제 때의 그 암담했던 시절 이야기.

"그러나 그땐 희망이 있었지. 머잖아 일본이 물러갈 거라는 확신이 있었으니까, 매일매일이 무슨 축제일이나 다를 바 없었어. 조그마한 공화국을 만들고, 보광당이란 당을 만들고, 두령 하준규로부터 당수를 배우며 지냈으니까. 창창한 앞날이 있었고……."

"지금 우리에겐 희망이 없을까요?"

박태영은 선뜻 대답할 수 없었다. 당성이 강하기로 소문난 여자 앞이어서 솔직할 수 없었다. 그렇다고 해서 마음에도 없는 거짓말을 할 수도 없었다.

"우리에겐 희망이 없을까요?"

정복희가 재차 물었다.

"그건 이현상 사령관이나 문춘 참모가 대답할 수 있는 질문이오."

박태영은 덤덤하게 말했다.

"전 박 동무 개인의 의견을 듣고 싶어요."

"파르티잔에겐 개인이란 건 없소."

"박 동무는 비관하고 계시는구먼요."

—『지리산 6』, 300~304쪽

맨 먼저가 뻐꾹새 소리, 바로 그것이었다. 초저녁에도 뻐꾹새가 울까. 『토지』에서도 그렇지 않았던가. 이는 누가 보아도 고의적 실수. 중요한 것은, 그러니까 무의식 속에서도 지리산, 그것은 뻐꾸기 울림으로 표상된다는 것. 이데올로기도 조국도 아닌 산천이라 할 밖에.

어째서 박태영은 지리산을 '울림으로서의 지리산'으로써 온몸으로 체득했을까.

## 7) 박태영과 박경리의 마주하기

절대로 당원이 되지 않기를 신조로 삼은, 경남 함양 산골 출신으로 이규보다 한 살 위인 박태영은 하급 관리의 아들로 태어났다. 총명하기로 소문난 박태영은 중학 시절부터 일제 교육에 반항했고, 퇴학당했고, 도일하여 우유 배달로 전문학교 검정시험에 최고점을 얻은 수재(이 점은 전문학교 검정시험에 나아간 진주공립농업학교 출신[27회]의 이병주를 연상시킴). 그가 어느 대학에도 들지 않고 사회운동에 들고자 모색하던 중, 학병 도피를 결심한 하준규(하준수)와 뜻이 맞아 마침내 백운산, 괘관산, 그리고 지리산으로 도피했던 것. 작가 이병주는 대하소설 『지리산』의 초입에서 이렇게 적었다.

> 박태영은 규보다 한 살 위였으나 학급은 같았다. 고향은 함양의 어느 산골. 그의 말을 빌리면, 규나 태영이나 똑같은 지리산의 흙과 물로 만들어진 소년이었다. 박태영은 비상할 정도의 수재였다.
> —『지리산 1』, 58쪽

이 두 소년이 『지리산』의 참 주인공일 수밖에. 지리산의 흙과 물이 빚어낸 인물이니까. 그러기에 "智異山이라 쓰고 지리산으로 읽는다"라고 할 수밖에. '쓸' 수도 있지만 '읽을' 수도 있는 사람은 오직 위의 두 사람이니까. 토호의 후손 이규는 프랑스어를 배우고 넘버 스쿨로 명성 높은 교토 제3고등학교를 거쳐 도쿄제국대학에 들어갔고, 프랑스 유학에 나아갔지만, 미천한 박태영은 퇴학에, 고학에 전검시험에 합격했으나 독일어를 배워 사회개혁운동에 기울었고, 마침내 지리산으로 스며들었다.

제국대학생 이규는 어디로 향했을까. 학병에도 가지 않고 그렇다고 제3의 길을 택했을까. 참으로 당연하게도 제3의 길이란 것은 없었다. 이규 역시 결국 지리산으로 합류할 수밖에. 두 사람은 결국 지리산의 물과 흙으로 만들어진 인물이었던 것. 그 산천이야말로 『토지』에서처럼 『지리산』의 참 주제가 아니었을까. 겉으로는 그것이 '허망한 이데올로기에로 향한 정열'의 묘사였지만, 속의 진짜 주제는 산천, 그 지리산의 흙과 물, 골짜기와 봉우리였던 것. 거기에 울리는 울림이었던 것. 불변하는 그 울림 말이다.


박태영의 가슴속에서 한 가락의 노래가 흘렀다. 무더위를 견디기 위해서라도 그 가락을 끝까지 쫓았다.


뻐꾹뻐꾹 산속에서 울면
똑딱똑딱 나무 찍는 소리.
뻐꾹 소리 장단 맞춰 울고
찍는 소리 소리 맞춰 찍는다.

뻐꾹뻐꾹 깊은 산속에

똑딱똑딱 해가 저문다.


음치에 가까운 박태영이 끝까지 부를 줄 아는 유일한 노래가 이것이었
다.

—『지리산 6』, 92쪽

# 7장 _ 황용주의 학병세대
## 이병주#황용주

## 1. 학병 이병주와 와세다대학

일제는 1943년 11월 자국의 대학생(전문부)을 강제 입영시켰고, 1944년 1월 20일에는 조선인 대학생 4385명을 강제 입대시켰다. 이들은 중국, 버마, 남양, 일본 내지 등에 투입되었는데 그 중에는 전사자와 탈출자도 있었으나 해당 부대에서 근무하다가 8·15 이후 귀국한 자가 대부분이었다.

필자가 그동안 이들 학병세대의 추이에 관심을 기울여 온 것은 오직 다음의 한 가지, 이들이 대한민국 및 북조선민주주의인민공화국 수립에 중추적 역할을 했던 것으로 판단했기 때문이다. 물론 이 판단은 역사적 사실로 확인된 것이다. 그런데 이들 중 글쓰기에 필생을 보낸 문학가의 의식은 어떠했을까. 필자의 관심은 특히 이 점에 있었다. 이 중 출중한 문학가로 필자의 관심을 끈 것은 두 사람이었다. 한 사람은 「불꽃」(1957)으로 등장한 선우휘이다. 그는 학병에 나간 바 없다. 일제는 이공계와 사범계는 학병에서 제외했는데, 당시 선우휘는 경성사범에 재학하고 있었던 까닭이다. 그럼에도 필자가 육군 대령 출신의 이 「불꽃」의 작가를 학병세

<그림 캡션>
이병주가 자신의 '와세다 대학시절'로 소개한 사진

대로 규정하는 것은, 문학가로서 그가 평생 학병과 그 주변의 문제에서 벗어나지 않았다는 판단에서 비롯된 것이다.

　다른 한 사람은 이병주이다. 이병주의 대표작을 필자는 『관부연락선』(1968~1970)과 『지리산』(1972~1978)으로 본다. 그런데 그는 『관부연락선』을 월간지에 연재하면서 첫 회분에 자기의 이십대 사진을 실으며 '와세다 대학시절'이라고 소개했다. 필자는 이를 대하고 상당한 충격을 받았다. 과연 이병주는 와세다대학(早稻田大學)을 다녔던가. 이병주에 관한 자료 조사에 나선 필자는 두 번이나 도일했다. 그 결과는 이러했다. 그는 와세다대학과는 전혀 무관한 메이지대학(明治大學)을 다녔고, 그것도 거기서 처음으로 설치된 전문부 문과(文科) 별과(別科)생이었다. 당시 육군성은 그 해의 졸업생도 학병으로 징집했는바, 1943년 9월에 졸업한 그도 이 경우에 해당하였다(졸저, 『이병주와 지리산』, 국학자료원, 2010).

필자가 확인한 메이지대학 자료 속에는 학병 명단이 있었는데, 이병주 (창씨명 오카와[大川炳注])도 거기 실려 있었다. 혹시나 하고 와세다대학 자료집도 모조리 검토해 보았으나 이병주의 이름은 아예 없었다. 그도 그 럴 것이 1943년 9월에 메이지대학 전문부를 졸업한 이병주가 와세다대 학에 들어갈 시간이 어찌 있었으랴.

이런 사태 앞에서 필자는 실로 난감할 수밖에 없었다. 이 글은 이런 난감함을 조금이나마 극복하기 위해 쓰였다.


## 2. 『관부연락선』은 황용주의 것인가

최근에 필자는 고명한 법학자 안경환 교수의 노작 『황용주: 그와 박정희 의 시대』(2013)를 접하게 되었다. 면밀한 자료를 바탕으로 안 교수는 황 용주가 박정희와 동기로서 대구사범을 다녔으며, 또 와세다대학에 다녔 음을 다음처럼 밝혀 놓았다.

> 용주는 1941년 정월, 와세다대학(早稻田大學) 제2학원(문과)의 입학시
> 험을 치른다(제1학원은 이과). 2년 예과 수료 후에 본과에 진학하는 4년
> 제 코스다. 물론 불문과였다. 무난하게 합격이다. 와세다의 입학이 결정
> 된 1941년 초겨울(2월) 용주는 귀국한다. 그리고 3월에 결혼한다. 용주
> 가 만 스물세 살, 창희는 열아홉이다. 실로 절정의 청춘이다. 밀양 용주
> 의 집은 '여수 애기' 창희를 활짝 맞아들인다. 창희의 기준으로 볼 때 시
> 집 살림은 궁핍했다. 총독부에 근무하던 부친 대화 씨는 연전에 퇴직하
> 여 내이동 집에서 그다지 여유 없는 날들을 보내고 있었다. 농사철에는

더욱 곤궁했다. 이미 향리에 있던 농토는 읍내로 본거지를 옮기면서 처분한 지 오래였다. 시숙은 시모노세키 상업학교를 졸업하고 읍사무소의 직원으로 근무하고 있었다. 용주가 먼저 도일하고 얼마간의 의무적인 시집살이 끝에 동행이 허락되었다. 마침내 정식으로 두 사람의 신접살림이 시작된다. 기다구(北區) 오지초(王了町) 상게인 아파트 83호다. 여수와 밀양에 동행하던 김상죽도 도쿄까지 따라왔다. 상죽은 백부가 관리하던 재산의 일부를 받아 신혼부부의 옆방에 기거하게 된 것이다.

와세다대학의 상징건물은 시계탑이다. 대학의 캠퍼스는 시가지 한복판에 띄엄띄엄 건물이 자리 잡고 정문이 없는 것이 특징이다. 1882년 설립 이래 교지(敎旨)를 '학문의 독립'으로 삼고 있다. 이 대학은 일본 자유주의 정신의 함양에 기여한 것을 큰 자부심으로 여긴다. 정치와 경제영역에서 일본 사회에 와세다가 미친 영향은 지대하다. [……] 1858년 후쿠자와 유키치(福澤諭吉)에 의해 설립된 이 대학은 미국의 브라운 대학이 모델이라고 한다. 후쿠자와는 일본의 근대화를 상징하는 인물로 1만 엔짜리 지폐에 초상이 실려 있다. 대학은 1881년 최초의 '외국'학생으로 두 명의 조선인을 받아들였다. 1883년에 60명, 1895년에 130명이 입학한 기록이 있다. 그러나 일제 강점기에는 와세다가 조선 학생을 더욱 많이 입학시켰다. 세련된 게이오에 비해 와세다에는 다소 질박한 청년문화가 지배하고 있었다. 그래서 반도학생의 기질에 더욱 맞는다는 세평도 있다. 이러한 일제 강점기의 고정관념이 해방 후 한국의 대학문화에 원용되곤 했다. 그리하여 고려대학교를 와세다에, 연세대학교를 게이오에 비유하곤 했다. 우열을 가리기 힘들지만 기질적으로 대조되는 양대 명문 사립학교의 동반성장은 나라 전체의 축복이었다. 학생 동인지 『와세다 문학』은 게이오 대학 동인지 『미타(삼전)문학』 과 함께 중요한 학생문단을 형성하고 있었다. 일본 국민의 이목은 제국 대학 출신의 '귀재들'의 문학 활동에 집중적으로 쏠려 있었다. 그러나 와 세다와 게이오 또한 엄연한 범주류 엘리트 문학의 일부였다.

— 안경환, 『황용주: 그와 박정희의 시대』, 까치, 2003, 140~142쪽

밀양 태생의 황용주가 와세다대학 문과에 들어갔다는 것과 신혼생 활에 접어드는 과정이 소상하다. 대구사범에서 마르크스주의자로 퇴학 당했다는 것, 오사카로 건너가 오사카 중학(일본대학 부설)을 다녔다는 것, 여기서 그의 아내 될 이창희를 만났다는 것, 제3고등학교와 제국대학 의 꿈을 키웠으나 실력이 없는 그로서는 어림도 없는 일. 몇 차례나 낙방 한 후 사립대학을 택했다는 것. 그것이 와세다대학이었다는 것.

한편, 어째서 이병주는 『관부연락선』을 연재하면서 와세다대학 시 절의 사진을 허용했을까. 두 가지 가능성을 염두에 둘 수 있을 법하다. 하 나는 그가 사기꾼이라는 것. 다른 하나는, 이 점이 의미가 깊은데, 작품 『관부연락선』이 허구라는 것. 그렇지만 이는 이중적이다. 이병주=황용 주라는 분신, 이중인격의 조치임을 『관부연락선』 속에 넘치도록 적었다. 그 중에서도 주목되는 것은 진짜 와세다대학 문과 출신의 황용주에 관한 것이다.

이병주가 소속된 부대는 방첩명 노코(矛) 2325부대 60사단 치중대 였다. 중지(中支)에 있는 인텔리 부대로 총 400여 명 정도인데 여기에는 조선인 학병이 60명이나 끼어 있었다. 그 중 반 이상이 탈출했다. 그 후 이 부대의 학병 중에서 육군참모총장을 비롯한 수 명의 장군이 나온 바 있

다. 그렇다면 황용주는 어떠했던가. 그는 탈출하지 않았으며 일본군 간부후보생으로 8·15를 맞았다. 간부후보생의 시험과 임용 과정은 간단하지 않았다. 와세다대학 문과생으로 학병에 나아간 그는 일본군 간부후보생이 되기 위해 백방으로 노력했고, 마침내 일본 육군 소위가 된다. 이에 대해 이런저런 '변명'이 있긴 있다.

학병 중에는 교육훈련에 열성을 내는 자도 있고 당초부터 탈출을 기도한 자도 있었다. 전자는 기왕에 입대했으니 빨리 승급 진급하여 아니꼽기만 한 고병(古兵) 등의 억압에서 하루빨리 벗어나서 한이라도 풀어보려는 적극파이다. 후자 중에는 성공적으로 탈출한 사람도 있었지만 계획이 탄로나 영창과 곤욕을 치른 사람도 많다. 또한 꾀병, 지둔(遲鈍) 등을 가장으로 기회를 노린 소극파도 있었다. 각기 방편은 달랐지만 모두에게 공통된 것은 일본군에 저항했다는 것이다. 심지어 어떤 부대는 조선인 학병이 대거 탈출함으로써 부대의 편성을 새로 해야 할 정도였다. 용주와 같은 중지의 야리(矛) 부대에 배속된 김종수의 회고가 있다.
"우리 부대에도 학병이 많이 탈출한 것을 알았다. 고로(衣) 부대에서 다수 탈출한 후에 남은 학병들은 우리 부대로 왔다. 그 중 한 사람이 장도영 대장이었다." [……]
그러나 아무리 탈출이 용이하다 하더라도 어디까지나 '비상적'인 일이다. 실패하면 즉시 사형당할 각오를 해야 한다. 탈출에 성공해도 그 이후가 더 큰 문제다. 김준엽과 장준하와 같이 극히 운 좋게 광복군에 합류하거나 신상초와 같이 운 좋게 중국군에 동참한 예도 있다. 그러나 일부는 체포되어 고쿠라 육군형무소에서 해방을 맞기도 하고 드물게 1년 이상

국내에 잠적한 예도 있다. 중국군으로 위장하여 전투 중에 귀순했으나 포로 신세를 면치 못하고 고생한 경우도 있다. 즉시 총살된 경우도 있을 것이다. 장준하의 기록이다. "더욱 슬픈 것은 전 중국지역에서 두번째로 일군에서 탈출한 한성수가 상하이에 특수 임무를 띠고 잠복 진입한 후에 동포의 밀고로 3개월 만에 일본 헌병대에 체포되어 처형되었다." 버마, 필리핀, 타이완 등지에서도 탈출한 사람도 있었을 것이다. 그러나 그들의 기록은 희소하다.

용주도 여러 차례 탈출을 생각한다. 사병 시절에는 물론 장교가 된 이후에도 탈출을 모의한다. 스스로 주동하지 않아도 언제나 분위기가 그랬다. 1945년 6월 1일, 용주는 장경순, 민충식, 최세경, 정기영 등과 함께 소위 계급장을 단다. 교육 중에 탈출을 모의하기도 한다. "우리들은 예비 사관학교에서 교육을 받는 동안 교육이 끝나는 대로 기회를 보아 중경으로 탈출하자는 모의를 했다. [……] 그때 남경과 중경 사이에는 선이 닿는 정보통들이 있었다. 약산이 임시정부의 군무부장이며 광복군 제1지대는 약산 계열의 사람들이 장악하고 있었다는 소식을 들었다." 은밀하게 상해의 독일계 통신사에서 일하고 있던 김진동(金鎭東)을 만난다. 그는 임시정부의 부주석, 김규식의 아들이다. 용주는 자신과 약산과의 관계를 털어놓고 중경으로 탈출한 의도를 밝힌다. 정기영과 함께 구체적인 행동지침을 모의하고 중경 임시정부와 비상루트, 비상식량, 돈까지 준비한다. 장교의 신분이라 비교적 운신의 폭이 넓었다. 경비가 허술한 어느 날 새벽 두 시에 만나기로 했으나 용주는 약속 장소에 나타나지 않았다. 혹시 탄로가 났나 하며 마음 졸이던 정기영은 나중에야 진상을 알고 기가 막혔다. 그 시간에 용주는 전우들과 태연하게 이별주를 마시고 있었다는 것이다. 생사를 건 탈출을 앞두고 벌인 도저히 납득할 수 없는 어이없는 해프닝은 두고두고 술자리의 안주가 되었다.

— 『황용주: 그와 박정희의 시대』, 175~178쪽

변명일 뿐, 그 정도의 정보를 아는 것은 간단하지 않았던가. 요컨대 황용주는 자진해서 일본군 장교가 된 것이다. 와세다대학생도 아닌 이병주가 와세다대학생이라 우긴 것은 이 경우에도 그대로 적용된다. 이병주는 '노예의 사상'을 내세워 개처럼 살았다고 훗날 곳곳에서 기록했다. 그러나 과연 그러했을까. 5·16 군사혁명의 재판 기록들이 시퍼렇게 증언하고 있다. 실로 어처구니없는 증언.

1944년 1월 20일, 대구 60사단에 함께 입대하여 중지의 인근 부대에서 복무한 것으로 기록되어 있다. 두 사람 모두 간부후보생에 선발되어 일본군 소위가 된다. 이병주는 이 사실을 드러내놓고 밝히지 않고 『용병』, 『노예의 사상』 등등 소설과 에세이 속에서 이민족 전쟁에 동원된 굴욕의 체험을 강조하였다(각주5). 반면 황용주는 능동적으로 장교가 되었고 장교로서의 경험을 적극적으로 활용하였다. 일본의 패전 직후 일본군의 고위층과 협상하여 한적(韓籍) 사병의 신변안전과 조기귀국을 위해 나름대로 애썼고 상해에서도 김구 주석을 비롯 임시정부 요인들과 접촉한다.

— 안경환, 「학병출신 언론인의 글쓰기: 이병주와 황용주의 경우」, 『2011년 이병주 하동 국제문학제 자료집』, 이병주 기념사업회, 2011, 71쪽

이 기록을 대하고 내가 주목한 것은 안 교수가 내세운 아래와 같은 '각주5'였다.

1961년 10월 30일 자 혁명재판소의 판결문에 이병주가 1945년 8월 1일 자로 '일본군 소위'에 임관되었다는 사실이 적시되어 있다
— 한국혁명재판사편찬위원회 편, 『한국혁명재판사 제3집』, 한국혁명재판사편찬위원회, 1962. 「학병출신 언론인의 글쓰기」, 71쪽에서 재인용

'노예의 사상'을 주 테마로 하여 그동안 논의해 온 졸저 이병주론의 시각에서 보면 이 사실은 새로운 도전을 강요하는 것이었다. 나는 틈을 내어 제3자의 도움으로 안 교수에게 자료 도움을 요청했는바, 안 교수는 흔쾌히 다음의 자료를 즉각 보내 주었다.

공소장 피고인 이병주는 15세시 본적지 소재 북천보통학교를 졸업하고 18세시 진주농업학교 제4학년을 수료한 후 도일하여 서기 1932년 明治大學 專門部 文藝科를 졸업하고 동 1944년 早稻田大學에 재학 중 학도병으로 일본군에 지원 입대하여 동 1945년 8월 1일 일본 육군 소위로 임관되었다가 동년 10월경 제대. 귀국한 후 진주농림학교 교사, 동 농과대학 조교수에 각 임명되어 재직 중, 동 1950년 12월 31일 비상사태하의 범죄처벌에 관한 특별조치령(부역위반) 피의 사건으로 부산지검에서 불기소 처분을 받은 후 해인대학 부교수로 임명되어 재직하다가 동 1958년 10월에 부산 국제신문사 논설위원으로 재직하면서 동 1960년 5월 말경 부산시 중고등학교 노동조합 고문으로 추대되어 활약하여 오던

자 [······] (一)서기 1960년 12월호『새벽』잡지에 '조국의 부재'라는 제
호로써 "조국이 없다. 산하가 있을 뿐이다. 조국은 또한 향수도 없다."는
등 내용으로 조국인 대한민국을 부인하고 어떠한 형태로든지 새로운 조
국을 건설하여야 되는데 대한민국의 정치사에서는 지배자가 바뀐 일은
있어도 지배계급이 바뀌어 본 일이 없을 뿐만 아니라 이 나라의 주권은
노동자 농민에게 있다는 등 내용으로 일반 국민으로 하여금 은연중 정
부를 번복하고 노동자 농민에게 주권의 우선권을 인정한 프롤레타리아
혁명을 일으켜야 조국이 있고 이러한 형태로서의 조국이 아니면 대한
민국은 조국이 아니라고 하고 차선의 방법으로 중립화 통일을 하여 외
국과의 제군사협정을 폐기하고 외군이 철퇴해야만 조국이 있다는 등의
선전선동을 하여 용공사상을 고취하고 (二)동인은 동 1961년 4월 25일
『중립의 이론』이란 책자 서문에 '통일에 민족 역량을 총집결하자'는 제
호로써 대한민국을 북괴와 동일시하고 어떤 형태로든지 통일을 하는 전
제로서 장면과 김일성이 38선상에서 악수하여 [······]

— 『한국혁명재판사 제3집』, 270~271쪽. 졸저, 『한일 학병세대의 빛과 어둠』, 소명,
2012, 178쪽에서 재인용


이병주는 '개'가 아니라 간부후보생이었고, 일본군 육군 소위였음이
엄연한 사실이다. 그렇다면 이병주는 사기꾼이거나 거짓말쟁이인가. 결
코 그렇지 않다는 것이 필자의 믿음이다. 그렇다면 그 근거는 어디에 있
는가. 무엇보다 그 증거는 이병주가 '작가' 이병주였음이다. 메이지대학
전문부 문과 별과(오늘날 문창과)를 나와 학병으로 간 경우는 이병주가
조선인으로는 거의 유일무이한 존재였다. 메이지대학 전문부생 이병주

는 당초부터 문학을 전공으로 했다. 적어도 당시 문과 별과는 일본의 대학에서 유일한 경우에 해당한다(『이병주와 지리산』). 작가이기에 그가 쓴 『관부연락선』은 창작이 아닐 수 없다. 거기 들어 있는 사건, 인물 등등은 모두가 허구이다. 그러나 그 허구의 모델이 있었다. 바로 황용주다.

거듭 말하지만 황용주는 와세다대학 문과생으로 학병에 끌려갔고 거기서 이런저런 이유로 간부후보생으로 나아가서 육군 소위가 되었다. 작가 이병주는 스스로를 황용주라고 믿었다. 『관부연락선』을 연재할 때, 첫 회의 작가 소개란에서 그는 자신의 사진 밑에 '와세다 대학시절'이라고 적었다. 그렇다면 『관부연락선』이란 무엇인가. 황용주를 모델로 한 작가 이병주의 순수 창작물이되, 동시에 이병주와 황용주의 합작품이 아닐 수 없다. 결국 어디까지가 황용주이고, 어디까지가 이병주의 것인지를 검토하는 것이 『관부연락선』 연구의 핵심에 놓여 있다. 황용주의 평전이 나온 이상, 이제 이 연구는 피할 수 없게 되었다.

### 3. 『소설·알렉산드리아』의 주인공, 황용주

『황용주: 그와 박정희의 시대』 속에는 실로 놀라운 대목이 들어 있다.

월간 『세대』는 1963년 1월에 창간된 종합 월간지이다. 『세대』지의 창간은 『사상계』의 필자와 독자를 흡수하기 위한 전략적 성격도 내포되어 있었다. 1950년대 이래 전후 지식인들의 교양서였던 『사상계』가 당국과의 불편한 관계 때문에 시련을 겪으면서 많은 『사상계』의 독자들을 유인했다. 그리하여 지식인을 대상으로 한 시사, 교양논설이 주종을 이루었지만 문학작품도 적잖이 수록했다. 특히 신인 등용문으로도 큰 역할을 했다. 이병주는 물론 조선작, 홍성원, 박태순 등이 『세대』를 통해 문학의 길에 입문했다. [……]

『세대』의 탄생 배경과 관련하여 이대훈의 증언이 중요한 단서를 제공해준다. 이 잡지는 사실상 이낙선의 주도와 재정적 지원 아래 창간된 것이다. 그리고 그는 편집진에 고려대학교 국문과 4학년에 재학 중이던 젊은 친척 이광훈을 배치한다. 이낙선은 군사혁명 주체세력의 지적 대변인으로 인정받고 있었다.

— 『황용주: 그와 박정희의 시대』, 422~424쪽

실린 글들의 제목을 훑어보면 '민족주의', '민족통일', '매판자본', '민족자본' 같은 단어들이 넘쳐흐르고 있었다. 영입된 편집위원 황용주의 민족적 민주주의 신념과 20대 청년 편집장의 열정이 의기투합한 결과였다. "학생들의 한일회담 반대 데모가 격화되면서 전국적인 비상계엄을 선포해야 할 정도로 국론이 첨예하게 대립되고 있었다. 이러한 상황 아래 '민족적 민주주의'는 매우 불온한 주장일 수 있다. 그러나 일면 가볍게나마 남북한 사이에 화해의 무드가 일고 있었다. [……] 그해 여름에 열린 도쿄 올림픽에서 북한의 육상선수 신금단(辛今丹)이 남한의 아버지를 만나면서 남북한 이산가족의 상봉에 대한 기대가 고조되고 있었다. 또한 10월 중순 박정희 대통령은 강원도 춘천을 방문하여 도지사와 시장을 만난 자리에서 최근의 국내외 정세를 보아 머지않아 남북통일이 이루어질 것으로 본다고 말했다. 그로부터 사흘 후에 청와대에서 열린 정부 여당 연석회의에서 대통령은 통일문제를 심각하게 연구할 시기가 되지 않았는가라고 반문하면서 국회에서도 여야가 함께 이 문제를 연구해야 한다고 강조했다. 여당은 이미 국토통일연구소 설치 법안을 정식으로 제출해두었으며 공화당 이만섭을 비롯한 46명의 의원이 남북가족면회소 설치에 관한 결의안을 제출해두고 있었다. 이러한 시대적 분위기라 이 정도 주장은 할 수 있지 않을까 하고 생각했다."고 이광훈은 술회했다.

이 사건으로 2개월 동안 자진 휴간한 『세대』는 이듬해 1965년 6월호에 이병주의 중편 『소설·알렉산드리아』를 게재함으로써 일약 스타 작가의 탄생에 기여한다. 이 작품은 중립·평화통일론을 신문사설로 쓴 지식인이 감옥에서 보낸 편지를 주축으로 플롯이 전개되는 일종의 '사상소설'이었다. 작품의 주인공에 필화사건으로 감옥에 갇혀있는 황용주를 대입시켜도 무방했다. 4월 어느 날 시인 신동문은 근래 출옥한 이병주를 만난다. 신동문은 여섯 살 위인 이병주의 필명을 알고 있었다. 200자 원고지 600매짜리 중편을 읽고 난 신동문은 무릎을 쳤다. 즉시 이광훈을 찾는다. 젊은 편집장 이광훈 또한 극도로 흥분했다. 바로 이거야! 언론의 자유, 사상의 자유다. 소설의 형식도 파격적이다. 600매짜리 중편을 전문 그대로 실었다. "신동문 선생으로부터 그 원고를 직접 건네받아 내가 최종적으로 게재 여부를 판단했는데 당대의 현실에 대한 그분의 날카로운 안목이 없었더라면 그 소설은 세상에 나오기 쉽지 않았을 것이다."라고 회고했다. 작가의 원고에 없던 작품 제목에 굳이 '소설'이란 단어를 넣은 것은 이광훈의 강력한 '편집권' 행사였다. 불과 몇 달 전의 상황을 감안하며 이 작품을 게재함으로써 발생할지 모를 위해에 대비하는 의미도 있었다. 현실적 제안이나 비판이 아니라 어디까지나 허구임을 강조하기 위한 고육지책이었다. 같은 잡지에 평화통일론을 쓴 언론인 황용주를 감옥으로 보낸 직후에, 동일한 '용공사상' 때문에 옥살이를 하고 나온 체험을 바탕으로 쓴 작품을 '발굴하여' 싣는다는 것은 이를테면 전혀 반성의 빛이 없는 이광훈의 뱃심이기도 했다. 역설적이게도『세대』는 황용주의 필화사건으로 인해 지식인 사회에서 상당한 홍보효과를 얻었다. 또한『소설·알렉산드리아』의 발굴을 계기로 문학잡지로도 흔들리지 않는 명성을 구축했다. 이광훈은 한국잡지 역사상 유례없는 약관 23세에 편집장을 맡음으로서 한 시대의 문화 권력을 행사하게 되었다.

— 『황용주: 그와 박정희의 시대』, 433~434쪽


『소설·알렉산드리아』가 황용주를 주인공으로 했다는 것. 이 대목은 안경환 교수가 처음으로 확인한 것이어서 놀랄 만한 발견이 아닐 수 없다. 어째서 그러할까. 항용 이 작품을 그 자체의 독창적인 창작이라 보고 이런저런 분석과 해석으로 일관된 논의들이 거의 무의미함을 드러낸 것이기 때문이다. 물론 거기에는 작가 이병주의 솜씨도 무시하지 못할 것이다. 그리고 이 경우 그것은 작가로서의 지위를 확보한 장편『관부연락선』에서도 사정이 비슷할 것이다. 안경환 교수의 지적은 이『소설·알렉산드리아』의 시대적 배경을 정확히 포착한 것이어서 타의 추종을 불가하게 만들고도 남는다.

와세다대학을 다닌 바도 없는 이병주가 "나는 와세다대 학생이었다"라는 것은 터무니없는 거짓말. 그러나 그것마저도 허구로 보면 된다. 곧 '나는 이병주 이전에 황용주다'라고. 황용주≠이병주의 도식이었다.

이번의 경우에도 사정은 꼭 같다.『소설·알렉산드리아』는 황용주≠이병주였던 것이다. 작가로서 이병주는 작품 속에서 스스로를 부정하고 황용주를 닮고자 기를 쓰고 나섰다. 그런데 바로 이 점이 강한 시대성을 띨수 있었다. 여기까지가 두번째 단계이다. 그렇다면 세번째 단계는 어떠했을까.

## 4. 『국제신문』 편집국장, 주필, 논설위원

세번째 단계는 바로 논설위원 되기이다. 황용주가 『사상계』와 맞선 『세대』의 편집위원이 된 것은 1964년 봄이었다. 군부 출신의 상공부장관 이낙훈이 사장이었고, 그 고향 후배 이광훈이 편집장으로 있는 이 월간지는 『사상계』의 이북 및 지식인 세력과 정면으로 대립한 것으로, 극히 정치적인 잡지였다. 당시 편집장 이광훈이 『사상계』의 지적 대변인급인 함석헌과 정면으로 대결했음은 천하가 다 아는 사실이다. 이광훈은 『세대』 편집위원 16명의 한 사람으로 『부산일보』 사장인 황용주를 모셨다고 했다. 안경환 교수의 고증에 의하면 그때 황용주는 『부산일보』를 그만두고 서울의 문화방송 사장으로 자리를 옮기게 된다. 후에도 황용주는 통일론 등중요 논설을 『세대』에 실었다.

그 이전에 황용주는 부산대학의 교수로 불어를 가르쳤다. 그렇다면 황용주를 그대로 빼닮고자 한 이병주는 어떠했던가. 그도 해인대학 교수로 영어, 불어 등을 가르쳤고, 드디어 『국제신문』 편집국장, 주필, 논설위원으로 나섰다. 그리고 한편으로 그는 『부산일보』에 『내일 없는 그날』 (1957~1958)이란 연재소설을 발표했다. 이로써 황용주=이병주의 모방행위가 빈틈없이 진행되었다. 뿐인가. 『세대』의 통일론의 필화사건으로

문화방송 사장 취임식 당시의 황용주(1964년 9월 1일)

투옥된 황용주를 보며 이병주도 감옥행을 따라야 했다. 어떤 방식이었을까. 황용주와 마찬가지로 이병주는 통일론으로 박정희 군부에 대들었고, 혁명재판소의 판결 때 10년 징역에 8년 감형으로 2년 7개월간 서대문 형무소에 있었다. 『소설·알렉산드리아』는 안경환 교수가 정확하게 지적했듯이 황용주를 주인공으로 한 정치소설(사상소설)이었다.

대구사범의 박정희와 동급반이었던 황용주가 박정희 정권의 사상적 거점의 하나였듯, 진주농고 출신의 이병주가 할 수 있는 것도 끝내 황용주의 행로를 닮는 것이었다. 외신기자 리영희의 『대화』(리영희·임헌영, 한길사, 2005) 속에서는 이병주가 박정희의 절대 지지자가 되어 박정희 평전 집필에 나아갔다고 기록하고 있다. 이러한 이병주의 180도 회전 앞에서 리영희는 정나미가 떨어졌음을 고백하고 있을 정도이다. 이러한 외신기자인 리영희의 안목은 일반인의 상식 수준이라고 할 만한 것이다. 그러나 리영희가 정작 간파하지 못한 것은 이병주의 생애에 있어서 황용주가

박정희와 황용주(1962년 12월)

모델이고 표준이었다는 사실이다. 이병주는 스스로를 끊임없이 부정하고 '황용주되기'를 갈망하는 과정에서 글쓰기를 했고, 또 그 불가능성을 인식함으로 말미암아 글쓰기의 지속성이 뒤따랐다.

### 5. 『관부연락선』 속의 방법론

와세다대학을 다닌 적이 없는 이병주의 자각 증세는 어디에서 찾을 수 있을까. 적어도 그가 지식인인 만큼 이 문제에서 벗어날 수 없다. 더구나 작가인 경우, 필시 작품 속에 드러나 있을 터이다. 그의 대작 장편 『관부연락선』 속에는 이렇게 고백되어 있어 명실상부하다.

정직하게 고백하면 나는 일본인뿐만 아니라 같은 동포를 대할 때도 진실의 내가 아닌 또 하나의 나를 허구했다. 예를 들면 '일본인으로서의 자각'이니 '황국신민으로서의 각오'니 하는 제목을 두고 작문을 지어야 할 경우가 누차 있었는데 그런 땐 도리 없이 나 아닌 '나'를 가립(假立)해 놓고 그렇게 가립된 '나'의 의견을 꾸미는 것이다. 한데 그 가립된 '나'가 어느 정도로 진실의 나를 닮았으며 어느 정도로 가짜인 나인가를 스스로 분간할 수 없기도 했다. 그런 점으로 해서 나는 최종률을 부러워하고 황군을 부러워했다. 그러니 마음의 움직임 자체가 미리 미채를 띠고 있는 것이 아니냐는 이사코의 말은 정당한 판단이었다.

자기 변명을 하자면, 어떻게 저항할 것인가 하는 그 방법을 찾지 못할 바엔 저항의 의식을 의식의 표면에 내세울 필요가 없다는 체관(諦觀)이 습성화되어 버렸다고 할 수도 있다. 생활의 방향은 일본에의 예종(隷從)으로 작정하고 있으면서 같은 조선 출신 친구 가운데선 기고만장하게 일본에의 항거를 부르짖고 있는 자들에 반발을 느끼고 있는 탓도 있긴 했다.

격에 맞지도 않은 말들을 지껄였다면서 이사코는 금방 장난스러운 표정으로 돌아가더니 파리와 동경과의 비교를 가벼운 유머를 섞어 가며 하기 시작했다. 이사코의 얘기를 재미있게 듣고 있는 동안 내가 눈치 챈 일은 내게 대한 호칭을 이사코는 '무슈 유'와 '류상' 두 가지로 나누어 쓰는데 농담을 할 땐 '무슈 유'가 되고 진지한 얘기를 할 땐 '류상'으로 된다는 사실이었다.

코론 방에서 나와 긴자 이곳저곳을 돌아다니다가 알래스카에 가서 식사를 하고 이사코와 나는 쓰키지 2정목을 향해 걸었다.

쓰키지 소극장은 쓰키지 2정목에 있다. 좀더 나가면 쓰키지 혼간지(策地本願寺)가 있고 더 좀 나가면 생선시장이 있는 동경의 옛 판도로선 변비한 곳에 단층의 조그마한 극장이 여염집 사이에 다소곳이 끼어 있는 것이다.

건물 정면, 사람으로 치면 이마에 해당하는 곳에 포도송이를 닮은 굵다란 극장 마크가 달려 있고 그 곁에 세로 '국민신극장(國民新劇場)'이란 간판이 붙어 있다. 좌익 연극과 인연이 깊다는 이유로 쓰키지 소극장이란 명칭을 국민신극장으로 고친 것이라고 했다.

일본의 신극사(新劇史)를 쓰려면 쓰키지 소극장사(策地小劇場史)를 쓰면 된다고 말할 수 있을 정도로 이 극장은 일본 신극운동의 발상과 더불어 비롯된 유서를 가진 극장이다. 그리고 또 이 극장은 오사나이 가오루(小山內薰)를 위시한 빛나는 이름들과 결부되어 있는 일본 신극의 메카이기도 하고 좌인 전성시대에는 좌익 연극의 총본산이기도 했다. 조선 출신의 연극 학생들이 조직한 조선학생예술좌(朝鮮學生藝術座)도 이 극장의 무대 위에서 활약한다.

최근까지 이 극장은 신협극단(新協劇團)과 신쓰키지극단(新策地劇團), 두 개의 극단에 의해 교대로 사용되고 있었는데 신협과 신쓰키지의 간부들에게 검거 선풍이 불고 극단이 해산되는 바람에 쓰키지의 면목은 일변했다. 두 극단을 잃은 극장은 군소 소인극단(群小素人劇團)에 무대를 빌려줌으로써 간신히 연명하고 있는 상태다. 신극의 본산(本山)이 신극의 노점으로 전락한 느낌이다.

— 이병주, 『관부연락선』, 동아출판사, 1995, 508~509쪽


이러한 '나 아닌 나'를 가립(假立)해 놓고 살아 온 지식인 이병주는 작가 이병주이자, 또한 주인공 유태림이었다. 황용주 닮기가 그것이다.

이병주가 박정희 군부에 대들어 군사재판을 받고 실형 2년 7개월로 출소했음은 앞에서 누구이 언급했거니와, 그것은 통일론에 대한 논설 때문이었다. 그렇다면 이 논설 역시 이중적이라 하지 않을 수 없다. 중립 통일, 일반 통일, 통일 안 하기 등등 어느 쪽으로 해석하더라도 안성맞춤이 아닐 수 없다.

그렇다면 소설가가 되는 일이 가장 안전한 것이었다. 현실이야 어쨌든 그것을 이렇게도 고치고 저렇게도 바꿀 수 있었으니까. 소설 이론의 탁월한 연구자인 바흐친(Mikhail Bakhtin)의 논법대로 하면, 현실의 역사란 미지수이며 이렇게도 저렇게도 변할 수 있는 것이 아니겠는가. 바흐친에게 소설이 만들어 내는 "어떤 이질적인 감각은 새로운 미학 자체가 아니라 삶으로부터의 구체적인 감각에서 기인하는 것이다"(변현태, 「바흐찐의 소설이론과 그 현재적 의미」, 『창작과비평』 159호, 2013년 봄). 이것은 넓은 뜻의 반영론이겠으나, 그 반영론이 현실 반영의 정확성으로 평가받는 것이라면 바흐친의 주장은 이와는 다르다. 현실 자체의 이중성에서 오는 것이기 때문이다. 현실이란 늘 '이질적 감각'을 갖추고 전개되기 때문이다.

그렇다면 이병주는 이런 감각을 지녔다고 볼 수 없을 것인가. 그는 이미 일본 유학 시절부터 갖고 있었다고 볼 것이다. 와세다대학을 다닌 바도 없는 이병주가 와세다대학을 다녔다고 우기는 것이 이에 해당한다.

'나는 이병주가 아니고 황용주다!'가 그것이고, 동시에 '나는 이병주다!'가 그것이다. 이병주는 자기를 황용주에 가립해 놓음으로써 『관부연락선』을 썼다. 황용주가 옥살이를 할 때 『소설·알렉산드리아』를 썼다. 이 과정을 통해서 비로소 이병주는 작가가 될 수 있었다. 그것도 대형작가가.

## 6. 이병주≠황용주

이병주가 황용주를 닮고자 필사적으로 애쓴 흔적을 단계별로 정리하면 아래와 같다.

첫째, 와세다대학을 다녔다고 스스로를 지향하기. 기껏해야 메이지대학 전문부 문과 별과를 마친 이병주에게 있어 자기의 이런 이력은 무시해도 상관없는 것이었다.

두번째 단계는 일본군 간부후보생을 거쳐 장교 되기이다. 황용주는 별다른 망설임 없이 간부후보생을 거쳐 일본군 육군 소위가 되었다. 이병주도 꼭 같았다. 군사재판소 기록에 의하면 이병주가 일본군 육군 소위였음이 드러나 있다.

세번째 단계는 논설위원 되기이다. 부산대학에서 불어를 가르치던 황용주가 『부산일보』 사장, 논설위원, 또 『세대』 편집위원이 되었는데 해인대학에서 불어와 영어 등을 가르치던 교원 이병주가 『국제신문』으로 옮겨 편집국장, 주필, 논설위원이 되어 갔다. 이병주≠황용주이었던 것.

이렇게 보면 이병주는 적어도 거짓말을 한 바 없는 것이 된다. 이 사실을 그는 『관부연락선』 속에서 이렇게 말해 놓고 있어 인상적이다. "나 아닌 '나'를 가립해 놓고 그렇게 가립된 '나'의 의견을 꾸미는 것"이라고. 그러기에 대작 『관부연락선』은 허구가 아니라 사실 그 자체라 할 것이다. 따라서 『관부연락선』에 대한 어떤 연구서나 논문도 이를 떠난 것이라면 신뢰하기 어렵다. 마찬가지로 『소설·알렉산드리아』도 황용주가 주인공이라는 사실을 떠나면 신용하기 어렵다. 이런 점을 굳이 강조하는 것은 황용주의 존재감에서 오는 것이 아닐 수 없다.

과연 이병주는 사기꾼인가. 전혀 그렇지 않다. 이병주=황용주였으
니까. 통일론으로 감옥에 간 황용주를 따라 이병주 스스로도 통일론으로
감옥에 갔으니까. 그렇다면 이병주≠황용주의 도식에서 비로소 작가 이
병주가 탄생했다고 볼 것이다. 그것도 장편『지리산』의 대형 작가로.

# 8장 _ 소설에서 희곡으로

## 「옛날 옛적에 훠어이 훠이」가 던진 충격

### 1. 『회색의 의자』 뒤에 나온 『소설가 구보 씨의 일일』

『천변풍경』의 작가 박태원의 「소설가 구보 씨의 일일」이 연재된 것은 1934년이었다. 『광장』(1960)의 작가 최인훈의 『소설가 구보 씨의 일일』(1972)이 발표된 것은 그로부터 38년 뒤였다. 어째서 제일급 작가인 최인훈이 같은 제목을 차용했을까. 필시 거기에는 그만한 사연이 있음에 틀림없다. 이런 사연을 논의하는 것이 곧 문학(소설)사적 의의라 할 것이다.

이 글은 두 작품의 비교 검토를 통해 그 문학사적 의의를 밝히기 위하여 써진다. 그러기 위해서는 큰 전제로 박태원의 「소설가 구보 씨의 일일」을 논한 졸고 「식민지 경성의 빈약한 현실과 이미 배워 버린 모더니즘」(본서 1장)을 머리에 두어야 한다. 그러므로 이 글에서는 최인훈의 『소설가 구보 씨의 일일』만을 집중적으로 검토하려 한다.

최인훈은 이 장편을 제1장 「느릅나무가 있는 풍경」, 제2장 「창경원에서」, 제3장 「이 강산 흘러가는 피난민들아」, 제4장 「위대한 단테는」, 제5장 「홍콩 부기우기」, 제6장 「마음이여 야무져다오」, 제7장 「노래하는 사갈」, 제8장 「팔로군 좋아서 띵호아」, 제9장 「가노라면 있겠지」, 제10장 「갈대의 사계」, 제11장 「겨울 낚시」, 제12장 「다시 창경원에서」, 제13장 「남북조시대 어느 예술노동자의 초상」, 제14장 「홍길레진 나스레동」, 제15장 「난세를 사는 마음 석가 씨를 꿈에 보네」 등으로 구성했다. 『세대』에 장편 『회색의 의자』(『회색인』의 원제) 연재를 마친 뒤의 몸 추스르기, 그러기에 내면이 엿보이는, 또는 새로운 마음을 닦기 위한 것의 일환으로 『소설가 구보 씨의 일일』이 쓰였다고 볼 것이다. 앞에 보인 목차에서 드러나듯 그야말로 하루하루의 소설 노동 예술가 최인훈의 내면을 다룬 것이기에 그 내면은 이른바 의식과잉으로 불릴 수 있을 성질의 것이다.

　이 사실을 선명히 엿볼 수 있는 것을 들라면 제2장 「창경원에서」와 제12장 「다시 창경원에서」라 할 수 있다. 그만큼 창경원이 큰 얼굴을 드러낸다. 대체 창경원이란 무엇일까. 일제가 '창경궁'을 없애고 벚꽃과 더불어 동물원을 만들었거니와, 따라서 창경원 하면 동물원을 가리킴이 아닐 수 없었다. 어째서 구보 최인훈은 창경원을 두 번씩이나 방문했던가. 필시 거기에는 그 나름의 의의가 깃들어 있음에 틀림없다. 이 동물원 분석을 통해 최인훈의 내면을 엿볼 것이다.


## 2. DNA의 문제에 육박하기

구보는 누구인가. 소설가라 했다. "1969년이 다 가는 동짓달 그믐께를 며칠 앞둔 어느 날 아침 소설가 구보 씨는 잠에서 깼다. 잠에서 깨는 순간에 그의 머릿속에는 무엇인가 두루마리 같은 것이 두르르 펼쳐졌다가 곧 사라졌다. 구보 씨는 그것을 곧 알아보았다. 그것은 오늘 하루 그가 치러야 할 일과표였다"라고 제1장 「느릅나무가 있는 풍경」의 첫 줄에 썼다. 그 일과표란 어떤 것일까.

새벽에 구보 씨는 꿈을 꾸었다. 구보 씨는 바닷가에 서 있었다. 물결이 밀려오고 밀려나갔다. 갈매기도 틀림없이 날고 있었다. 그들의 날개에서 빠르게 부서지는 햇빛도 보였다. 그러나 구보 씨가 보고 있는 것은 그런 것이 아니었다. 구보 씨는 바닷속에 잠겨 있는 마을을 보고 있었다. 바닷속에는 한 마을이 잠겨 있었다. 아주 깊이 갈앉은 마을은 어항 속에 있는 고기처럼 잘 보였다. 집들이며 나무며 한길이 아주 잘 보였다. 어느 철인지 몰라도 울타리 너머로 잎이 무성한 나뭇가지가 넘어온 것도 보였다. 그렇다면 여름인지도 알 수 없었다. 구보 씨는 바닷속으로 걸어서 들어갔다. 아무리 들어가도 마을은 보이지 않는다. 구보 씨는 바닷가로 나왔다. 거기서 보면 여전히 마을은 바닷속에 있었다. 그는 지쳐서 모래 위에 앉아버렸다.

— 최인훈, 제3장 「이 강산 흘러가는 피난민들아」, 『소설가 구보 씨의 일일』, 삼성출판사, 1972, 53쪽

『광장』의 이명준이 바다 밑에 잠겨 있음과 이는 흡사한 현상이 아닐 수 없다.

두루 아는바 최인훈은 LST(Landing Ship for Tanks, 탱크를 위한 상륙용 선박)를 떠날 수 없다. 이른바 1·4 후퇴로 남한 땅에 발을 딛게 된 세대기 때문이다. 이 점에서는 이호철도 같다. 그러나 「탈향」(1955)의 이호철이 남한에 뿌리를 내리고자 온갖 노력을 아끼지 않았음에 비해 최인훈은

남한에 '망명객'으로 시종일관했다. 이 자의식이 『회색의 의자』의 독고준을 위시 전 작품의 원점을 이루었던 것이다.

망명의 땅 남한에서의 최인훈은 구보였다. 그 구보의 자의식은 꿈에서조차 선연한 것이었다. 바닷속에 잠긴 마을, 그것을 바깥에서 바라보는 의식. 이 의식의 철저성을 『소설가 구보 씨의 일일』에서 가장 잘 볼 수가 있다. 이를 또 선명히 드러낸 것이 창경원 방문이다.

어느 봄날 소설가 구보 씨는 창경원에 가서 짐승들이 보고 싶다는 생각이 환장하게 치밀어 올랐다. [……] 그는 왼쪽으로 걸어가서 공작 울 앞에 멈췄다. 지금이 그러한 시간인지 공작은 후두두 소리를 내면서 꼬리를 펴고 있는 중이었다. 부챗살처럼 활짝 꼬리를 펼 때, 소리마저도 부채질할 때 같은 소리를 낸다. 종이가 찢어져서 살이 털털거리는 그런 부채가 아니고 여러 겹으로 접힌 안전 면도날을 손에 몰아 쥐고 트럼프장 펴듯이 펴는 것처럼 쇠붙이스런, 싸아악 하는 소리였다. 텅 빈 동물원의 한낮에 꼬리를 활짝 펴는 그 모습은 좀 섬짓한 것이었다. 마치 꽃망울이 열리는 현장에 맞닥뜨린 때처럼, 어떤 외설한 모습이었다. '花開'라는 낱말이 떠올랐다. 저 힘, 까무라칠 만큼 아득한 어느 때부터 비롯한 저 버릇, 시무룩한 낯빛으로 꼬리를 잔뜩 펴고 있는 모습은 '공작처럼 거만한' 어쩌구 하는 모습처럼은 보이지 않았다. 그보다는 원수의 땅에 포로로 잡혀왔으면서도 하루의 정한 시간에는 자기네 부족의 법식에 따라 예배를 드리고 있는 모습 같았다.

— 최인훈, 제2장 「창경원에서」, 『소설가 구보 씨의 일일』, 41~42쪽

어째서 '환장'할 만큼 짐승들이 보고 싶었을까. "원수의 땅에 포로로 잡혀" 와서라고 했겠다. 동물들이 아마도 아프리카에서 인간의 포로로 잡혀 와 구경거리 신세가 된 형국이라 보면 그럴 법하다. 구보 씨에게 누군가 따질 수 있긴 하다. "누가 구보 씨를 남한으로 오게 한 것인가"라고. 구보 자신이 자발적으로 온 것이 아니었던가. 이에 대해 구보 씨는 말할 것이다. "누가 뭐래도 나는 포로다"라고. 남한 사람들이 나를 포로로 잡아 왔다고. 그렇다면 구보 씨가 남한과 전쟁을 했어야 포로가 될 수 있는데 그는 그런 싸움을 했던가. 물론 한 바 없다. 다만 꿈에서만 키운 자의식 과잉이 그런 망상을 가져왔던 것이다. "나는 피난민이다", "나는 포로다", "나는 짐승이다", "나는 공작새다"라고 외쳐 댔다.

'원수의 땅'에 와서도 수억 년 동안 지녀 온 자기 종족의 관습을 연출하는 것이 원수를 이기는 길이라고 우기고 있다. 잘 따져 보면 이 '종족의 관습'인즉 그의 유년기의 것이 아닐 수 없다. 최인훈의 자전소설 『화두』(1994)에는 그 종족의 관습이 주체할 수 없을 정도로 선연하다.

눈이 내리는 1972년 2월, 소설 노동자 구보 씨는 다시 창경원에 갔다.

구보 씨는 표범이 이쪽을 보기를 기다리면서 서 있었다. 아무리 기다려도 표범은 머리를 돌리지 않았다. 구보 씨는 단념하고 다른 우리로 갔다. 그 칸엔 흰곰이 한 마리 있었다. 그때 한 마리는 무슨 습진 같은 것인지 얼굴이 짓무르고 그 부분에는 털도 빠진 것이 보기에 안됐었다. 습진 때문에 죽었을 리는 없고 어떻게 된 노릇인지 몰랐다. 아무튼 지금은 한 마리다. 앞다리를 들었다 놓았다 하면서 지루한 재주를 놀고 있다. 덩치는 굉장히 크다. 물고기를 그렇게 잘 잡는다니 믿기 어렵다. 북극에 사는 짐

승이니까 아마 이런 날씨쯤은 후덥지근하다는 것이겠지. 하얀 털가죽이
때에 절었다. 모든 것이 돈 때문이겠지. 문득 이 곰이 사로잡히던 순간
이 떠오른다. 그의 평생에서의 그 액운의 날. 그러나 그가 그 장면을 외
고 있을 리 없다. 그를 잡은 사냥꾼은 기억하겠지. 그 비극의 날이 아무
흔적도 남기지 않은 그의 두뇌. 백치. 흰 슬픔이다. 백지의 슬픔이다. 지
구가 태양을 도는 것처럼 자기 DNA의 궤도를 돌 뿐인 슬픈 헛일. 헛일
이라? 알면 어떻다는 것인가. 무엇이 달라지는가? 사람은 흘러간 시간
을 머리에 담고 있다손 치고, 그래서 무엇이 달라지는가. 비석에 새기고
일기에 적고 책으로 박아내고. 그래서. 그래서 어떻게 된단 말인가. 본인
당자의 슬픔이 거기 남았다 치고, 그 사람은 어디 갔는가. 오 죽일 놈의
'神哥놈' 대체 무엇 때문인가. 어느 손에 맞아 죽으려고 이 장난질인가.
'神哥'여 너는 불구대천의 원수다.

— 최인훈, 제12장 「다시 창경원에서」, 『소설가 구보 씨의 일일』, 313~314쪽


DNA에서 인간도 짐승과 꼭 같은데 자만 자의식만에서 다르다. 이
자의식을 누가 인간에게만 주었는가. 바로 '神哥놈'이다. 모든 것은 이
'神哥놈'의 짓이다. 철천지원수가 아닐 수 없다.

「창경원에서」의 공작새를 빌미로 적국에 포로로 잡힌 신세라 외쳤
지만, 「다시 창경원에서」에서는 그 차원을 넘어 조물주, 곧 '神哥놈'에로
향하고 있다. 자의식을 부여한 '神哥놈'이 철저한 원수가 아닐 수 없다.

또 다르게 말하면 DNA 속엔 물론 동물에게도 인간에게도 내면성이
있다. 인간이 언어를 발명했을 때 그 언어가 만들어 낸 또 다른 내면성이
부여되었다. 그다음엔 문자가 발명되었다. 또 하나의 자의식이 부여되었

다. 근대적 자아니 개성이니 하는 것은 이 문자의 내면성이 빚어 낸 것에 불과하다(미우라 마사시[三浦雅士], 『비평이라는 멜랑콜리』[批評という鬱], 이와나미, 2001, 178~179쪽).

곧 원시인들도 인간의 광기를 종교와 제의로 제도화했다. 한편 근대 인은, 그러니까 서양의 경우겠지만, 멜랑콜리(이유 없는 비애감)를 제도 화했는데 역설적이게도 이 제도화는 다름 아닌 문자가 가능케 한 것이다. 어느 쪽이나 '진보'란 없다. '변화'가 있을 뿐이다. 어째서 그러한가. 인간 골격의 변화는 획득 형질이 유전되지 않는 한 '자연'에 속한다. 곧 인간이 마음먹은 대로는 되지 않는다. 그러나 도구를 사용함으로써 이후의 변화 는 인간이 마음먹은 대로의 '변화'인 것이다. 곧 '자유'라는 것이다. 이 자 유란 멋대로 해도 상관없는 것. 자멸하든가 살육(전쟁)하든가 살아남을 것인가 등은 어김없이 자유의 선택 사항이 아닐 수 없다. 요는 이 선함과 악함을 재는 것도 인간 자신이라는 것이다. 선함과 악함이라는 관념 그 자체도 인간의 발명에 걸려 있는 것이기에 이 경우 그 자유란 거의 공포 의 별명이다(『비평이라는 멜랑콜리』, 297쪽).

소설 노동자 구보 씨는 무의식의 차원이긴 해도 여기까지 생각이 미 치고 있지 않았을까. 그 문자가 구보 씨에겐 '일본어'였을 터이다. 『화두』 에서 이 점이 선명하다. 그렇다면 그 일본어의 내면성이 최인훈, 곧 구보 씨의 내면을 형성했다고 볼 것이다.


## 3. 희곡으로 변신한 곡절

이 나라 문학계의 구조적 변혁을 가져온 세 가지 계간지 중 가장 늦게 나온 것이 『세계의 문학』(1976)이다. 『창작과 비평』(1966), 『문학과 지성』(1970) 등과 겨루어 볼 때 그렇다는 뜻이다. 두루 아는바, 『창작과 비평』이 현실 변혁을 꾀한 이상주의적 성향을 가졌다면 『문학과 지성』은 문학 자체의 내면화, 곧 내성소설에 주력한 것이라 할 수 있다. 이에 비해 『세계의 문학』은 어떠했을까. 그야말로 세계성을 향한 것이며, 그것은 또 '재미'의 추구에 기울어져 있었다. 「영자의 전성시대」(조선작, 1973)에서 그 '재미'가 역력했고, 『머나먼 쏭바강』(박영한, 1977)에서 보듯 월남전 참전을 다룬 것이었다. 한국군 약 4만 명이 참전한 이 월남전에 관한 소설도, 반미 사상이나 반공주의 등과는 무관했다. 세계적 관심사인 '월남전'을 '재미'의 차원에서 다룬 것이었기 때문이다. 그 '재미'는 대형 출판사 민음사의 상업주의의 발로이기도 했지만 결코 통속성으로 흐르지 않았다. 건전한 의미의 '대중성'이라 할 성질의 것이었다(졸저, 『3대 계간지가 세운 문학의 기틀』, 역락, 2013).

문제는 최인훈이었다. 이른바 내성소설의 제일인자인 최인훈. 그는 내성문학의 수립자였다고 해도 과언이 아니었다. 그것이 기호(일본어)가 가져다 준 자아 각성 또는 내면성이었다. 당초 인간은, 『소설가 구보 씨의 일일』에서 보듯 DNA 차원에서도 동일할 것이다. 그 중 종족으로 갈라졌을 때 종족끼리의 규칙이랄까 방식이랄까 습속 같은 것이 이를 가리킴이다. 포로로 잡혀 있으면서도 공작새의 우아한 춤추기는 그런 습속에 다름 아니었다. 월남한 최인훈은 포로로 남한 땅에 왔다고 자처했다.

그러한 최인훈이 『세계의 문학』 창간호에서 폭탄적인 선언을 했다. 「옛날 옛적에 훠어이 훠이」(1976)가 그것이다. 이 작품이 충격적 선언인 까닭은 소설이 아니고 '희곡'이기 때문이다. 황석영의 단편 「몰개월의

작가 최인훈(1936~)

새」(1976)와 동시에 발표된 이 희곡으로 가장 낭패한 쪽이 있었다. 『문학과 지성』이었다. 신주처럼 여겼던 최인훈의 변신 앞에 망연자실할 수밖에 없었다. 이러한 변신은, 최인훈 자신에게도 '번개'처럼 엄습해 왔다. 자전소설 『화두』에 따르면 그는 6개월짜리 아이오와대학 문창과 부설, 미국무성 후원의 국제창작 워크숍(IWO)에 갔다가 귀국하지 않고 '양간도'(洋間島)에 가 있는 온 가족과 재회하고, 거기서 3년 동안 머물렀다. 그는 거기서 보편어로 보이는 영어로 창작할 참이었다. 그러나 이런 일은 어림없는 짓이었다. 기껏 일어가 가져다 준 내면 또는 자아 각성을 마치 자기의 타고난 총명함인 듯 착각했던 것이다. 이 점에서 그는 「오감도」의 작가 이상보다 둔감했다고 볼 것이다. 최인훈이 귀국한 것은 1976년이었다. 귀국해야 한다는 것, 그것이 '번개'처럼 그를 내리쳤다.

한 옛날 박천(博川) 원수봉(元帥峰) 기슭에 오막살이 한 채가 있었는데 어느 날 이 집 아낙네가 옥동자를 해산했다. 워낙 가난할 뿐 아니라 근처에 인가가 없기 때문에 산모는 자기 손으로 태끈을 끊고 국밥도 손수 끓여먹는 수밖에 없는 형편이었다. 해산한 다음날 부엌일을 하고 있으려니까 방 안에서 갓난아기의 울음소리 아닌 재롱떠는 소리가 들려왔다. 산모는 이상히 여겨 샛문 틈으로 들여다보았다. 아니! 아기가 혼자서 벽을 짚고 아장아장 거닐며 재잘거리고 있지 않은가. 아낙네는 이게 웬일인가 하고 뛰쳐 올라가 아기를 붙안고 몸을 이리저리 살펴보았다. 다시한 번 놀랐다. 겨드랑이 밑에 날갯죽지가 싹트고 있지 않은가. 장수로구나. 비범한 인간이라는 것을 깨닫는 순간, 어머니는 기쁨보다 걱정이 앞섰다. 만약 관가에서 이 일을 알기 전에 이 아이를 죽여버리기로 결심하고 아기 배 위에 팥섬을 들어다가 지질러놓았다. 곧 죽을 줄 알았던 팥섬에 깔린 아기는 이틀이 지나도 죽지 않는다. 다시 팥섬을 하나 더 포개지질렀다. 아기는 이겨내지 못하고 마침내 억울하게 숨을 거두었다. 그날 밤 원수봉 절벽 위로부터 난데없는 말 울음소리가 들려와 마을 사람을 놀라게 했다. 알고 보니 장수 잃은 용마(龍馬)의 울음소리였던 것이다. 그 후 마을 사람들은 이 바위를 마시암(馬嘶暗)이라 이름했다.

— 최인훈, 『화두 1』, 민음사, 1994, 457쪽

이 대목이 어째서 "벼락처럼"(『화두 1』, 458쪽) 의식되었을까. 미국 어떤 도서관에 있던 『평북도지』(平北道誌)에 실린 아기장수 설화가 어째서 이 『회색의 의자』의 작가를 번개처럼 내리쳤을까. 귀국한 이유였다. 귀국해서 어쩌고자 했을까. 그 해답이 「옛날 옛적에 훠어이 훠이」였다.

아기장수 설화를 『평북도지』에서 봤을 때 이런 설화를 이미 알고 있었음에도 불구하고 그 순간 그것이 어째서 최인훈의 의식을 "벼락처럼"

쳤는지 최인훈 자신도 잘 설명하지 못하고 있음에 주목할 것이다. 다만 의식되는 것은 스스로 그 설화 속에 스며들었다는 것. 옛날의 그 시간 속에 '나'가 있었다는 것이나 '나' 속에 설화가 의식된 것이 아니라, 설화 속에 '나'가 있는 느낌이란 과연 무엇일까. 그것은 유년기의 모자의 나들이 길에서 느낀 어떤 느낌, 곧 텅 빈 영원의 감각이 아니었을까. 미국에서의 그 모친의 죽음에서 오는 아득함이 아니었을까.

설화(이야기) 속에 '나'가 있음과 그 바깥에 '나'가 있음의 차이에 주목하기로 하자. 전자는 희곡의 세계에, 후자는 소설의 세계에 대응된다. 「옛날 옛적에 훠어이 훠이」를 하룻밤에 썼다는 것은 그것이 '나' 속에 있었음을 가리킴인 것. 『광장』을 비롯 그동안 소설을 무수히 썼음이란 그에겐 '의식'의 작동에 다름 아니었으며 따라서 소설은 '나' 바깥의 현실이었다. 그가 바깥에서 바라본 현실이란 어떠했던가. 『광장』을 비롯 『열하일기』(1962), 「서유기」(1966), 『총독의 소리』(1967~1976), 『구운몽』(1976), 『회색의 의자』 등이 그 해답이거니와, 통금 속에 갇힌 정상적 시간이 금기된 살림살이에 대한 불안을 그려내는 것이 이른바 그의 소설들이었다.

"몸은 비록 노예일망정 자유민의 꿈을 유지하는 것은 꿈의 필림이 아니라 의식이 스스로 연기(演技)하여 꿈을 발생시키기 위한 연기의 순서의 기록"(『화두 1』, 460쪽)이라면 조만간 '연기'에 문제가 발생하기 마련이다. 연기가 습관화됨이 그것. 습관화된 연기는 처음 같은 꿈을 발생시키지 못하고 그저 현실의 육신을 놀리는 '동작'이 되고 만다. 이때 그는 꿈의 도움 없이 현실의 흔들림 위에 서 있는 자신을 발견한다. 그 자신의 비유로 하면 "글을 쓴다는 것은 밑 빠진 항아리를 채우는 콩쥐의 물 붓기 같은 것"(『화두 1』, 460쪽)인 셈이다. 습관이라 하나 일정한 틀의 되풀이인 삶의 습관과는 달리, 글쓰기란 습관이되 뭔가 놀라움을 던져야 하는 법이다.

"삶의 뒤로 몰래 다가서서 갑자기 삶의 눈을 두 손바닥으로 가리는 그런 것"(『화두 1』, 460쪽)의 기교가 요망되는 습관이어야 하는데 이 점이 점점 불가능해졌던 것이다. '자유 신분 유지하기'→'연기의 발생'→'습관화'→'기교의 불가능(한계)'의 순서로 그는 걸어왔다. 양간도 생활 3년이 속절없이 이 허망 속에서 낭비되었다. 소설의 한계점에 닿은 것이었다. '글'이란 중재가 없는 이 벌거숭이의 증상과 마주친 형국. 이는 최인훈의 실존적 위기라 부를 성질의 것이다. 그 순간 '장수 잃은 용마'의 울음이 들렸다. 주어인 '나' 최인훈이 그 울음을 들은 것이 아니라 다만 '울음'이 들렸던 것. 주어적 사고에서 '술어적 사고'에로의 전환이 이루어졌다. 주어적 사고, 주체적 세계란 무엇이요. 의식의 세계이고 '나'로 시작되는 이른바 헤겔적 세계다. 그것은 의식의 '나'의 바깥에서 본 이른바 서사적 양식이 담당하는 장소다. 반대로 '장수 잃은 용마의 울음'이란 '울음'만 남아 '나' 속에 울리지 않았겠는가. 이른바 술어적 세계가 펼쳐져 있었다. 한순간의 세계. "나는 하룻밤 만에…… 희곡으로 옮겼다"(『화두 1』, 460쪽)라고 적었다.

흔히 시가 문학의 최후 도달점이라 말하고 있으나 실상은 희곡이고 무대이고 연극이다.

서정적 형식이란 사실 어떤 정서의 순간을 가장 소박하게 언어로 옷 입힌 것이요, [……] 가장 소박한 서사적 형식은 예술가가 자기의 정서를 지속시키고자 자기 자신을 어떤 서사적 사건의 중심체로 간주하고 그것에 깊이 몰두할 때 서정적인 문학으로부터 나타나는 것을 볼 수 있어. 그리고 이 형식은 발전하여 결국 정서적 중심(重心)이 예술가 자신과 다른 사람들 사이에서 등거리(等距離)를 유지하기에 이른다구. 이렇게 되면 서술체도 이제는 순수한 개인적 상태를 벗어나게 되지. 예술가의 개성은 서술 그 자체 속으로 들어가고 마치 살아 있는 바다처럼 인물과 사건의 주위를 둘러싸고 흐르게 되지. [……] 이 극적 형식에 있어서의 미적 이미지는 인간의 상상력 속에서 순화되고 거기서 재투사(再投射)된 삶이야. 미적 창조의 신비가 물질적 창조의 신비처럼 완성되는 거지. 예술가는 창조의 신(神)처럼 자기가 만든 수예품의 속이나 뒤나 위나 혹은 그것을 초월하는 곳에 남아 있으면서 남의 눈에 띄지 않은 채 스스로를 세련하여 존재를 상실하고 초연한 자세로 손톱이나 깎고 있는 거야.

— 제임스 조이스, 이상옥 옮김, 『젊은 예술가의 초상』, 박영사, 1976, 335~336쪽

희곡이 최종의 글쓰기라는 것. 그것은 영어도 한국어도 또 에스페란토도 아닌, 무대에서 온몸으로 행동하고 연기하는 것. 최인훈의 귀국은 이 경지에 올라 있었다. 이 점이 더욱 확실해진 것은 희곡 「달아 달아 밝은 달아」(1978)에서이다.

## 4. 희곡 「옛날 옛적에 훠어이 훠이」에 대한 작가의 간섭

「옛날 옛적에 훠어이 훠이」를 열면 '작가의 말'이 나온다.

1. 이 이야기는 평안북도에 내려오는 전설이다.

2. 전설 원화는 아기를 눌러 죽이는 데까지이다.

3. 이 전설의 상징구조는 예수의 생애—절대자의 내세, 난세에서의 짧은 생활, 순교, 승천의 그것과 같으며 구약성서 출애굽기의 과월절(過越節)의 유래와 동형이다.

4. 희곡으로 읽는 경우에는 종교적 선입관 없이 인간의 보편적 비극으로 읽힐 수 있을 것이다.

5. 상연에서는 연출지시에 있는 바와 같이 대사, 움직임이 모두 느리게, 그러면서 더듬거리는 분위기가 나오도록 하는 것이 좋으며 이 같은 비극이 너무 합리적으로 해석되어서는 안 된다.

6. 스스로의 운명을 따지고 고쳐나갈 힘이 없는 사람들의 무겁고 어두운 이야기로 표현되어야 한다.

7. 인물들은 거의 인형처럼 조명, 음향, 그 밖의 연출 수단의 수단처럼 연출할 것.

8. 마지막 장면에서는 사건의 경위에 관계없이 지상의 사람들은 신들린 사람들처럼 '홍겹게' 춤출 것.

— 최인훈, 「옛날 옛적에 훠어이 훠이」, 『최인훈 전집 10』, 문학과지성사, 1979, 78쪽


이 여덟 개 항목 중 5와 6과 7, 그리고 8에 주목할 것이다. 보통 희곡이라면 지문은 거의 없고, 오직 대화만이 있다. 그만큼 연출자의 몫이 주어진다. 그러나 최인훈은 연출자는 거의 안중에 없고, 오직 자기의 주장만을 강요하고 있지 않은가. 『파우스트』에서 괴테도 이렇게까지는 하지 않았다. 소설가 최인훈의 자의식이 아직도 소멸되지 않은 증거라 할 수 있지 않을까.

아내 자.

**남편** (말없이 개다리소반에 앉아 아내에게도 숟갈 들기를 눈으로 재촉한
다) 나, 나, 나물 죽-겨우내 사, 사, 산나물 주, 죽-여, 여, 여보.

아내 안 돼요.


자루 앞에 막아 앉는다.

남편, 할 수 없이 죽을 뜬다.

두 사람 숟갈질.


아내 (자루를 쓸어보며) 잘됐구려.

**남편** ⋯⋯

아내 여보 당신 무슨 근심이 있구려.

—「옛날 옛적에 훠어이 훠이」, 83~84쪽


씨앗조를 넣어 죽을 쑤라는 남편과 그것은 안 된다는 아내의 실랑이
를 표현한 것이다. 씨앗조도 어차피 상전에게 바쳐야 할 것이니까. 보다
시피 지문이 온갖 것을 규제하고 있다. 심지어는 지문보다 더한, 본문 같
은 작은 활자의 것까지 제시해 놓고 있다. 연출자를 작가가 겸한 증거가
아니고 새삼 무엇일까.

첫째 마당에서 넷째 마당으로 구성된 이 마지막 대목에서 갓난아기
를 부모가 눌러 죽인다. 장수가 나면 관가에서 포졸들이 나와 마을 전체
를 초토화하기 때문이다. 마을 사람들은 한사코 이 아기장수를 용납하지
않는다. 그들이 원한 것은 아래와 같다.

**사람들** 아니, 저 세 식구가 말을 타고 하늘로 올라가는군. 꽃을 던지는
군. 가거든 옥황상제께 여쭤주게 우리 마을에 다시는 장수를 보내지 맙
시사구.

사람들이 한마디씩 하자 하늘에서

**하늘에서** 우리 애기. 착한 애기.
**사람들** (밭에서 새를 쫓는 시늉을 하며) 훠이 다시는 오지 말아 훠어이
훠이.

——「옛날 옛적에 훠어이 훠이」, 120쪽


## 5. 「달아 달아 밝은 달아」의 위상

이 희곡을 쓴 지 두 해 뒤에 쓰인 「달아 달아 밝은 달아」는 「심청전」을 희
곡으로 다룬 것이다. 이 작품은 역사적 시점도 도입되어 있어 특이한 양
상을 보인다.

조선국 황해도 도화동에 봉사인 심학규 씨가 살았다. 아내를 일찍 잃어
갓난 딸 청이를 동네 젖을 구걸하며 얻어 먹이며 키웠다. 그 딸이 나이
15세가 되자 심학규는 뺑덕어미를 후처로 맞이한다. 둘이서 청이를 남
경 장사꾼에 팔아넘긴다. 인당수 노한 물길을 잠재우고자 용왕님께 바
치기 위함이었다. 이를 안 용왕은 연꽃 속에 든 청이를 구출해 황후로 삼
았다. 청은 이 세상에 있는 장님들 잔치를 열어 아비를 찾고자 했다. 심

학규는 이 잔치에 나아갔다가 딸 청의 목소리를 듣고 눈을 번쩍 뜬다. 소설 '경판본'처럼 혼자 눈을 떴다고 볼 것이다. 작가는 이에 대한 언급이 없다. 도대체 용궁이란 없는 것이다. 용궁이란 바로 남경의 매춘부집이 었으니까. 또 하나 생물학적 언급도 해볼 수 있다. 과년한 딸은 장님 아니라도 홀아버지 아비와 함께 살 수 없다. 근친상간을 피하려면 집을 떠나야 한다. 심청도 같다고 볼 것이다.

— 이부영, 「설화 「지네장터」와 한국인의 무의식」, 『문학사상』 제2호, 1972년 11월, 420~421쪽

역사적 사건이라 했거니와, 조선 청년 인삼장수의 도움으로 유곽에 풀려 나온 조선국 도화동의 이 '조선의 해당화'는 귀국 도중 왜적들에게 볼모로 잡힌다. 바로 임진왜란이었다.

**심청** 저 어른이 누구예요?

**아낙네** 이 장군이 아니우.

**심청** 이 장군이 누구예요?

**아낙네** 아니 이 장군이 누라니, 바다 건너온 도적들을 쳐서 이긴 분이시지 누군 누구야.

**심청** 바다 건너온 도적들을.

**아낙네** 그럼.

**심청** 그런데 왜 저렇게 잡혀가요?

**아낙네** 그러니까 잡혀가는 게지.

— 「설화 「지네장터」와 한국인의 무의식」, 308쪽

이순신 장군을 가리킴인 것. 심청은 왜군에 잡혀 일본으로 가서 또 유곽 생활을 하다 늙어 드디어 황해도 도화동으로 온다. 달 밝은 밤, 아이들을 모아 놓고 중국 용궁, 일본 용궁의 얘기를 들려준다.

「심청전」을 희곡화한 것은 『탁류』(1937~1938)의 작가 채만식이 처음이다. 채만식은 시대를 고려시대 초로 설정했다. 『장길산』(1974~1984)의 작가 황석영의 『심청』(2003)은 어떠할까. 아편전쟁 시기로 설정했다. 용궁이란 남경 입국 수속 행위. 거기서 이런저런 창녀 생활을 거치고 또 유구로, 싱가포르로, 일본으로 유곽 생활을 하고 마침내 우두머리로 이런저런 행위를 한다. 고인돌 보기 같은 것도 이에 포함된다. 그러다 메이지 유신으로 일본인들과 함께 인천에 왔고 드디어 황해도 도화동도 방문했다가 마지막으로는 나이 70세에 인천 문학산 연화암(蓮花庵)을 짓고 거기서 죽는다. 주위에서는 '연화보살'이라 했다. 그녀의 유언은 이러했다.

그네는 품속에서 뭔가를 꺼내어 기리[기녀 출신 일본인. 심청이 구출해준 여인—인용자]에게 내밀었다. 그건 오래전에 그네가 고향 황주[도화동—인용자]에 갔다 절에서 찾아온 자신의 위패였다. 아직도 흐릿하게 심청지신위(心淸之神位)라는 글씨가 보였다. 청은 간신히 속삭였다.
"나 가거든 화장하여 바다에 뿌려다우. 그것도 함께 태워버리고……."
— 황석영, 『심청』, 문학동네, 2003, 668~669쪽

과연 황해 문화권의 모습이 선연한 작품이다. 그것은 지중해 문화권에 맞서는 것이기도 했다.

원래 「심청전」은 경판본이 표준이며 구조가 단순하다. 앞에서 보았

듯 소설가 채만식과 최인훈이 이를 희곡화했다. 전문가들은 「심청전」의 구조가 너무 단순하여 갈등이 없다고 지적한다(정하영, 「심청전」, 고전문학연구회 편, 『고전소설연구』, 일지사, 1993, 511쪽). 그만큼 이를 다루는 작가의 이른바 자유 모티프(free-motif)가 풍부한 셈이다. 단순한 구속 모티프(bound-motif)이기에 그러하다. 이것은 단점도 되지만 또 매우 자유로운 시간과 공간을 넘나듦에서 보면 장점이라 할 수도 있다. 본이 많은 「춘향전」에 비해, 「심청전」은 경판본과 완판본(판소리계)으로 각각 이본이 많긴 해도 전문가들의 지적대로 비교적 단순함이 특징적이다.

「심청전」이 세계의 이목을 끈 것은 독일 뮌헨 올림픽과 관련이 있다. 뮌헨 올림픽 개막곡 오페라의 작곡가인 통영 출신 윤이상의 오페라 〈심청〉(1972)이 그것이다. 맹인 잔치에 참석한 맹인 모두가 눈을 뜬다는 것. 세계를 향한 소통의 길이 거기 있었던 것이다. 조선국 황해도 황주군 도화동이 뮌헨을 거쳐 세계로 통하고 있었다.

## 6. 오페라 〈심청〉의 위상

『광장』, 『회색의 의자』의 뛰어난 소설가 최인훈은 어째서 소설가를 포기하고 소설에서 희곡으로 방향 전환을 했을까? 이 물음은 희곡 「옛날 옛적에 훠어이 훠이」 속에 그 비밀이 잠겨 있다. 이 비밀은 희곡 「달아 달아 밝은 달아」에서 새삼 확인된다.

1·4 후퇴로 LST에 실려 실제 남한으로 피난 온 원산 고등중학 1학년 생인 최인훈은 가족과 더불어 남한에 와서 그의 명민한 감수성과 지성으로 『광장』, 『회색의 의자』 등 이른바 내성소설의 제일인자의 자리를 굳혀

1960년대 이 나라 소설판의 정점에 이르렀다.

그런데 미국 아이오와대학 부설 국제 작가 프로그램(IWO)으로 도미했고, 6개월이 지났는데도 귀국하지 않고 있었다. 가족 전체가 이른바 '양간도'에 와 있었기 때문인데, 거기서 머물다 3년 만에 귀국한다. 영어로 소설을 쓰고자 했으나 불가능함을 "벼락처럼" 깨달은 것은 도서관에서 우연히 본 『평북도지』 때문이었다. 거기 아기장수와 용마의 설화가 펼쳐져 있었다. 아기장수의 탄생이 재앙임을 안 부모는 아기를 눌러 죽인다. 마을 사람들이 이를 암암리에 주장했던 것이다. 마을의 안전 때문이었다.

귀국한 소설가 최인훈은 이를 희곡화한다. 「옛날 옛적에 훠어이 훠이」가 그것이다. 물론 이 희곡의 지문에는 소설가의 흔적이 남아 있지만 그 자체가 글쓰기의 가장 본질적인 것이었다. 시란 개인의 정서에 옷을 입힌 것, 소설이란 잡동사니를 채워 놓는 것. 희곡, 무대, 연기(演技)만이 글쓰기의 본질이라는 것은 일찍이 『율리시스』의 작가 조이스가 갈파한 것이기도 했다. 이 변신에서 가장 난감한 쪽은 계간 『문학과 지성』의 김현이었다. 내성소설의 설 자리가 없어졌기 때문이었다.

희곡 「달아 달아 밝은 달아」에 오면 이 문제가 한층 선연해진다. 이 나라 고전소설 「심청전」을 다루었기 때문이다. 「심청전」은 구조나 인물이 극히 단순하여 갈등이 거의 없다고 알려져 있거니와 최인훈은 여기에 역사적 관점을 끌어들였다. 조선국 황주군 도화동의 '해당화 같은 청'이 아비와 계모 뺑덕어미에 의해 중국 남경으로 팔려 유곽에 들어갔다. 용궁 따위란 없다. 용궁이 만일 있다면 남경 입국 수속이라는 것. 유곽 생활 중 인삼장수 조선 청년의 구출로 귀국길에 들어섰으나, 임진왜란 와중이어서 왜군에 잡혀 일본으로 끌려가 또 유곽 생활을 했고 늙어서야 도화동으로 돌아와 달밤이면 마을 아이들을 모아 놓고 두 용궁에 갔다 온 얘기를 들려준다. 여기에는 이순신 장군도 등장하거니와, 연꽃은 어디 있으며 황후가 어디 있으랴(필자 개인의 체험을 보태면, 어느 날 최인훈이 필자를 찾아와 이 희곡을 보라고 했다. 서울시민회에서 대낮에 열린 이 연극의 안내서는 김치수 씨가 쓴 것이었다).

『장길산』의 작가 황석영은 장편 『심청』을 썼는데, 기본 발상은 최인훈에 의거했거니와 다만 시대를 아편전쟁 이후로 설정했다. 팔려 간 심청은 남경 유곽에서 유구, 싱가포르, 일본 등으로 돌아다니다 한일합방 직전에 인천으로 귀국하고, 도화동에 다녀오고, 암자를 지어 '연화보살'이라 불리며 생을 마친다. 앞서 말했듯 여기에서 짐작되는 것은 이른바 황해 문화권의 새삼스런 확인이다. 그것은 지중해 문화권에 대응되는 것이기도 했다. '심청'은 조선 것이자 중국 것이요, 또 일본 것이 아닐 수 없다.

그런데 「심청전」의 고전적 성격을 가장 잘 드러낸 것으로는 윤이상의 〈심청〉을 꼽을 수 있다. 뮌헨 올림픽대회 개막 축하곡으로 쓴 이 작품은 희곡이긴 해도 정확히는 오페라 형식이었다. 그 하이라이트는 바로 황후 청이 베푼 전국의 맹인 잔치. 거기서 아비 심학규는 딸을 보고자 눈을 번쩍 뜬다. 동시에 다른 장님들도 일제히 눈을 뜬다. 세계를 향한 소통이 거기 빛나고 있었다. 이로써 「심청전」은 조선의 것이자 세계의 것으로 되었다고 할 것이다.

## 독자세대 지식인의 자서전

안경환(서울대학교 법학전문대학원 명예교수)

1.

"사람은 부모보다 시대를 더 닮는다." 임진왜란, 정유재란의 빛나는 의승장, 사명당 유정(四溟堂 惟政)의 다면불(多面佛) 항마행(降魔行)을 유학자 가문 출신 불승의 관점에서 조명한 신학상의 선언이다(신학상, 「서문」, 『사명당의 생애와 사상』, 너른마당, 1994[1982]). 한때 이 땅을 세차게 유린했지만 물러간 지 오랜 줄 알았던 낡은 이데올로기의 포로가 된 '신지식인' 아들(영복)에게 보내는 '구지식인' 아버지의 애탄(哀歎)이기도 했다.

글 읽기와 쓰기가 지식인의 본령인 시절이 있었다. 지식인이라 함은 세상에 대한 나름대로의 소명감과 부채의식 두 가지 덕목을 갖춘 저자와 독자를 지칭하던 시대였다. 지식인의 역할을 강조하는 사회는 그만큼 정치적 후진사회라는 평가도 있었다. 게다가 지식인은 뿌리 없는 부평초처럼 주체성 없는 존재로, 어쩌다 건진 지식을 마치 제 것인 양 착각하고 감히 대중의 계도에 나서는 얼치기를 지칭하기도 했다. 후진국 지식인의 전형으로 평론가 백 모 씨를 내놓고 거론한 학자도 있었다. 어찌 백 씨 혼자에게만 해당하는 일이었을까!

설령 '사이비' 지식인들이 대거 횡보했었지만 그 시절이 그리운 사람들도 많다. 더 이상 한국 사회는 지식인을 거론하지 않는다. 대중민주주의의 횡행과 함께 분야와 주제마다 '전문가'들이 양산되었다. 이들에게는 과거의 지식인에게처럼 역사적 소명감과 부채의식을 기대하지 않는다. 근래 들어 인간의 지적 활동에서 문자가 차지하는 비중이 급격하게 약화되고 있다. '영상세대', '관객세대' 또는 '휴대폰세대' 대신 '독자세대'라는 말이 성립될 수 있을까? 누가 날더러 한국 독자세대 지식인을 두 부류로 나누라면 김윤식 교수의 글을 많이 읽은 사람과 덜 읽은 사람으로 나눌 것이다. 그의 글을 모두 읽은 독자가 있다면 그것만으로도 특종기사감이다. 김윤식을 전혀 읽지 않은 사람은 어떤 기준으로도 독자도 지식인도 아니다. 한갓 법률가 나부랭이도 지식인 반열에 끼고 싶으면 김 교수의 에세이집 한 권쯤은 읽었어야 한다. 지난해 9월 기준으로 147권의 저서, 200자 원고지 10만 매에 달하는 김윤식의 수묵(手墨)은 대한민국 독자세대의 소중한 문화유산이다. 김윤식의 필경(筆耕) 60년, 그의 글 속에 근대 한국의 지성사가 농축되어 있고 지식인들의 행장과 삽화가 풍부하게 곁들여져 있다. 검인증 국어 교과서에 등장하는 초기 문인들은 물론 거의 모든 현역 작가들의 작품에 김 교수의 붓이 스쳐갔다. 김윤식의 평을 받지 못한 대한민국 소설가는 지식인이 관심을 줄 만한 작가 축에 들지 못한다.

2.

"신은 죽었다!" 1882년 니체의 선언이었다. 신이 존재하지 않는다면 우주의 질서는 '자연적'인 것이다. 개인의 삶도 자연의 질서와 함께 그 무정

형, 무질서의 지배를 받을 것이다. 불안과 두려움, 그리고 무엇보다 관성
과 인습의 포로가 된 사람들은 죽은 신을 대신할 새로운 존재를 갈구한
다. 누가 신의 자리를 대신할 것인가? 니체는 정식으로 후계자를 지정하
지 않았다. '허무주의', '영겁회귀', '권력에의 의지'로 '초인'의 등극을 갈
망했을 뿐이다. 니체의 선언 후 130여 년, 여전히 종교와 세속의 관계는
끈끈하다. 더러는 거북함으로, 더러는 전율적인 신비함으로 사람들은 신
이 머물던 자리에서 눈을 떼지 못한다. 이른바 세속국가 현대가 직면한
가장 중요한 문제다.

도스토옙스키(Fyodor Mikhailovich Dostoevskii), T. S. 엘리엇(T. S.
Eliot), 사무엘 베케트(Samuel Beckett)와 같은 작가들은 신이 사라진 뒤
남겨진 황량한 세계를 바라보며 느끼는 참담함을 작품으로 그렸다. 이
눈물의 선지자들이 대중의 상상력을 사로잡은 것은 공포감이었다. 진정
한 지식인은 무신론자라야 한다는 등식이 탄생하기도 했다. 신의 이름으
로 목숨을 걸고 저지른 불합리하고 잔혹한 행위들을 보면서 무신론자들
은 은근한 자부심을 느끼기도 한다. 연전에 작고한 법철학자 로널드 드워
킨은 '종교적 무신론'을 주장했다. 종교란 반드시 신에 대한 믿음만을 의
미하는 것이 아니라, 인간 삶의 본질적 의미와 자연의 내재적 아름다움
에 대한 경건한 자세가 핵심적 요소다(Ronald Dworkin, *Religion without
God*, Cambridge: Harvard University Press, 2013).

신이 죽은 자리를 누가 메우는 일, 그것은 지식인에게 주어진 막중
한 책무였다. 맨 먼저 시인이 그 자리를 자임했다. 위대한 시인은 곧바로
하나의 대안정부였다. 니체 이전에도 시인이 비공식 입법자라던 영국 소
설가 메리 셸리(Mary Shelley)나, 시인은 시대의 판관이라며 「푸른 온타

리오 호숫가에서」("As I Set Alone by Blue Ontario's Shores", 1867)를 읊조린 미국 시인 월트 휘트먼(Walt Whitman)이 있었다. 니체 이후에 시인 신들이 양산되었다. 폴 발레리(Paul Valery), I. A. 리처즈 (I. A. Richards), 가르시아 로르카(Garcia Lorca), 윌리엄 버틀러 예이츠(William Butler Yeats) 등등 무수한 시인이 죽은 신의 후계자임을 자처했다. "사람이 신에 대한 믿음을 버린 뒤, 삶의 구원으로서 그 믿음의 자리를 대신하는 본질은 시다." "세상에서 가장 주된 시상(詩想)은 언제나 신이라는 관념이다." "시인은 보이지 않는 것의 사제다. 시는 음악을 넘어서 텅 빈 천국과 그 찬가의 자리를 차지해야 한다." 법으로 밥벌이하던 시인, 윌리스 스티븐스(Wallace Stevens)의 어록이다. 시인만이 아니다. 소설가, 평론가도 동참했다. 신의 후계자, 그것은 응당 문학의 몫이어야 했다. 신이 창조했던 세계는 새로운 창조자가 아니면 대신할 수 없는 일이다. 시인이나 소설가는 직업이 아니다. 근대적 의미의 분화된 직업과는 거리가 있다. 높고 참된 의미에서의 문학하기다(본서, 99쪽).

한때 사회주의가 새로운 신으로 떠오르기도 했다. "Selig sind die Zeiten…… 우리가 갈 수 있고 가야 할 길을 하늘의 별이 지도 몫을 하고, 그 별빛이 우리의 갈 길을 훤히 비추어 주던 시대는 복되도다." 루카치(György Lukács)의 문제작 『소설의 이론』(Die Theorie Des Romans, Stuttgart: Union Deutsche Verlagsgesellschaft, 1916)의 첫 구절이다. 지상의 인간이 천상의 질서에 들어가기 위해서는 환각이 필요하다. '위대한 망집(妄執)'의 '황금시대', 인류는 그 때문에 온갖 희생을 다 바쳤다. 십자가에 못 박히고 살해되었다. 모든 민족이 이것 없이는 살 보람도 느끼지 못하고 죽을 보람도 생각할 수 없었다. 마르크스조차도 "사람은 가슴

마다 라파엘을 안고 있다"라고 말하지 않았던가. 도스토옙스키는 드레스덴의 미술관에서 클로드 로랭(Claude Lorrain)의 작품 「아시스와 갈라테아」("Acis And Galatea", 1657)를 보고 황금시대의 환각을 체험했다(김윤식, 『내가 읽고 만난 일본』, 그린비, 2012, 41~50쪽). 김윤식도 그랬다(김윤식, 『설렘과 황홀의 순간』, 솔출판사, 1994). 셰익스피어의 구절을 빌리면 "미쳤거나, 사랑에 빠졌거나, 시인들의 머릿속에 상상이 가득 차 있다"(the lunatic, the love and the poet; William Shakespeare, *A Midsummer Night's Dream*, 1594~1595, 5.1.7~8).

신이 지상에 인간과 더불어 공생하던 시대, 그 황금시대가 끝났다. 신이 떠난 어두운 세상에 등장한 것이 작가다. 창공은 텅 빈 것이 아니라 암흑으로 가득 찬 것. '문제적 인간'의 길 찾기는 소설(장편) 쓰기다(『내가 읽고 만난 일본』, 46쪽). "나의 길을 찾아 나선다"(I go to prove myself). 사회주의 리얼리즘 소설이 새로운 신인(神人)의 행보를 인도해 줄 것이라 믿었다.


3.
"가장 고귀한 비판은 적이 아니라 라이벌에게서 나온다"(아이작 디즈레일리[Isaac D'Israeli]). "가시 없는 장미가 없듯이 라이벌 없는 사랑도 없다"(터키 속담).

김윤식 교수의 근래 노작 세 권을 묶어 감히 '한국 문학사의 라이벌론 3부작'으로 명명하고자 한다. 한 무면허 법학도 독자의 월권 행위다. 『문학사의 라이벌 의식 1』(그린비, 2013)에서 다섯 짝의 라이벌을 제시했고, 이어서 후속편인 본서에서 여덟 짝을 덧붙였다. 두 권에 앞서 펴낸

『내가 읽고 만난 일본』에서 모든 논의의 밑바탕을 깔아 두었다. 세 권을 함께 읽으면 한국 근대문학 60년(1920년대~1980년대)의 흐름, 막힘과 뚫림의 역사를 가늠할 수 있다. 3부작은 미리 써둔 김윤식 교수의 자서전이라 불러도 무방하다. 자신의 임무가 단순한 '문학비평'이 아닌 '문예비평'이어야 하는 연유가 있다. '문학은 이데올로기다. 철학과 마찬가지로 인류사의 나갈 길을 가리키는 지도나 별, 지침서다.' 김윤식의 문학비평(문예비평)은 이데올로기의 운동에 맞서는 내면화의 작업이었다. 정치적 격동의 시기에 몇 차례 굴욕은 당했지만 드러난 큰 외상 없이 넘기며 내공을 다진 원로의 의연함과 여유가 넘친다. 그의 문예비평은 철학이 받쳐주고 미술이 술을 달아 준다.

1970년과 1980년, 10년 상거(相距) 두 연구년을 도쿄에서 보낸 행장을 일러 '문수보살 없는 선재동자의 편력담'이라 명명했다. 그리고 '다섯 개의 그림'이라는 부제를 덧붙였다. 모든 이데올로기의 담론이 막혀 있고 지적 담론이 초라한 나라, 대한민국은 국립대학 조교수의 해외연수를 지원할 재원이 마련되어 있지 않았다. 멀리 하버드엔칭연구소의 원격 지원을 받았다. 1970년 11월 27일 자 일기 구절이다. "와이프에 편지하다. 나보다 수개월 먼저 파리에 유학간 와이프의 주소가 그대로인지 궁금"(『내가 읽고 만난 일본』, 37쪽). 막막했다. 루스 베네딕트(Ruth Benedict)의 『국화의 칼』(*The Chrysanthemum and the Sword*, Boston: Houghton Mifflin Co.: 1946)을 번역하고 루카치를 발견한 것으로 만족해야 했다. "제1차 체일에서 내가 얻은 것이란 방향상실감이었고 잃은 것은 순진성, 소박성, 미숙성이었다. 잃은 것은 내 젊은 오기였고 얻은 것은 문예비평에 대한 공포증이었다. 문예비평. 그것은 블랙홀과 같아서 한번 빠지면 헤어날 방도가 없는 것이었다"(『내가 읽고 만난 일본』, 409쪽).

첫 장벽은 이광수였다. "이광수에게 있어 일본이란 무엇인가? [……] 일본 그것은 그에겐 길을 가르쳐 주었고 동시에 길을 막았다. 그에게 희망의 앞자락을 보여 주었지만 또 절망의 뒤꿈치를 여지없이 보여 주었다"(『내가 읽고 만난 일본』, 741쪽). 총독부에 야합하기도 맞서기도 한 근대문학의 아버지, 춘원 이광수를 어떻게 부정할 것인가? 일찍이 셰익스피어의 『줄리어스 시저』(Julius Caesar, 1599)에 재생된 로마인들의 연설(3막 2장)을 번역, 소개한 그가 아니었던가!(『동아일보』, 1926년 1월 1일자) 청년 시절 춘원도 시저-안토니오의 전제군주제 대신 브루투스의 시민공화주의 이상의 소유자였다면 턱없는 비약일까? 어쨌든 비판하고 항거하더라도 춘원 이광수를 극복하지 않고서는 한국 근대문학사는 단 한 발자국도 나갈 수 없는 노릇이다. 춘원을 찾아 헤매는 과정에서 망외의 소득이 겹쳤다. 루카치였다. "본질은 절대로 찾아야 된다. 그 본질은 절대로 찾아지지 않는다는 것을 소재로 하는 소설에서만이 시간은 형식과 더불어 주어진다"(『내가 읽고 만난 일본』, 741쪽).

막막하고 망망한 여정에 길잡이들이 나타났다. 루카치에 더하여 고바야시 히데오(小林秀雄), 에토 준(江藤淳), 모리 아리마사(森有正), 루스 베네딕트, 그리고 리처드 H. 미첼(Richard H. Mitchell). 장장 10년이 걸렸다. 1980년, 45세의 중년 정교수로 한국 문학의 아비, 이광수의 평전에 착수할 만큼 내공을 다지기까지. "아침 6시에 일어나 8시부터 12시까지 매일 20매 리듬으로 써나갔다. [……] 하루 70매에 이르렀을 때 나는 그 후 3일을 앓았고 하루 3장도 못 썼을 때 나는 또한 사흘을 앓았다"(『내가 읽고 만난 일본』, 749쪽). 『이광수와 그의 시대』(1986) 이후로 일망무제, 이날까지 내쳐 달려 온 필경 대장정이다. "자 이제 지체 없이 떠나라. 나의 손오공이여, 문수보살이여. So mein Kind, jetzt gehe allein weiter!(그래 내 아이야, 이젠 혼자서 가라, 더 멀리 더 넓게)"(『내가 읽고 만난 일본』, 9쪽) 김윤식의 독립 선언이자 후세인에게 건네는 작별인사다. 아이여 아비를 떠나라!

4.

김윤식 교수의 라이벌론은 한국 문학사를 분석하는 또 다른 틀과 유형을 제시한다. 1, 2권에 걸쳐 열세 짝의 라이벌이 출연한다. 1920년대에 1980년대까지 다루는 셈이다. 작가와 작가, 평론가와 평론가뿐만 아니라 동일작가(최인훈)의 소설과 희곡, 한 작품(『지리산』) 속의 인물들을 호적수로 지목한다. 다른 평론가(김현)와 저자 자신의 관계를 조망하기도 한다. 때로는 스스로를 '주'(主)와 '객'(客), 자아(自我)와 가아(假我)로 분화시킨다. 지성사에서 라이벌은 '승인욕망', '대응욕망', '위신을 위한 투쟁', 즉 창조적 작업에 관여하는 '문제적 개인'의 지적 활동을 연구 대상으로 삼는다. 무릇 창조적 활동을 수행하는 '문제적 인간'은 또 다른 '대립적 자아'을 만들어 내지 않으면 위신을 위한 투쟁을 수행해 나갈 수 없기 때문이다(1, 2권 서문 공통). 시쳇말로 라이벌은 창조적 행위로서의 문학이라는 사랑의 왕관을 노리는 구애자들인 것이다. 굴곡과 격동의 한국 사회를 바라보는 우려에 찬, 그러나 따뜻한 시선이 빛난다. '청춘의 감각, 조국의 사상' 그것은 그가 일찌감치부터 선인들의 행적에서 애써 찾으려던 관념이요, 실체였다(김윤식, 『청춘의 감각, 조국의 사상』, 솔출판사, 1999).

5.

역사는 파괴와 창조가 아니라 연속적인 발전 과정이다. 치욕스런 일제 조선의 역사도 엄연한 한국인의 역사다. 김윤식은 '전천후 세대' 비평가다. 1936년생인 그는 자신 세대의 포로가 아니다. "나 자신의 세대 의식은 없다"(본서, 115쪽). 스스로 고백하듯 특정 세대이길 거부하고 객관적 투명성을 미덕으로 삼은 '구경꾼' 내지는 '방관자'의 특권을 극대로 행사한다.

"우리는 화전민이다. 우리들은 어린 곡물의 싹을 위하여 잡초와 불순물을 제거하는 그러한 불의 작업으로 출발하는 화전민이다"(이어령, 「화전민 지역」, 1957). 일본과 단절한 화전민 세대의 기수임을 자처한 이어령이나, "내 정신의 나이는 1960년의 18세에 멈춰 있었다. 나는 거의 언제나 4·19세대로서 사유하고 해석한다. 내 나이는 1960년 이후 한 살도 더 먹지 않았다"(김현, 「서문」, 『분석과 해석』, 문학과지성사, 1988). 걸핏하면 훈장처럼 4·19세대의 기수임을 내세우던 김현과는 극명하게 대비되는 김윤식이다. "세월이란 흐르는 것이 아니라 포개지는 것. [……] 흐르긴 해도 포개지고 쌓인다는 것"이다(본서, 154쪽). 모든 세대교체론에는 권력 투쟁의 요소가 짙게 깔려 있다. 모든 권력 투쟁은 점진적·평화적 교체로 이어지지 않으면 반드시 살육이 따른다. 윗 세대의 시체를 딛고서야 새 시대를 연다는 창조자 콤플렉스는 균형과 이성의 적이다.

대한민국의 역사는 곧바로 저자의 지적 개안과 활동의 시기다. "조국이 없다. 산하가 있을 뿐이다"(이병주). 되찾은 산하에 두 개의 '조국'이 들어섰다. 산하의 반쪽에 세워진 '대한민국'은 나머지 반쪽을 어떻게 대할 것이며, 언제, 어떻게 되찾을 것인가? "백성이라 하기도 어렵고 군왕이라 하기도 어렵네, 군이 말하라 한다면 이 산천을 위해서, 그렇게 말할까"(박경리, 『토지 2[제1부 2권]』, 솔출판사, 1993, 153쪽. 본서 242쪽에 인용). 대한민국 헌법사는 아홉 차례나 변태성욕자에 의해 능욕당한 가련한 여인의 일생이다(황지우). 인류사의 관점에서 볼 때 근대란 국민국가 (nation state)와 자본제 생산 양식(mode of capitalist production)을 동시에 수행하는 역사적 단계이다. 자유주의, 자본주의 국가인 대한민국의 문학은 국권상실기(1910~1945)의 특수성과 민족주의와 마르크스주의의 세계사적 시선을 외면하고는 논할 수가 없다. 김윤식의 확신이다(본서, 93~94쪽).

6.

경성제국대학의 아카데미즘에 도전한 조윤제와 양주동은 라이벌보다는 분업을 통한 공범으로 규정하는 편이 적격일 듯하다. 경성제대 오구라 신페이(小倉進平) 교수의 향가 논문(1929)은 동양 삼국의 고대 문학(『삼대목』, 『시경』, 『만엽집』)을 동일반열에 올린 기념비적 업적이지만 '조선인의 직감'을 극대화하여 '망국인의 국문학'의 비애와 아이러니를 극복한 양주동(1937)의 분투에 새삼 경건한 자부심이 든다(『문학사의 라이벌 의식 1』, 50쪽). 법문학부 1회 단독 졸업생인 조윤제가 손진태의 민족사관을 모태로 삼아 역사성의 지적 가능성과 문화적 사실의 과학화를 시도한 것도 마찬가지다(『문학사의 라이벌 의식 1』, 47쪽). 유진오의 자조대로 경성제대 졸업생은 친일파 아니면 공산주의자뿐이던 시절이었으니 더욱더 그러하다(『문학사의 라이벌 의식 1』, 55쪽).

김윤식이 번역한 리처드 H. 미첼의 『일제의 사상통제』(일지사, 1982 [*Thought Control in Prewar Japan*, Ithaca: Cornell University Press, 1976])

는 '사상전향과 그 법체계'라는 부제가 지시하듯 응당 법학자의 몫이었어야 했다. '국가학', '제도법학', '수험법학' 수준에 머물던 한국공법학의 구태가 새삼 수치스럽다. 도쿄대학 법학부, 특히 법학과 교수들은 독창적이자 생경한 학문의 성취를 강의한다는 것. 그러니까 대중용 저서가 아예 없다는 것, 박사학위 따위도 아예 받은 바 없다는 것. 단독 논문으로 결판을 낸다는 것. 전(前) 학기 법학과 대학원 세미나용이라는 각주가 붙어 있다. 제목 그대로라면 일제 시절에 일본국가가 행한 사상통제, 제국 일본의 국가적 이념에 도전해 오는 모든 이념과의 싸움, 더 좁히면 마르크스주의의 도입을 허용한 제국 일본이 이번엔 그것을 철저히 막아내야 하는 기획이 이 책의 연구과제였다(『내가 읽고 만난 일본』, 565~566쪽).

'전향'이라는 영민한 법 운영이 성공적인 사상통제의 관건이었다. 오래전에 확립된 도쿄대학의 학문적 독자성과 다양성이 시대의 자양분이었다. "이쯤 되면, 두 개의 '국체'가 암암리에 용인된 형국이었다고 할 것이다. 천황제 일본국가 대 비천황제 사회주의 국가의 대결로 이 사정이 요약된다. 비록 사세 불리하여 천황제 파시즘 앞에 굴복했지만, 그것도 6만 명에 이른 사상범이 옥중에 있지만, 그들의 자존심만은 실로 당당한 것이었다"(『내가 읽고 만난 일본』, 572쪽). 사법성의 전향 정책이 성공한 배경에는 개인주의적 사상과 보편주의적 이상보다는 집단의 단결과 자기중심적 사고가 깔려 있었다는 성찰이 정곡을 찌른다(『내가 읽고 만난 일본』, 575쪽). "우리는 전향해도 돌아갈 국가가 있지만 그들에게는 그게 없다." 한 일본인 전향자가 조선인 동무들에게 건넨 동정 뒤에 깔린 문학과 정치의 함수 관계를 생각하게 된다(『내가 읽고 만난 일본』, 583쪽).

7.

박태원과 이상의 라이벌론은 "「소설가 구보 씨의 일일」과 「오감도」의 대
칭구조 및 「소설가 구보 씨의 일일」과 「날개」의 비대칭구조에로의 전환
과정이 갖는 문학사적 의의"라고 저자는 풀이한다(본서, 18쪽). 일본의 힘
과 무게에 눌린 식민지 문사들의 정신적 망명처의 모색 과정이기도 했다.
"초라하기 짝이 없는 식민지 서울의 다방 제비를 제국의 수도 도쿄로 옮
겨 놓았다고 해서 달라진 점이 전무하다는 사실은, 박태원의 글쓰기의 원
점이 서울일 수 없음을 웅변함이 아닐 수 없다. 단장을 짚고 대학노트를
옆에 끼고 종로 거리를 배회하고 있는 구보 씨의 행위란 실상 도쿄의 긴
자(銀座) 거리 혹은 황혼의 무사시노(武藏野) 숲을 걷고 있음과 등가이
다. [……] 제국의 수도 도쿄의 문학, 저 조국을 스스로 탈출하여 파리에
서 『율리시스』를 쓴 조이스의 글쓰기의 원점과 박태원의 원점이 등가라
함은 이런 문맥에서다. 대작 『천변풍경』이 조이스의 『율리시스』에 대응
된다는 시각은 이에서 말미암는다"(본서, 31쪽).

8.

해방공간에서 정지용과 이태준의 엇갈린 행보를 강요한 민족적 비극이
새삼 아프다. "그런데 조선은 조선끼리 싸운다. [……] 반드시 민주주의
란 명목으로 싸우는 중이다. 이것은 왕도(王道)와 왕도의 싸움이 아니라
민주주의와 민주주의의 싸움으로 '수지조지자웅'(誰知鳥之雌雄)으로 돌
리고 단념해야만 하는 것일까?"(본서, 79~80쪽) 남로당 전향자, 정지용은
선(線)을 넘어 북조선예술총동맹의 부위원장이 된 이태준에게 편지를
쓴다(1950년 1월). "소설가 이태준 군, 조국의 서울로 돌아오라"(본서, 81

쪽). 그로부터 반년 후 이태준은 인민군 복장으로 서울에 나타난다. 이태준과 정지용, 둘은 우리 문학사의 고유명사다. 두 사람은 함께 심봉사였다. 눈 뜬 심봉사의 비극이 정직하게 빛난다(본서, 83쪽). 민주주의끼리의 싸움은 너무나도 길다. 언제 끝날지도 모른다.

김동리와 조연현은 자유민주주의 '대한민국'의 국체와 정체를 대변하는 문인들이었다. 작은 과(過)를 따지기에는 공(功)이 너무 크다. 헤겔에 따르면 인간의식의 절대성은 예술, 종교, 철학의 세 가지로 나뉘고 그 중 주관적·감각적 차원의 예술이 가장 저급하다. 예술을 종교나 철학의 차원으로 승화하면 세속적 평가를 넘을 수 있다. 해석학자의 작업에 불과한 평론도 시나 소설처럼 될 수 있을까? 있다면 전제조건은 '형상화'다(본서, 101~103쪽). 한국 문단사에 두 거물이 놓인 자리를 문학의 분화 이전과 이후로 가르고, '종교의 자리에 선 김동리', '문학의 자리에 선 조연현'으로 대비시켜 둘을 함께 봉안하는 원숙함을 보인다. "구경적(究竟的) 생의 형식", 해방공간에서의 김동리의 자기 모순성을 적시함과 동시에 문학을 초월하는 글쓰기의 전범을 제시한 거인으로 추존하는 유연함이 돋보인다(김동리의 '산유화'론. 본서, 106쪽). 누가 뭐래든 이승만과 맥아더의 공로를 기릴 수밖에. 대한민국 정통 정치사가 연상되기도 한다.


9.
억쇠 박상륭과 득보 이문구 사이의 각별한 '문우지정'(文友之情)에는 자신의 신도이자 분신들을 감싸는 교주 김동리의 후광이 짙게 드리워져 있다(『문학사의 라이벌 의식 1』, 251쪽). 『죽음의 한 연구』(1973), 『신을 죽인 자의 행로는 쓸쓸했도다』(2003) 등 박상륭의 별난 작품과 "아무리 빨갱이 자식이라도 김동리의 제자까지 함부로 어떻게 하리!" 소설을 수필이라고 우겨야 했던(『관촌수필』, 1977) 이문구의 별난 생애가 오버랩된다(『문학사의 라이벌 의식 1』, 240쪽). '독종' 농부의 막내 박상륭이 '정신적 귀족'으로 늘 '앞전'으로 살았다면 지식인(남로당)의 막내는 늘 '뒷전'이었다(『문학사의 라이벌 의식 1』, 247쪽). '술 없는 천당보다 술 있는 지옥행'을 선호한 두 주우(酒友) 뒤로 비치는 목포 약종상 아들, '키 큰 평론가' (김현)의 실루엣이 선명하다. "아비 부재를 기준으로 하여 그 아비의 몫을 생활면에서 감당하고 있는 어미상을 잔잔히 그려내는 것이 모계문학이며, [……] "아비는 종이었다", "아비는 남로당이었다"로 표상되는 아비상이란, 절대성의 그것인 신에 준하는 것으로 터부의 일종이 아닐 수 없다. 밤의 논리인 모계문학과는 달리 대낮의 논리이며 [……] 해방공간의 특수성은 지배 이데올로기의 분열로 말미암아 두 가지 신이 군림하는 형국이었고 그 결과 하나는 대낮의 논리이며 다른 하나는 밤의 논리로 되고 만 것이다"(『문학사의 라이벌 의식 1』, 272쪽).

10.

김수영과 이어령, 이성의 뇌고와 감성의 촉수가 번뜩이는 한국 문학의 두 귀재 사이에 벌어진 '불온시 논쟁'은 거창한 제목에 비하면 실체는 부실했다. 빛바랜 역사에 지친 전전세대 막내 시인과 겨레말을 낫과 곡괭이 삼아 박토를 일구는 '화전민' 전후세대 선두 비평가 사이의 설전은 실은 지향점이 동일했다. 종합지『사상계』와 일간지『조선일보』. 대조되는 두 무대가 독자의 호기심을 배가시켰지만 둘이 공유한 이상은 자유로운 창작 활동 이외에 다른 것일 수가 없다(평자세대는 대체로 논리적 측면에서는 이어령의 판정승으로 규정했었지만, 김수영의 '자유인+자영인' 변론에 담긴 정서적 호소력을 외면하기 힘들었다.『문학사의 라이벌 의식 1』, 84쪽). "이어령은 오늘의 한국문화를 위협하는 것이 문화 내부에도 있다고 암시한 데 반해, 김수영은 참된 문학을 위해서는 정치적 자유가 필수이며 '모든 진정한 새로운 문학은 기성사회의 질서에 불가피한 위협이 된다'고 말함으로써 문학과 정치의 내적 연관에 관한 통찰을 제시했던 것이다. 그 논쟁은 반세기 세월을 넘어 오늘도 짙게 그림자를 드리우고 있다"(염무웅, 「전환시대를 달군 참여문학 논쟁」, 『경향신문』, 2016년 7월 11일 자).


11.

최인훈의 장르 전환은 한국 문학사에서 또 하나의 사건이다. 초년의 소설과 후반의 희곡 사이 유랑은 한 경계인, 망명 작가의 번민과 갈등의 소산이다. 4·19를 산파로 탄생한 『광장』(1960)으로 일약 분단국 지식청년의 우상으로 떠올랐던 최인훈이 아니었던가? 그런 그도 청년 시절 한 때 세속의 권세를 찾아 법학도의 길을 더듬기도 했다(그는 2004년 '자랑스러운 서울법대인'으로 선정되었다). 요행히도 법의 질곡을 뛰쳐나온 그가 박태원의 격세 후계자를 자처하며 내놓은 『소설가 구보 씨의 일일』(1972)은 일용직 소설 노동자의 내면의 상처를 여지없이 긁는다. 창경원 나들이를 반복하는(2장, 12장) 천변작가의 행로에 역사의 진애가 눅눅하다. 일제가 궁궐을 폐쇄하고 그 자리를 한갓 짐승에게 내준 바로 그 창경원이다. 빼앗긴 땅에서 구보가 망명자이듯 'LST 남향세대' 최인훈도 망명의 땅, 남한에서는 어김없는 구보 신세다. 그러니 천형이 된 분단소설의 멍에를 벗어던져야만 했다. 희곡이 탈출구였다. 「옛날 옛적에 훠어이 훠이」(1976).

'양간도'(洋間島)에 정착하여 영어로 소설을 쓸 각오로 떠난 땅을 3년 만에 되돌아 온 그였으니 '세계문학'이란 허명에라도 기댈 수밖에. "흔히 시가 문학의 최후 도달점이라 말하고 있으나 실상은 희곡이고 무대이고 연극이다"(본서, 290쪽). 한반도 탈출과 세계화에 문자보다 무대가 백배 유리함은 불문가지다. 「달아 달아 밝은 달아」(1978), 「심청전」의 희곡화다. "용궁이란 바로 남경의 매춘부집이었으니까. [……] 과년한 딸은 장님 아니라도 홀아비 아비와 함께 살 수 없다. 근친상간을 피하려면 집을 떠나야 한다"(본서, 295쪽). 채만식이 앞섰고(1937) 황석영이 뒤따른(2003) 심청의 한반도 송출과 귀환은 최인훈 자신의 운명이기도 했다.

12.

엄혹했던 군사독재 후반기에 백낙청과 김현이 크게 벌인 라이벌전은 지식인의 내적 개안과 결기 다짐을 대의로 내세운 '청년 문화'의 권력 싸움이기도 했다. 문학사와 문단사가 중첩될 수밖에 없지만 잡지가 문학과 지성계 시장에서 벌인 치열한 쟁투는 현대 한국 지성사에 두 줄기 찬란한 섬광으로 각인되어 있다. 『창작과 비평』(1966)의 탄생은 하버드 유학생 백낙청의 죄의식과 사명감, 양지와 양심의 발로다(『문학사의 라이벌의식 1』, 186쪽). 대항마로 등장한 『문학과 지성』(1970)의 '4K'의 결속은 미국과 영어 패권주의에 맞서는 구대륙 찬미자들의 집단 저항의 성격도 간과할 수 없다. 선진 자유사회의 동경자이자 찬미자인 이들 '외국문학도'들의 자부심의 근저에 깔린 것이 심리적 패배주의(참여파)이든 정신의 샤머니즘(순수파)이든, 논리로서의 문학이든 해석으로서의 문학이든, 한국문학에 대한 열등감 또한 중요한 변수로 작용했음을 능히 짐작할 수 있다. 이들 새별들의 전장을 비교적 중립자의 자세로 관조했던 '한국 근대문학 전공자' 김윤식의 지위는 특수했고, 그만큼 그의 몸값 또한 높게 책정되었을 것이다. 문외한 법학도의 무책임한 상상과 추론이 더듬어 낸 김윤식·김현 공저 『한국 문학사』(1973)의 탄생 설화다. "'실증주의 정신'과 '실존적 정신분석'의 어떤 궤적: 책읽기의 괴로움과 책쓰기의 행복론"(『문학사의 라이벌 의식 1』 4장). 한마디 결구(結句)로 '색불이공공불이색'(色不異空空不異色). 먼저 백옥루(白玉樓)에 좌정한 동업자에 대한 남은 선비의 품격 있는 헌사다(『문학사의 라이벌 의식 1』, 135~163쪽).


13.

본서 『문학사의 라이벌 의식 2』의 중심인물은 단연 이병주다. 이병주는 흠이 많은 작가다. 그를 사랑할 이유만큼이나 미워할 이유도 많다. 그의 작품의 총합은 대한민국 국민의 삶의 총체이기도 하다. 그가 가꾼 거대한 회색의 정원에는 역사의 행간에 파묻힐 운명에 내몰린 무수한 작은 생명들의 사랑과 사상의 화초가 즐비하게 심어져 있다. 이병주만큼 생전에 부귀영화를 누린 작가는 드물다. 또한 그만큼 생전에 문단의 외면을 받았고 떠난 후에 깡그리 잊힌 작가도 드물다. 사람은 상황이 만드는 것, 인간은 문명의 이름 아래서만 죽을 수 있다는 그의 수사처럼 작가 이병주도 한국의 상황이 만들고 죽인 사람이다. 작가는 위인일 수는 있지만 초인도, 성인도 아니다. 위인이란 무수히 많은 크고 작은 약점에도 불구하고 자신의 강점을 극대화하여 후세인의 삶에 큰 방점을 남긴 역사의 인물이다. 그를 미워하든 사랑하든 이병주는 결코 한국 문학사에서 잊혀서는 안 된다. 그를 기억해야 하는 것은 한국인의 역사적 책무이기도 하다.

저자가 이병주에 쏟은 애정은 유별나다. 전전세대 중 특수한 체험을 강요당했던 청년지식인들을 '학병세대'로 정명한 사람도 아마도 김윤식 교수일 것이다. '지원'이라는 형식의 강제동원, 그것이 내선일체(內鮮一體)의 실체였다. 그 허위의 민낯을 '용병의 비애'와 '노예의 사상'으로 밝혀낸 이병주의 공로를 어찌 간과할 수 있으랴. 일찌감치 '4·19세대'가 학병세대를 상대로 내질렀던 '일제 잔재 청산론'을 청년의 조급함으로 규정했고, 이병주가 『관부연락선』(1968~1970)을 쓴 동기가 4·19세대와 구세대 사이의 단절감 잇기에 있었다고 판단한 김윤식이다(본서, 152쪽). 학병을 거부하고 지리산에 들어갔던 하준수가 해방 후에 공산당 빨치산으로 내몰릴 수밖에 없었던 것은 비극 중의 비극이다. 소설 『지리산』(1972~1978)이 하준수의 체포로 막을 내리는 것은 자연스런 귀결이다.

같은 학병세대라도 직접체험자인 이병주와 간접체험자에 불과한 선우휘는 작가로서의 지위가 현격하게 다르다. 그럼에도 불구하고 일찌감치 한국 문학의 지리적 공간성을 확대한 공로에는 우열이 없다. '학병세대의 원심력, 선우휘가 향한 세계 속의 확산'이다. 영화 「콰이강의 다리」의 원작(1952)에 영국 포로에게 가혹 행위를 주도하는 '고릴라처럼 생긴 조센징', '잔나비처럼 생긴 조센징'이 등장한다. BC급 전범으로 처형된 18명 조센징의 전형일 것이다. 선우휘의 「외면」(1976)에서 전범을 심문하는 청년 미군 장교 우드 중위와 일본인 통역 이쯔끼 소위, 승자와 패자로 처지가 다른 두 지식청년의 에고 줄다리기가 벌어진다. 이쯔끼의 입을 통해 밝혀진 일본군 병사 하야시의 정체는 '조센징', '코리안' 임재수다. 일본군의 군복을 입은 "말도 소도 개구리도 아니고 코리안으로 세계 속에 놓이기"이다(본서, 138쪽).

『지리산』은 '사상소설'이기 이전에 '교육소설'이다. 실로 명쾌한 진단이다. 주인공 이규와 박태영은 회색 지식인 하영근의 학생들이다. 제도적 보편성(이규)과 반제도적 보편성(박태영)의 대결은 무승부로 결말난다. 관조를 표방하나 실은 무력한 보신으로 대세 따르기에 급급한 서생과 '허망한 정열'로 막다른 함정으로 자신을 내모는 공산주의자 행동가, 둘 다 실패한 하영근의 학생에 불과하다. 또한 입당을 거부한 빨치산 박태영의 산중 일상은 이현상, 권창혁, 두 선생의 교과 내용 사이의 거리 재기였다. 작가가 말하고자 하는 것은 공산주의의 사상적 측면은 한갓 허망한 정열이었다는 점이다(본서, 152~153쪽).

어떤 의미에서든 이태와 이병주는 문학사에서 라이벌이 될 수 없다. 이태의 『남부군』(1988)은 이병주의 장대한 『지리산』 문학에 곁들여진 작은 삽화 내지는 각주에 불과하다. 그럼에도 불구하고 굳이 둘을 대립 당사자로 설정한 연유는 한때 대형작가를 곤혹스럽게 만들었던 '표절시비'에 대한 권위적 판결을 내리기 위해서였을 것이다.

이병주와 황용주의 맞대 보기는 특이한 발상이다. 이병주의 데뷔작, 『소설·알렉산드리아』(1965)는 작가의 자전이라는 정설을 정면으로 뒤집는 '사건성' 글이다. 이런 단정에 작은 단초를 제공한 평자로서도 당혹스러운 선언이다. 황용주를 닮기 위한 이병주의 가아(假我)론은 작가에 대한 과도한 애정이 빚어낸 고육지책으로 비칠 수도 있다. 이런 관점에 서면 황용주에게 박정희도 황용주 자신의 '가아'였을지 모른다. 비평가의 가아론이든 법학도 독자의 '심리적 자타혼합'이든 소설은 세상의 창조자, 신의 후계자인 작가의 '특권'과 '특전'의 범주에 속할 것이다. 응당 그래야 할 것이다.

14.

김윤식은 살아 있는 글쓰기의 신이다. 스스로 신을 자처하지는 않았지만 그를 신으로 추존하는 후세인이 부지기수다. 그는 당대의 누구와도 다른 일상을 살았다. 부지런한 눈과 발로 앞선 신들의 행적을 더듬었다. 그 앞에 나타난 낯선 신들 중에 에토 준의 신화는 처절하다. 패전국 일본, "집 안에 불치의 환자를 감추어 두고" 살아가기에서 벗어나 태양 아래 한 점 부끄럼 없이 사는 방도는 없는 것인가. 이것이 전후 일본 문학의 과제였다(『내가 읽고 만난 일본』, 266쪽). 그의 일상은 오로지 독서, 사색, 그리고 집필뿐이었다. 자식도 만들지 않았고 아내가 죽고 글도 쓰지 못하게 되자 스스로 목숨을 끊었다. 자기 신분의 '혈연'을 단절하여 '가족'을 만든 근대지식인의 면모를 보인 것이다. "'혈연'이나 '국가'를 단념하고 '가족'을 만든다는 것은 가령 '세대'를 거듭하지 않는다는 것이고, '부부'라는 단위에 자기들의 생을 완결"하겠다는 의지의 실천이었다(『내가 읽고 만난 일본』, 332쪽).

김 교수는 마치 자신의 전기를 쓸 후세인을 배려하듯 풍부한 자술을 남겨 두었다. 치밀한 논리 뒤에도 감상의 여백을 잊지 않았고, 때때로 '병자(丙子)년 윤 정월 정오에 난 쥐띠 몸으로 강변 포플러 숲에서 자라 까마귀와 붕어를 속이고 길을 떠난 아이'가 속수무책으로 황망하게 풀어진 대낮 모습도 드러내 주었다. '선연한 헛것', '울림', '황홀경', '설렘', '환각'······ 자신도 독자도 딱히 권위적 정의를 내리기 힘든 어휘들로도 정서적 공감대를 확산했다. 회의, 답사, 여행······ 부지런한 발길에 지친 몸을 공항에서 어김없이 맞아 주는 '늙은 마누라'를 자랑하는 어색한 애교도 감추지 않았다.

'한국 문학사의 라이벌론 3부작', 그 어느 저술보다도 독자세대 한국의 지식인, 육체도 정신도 오로지 글쓰기에 바친 인신(人神), 김윤식의 자술서이다. 행여 그가 더 이상 글을 못 쓰게 되면 어쩌나? 언젠가 그가 떠나고 나면 빈자리를 누가 채울 것인가? 당장은 막막하지만 애써 불안을 거두자. 언제나 시대는 스스로 필요한 인물을 만들고 키워 냈으니. 걱정할 문제가 따로 있다. 누가 '그 사람 김윤식'의 표준적 전기를 쓸 것인가? 흉중에 뜻을 품은 후생이 한둘이 아니지만 표준적인 김윤식 전기, 그것은 그의 필경 60년에 버금가는 버거운 작업일 것이다. 어차피 '표준'은 무익하고도 불가능한 일이다. 작품은 저자의 몫이고 평전은 평자의 몫, 그리고 해석은 독자의 몫일 터이니. 어쨌든 아직은 한참이나 성급한 일이다. 지금은 여태 그래 왔던 것처럼 신비와 경의에 찬 눈으로 여전히 거침없는 글쓰기 신의 행보를 지켜만 볼 뿐이다.

# 찾아보기

**【ㄱ, ㄴ, ㄷ, ㄹ】**

구인회 12, 64
　『시와 소설』 16, 20, 22, 33
김기림 54, 60, 77, 88
　「새나라 송(頌)」(1946) 60, 88
김동리 95, 104
　구경적 생의 형식 95, 98, 100, 105
　「무녀도」(1936) 96
　「문학하는 것에 대한 사고」(1948) 98,
　104, 109
　「청산과의 거리: 김소월론」(1948)
　106, 108
　~의 샤머니즘 116, 118, 144, 152
김소월 109~110
　「산유화」(1924) 106, 109
김유정 17, 20~21
김현 115, 298
내성문학 116, 119, 286
　내성소설 117~119, 126, 286, 297
도스토옙스키(Dostoevskii) 82, 239
『독립신문』 85
로르카, 가르시아(Lorca, Garcia) 148, 240
리영희 148, 272

**【ㅁ, ㅂ, ㅅ】**

모데르놀로지(고현학) 38, 40, 49~50
『문장』 55, 87
민족문학론 97
바흐친, 미하일(Bakhtin, Mikhail) 276
박경리 254
　『토지』(1969) 227, 240
박태원 12, 20, 32
　「방란장 주인」(1936) 12, 22, 33, 46,
　53
　「성군」(1937) 32
　「소설가 구보 씨의 일일」(1934) 12,
　36, 38, 53, 279
　「애욕」(1934) 49
　『천변풍경』(1936) 12, 46
백석 16, 20
　『사슴』(1936) 20
벤야민, 발터(Benjamin, Walter) 37
　산책자(flâneur) 37~39, 42, 46, 49,
　51~53
보들레르, 샤를(Baudelaire, Charles Pierre)
37~38, 52
선우휘 121, 257

「불꽃」(1957) 116, 119, 124, 257
「쓸쓸한 사람」(1977) 151
「외면」(1976) 126, 131, 148, 152
『한평생』(1983) 150
~와 학병세대 126
『세계의 문학』 286
「심청전」 294, 296~297

【ㅇ】

안경환 270, 272
  『황용주: 그와 박정희의 시대』(2013)
  259
엘리엇, T. S.(Eliot, T. S.) 31
염상섭 80
유진오 56, 94, 98
  「김 강사와 T 교수」(1935) 94
  시정(市井)의 리얼리즘 94, 96
이광수 63
  『문장독본』(1937) 63
  『흙』(1932) 231
이병주 121~122, 153, 157, 177, 240, 258
  『관부연락선』(1968) 117, 119, 148,
  152, 159, 163, 177, 258, 261, 267, 270,
  273, 276
  『내일 없는 그날』(1957) 114, 271
  『소설·알렉산드리아』(1965) 129, 144,
  270, 272, 276
  『소설·알렉산드리아』와 황용주 270
  『지리산』(1972) 147, 152, 177, 205,
  220, 231, 258, 278
  「8월의 사상」(1980) 122, 125, 148
  ~와 황용주 261, 267
이상 27, 64, 67, 287
  「권태」(1937) 26, 29, 49

「날개」(1936) 34, 42
「동해」(1936) 44
「오감도」(1934) 22, 42
편집자 ~ 16, 18, 33
하융 35, 45, 49, 54
이원조 63~67, 97
이철주 114
이청준 118~119
  『남부군』(1988) 155, 205
이태준 13, 55, 63, 81
  『농토』(1948) 61
  『문장강화』(1940) 55, 57, 67, 84, 87
  『상허문학독본』(1946) 55, 63, 69
  『소련기행』(1946) 61, 79
  「해방 전후」(1946) 13, 61, 66, 77
이호철
  「탈향」(1955) 281
임화 13, 66, 80, 83, 86, 97, 104

【ㅈ, ㅊ】

정지용 64, 67, 80
  『문학독본』(1948) 70
  『산문』(1949) 77, 80
  수수어(愁誰語) 76~77
  「유리창 1」(1930) 72
조선어학회 사건 87, 93
조연현 101, 111
조이스, 제임스(Joyce, James) 31, 39,
52~53, 291
  『율리시스』(Ulysses, 1922) 39, 52
  『피네건의 경야』(Finnegan's Wake, 1939)
  53
채만식 296~297
  『탁류』(1937) 296

최명희

　『혼불』(1981)　246

최인훈　119, 286

　『광장』(1960)　114~116, 279, 281, 289

　「달아 달아 밝은 달아」(1978)　291, 294, 297

　『소설가 구보 씨의 일일』(1972)　279, 281

　「옛날 옛적에 훠어이 훠이」(1976) 286, 289, 291, 297

　『화두』(1994)　283, 285, 287

【ㅋ, ㅌ, ㅍ, ㅎ】

카프　12, 94

『콰이강의 다리』(Le Pont de la rivière Kwaï, 1952)　132~134

학병세대　114~117, 119, 121, 125~126, 131~132, 136, 138, 143, 150, 152, 257

황석영

　「몰개월의 새」(1976)　286

　『심청』(2003)　296

황용주　259